G. A. V.

"Domaine français"

DU MÊME AUTEUR

77 (premier prix de L'Île aux livres – salon de l'île de Ré ; prix Coup de cœur du salon Livres en vignes), Actes Sud, 2019 ; Babel n° 1766.

L'auteur a été nommé lauréat Découverte 2020 du Centre national du livre et lauréat Écrivain 2019 de la Fondation Lagardère. Il remercie ces deux institutions, ainsi que la région Île-de-France et l'association La Marelle de Marseille pour leur inestimable soutien ayant permis l'écriture de ce roman.

Les citations de Dante figurant en exergue de chaque partie doivent leur traduction à Danièle Robert (Actes Sud, 2016, 2018, 2020).

ISBN 978-2-330-15392-2

MARIN FOUQUÉ

G. A. V.

roman

ACTES SUD

Aux personnes qui s'accrochent,
À celles que l'État assassine,
Aux suicidé·e·s de la République,
Aux rescapées du patriarcat,
À l'ultime Safia,
À la fin de leur monde,
Aux parias.

J'aime le speed et l'attente,
La droiture et la pente
Car je suis le gun et la tempe.

DIAM'S,
Si c'était le dernier (*SOS*, 2009)

PINCES

Par moi l'on entre en dolente cité,
par moi l'on entre en infinie douleur,
par moi l'on va parmi les égarés.

DANTE ALIGHIERI,
La Divine Comédie, *Enfer*, Chant III

Clef de bras. Une grosse main gantée se pose sur l'épaule gauche tandis qu'une autre saisit le poignet droit. Remonte dans le dos, le long de la colonne, à l'endroit exact où les jointures craquent. Lève. Tire. Tord. Plaque. Au moindre mouvement, déboîte. Déboulé de nulle part, lunettes de soleil, rictus aux lèvres, un type derrière vous, cœur d'après-midi, rue passante. Exhorte. Expire. Braque. Direct, il prend la seconde main et réunit le tout en un bouquet de vingt doigts, deux paumes. Menottes. Inspire. Cardiaque. Serrant fort, appuyant de tout son poids sur votre nuque, il vous pousse d'un grand coup pour que ça avance : tête dans le sac. Vite rejoint par un escadron de crânes rasés, tous habillés civils, habillés sportwear, habillés survêt sacoche et baskets, habillés racailles, habillés sans matricules, habillés pour la course et le camouflage, ils vous jettent à l'arrière du fourgon, pinces aux poignets, fracas des portes qui se referment. Chaque entrave creuse la chair. C'était hier. Le rouge au corps.

Maintenant vous êtes là, dans le couloir gris de ce commissariat, la tête contre le carrelage froid. Pourtant, on vous l'a bien dit, bien martelé et répété : tu n'as rien à déclarer. C'est le type dans la cellule qui vous l'a conseillé pendant la nuit avec les bruits de pas en écho et la banquette en dur aux odeurs de vomi, de sang et d'urine. L'humanité en package. Tu n'as rien à déclarer, quand ils t'emmèneront dans le bureau, surtout, tu n'as rien à déclarer. On vous l'a bien dit et répété. Alors au matin, quand ils viennent vous chercher dans la cage, le ventre vide parce qu'arrivé la veille juste après le dernier passage, service du soir, les trois mots vous tournent dans la tête : RIEN À DÉCLARER. Puis viennent les couloirs, les claquements de portes, la chaleur soudaine, la sueur au cou, les échos peut-être, et les trois mots qui tournaient en boucle dans votre crâne lentement s'humidifient, se diluent, deviennent bouillie, voyelles, consonnes, râles incertains, langue qui s'oublie.

Ils vous mènent à un petit bureau où une dame vous attend derrière un ordinateur avec une foule de questions au bout de ses deux doigts, seulement deux doigts, concert d'index tapant fort et vite sur le clavier, regard fixe sur l'écran, prête à consigner tout ce qui sortira de votre bouche. Le moindre doute, le moindre souffle. Silence surtout. Mâchoire écluse. Tout retenir. Sans vous regarder, elle vous dit qu'ils vont procéder à votre *grande identité*. Doigts percussifs. Solo sans swing. Techno fin de club. Comme vous refusez de répondre à certaines questions sur votre statut, votre travail, votre étage, votre numéro d'appartement, toujours sans vous regarder, elle efface tout. Grands coups d'index sur la touche Suppr. Tête qu'on enfonce au marteau. Suffoque. Encore sans vous adresser un regard, le ton sec, elle vous annonce qu'elle va donc, au vu de votre coopération réduite et de votre mauvaise foi typique, devoir procéder à votre *petite identité* : nom, prénom, âge, faits. Vous vous exécutez.

Au moment de raconter les faits, les trois mots vous reviennent en boucle dans la tête au ventre vide : rien à déclarer. Elle s'arrête de taper et, pour la première fois, quitte son écran. Droit dans les yeux. Fixe. Elle se met alors à débiter un discours sur le courage et les vrais hommes, un discours sur les actes et les convictions, quelque chose qui parle d'assumer coûte que coûte ses combats, de défendre bec et ongles les valeurs que l'on porte, celles qui vous ont poussé hier, le matin des faits, à vous rendre dans cette manifestation à caractère illégal, elle ajoute que si vous comptiez faire entendre votre voix ce matin-ci par ce biais-là, le biais de la rue, il serait logique et même souhaitable pour votre cause mais aussi et surtout pour votre intégrité personnelle de porter vos couilles jusqu'ici, sur ce bureau, aujourd'hui, dans cette déclaration, et d'aller jusqu'au bout : c'est ça, être un homme. C'est ça, être un citoyen. C'est ça, être à la hauteur de ses idées. Mourir pour l'idée est la seule manière d'être à la hauteur de l'idée, Camus, elle cite. Camus, vous connaissez ? Un homme blanc en costume noir se tient fièrement scotché au mur derrière elle. Le col ouvert, la chemise déboutonnée avec une certaine arrogance, il serre le poing sur sa cravate, la brandissant tel un fouet, sourire en coin. *Cinquante nuances de Grey*. Elle insiste : Camus, ça vous dit quelque chose ?

Alors vous vous mettez à tout lui expliquer : la lutte, les camarades, l'urgence, les buts, les conséquences. Et à chaque fois, elle soupire, lève les yeux au ciel, elle vous stoppe, elle rétorque. Alors vous vous mettez à lui parler plus vite pour qu'elle entende, qu'elle entende vos arguments, un combat si juste, si nécessaire, si honorable, un combat pour la faune, la flore et les générations futures. Quinze mètres de mer supplémentaires d'ici un demi-siècle. Vingt-huit milliards de tonnes de glace disparues en vingt-trois ans. Une espèce qui disparaît toutes les vingt minutes. Et les orangs-outangs ? Vous aimez les orangs-outangs ? D'ailleurs depuis que je vous parle, il y a… Elle vous coupe. Alors vous haussez le ton pour qu'elle vous écoute, vous insistez pour qu'elle vous considère, vous vous mettez à crier pour qu'elle… Et c'est là qu'ils débarquent dans la petite salle, les civils d'hier. Habillés sportwear, habillés survêt sacoche et baskets, habillés racailles, habillés sans matricules, habillés pour la course et le camouflage. Bruit du scratch des gants que l'on remet, vos mains de nouveau dans le dos et votre tête éclatée sur le bureau. Coup sec. Ils vous tirent dans le couloir, hurlant qu'il devrait se calmer le monsieur, à votre âge, il est temps d'être raisonnable, d'obtempérer, c'est ça, il fait moins le malin, agresser la collègue est un truc de tapette, tiens, parler ainsi à une femme, s'en prendre à une femme, sale PD va, il faut bien être qu'un sale Arabe pour pouvoir être misogyne comme ça, petit bâtard, ils vont vous apprendre la politesse, tu vas voir, vous enseigner la France, ses devoirs, respecter les femmes, l'isoloir, vous dresser direct, y a de l'espoir. Mais comme vous vous débattez, ils vous mettent des béquilles et des chassés, vous plient en deux puis vous ramassent, vous remettent sur vos pieds, vous poussent dans le couloir, les deux jambes se jetant vers l'avant, chevelure fermement tenue dans un gant, une pintade presque sans tête qui cavale et se heurte aux parois : cogne, vrille, tombe, masse qui ploie, choc, quille, plombe, face quée-pla, vibre, cils, ombres, spasme en proie. Glisse. Sol. Choit.

Inconscient.

Tombé inconscient.

Fœtus sur sol froid.

Alors l'un d'eux se penche en faisant résonner dans le couloir à échos le scratch de ses gants et, à main nue pour grand cœur, vous réanime. Grosses claques.

Des caisses orange succèdent aux caisses orange. D'un orange vif comme une pub pour mandarines. Quelque chose qui se terminerait par : notre terroir a du talent. C'est pourtant simple. Les caisses orange sont en plastique. Elles frottent leur fond de fibre sur des rouleaux de métal étincelant. Bégaiement. Éructation. Raclement de gorge immonde d'où jamais ne vient le crachat. C'est pourtant simple. Elles s'entrechoquent entre elles. Bruit monstre. Houle ressac. Abysse d'acier et polymères. C'est pourtant simple. Il faut remplir les caisses, refermer les deux battants à encoches puis les placer sur la langue de fer qui traverse l'entrepôt, le convoyeur. C'est pourtant simple. On place une caisse dessus, à l'endroit exact d'un capteur laser. Les rouleaux se mettent alors à tourner sur eux-mêmes, les uns après les autres, automatiquement, faisant glisser la caisse le long des allées, la portant jusque dans la pente, tout au fond du bâtiment, pour enfin disparaître en un virage, vers l'étage supérieur. Vers où, comment, pourquoi – pas besoin de penser à tout ça. Pas besoin de penser tout court. Il faut juste mettre sa caisse sur le convoyeur à l'endroit d'un capteur et la laisser partir. C'est pourtant simple.

Mais elle n'y parvient pas. C'est qu'il n'y a plus de place sur le tapis de métal, trop de caisses qui défilent et encore d'autres qui s'annoncent. On vient de lancer une nouvelle vague. Les commandes du week-end. Elle a sa caisse orange entre ses mains, les bras tendus vers le convoyeur, résolue, déterminée, prête à l'y déposer pour passer à la caisse suivante. Ne pas trop réfléchir. Débrancher le cerveau. Elle n'y parvient pas. Son corps ne répond plus. Bloquée. Impossible. Trop de caisses se poussent, s'impactent, s'entrechoquent et se chevauchent, encore davantage à l'horizon. Le bruit qui se rapproche. Plus elle attendra et plus la vague deviendra difficile à remonter, tout le monde le sait, les surfeurs et les chômeurs les premiers. Pourtant elle reste là, les bras tendus, les caisses qui cognent. Saccade. Bélier. Boutoir. Et puis d'un coup, devant ses yeux, sous la pression, fatalement, l'une passe au-dessus de l'autre. Éjection. Fusée orange. Renvoi du convoyeur. Et toutes les suivantes qui la rejoignent dans sa chute comme une équipe de natation synchronisée plongeant dans l'eau au coup de sifflet du juge. Magnifique coup de pied à la lune et fuseau suivi d'un barracuda périlleux avec grand écart ouvert à 180°. Gros score. Elle, interdite, médusée, les caisses s'ouvrant dans leurs sauts, fracas de plastique sur le ciment. Bientôt, elle le sait, elle le sent, les éclats orange recouvriront le sol, la langue du convoyeur vomira encore et encore, toujours plus de caisses en un flot continu, amas de boîtes devenant débris puis décombres et vestige puis estuaire puis épave et tesson puis carcasse et ossuaire puis décharge puis cimetière. Engloutissement de l'entrepôt. C'est pourtant simple.

Cris. Bruit de scratch. Un bruit de scratch est sorti de sa bouche en lieu et place du cri. Néon. Elle ouvre les yeux sur le néon. Cicatrice blanche. L'entrepôt ? Le froid du ciment sous son corps et les murs gris lui font dire que oui. Les néons au plafond aussi. Les échos de corps qu'on malmène et insulte lui font dire que non. À l'entrepôt, on malmène les corps sans qu'ils ne fassent de bruit. C'est interdit. Une marée d'odeur lui explose les sinus comme rafale sur falaise. Déjection. Bile. Ammoniaque. L'entrepôt, lui, sent l'essence et la sueur. Sécrétions mécaniques. Rien de trop humain. Elle éprouve une douleur, là, dans le dos, lorsqu'elle veut se tourner. Encore plus vive que d'habitude. Le banc en ciment doit y être pour quelque chose. Quelques égratignures sur sa chair. Elle décide de rester allongée un temps, yeux au plafond. Blancheur baignée de néon. Lumière crue. À l'entrepôt, on est dessous neuf heures successives, quelle que soit la saison. L'hiver, on n'est autorisé à voir le ciel par la vitre qu'une heure et vingt minutes par jour. Une pause de soixante minutes pour manger additionnée à deux autres pauses de dix minutes pour se reposer. Offertes par la direction.

C'est ce qui était écrit sur la feuille polycopiée tendue par Christian. Boîte d'intérim. Est-ce qu'elle ne préférerait pas être hôtesse d'accueil ? Il s'était dit inquiet qu'une belle plante comme elle se flétrisse sous les lumières artificielles d'un entrepôt. Son regard de bas en haut. C'était un compliment, il préférait le préciser, aujourd'hui, on ne peut plus rien dire. C'est fini cette époque, vous savez, même la galanterie peut vous envoyer devant un juge, le monde marche sur la tête, feu nos pères, ils ont dû se mettre au break dance, faire la coupole dans leurs tombes, n'est-ce pas ? Les goûts et les couleurs, les mœurs et les époques, vous savez. Lui, son job, c'était de révéler au maximum les capacités de chacun. Chacun-euh, il faut dire, maintenant. Vous comprenez ? Elle avait fait oui de la tête. Il se permettait donc de douter, d'après son expérience et à bien la regarder, que porter des caisses soit le maximum de ses possibilités, elle comprenait ? Elle comprenait. Ses deux poings serrés jusqu'au sang, bouquet de phalanges blanches dans le fond des poches de son jogging, bouillie de nerfs, elle comprenait. Il lui avait répété : est-ce qu'elle ne préférerait pas être hôtesse d'accueil ? Hôtesse d'accueil, c'est bien. Le même salaire, sans les caisses à porter. Que demande le peuple ? Voilà un poste tout indiqué pour elle, réellement adapté à ses évidentes qualités.

Hôtesse d'accueil, elle l'avait fait par le passé. *Bonjour*, indiquer le vestiaire, *bienvenue*, encaisser les regards insistants, *si vous voulez bien me suivre*, éviter les mains au cul qui rôdent, *je reste à votre entière disposition*, se tenir debout pendant le discours, *un amuse-bouche ?*, écouter les insinuations en souriant, *vous souhaitant une excellente fin de soirée*, indiquer la porte de sortie à la carne ivre, *ça aurait été avec plaisir*, refuser poliment les demandes de viol. Non, elle avait donné. Être payée une misère en qualité de proie officielle et préparée, ça n'était plus possible pour elle. Elle avait cessé d'être un faisan. Un faisan. Vagues souvenirs, relent d'enfance, effluves de bière, lueurs du matin, les gilets orange, la joie des brumes, l'extase des bois, charogne et sang.

À l'entrepôt, c'est très bien, elle avait dit en souriant. Christian de répondre : vous êtes sûre ? Oui, à 100 %. Il s'était rassis dans son fauteuil en skaï noir, bruissement synthétique, avait passé sa main dans sa coupe en brosse, faisant mine de remettre ses cheveux bruns en place, pour enfin s'attarder sur la zone à l'arrière de son crâne, là où ça le grattait vraiment. Neige de pellicules, chute de poudreuse sur le col de sa veste bon marché. Permanent sourire en coin pour perpétuel malaise, le teint grège, deux auréoles brunes débordant de ses aisselles, sa chemise marron clair, il avait laissé ses petites mains aux doigts boudinés et luisants courir sur le clavier à mesure qu'il notait ses nom, prénom et adresse. À la manière dont il se dandinait sur le fauteuil de faux cuir, elle s'était dit que, là aussi, tout imbibé de sueur qu'il était, ça devait le démanger. Crissements des baskets sur le sol synthétique.

Souvenirs mômes d'après-midi d'été à regarder Roland-Garros aux côtés du paternel somnolant sur le canapé But familial. Crédit à la consommation. Quinze mensualités. L'air lourd et l'ennui mêlés aux diverses suées. C'était la punition. Pas parler. Pas bouger. Rester là, inerte, muette, la plus immobile possible dans sa zone de cuir, le corps fixe comme dans une boîte invisible. Surtout, être bien sage, jusqu'à même mimer la mort. Elle s'était certainement, une fois de trop une fois de plus, comportée comme un garçon aux yeux du père, le spectre de l'*Autre Folle* en filigrane. Il fallait donc payer. Se tenir droite contre le dossier, le mobilier de l'endettement pour seul tuteur et puis son père en mirador. Les balles qui frappent. Les tamis durs. Des cris soupapes. Le match qui dure. Serena Williams pulvérisant à force de coups droits des murs imperceptibles mais encore trop réels. Les paupières du paternel qui papillotent. Le tennis féminin, c'est pour la sieste, il susurrait toujours avant de s'assoupir. Le bruit typique du frottement de la peau, cuisses sur skaï, rendait alors tout mouvement impossible, et il en était conscient. Se lever, partir, rejoindre les autres à travers champs, courir sans fin à perdre haleine, se vautrer en bande dans un tas de feuilles pour regarder l'ondoiement des branches et du ciel sur fond de nuages, rester là en silence ou bien retourner dans les champs, du marron plein les pognes, feu d'artifice de vers et de boue, et cavaler encore malgré la chasse, les cadavres et le sang, qu'importent les risques, de toute façon insignifiants face à celui de réveiller le père et ses soupçons.

80 % c'est un bon score ! Vous avez 80 % de bonnes réponses, je vous félicite, avait annoncé Christian de l'agence d'intérim. Enthousiaste, il semblait presque étonné qu'une belle plante comme elle puisse avoir réussi un test difficile comme ça : vingt questions sur ordinateur avec des animations 3D ayant fait la fierté des années quatre-vingt-dix. Vingt questions à propos du port du casque et des chaussures de sécurité en entrepôt. Si je suis pressé, dans un entrepôt, je dois : a) Courir ; b) Marcher ; c) Ajuster mon allure aux risques et dangers environnants. Mes chaussures de sécurité doivent être : a) Portées comme des savates ; b) Lacées comme des baskets ; c) Bien serrées aux chevilles. En cas d'alerte incendie dans l'entrepôt, je dois : a) Courir jusqu'à la sortie ; b) Rester à mon poste de travail et continuer l'activité ; c) Rejoindre calmement le point de regroupement en restant à l'écoute des indications de mon responsable de secteur. Christian lui avait demandé de signer là, là et là, et puis de bien vouloir le suivre là-bas.

Bruissement du pantalon sur le faux cuir comme mastication et succion de bouche sale, il s'était levé pour traverser l'open space dans la direction indiquée par son bras. Comme elle était sur ses talons et largement plus grande que lui, elle avait eu l'occasion d'observer l'arrière de son crâne pour prédire la prochaine avalanche. Par les fenêtres, on pouvait voir des toits de bureaux et des façades vitrées. Paris au loin sentait encore le lacrymo. Depuis les différentes manifestations et saccages, ils avaient privilégié les étages supérieurs avec codes aux portes, caméras multidirectionnelles et ascenseurs étroits. On ne veut plus de travail : on en veut au travail. Il avait pris l'habitude de dire cette phrase d'accroche à ses interlocuteurs en soirée, lorsqu'on lui demandait pour sa carrière, sourire goguenard devant, crispation des mains derrière. Il l'avait présentée à un jeune homme chauve, petites lunettes et bouc, chemise bordeaux rentrée dans un pantalon noir maintenu par une ceinture brune avec boucle en fer, assis derrière un bureau. C'était lui qui s'occuperait de l'inscrire sur les listes pour le job de manutentionnaire. Manutentionnaire, c'est bien ça ? Pas hôtesse, c'est sûr ? Certaine ? Promis ? Juré ? Craché ? Je taquine. Étonnant, pas vrai ? Petit clin d'œil à peine dissimulé. Sourire gêné du jeune. Une promesse de reconduction de CDD avait flotté quelque part dans les airs. Après un silence lourd, le jeune avait répondu qu'effectivement, c'était très étonnant. Il avait tapoté d'une main adroite sur son clavier et lui avait annoncé d'un ton solennel qu'elle faisait dorénavant partie de leur base de données. Elle recevrait, dans le meilleur des cas, un SMS le soir même, lui indiquant l'heure et le lieu de son embauche du lendemain. Chaque soir elle recevrait le SMS. Si elle ne le recevait pas, c'est qu'elle n'était pas prise pour le lendemain. Aussi simple que ça. Il lui avait demandé si elle avait des questions. Non. Et que faisait-elle dans la vie, si ce n'était pas trop indiscret ? Autrice ? C'est comme ça qu'on dit ? Pas auteure ? Vous êtes sûre ? C'est bien la première fois qu'ils avaient ça, avait immédiatement repris Christian, de peur que la passionnante discussion ne lui échappe. Il avait ajouté, sur le ton coupable des aveux, ne pas avoir lu depuis longtemps. Ça devait dater du collège. *Cyrano de Bergerac*. Ses doigts boudinés avaient alors étiré son petit nez dans le vide. L'emmerde totale. Excusez le langage. Au lycée, il ne faisait déjà plus que lire des résumés sur internet. C'était le début, l'âge d'or, les profs n'y connaissaient rien, ils ne pouvaient pas se douter. Kant en résumé, ça prenait une page. Depuis, plus rien. Une vie très chargée, pas assez de temps et plus de place sur les étagères. Rire. Elle avait touché machinalement les reliefs dorés du médaillon à son plexus. Il espérait ne pas la froisser, mais, qui lisait encore, aujourd'hui ? Et comment réussir là-dedans ? Comment percer ? Comment se démarquer ? En tout cas, elle serait unique dans leur base de données, c'était déjà ça. Aussi, il se devait de la prévenir, et sa voix s'était subitement faite plus grave : les fortes têtes n'étaient pas appréciées dans la manutention. Surtout pas dans la boîte où on comptait la placer. Son timbre vocal avait alors atteint des basses pourtant contre-indiquées pour sa tessiture. C'est qu'il devait se faire bien comprendre : les derniers en date ayant essayé d'unir les employés, quelque chose comme une histoire de prière, de couscous ou de ramadan, avaient fini à la porte. *Illico presto*. Et dans ce genre de cas, il n'y avait plus de Christian qui tienne. Faudrait pas venir se plaindre ! Là, il avait repiqué direct vers les aigus. Que chacun assume ses responsabilités : Christian n'était le gentil papa de personne ! Est-ce qu'il s'était bien fait comprendre ? Elle avait hoché la tête, davantage pour l'encourager dans ses voltiges sonores que pour attester de son accord. Ah, et tenue correcte exigée. Ce n'est pas une boîte de nuit, mais presque. Une manutentionnaire dans le textile se doit d'être présentable. Il avait haché ce dernier mot, vibrato soutenu. À bien la regarder, c'était sûr, les patrons apprécieraient. Raclement de gorge et clapotis de salive.

De ses petits pas pressés, la raccompagnant vers la sortie, il lui avait souhaité de recevoir le SMS du soir même, tout en lui prescrivant une bonne nuit de sommeil : elle en aurait besoin. Bon courage. Il avait ouvert la porte.

Quelque part, un type hurle à en perdre haleine. Chien qui crève. Elle ouvre les yeux, se lève de la banquette en dur. Autour d'elle, des murs de béton. Cris en rebonds. Une porte qui se referme. Cliquetis du verrou. Échos se mangent. Elle ramène à elle la couverture rêche enroulée sur le bas de ses jambes. L'odeur de vomi en imbibe les mailles. Elle la jette contre le mur de la cellule.

La cellule. Elle est arrivée la veille au soir. Il faisait déjà nuit sur la départementale. Les gyrophares du fourgon donnaient à voir la ZAC par cycles réguliers. Le long mur du cimetière défilait par la vitre latérale, laissant bientôt place à des immeubles et entrepôts. TBZ – EKR – JBM – 93 EMPIR – MERCI LES

GILETS JAUNES – BILKA – BAIZEUR2KON.D – ZAKI – ACAB – NIKLAPROK – VNDL – ON NE TUE PAS PAR AMOUR – BZ LA BAC. Par la vitre arrière, les tags et collages défilaient de plus en plus vite, tout comme le marquage en pointillé de la route sous le véhicule. Elle avait les mains derrière le dos, menottes aux poignets. À chaque cahot, son dos en voûte heurtait la carlingue, pressant sa chair contre l'acier des pinces, imprimant la douleur jusqu'à l'os. Grimace qui s'esquisse et se fige. À chacune de ses grimaces, elle pouvait voir se dessiner un rictus au-dessus du fusil d'assaut HK G36 à l'avant du véhicule. La sirène, les gyrophares, le fracas du moteur, les menottes, l'impression grisante d'être une dangereuse criminelle ; son cœur battait immense dans sa cage, pompe puissante à en alimenter la ville. Exploser les ampères. Qu'ils s'approchent d'elle, ce fusil et ce rictus, qu'ils viennent dans le fond du fourgon, à sa hauteur, juste pour voir, elle savait que, même sans les mains, il lui suffirait d'une simple seconde, d'un instant d'obscurité entre gyrophares et réverbères, pour lui bouffer le sourire. Elle se sentait d'humeur aux lambeaux.

Après avoir franchi la guérite et échangé une petite plaisanterie avec le vigile sur la livraison express d'une tigresse échappée du zoo, on l'a fait descendre. À la lumière franche des lampadaires, le porteur du rictus et du fusil d'assaut devait avoir à peine vingt ans. Il l'a pressée d'une main gantée sur son épaule droite. Dans le hall d'entrée, il a eu un geste rapide de la main en direction de son collègue accoudé au comptoir d'accueil, certainement en pleins mots croisés, puis a refait pression sur son corps. Dans l'un des recoins, deux agents avaient la tête penchée sur un sac. L'odeur du shit âcre. Un buste était avachi sur l'un des bancs, menotté à un radiateur, une capuche recouvrant l'intégralité d'un visage. Le plus profondément possible, elle a respiré cette odeur qui accroche les mailles des tee-shirts et de la mémoire, fragrance de cônes, volutes d'ailleurs qui tournaient tôt le matin dans l'abribus, va-et-vient entre les mains de ceux qui ne montaient plus dans le car. Préférant le voyage sur place, ils restaient là, à se retourner le crâne au milieu des champs en plein labour, laissant rouler sous leurs pieds le monde et son cortège de problèmes. L'immédiateté des flashs de l'enfance, c'est comme les photos finish de montagnes russes : passé, présent et futur sur un même plan. Un jour, elle lira Proust au lieu de répondre du tac au tac qu'elle l'a lu. Pas pour le plaisir, non, juste pour la légitimité.

On l'a fait entrer dans une pièce aux murs nus. Ils étaient trois autour d'elle sous les néons de la pièce. Se tenaient là le gamin à la mitraille, un moustachu à gros ventre et lunettes tout droit sorti d'un porno des années soixante-dix, et un grand roux qui ne semblait même pas se rendre compte de sa présence. D'aucune présence, d'ailleurs. Stoïque, imperturbable, il restait ancré à son écran de téléphone. On lui a retiré les menottes. Cliquetis de l'acier qui se rétracte. Il y a eu un doute sur leur provenance. À qui appartenaient-elles, à qui fallait-il les rendre ? Le jeune a tâté sa ceinture d'une main tout en gardant consciencieusement l'autre posée sous son fusil d'assaut, comme on tiendrait un nouveau-né à la fontanelle fragile. Parmi les multiples serflex, impossible de mettre la main sur ses menottes. C'étaient donc les siennes qui pendaient des mains du bigleux ventripotent. Il l'a signalé. On l'a sermonné. Toi, t'es du genre à oublier ta bite dans une partouze. Pas faux, mais au moins, j'ai mon couteau ! Bien vu. Éclats de rire. Il a prestement rattaché l'objet du manquement à sa taille, sa main gauche retournant immédiatement sous le ventre de l'arme. Elle s'est demandé si cela créait un lien spécial entre eux, la provenance des menottes. Est-ce qu'elle devenait ainsi sa proie personnelle ? Aurait-il une prime ? Au regard qu'il lui a lancé en caressant l'arme, c'était plausible. Qu'il continue, qu'il continue, elle sentait ses aiguilles au max sur le tableau de bord de son cœur.

Il y a eu un long moment où l'on n'entendait plus que les échos d'une discussion dans le hall d'entrée, certainement entre les deux agents penchés sur le sac de shit, discussion régulièrement entrecoupée par le téléphone du grand roux. Quelque part, quelqu'un soufflait ses bougies, l'acclamation était immédiatement suivie d'un tuto make-up et d'une embrouille dans un train, le cahot des rails en bruit de fond, un type expliquant comment faire gonfler ses pectoraux en dix jours, des voix rendues stridentes par l'hélium, une femme et un homme hurlant de rire, Kim Kardashian vantant les courbes de son nouveau legging, Francis Cabrel chanté en karaoké à cœur ouvert, joyeux anniversaire Jojo, nos vœux les plus sincères Jojo, une langue slave suivie d'impacts de roquette. Le grand roux a fait défiler encore quelques stories sur son écran avant de l'éteindre. Sur le mur derrière lui, des éclaboussures de sang séché marquaient la trajectoire d'un coup. On pouvait se faire le ralenti de l'action, image par image, goutte à goutte, et même pronostiquer son intensité. Gicle peur. Elle a détourné le regard. Partout ailleurs dans la pièce, les murs étaient d'un gris tirant approximativement vers le bleu pâle. Sur celui du fond, des rectangles plus clairs indiquaient l'endroit où avaient dû être un jour placardés des avis et notes de service.

Elle était en train de s'attarder sur l'un des bouts de scotch transparents noircis de crasse quand la porte s'est ouverte. Une fonctionnaire de police est entrée en annonçant qu'on allait procéder à une fouille. Rien de coupant ? Dangereux ? Illicite ? Il valait mieux le lui dire avant. De toute façon, elle trouvait tout. Bras parallèles au sol, jambes écartées, paumes ouvertes, corps en croix ; l'agente l'a caressée de ses mains gantées de latex à travers ses vêtements, s'attardant sur les moindres plis, creux et poches. Tout y est passé. Le col de son tee-shirt noir, palpe, ses épaules, palpe, ses aisselles, palpe. Les mains ont dévalé ses côtes jusqu'à son bassin, palpe, l'élastique de son jogging en coton bleu, palpe, chaque jambe de part et d'autre, palpe, s'attardant sur l'entrejambe, palpe, ses aines, palpe, et chacun des élastiques aux chevilles, palpe, palpe, palpe. Ensuite, elle a dû retirer sa paire de requins aux semelles défoncées. Avec précaution, on les lui a saisies du bout des doigts, par la languette. D'un coup de tête, on lui a ensuite intimé de se défaire de ses chaussettes blanches. On a tendu le tout au jeune pour qu'il l'inspecte de plus près. Retroussement du nez. Plissement de paupières. Mine dégoûtée. Le froid du carrelage. La policière a passé une main dans son dos, sur ses clavicules et sur son ventre. Palpe, encore. Elle a notifié à voix haute que l'interpellée ne portait pas de soutien-gorge. Immense sourire du jeune. Elle a expressément demandé que soit secoué le bas du tee-shirt. Plus énergiquement, s'il vous plaît. Les trois hommes regardaient le tissu se coller et se décoller, se coller et se décoller, se coller et se décoller de sa poitrine, par à-coups. Le goût du sang. Les mors aux joues. Rien n'est tombé, exception faite de sa dignité. Chute d'ampères à zéro. Elle a dû faire de même avec l'élastique ventral de son jogging. Son regard a rasé le sol. Pas les leurs. On lui a rendu ses chaussures, sans les lacets. Main tremblante, elle a dû retirer le cordon de son jogging, puis tendre son téléphone portable et ses clefs. Et ça aussi, a dit l'agente, pointant le médaillon doré accroché à son cou. Infime, inespéré, c'était son dernier bout d'humanité dont elle se défaisait. On a mis le tout dans une boîte, sur laquelle on a scotché une étiquette avec son nom écrit dessus. Elle se sentait cambriolée jusqu'à son corps. Fallait pas faire la gueule, on lui rendrait à la sortie, dans son intégralité, y a pas de voleur ici. Court silence. Hormis peut-être les voisins de cellule ! Regards en coin. Mais non, t'es trop conne, puisqu'ils te disent qu'ils n'ont rien fait ! Roucoulades et gloussements, le dernier bruit de la liberté, c'est le grincement. Ni veste ni autres objets à signaler, on lui a remis les menottes du jeune tandis que le roux ouvrait la porte donnant sur le hall.

Juste avant qu'elle ne franchisse le seuil, le jeune a annoncé qu'il avait oublié quelque chose, un truc pas mal à signaler : elle avait ça, sur elle, lors de l'interpellation. Le flingue ? C'est le flingue ? Si c'est le flingue, putain, il aurait dû le dire plus tôt. Non, c'était pas le flingue. Il a sorti l'objet de sa poche et l'a tendu à l'agente. Elle l'a actionné. Bel engin, elle a dit. Pas de soutif, mais un canif, a répondu le roux. Ça rime. Ils rirent.

Dans le casque, PNL à fond. Dernier album, du lourd. Le crâne qui bat la mesure. Va-et-vient caractéristique. Les talons s'affranchissent de l'apesanteur. Le centre de gravité se déplace dans le corps comme bulle d'air dans bouteille. À chaque retour de basses, toute la masse s'abat d'un coup sur le bitume. Ça frappe. Quand arrive le premier refrain, c'est les poings qui sortent des poches et les bras qui se soulèvent, mains à hauteur d'épaule comme pour célébration de but. Il vole. C'est ça qu'est bien avec PNL : la sensation qu'on te soulève par les oreilles. Permission d'allégresse. Quitter le dur sans paraître faible. Enfin.

Comme chaque jour, Angel avait lancé l'album à peine sorti de l'atelier, les derniers rayons du soleil dans la pente et la ville qui se déroulait devant. Arrivé en bas des tours, ça le portait encore. C'était l'hiver, fin d'après-midi, il faisait nuit, les réverbères séquençaient la brume de leurs halos jaunâtres, un halo tous les cinq mètres pour engloutir les étoiles, surveillance électrique, ambiance de rêve, et il planait en pleine lumière, quelque part entre le quatrième et le septième étage, son regard se propulsant aisément d'un balcon à un autre – linge qui sèche, frigo supplémentaire, table basse mise à la verticale, vélo d'appartement, packs d'eau, plantes vertes, haltères, sapin en plastique, paravents en bambou, sacs à carreaux rose et blanc débordant de bibelots –, le tout bercé par le brasillement des télés. En passant devant le café d'en bas, il fit un geste à ceux postés dans leurs chaises pliantes, voûtés au-dessus de leurs téléphones. Lorsque deux lèvres lâchèrent le tuyau de la chicha pour remuer en sa direction, il mit ses mains sur ses oreilles et secoua davantage sa tête en avançant, coq en cavale, grand sourire. Éclats de rire derrière lui.

Souvent, au café d'en bas, PNL faisait débat. Il y avait ceux qui disaient que c'était mieux avant et ceux qui les défendaient encore. La plupart du temps, il écoutait sans rien dire. Sur son visage : son permanent sourire. Pas besoin de lui demander, ils connaissaient déjà son point de vue. Plus globalement, ils savaient ce qu'il pensait des débats. Disons qu'Angel préférait les confidences. Loin du groupe, en équilibre sur une rambarde, être là, vraiment là, un pour un, côte à côte, entiers, et se livrer à l'autre en récurant ses dessous d'ongles. Comme bande originale, Angel préconisait un gros son lourd, et ce moment de grâce lorsque, entre deux couplets d'une voix rauque défouraillée qui découpe, la parole se dévoile. Kaaris ou Lacrim, ça rassurait les hommes pour les confidences. Comme un bastingage sur le vide. D'après son expérience, plus ce qui était dit dans le morceau était sale et plus les bouches s'offraient tendres sur la dalle, jusqu'à même se faire salines. Bien sûr, on aurait pu sortir les violons et les guitares, envoyer le mielleux supplément solennel, Angel aimait par-dessus tout les pianos-voix. Mais c'était risquer un frein de plus, un frein de trop, les bouches qui se referment en un grave dérapage, et puis le fatal tonneau dans le silence. Par définition, le viril est fragile. Davantage coquillage que corps. Il vaut mieux l'ouvrir sans le prévenir. Les débats, eux, quelle que soit leur bande-son, gardaient pour Angel le même goût. Du prémâché.

Un jour qu'ils y allaient avec force mots et gestes, plus présents que des députés à l'Assemblée, afin de trancher qui du Barça ou du Real était la meilleure équipe, Angel n'avait plus tenu. Comme des tendeurs arrachent un crochet, sa bouche s'était jetée en avant et les mots avec, une bâche frappant dans la tempête. Il leur avait dit que pendant qu'ils s'engueulaient là-dessus, les joueurs du Real et du Barça, eux, signaient des contrats, que leurs petits combats de coqs n'y changeraient rien et que, d'ailleurs, il ne s'agissait pas du Real ou du Barça, qu'ils pouvaient débattre de ce qu'ils voudraient, OM/PSG, PNL/13 Block, chicha/cigarette, slip/caleçon, Bangkok/Dubaï, il ne serait question que de ça : leur bite. Utiliser les mots comme un mètre étalon. Pitoyable. Ouvrir la bouche pour faire parler le corps. Inutile. Autant danser pour épeler son nom. Misérable. Bande de porteurs de couilles ventriloques. Et pendant ce temps-là, des joueurs de foot gagnaient le million.

Il y avait eu un grand silence au café d'en bas. Bruit d'un ballon qui frappe contre un bâtiment au loin. Son écho. Une daronne qui appelle. Son écho. Le silence pour seule réponse. Son écho. Plus rien qui bouge. Les pliures des joggings luttaient face au vent, tentant de retenir chacun de leurs froissements. *You're the One that I Want* de *Grease* passait dans la radio du café. Un temps. Total silence. S-Kro l'avait brisé en remuant les lèvres, grommelant comme ça qu'Angel pétait l'ambiance avec ses jugements moraux de merde, qu'il aille sur internet mettre des pouces vers le bas et lâcher des com', ça serait mieux pour tout le monde. Certains avaient reculé. Question de réflexe. D'autres avaient inspecté l'état de leurs chaussures, une petite trace de terre négligemment laissée sur la face intérieure, oh, mettre son doigt à la bouche, salive généreuse, se pencher, frotter, s'attarder, dos en voûte, atténuer, inspecter, s'oublier. Dans certaines situations, il est important de rester impeccable. S-Kro essayait de garder son regard droit malgré ses yeux tremblants. Ses iris restaient dans l'axe tandis que ses pupilles avaient déjà pris en bécane le sentier cahoteux qui les mènerait par les bois loin des tours.

Chacun des gars présents avait encore en tête la grande époque, la fameuse, celle où Angel répondait à un surnom de trois lettres. Trois simples lettres. Nues. Crues. Acronyme. Trois lettres gagnées à la force de ses mains. Une histoire d'insulte sur les tout premiers réseaux, cinq doigts serrés sur une gorge, un bras tendu, les pieds dans le vide, et Angel ouvrant ses phalanges sur une chute de trois étages. PLS. Aussi, lorsqu'Angel s'était levé de sa chaise en plastique vert délavé, chacun avait retenu son souffle. Les yeux d'S-Kro, eux, n'hésitaient plus : ils avaient passé la cinquième vitesse des frissons, bien que son corps n'ose pas bouger. Lentement, les doigts d'Angel s'étaient dépliés. Doucement, son coude avait pivoté selon un léger arc de cercle. Posément, sa paume avait disparu dans son col de sweat-shirt. Et il avait remis, délicatement, les écouteurs à ses oreilles. Quitter le café d'en bas, partir sans dire un mot le long des tours pour les laisser là, sans voix. Le silence d'une bombe. Putain, il a changé, PLS, on répétait partout. Elles étaient où, les descentes à dix, lui en tête, le petit pont entre les deux cités et le sang qui coulait en dessous ? Faut-il qu'il s'en souvienne ? La rage venait toujours après la haine. Où, ses ébullitions ? Où, sa fièvre ? Où, ses paumes calleuses sur des nuques, genoux-mâchoire, crochet-côte, talon-face, pointard-tempe, bouillie-gueule, baskets-pourpres, crachat-bouche, tas-fœtus, corps-ordures – et son rictus de jouisseur ? Les jours s'en étaient allés, PLS n'avait su demeurer. On ne l'avait revu que trois semaines plus tard au café d'en bas, petit silence, reprise des débats, les mains qu'on serre et celles qu'on place sur le cœur.

Il repensait à tout ça, ce soir-là, avec PNL à fond dans les oreilles, quand il aperçut au loin, arrondie par un sac à dos, une petite silhouette familière : S-Kro. Ils se fixèrent intense sous leurs sourcils. Le jeune Issa en unique spectateur passait au loin sur la dalle, son long corps d'adolescent ondulant avec aisance. Une algue. Il devait certainement partir pour l'une de ses longues marches nocturnes, tige tranquille sous la lune. Ils le saluèrent chacun d'un hochement de tête, sans lâcher leur combat de regard en cours. Petit à petit, Issa disparut dans leurs angles morts respectifs. Arrivés l'un en face de l'autre, Angel ralentit, s'arrêta, et sans décrocher un mot ni suspendre son sourire, approcha lentement ses doigts du visage d'S-Kro, dépliant son index, puis son majeur puis son annulaire en direction de la petite queue de cheval jusqu'à frôler sa joue, et lui mit l'un de ses écouteurs dans l'oreille droite. À peine les premières notes entendues, S-Kro tira sur les fils. Éructe. Bouche se tord. Dégueule l'air. Ils éclatèrent de rire. Après un moment à se regarder l'un l'autre glousser, pliés en deux, relâchement total, vestige d'un âge où l'on se chahute et se bouscule pour mieux se palper, reliquat d'époque où les non-dits ne sont que de fonctionnels oublis, S-Kro admit qu'en vrai, PNL, c'était du lourd.

Il voulut lui faire découvrir quelque chose, *Vréalité* de Kekra, bête de son, bête d'album, ça date un peu. Angel connaissait déjà. Un écouteur chacun, ils attendirent le début d'un couplet et le rappèrent en chœur. *Ce n'est pas qu'une question de haine, ce n'est pas qu'une question de peine. On est pas là pour l'éternité, donne-moi le flingue je vais chercher ma paye ! Bang bang !* S-Kro se déchargea avec précaution de son sac à dos sur le sol près d'un buisson, tel le fauve déposant son petit avant la traque. Au refrain, ils sautèrent de concert. *TOUS LES JOURS J'AFFRONTE LA VRÉALITÉ, VRÉALITÉ, ET JE SOURIS !* Longtemps qu'ils ne s'étaient pas retrouvés sans les autres, seul à seul, quatre yeux, confidence pour confidence. S-Kro allait bien. Comme d'hab, rien à signaler. Regard en coin. Silence.

Est-ce qu'S-Kro avait entendu les bruits d'hier dans la nuit ? C'étaient des chocs sourds, distincts, secs, comme deux explosions, Angel en avait été réveillé dans son sommeil, c'est pour dire, un bordel pareil, ce n'était pas que des pétards. Que dalle, non. La nuit, S-Kro dormait, profond. C'est à six du mat' qu'il faut être aux abois, pour pas se faire lever par les shtars, perquise, tu connais. Au fait, est-ce qu'Angel avait vu l'An-ienss, aujourd'hui ? Non, Angel n'y avait pas prêté attention. En tout cas, il n'était pas au café d'en bas, Angel l'aurait vu, il venait tout juste de passer devant. T'as essayé chez lui ? Oui, S-Kro avait essayé, à plusieurs reprises. La musique était à fond, ses vieux tubes de l'antiquité, comme d'habitude, mais personne pour ouvrir. Non, non, aucune urgence, l'An-ienss devait juste rendre un truc à S-Kro. Un truc qu'il lui avait prêté.

S-Kro, en grand amateur de mystères, resta vague et enchaîna directement sur son sujet favori : le travail d'Angel à l'atelier. Comment pouvait-on se crever la santé pour mille deux par mois ? *S'lever pour mille deux, c'est insultant*, SCH, il cita, en reproduisant avec une grande approximation un accent guttural et chantant. Cherche pas, ça suffira pas à te payer un dos neuf, t'auras pas de retraite, c'est une chimère, pareil que les clochards ou la dette, juste un truc pour faire peur aux gosses. Le permanent sourire d'Angel pour seule réponse, S-Kro servit son habituelle rengaine sur les petits chefs à satisfaire et les ego à caresser, et que lui, de toute façon, il pourrait pas. OK, il voyait bien qu'Angel avait changé, en mieux je veux dire, mais de là à taffer comme un esclave, c'était excessif, y avait sûrement un juste milieu à trouver, un équilibre. Tout était dans l'équilibre. Des nouvelles de Zakia ? Silence. Regard vague. Face au permanent sourire, S-Kro ajouta : ni meuf ni maître ! S-Kro pondait chaque jour ce genre d'adage. La petite phrase choc qui conduirait à coup sûr le reste de sa vie, il en était persuadé, jusqu'à devenir son épitaphe. Et puis arrivaient fatalement le lendemain, et son nouvel adage. Le permanent sourire étira sa courbe, tremplin vers le doute.

Nan, lui, S-Kro, c'était pas pareil. Salim, son patron, ils le connaissaient tous depuis petits, c'était comme un frère, et certainement pas un maître. Sur le terrain, en pratique, dans la réalité, S-Kro ne devait rien à personne, sur la tête de qui tu veux ! *Sleepy Hollow*. Nan, sans déconner, Salim lui foutait la paix, ils étaient presque d'égal à égal, et de toute façon, ce serait bientôt fini. Salim avait trouvé un plan. Un grand projet pour rebondir. Il avait eu le déclic en regardant un documentaire sur la chaîne Histoire, quelque chose sur les naufrageurs de l'ancien temps. Est-ce qu'Angel connaissait les naufrageurs de l'ancien temps ? C'étaient des types qui se mettaient sur la côte par météo agitée en brandissant des flambeaux pour faire échouer les navires, persuadés qu'ils étaient d'être guidés à bon port par le vrai phare, les boloss. Alors Salim voulait faire pareil. Ça serait pas compliqué, il suffirait de se taper une mission dans le Sud et de moderniser le processus avec des lampes LED, ou un truc dans le genre, en mode 3 000 watts. Une fois posés, ils n'auraient plus qu'à attendre qu'un bateau rempli de coke heurte les récifs. Facile. Après, on récupère, on revend, rien à devoir à personne, pas de grossistes, 100 % bénef, et puis on part en cargo avec la recette, direction les States, tels de jeunes et ambitieux Siciliens prêts à inventer la Mafia. Ensuite, une petite rencontre avec des stars au festival Coachella, une inscription à la Scientologie, et le tour était joué. Ne leur resterait plus qu'à se prélasser au soleil en dominant le monde. D'ici là, Salim prenait des cours d'anglais par correspondance. C'était pour bientôt. Le permanent sourire d'Angel s'ouvrit en deux : Si tu le dis, S-Kro, si tu le dis.

S-Kro détestait qu'on l'appelle comme ça. Il avait choisi ce surnom dans sa jeunesse, quand il voulait encore devenir rappeur ou acteur. Le S pour

Sébastien ; Kro parce qu'il en buvait à longueur de journée. L'assemblage des deux sonnait "bandit", un blaze pour donner le ton de ses rêves : futur Madoff ou Rocancourt, extorquant aux riches par le pouvoir des mots. Si le savoir était une arme, il voulait se faire tank. Enfant, il parlait déjà beaucoup, surtout quand sa daronne n'était pas là. Toujours quelque chose à prouver à quelqu'un. Et puis les mots, ceux qu'on reçoit par La Poste et qu'on déchire à tour de bras, lui firent le même effet qu'à tout le monde : des cicatrices. Balafres sous la peau, balafres des impuissances, balafres qui gravent quelque part la fragilité – indélébiles comme la fine pliure d'une lettre de mise en demeure. Ce genre de mots reste toujours dans un coin de crâne, ils ne cicatrisent jamais vraiment ; suffit d'un huissier zélé et d'un serrurier rapace pour te rouvrir les plaies. S-Kro avait eu beau dresser Manny à bouffer chacune des lettres, il y en avait toujours plus, toujours trop. C'est à partir de là qu'il ne voulut plus être S-Kro. Il voulait être libre. Ne devoir rien à personne. Contrôler sa zone, se faire appeler S, simplement S, plus classe, oublier le Kro.

C'était la fin de l'adolescence, les posters de Booba et de Katsuni avaient remplacé ceux d'Harry Potter et des Spice Girls – soi-disant volés à ses sœurs. Sa mère faisait des ménages, son père pariait aux courses, alors S-Kro voulait ramener la thune. Quelque chose qui courbe moins la nuque que l'un et de plus fiable que l'autre. Dans cette optique, il s'était alors fait la main sur des petites combines, des coups bizarres, et un peu de bizness aussi. C'est comme ça qu'il avait commencé. En réalité, en se mettant dans l'illégal par peur des huissiers, il n'avait fait que décaler les horaires des perquisitions. On est toujours qu'à une porte du malheur, et S-Kro l'avait rapidement compris. Philosophe, il avait déterminé que le plus important serait de toujours repousser cette porte le plus loin possible de lui. Surtout que, dans le fond, le malheur, faut juste en connaître les horaires d'ouverture. Et un adage pour la route. On parle souvent du cambriolage comme d'un viol de l'intime, mais le cambrioleur, au moins, il n'a pas de chien, ajoutait S-Kro. Il faut dire que les gros chiens, c'était sa hantise. Il craignait que, lors d'une fouille, les bergers allemands des flics ne bousillent son précieux Manny. Qu'une bouchée. Pure boucherie. À ce sujet, il avait longtemps fait croire à tout le monde que Manny était un bébé doberman. Au bout de six ans, ça n'avait plus tenu. Il avait alors prétendu s'être fait arnaquer, promettant une prime à qui buterait l'éleveur, pour enfin confier à Angel qu'il s'était pris la tête avec ses sœurs devant les cages du refuge. S'engueuler, comme ça, devant des bêtes en peine, ça se faisait pas. Rien que d'en reparler, ça lui faisait des gerçures au cœur. Il avait donc lâché l'affaire. Et puis, Manny, c'était quand même un beau teckel. Ce chien, c'était son sang, c'était sa vie. Ses sœurs avaient choisi la race, il avait dicté le nom. Manny, évidemment. Comme dans *Scarface*.

Quand il s'était mis à apprendre par cœur les répliques du *Parrain*, personne ne s'était inquiété. Ça pouvait arriver à tout le monde ; des bidouilleurs de scooters se prenaient pour Vin Diesel, des réparateurs de téléphones pour Bill Gates, des videurs de club pour Bruce Lee. Aussi, il n'y avait aucun risque de vertige pour son ego, la cité n'étant plus un four digne de ce nom depuis un bail. Les descentes successives de condés et la concurrence en hausse avaient eu raison des bénéfices. Les guetteurs et la gazeuse en haut des tours, ici, c'était presque devenu comme les fest-noz en Bretagne : du folklore. Bien entendu, comme partout, il y avait toujours quelques petits Blancs pour se payer le frisson d'un safari en zone urbaine. Enfant, déjà, Angel les voyait arriver de loin, ces jeunes à gueule de littéraire tendance maudite, chemise en coton épais et motifs incas sur torse glabre ; ou ces vieux à casquette rectangle, pantacourt style camouflage en mode Brooklyn. En grandissant, Angel avait appris à lire ces corps hésitants, tous pris du même bégaiement, avec toujours la même question au bout des lèvres, cette question qui t'enseigne trop tôt la couleur de ta peau, celle qui jamais ne se termine : "Petit, tu sais où je pourrais trouver..." Quand le maigre stock touchait à sa fin, il suffisait de leur faire le cinéma habituel, celui tant attendu, pour leur revendre une consommation perso au triple de son prix, l'offre et la demande, tu connais. Alors les ienclits repartaient, aussi heureux que grisés, des étoiles plein les yeux. Disons que ça arrondissait les fins de mois difficiles. Disons que les fins de mois étaient toutes difficiles.

D'ici quelques années, ça repartirait en flèche, S-Kro en était persuadé. Il était d'ailleurs à ça de prendre un petit pour son stage de troisième. Est-ce que son argent gagné durement était plus sale que celui d'un conseiller en optimisation fiscale, d'un graphiste de pubs vendant des horreurs à des mômes ou d'un prof qui aurait lâché l'affaire ? S-Kro en doutait. Et c'était une filière d'avenir, qu'on se le dise, surtout avec la flambée de l'immobilier, tous les jeunes actifs récemment rejetés de ce côté-ci du périph. T'imagines même pas les doses qu'il faudrait pour que ceux-là puissent continuer de se voiler la face, et donc le nombre de types nécessaires pour acheminer les doses. Logique. Il avait même entendu parler d'un projet de bar tendance dans l'ancien TGI. Les jeunes actifs pourraient alors boire des mousses artisanales à 8 euros dans des verres biodégradables, jouer au Mölkky en écoutant de l'italo-disco, et puis s'asseoir sur des bancs de palettes à l'endroit même où des vies avaient été scellées en numéros d'écrou. Pittoresque. C'était ça, l'avenir, S-Kro en était persuadé. Comme pour les Pieds-Noirs en Algérie ou les artistes à Marseille, envoyer des précaires mettre dehors d'autres précaires pour enfin raser le tout, jusqu'à maintenant, ça avait fait ses preuves.

En attendant qu'on tasse les classes, il avait bien fallu qu'S-Kro s'adapte au marché. Être proactif, comme ils disent. Alors S-Kro livrait. De la verte, surtout, et un peu de blanche. Ça rapportait pas mal et lui faisait visiter Paris. Sa verte était souvent plus jaune qu'autre chose, et même s'il lui donnait des noms exotiques – Purple Haze, Amnesia, Mexican Sativa –, elle avait tout de la mauvaise herbe qu'on trouve l'été en bordure de stade. Et, bien qu'il ait souvent sa bombonne vide, les mômes riches appréciaient S-Kro, certainement parce qu'il avait toujours une odyssée urbaine à leur raconter. Son teint semblait les rassurer en même temps que ses sapes les effrayaient. Salim lui avait pourtant demandé mille fois de s'habiller autrement. Si seulement il avait accepté de mettre des petites chaussures de ville, un petit costume, un petit imperméable, une serviette de bureau gentiment posée sur ses genoux, bien calme au feu rouge sur son scooter, il y aurait eu moins de risques. Mais pour S-Kro, hors de question de s'habiller avec classe si ce n'était du sur-mesure, doré aux coutures, s'il vous plaît. Tout droit importé d'Italie, ça va sans dire. Avec mocassins croco, cravate à losanges et montre assortie, *naturalmente*. Et pour ça, les affaires ne tournaient pas assez bien. Pour être honnête, en deux ans, ils étaient quasiment passés de PME à association de loi 1901.

Au début, avec l'argent, S-Kro avait payé des courses à sa mère. Elle l'engueulait copieusement, puis remplissait le frigo consciencieusement, *pour ne pas gâcher*. Mais comme elle continuait de crier après chacune des courses, se frappant la poitrine de sa paume, maudissant les dieux et les morts pour le tragique de son sort, S-Kro s'était mis à s'acheter de plus en plus de cadeaux pour lui-même. C'est ainsi qu'il s'était découvert un faible pour les statues. Les naïades et les piétà encombraient bientôt sa chambre jusqu'à en cacher les murs, recouvrant même Booba et Katsuni, et on pouvait parfois le voir assis à sa fenêtre, les bras de plâtre se chevauchant derrière lui, son gros cigare dans une main, sirotant un Tropico de l'autre, caressant de son avant-bras Manny, le tout en écoutant de l'opéra, Andrea Bocelli, *Brucia La Terra*. Technique Actors Studio, S-Kro s'était pris au jeu. Même si sa daronne le défonçait toujours autant – lui à genoux la suppliant de ne pas jeter sa statue THE WORLD IS YOURS achetée sur internet, OK OK, il étendrait le linge –, pour lui, S-Kro, c'était du passé. Depuis l'échec de son bizness de cartes Lycamobile volées, depuis la fameuse tentative de parfums de bagnoles dilués, S-Kro : oublié. À son plus grand malheur, tous les autres s'en souvenaient pour lui, surtout quand il prenait trop la confiance. Et S-Kro prenait souvent la confiance.

Faisant mine de ne pas être blessé à l'évocation de son ancien surnom, S-Kro saisit le second écouteur et promena Angel sur quelques mètres, tel un chien soucieux de sa laisse. C'est à ce moment exact que les cris se firent entendre : ARAH ! ARAH !

Le guetteur s'époumonait encore qu'S-Kro était déjà loin. Les écouteurs se balancèrent un temps le long de la jambe d'Angel, puis il les reprit calmement et se remit en route. Cinq hommes en bleu le dépassèrent en trombe. Le bruit de leurs pas sur la dalle. Des éboulis de pierres. Petits calibres frappant les hanches. De nouveau PNL dans le casque et les fenêtres qui défilent. Une fois arrivé au niveau de celles de son ancien appartement, Angel pensa à sa mère. Il pourrait l'appeler ce soir, pourquoi pas, prendre de ses nouvelles, ça faisait longtemps, elle qui répétait sans cesse que le meilleur était à venir, que dans cette vie, il y a la tendresse, ce condensé d'âme, et rien que ça justifie l'âge, celui qui damne. À voir ses yeux amandes aux sillons rieurs, Angel voulait bien la croire. Refrain de la chanson. Apesanteur. Dépressurisation. Décollage. Souvenir d'une discussion au café d'en bas avec l'An-ienss.

C'était un soir que tout le monde avait déserté, un soir de ramadan, juste avant la coupure. L'Anienss était là, comme à son habitude, en bout de bar, les plis de ses bras rivalisant avec ceux de son ventre, à boire son calva et le silence. Ignorant le passé, conjuguant au futur, c'était radio Nostalgie en fond sonore, bien sûr. Ça aussi, ça faisait débat et précédait toute conversation. Toujours quelqu'un pour demander qu'on change de station. Le changement, c'est maintenant, patron ! Il donnait son avis et qu'il voulait le bon : non. Toujours la même réponse pour critiquer le monde, avec désinvolture. Ce soir-là, c'était Aznavour. *J'ai joué de la vie comme on joue de l'amour, et je vivais la nuit sans compter sur mes jours qui fuyaient dans le temps.* L'An-ienss avait posé son verre du bout du pouce et de l'index, et d'une pichenette l'avait repoussé loin de son cœur, courbé sur le comptoir. *J'ai fait tant de projets qui sont restés en l'air, j'ai fondé tant d'espoirs qui se sont envolés.* Il avait agrippé les rebords en zinc de ses mains calleuses et, d'une lente pression, avait ouvert ses coudes pour redresser son buste. *Ignorant le passé, conjuguant au futur*, il avait rendu son sourire à celui permanent adossé à une vitre, la dalle vide comme un tableau derrière, eux seuls dans le café d'en bas, et le patron affairé à ses Sudokus. *À faire des folies qui me laissent au fond rien de vraiment précis que quelques rides au front et la peur de l'ennui.*

Aznavour, avait dit l'An-ienss, comme une incantation. Et puis il lui avait raconté les minutes interminables passées à attendre dans la voiture, les doigts qui pianotaient nerveusement sur les cuisses et les quatre autres gars dedans pour embuer les vitres. *Par ma faute, j'ai fait le vide autour de moi, et j'ai gâché ma vie et mes jeunes années*, il lui avait expliqué les montres que l'on réglait et la boîte à gants qu'on ouvrait, les calibres qu'on prenait et les portières qui s'ouvraient. *J'ai figé mes sourires et j'ai glacé mes pleurs* qui résonnaient dans la voiture, le moteur qui tournait encore lorsqu'ils se décidaient enfin à traverser la rue, cagoulés, déboulant en trombe dans le sas de la banque et les cris jaillissant tout autour d'eux en incendie de voix. *Où sont-ils à présent, mes vingt ans ?* Eux, des chefs d'orchestre pyromanes. Leurs flingues comme baguettes et jerricans. Ils donnaient les instructions, figeaient les uns, activaient les autres, soutenant le solo de l'employé du coffre tout en retenant les chœurs en panique, menant doucement mais fermement chaque symphonie à son apothéose. Et le fric qui brûlait les doigts à peine la rue retraversée, les portières qui claquaient, le moteur qui grondait, Aznavour à fond. Je vous parle d'un temps que les moins de vingt ans ne peuvent pas connaître. *Hier encore* à l'aller – *La Bohème* au retour ; toujours. Rituel. Ils chantaient alors en chœur, riches enfin, jusqu'au prochain braquage.

Angel repensait à ça en écoutant PNL. Les flics avaient tourné en cohorte derrière un bloc. Comment on dépense mieux la vie ? Se buter à la tâche ou mourir à la hâte ? Et est-ce qu'il mettrait du PNL pour monter au braco, s'il en faisait un ? Tentant. Risqué. Trop risqué. Il chassa cette idée de sa tête. Les fourgons blindés, quand ils passent, c'est comme les personnes aimées : on ne peut s'empêcher de les fixer jusqu'au bout du virage. Torticolis.

L'An-ienss avait tout perdu quand il s'était fait coincer. Et la thune et le temps, et ses amis et son amour. Même sa fille refusait de le voir. Ou bien le contraire. Pire qu'un blues, il disait. Dans ce pays, il n'y a pas plus grosse victime que l'argent. Donc le pire crime, c'est de l'attaquer. Trente ans. Le max. Des histoires de récidive, de comportement et d'isolement, et aussi ce gamin en bleu qu'avait trouvé malin de se prendre une balle, bien que perdue. Derrière les murs, c'est loin des yeux, loin de tout. Depuis qu'il était revenu, c'est bien simple, l'An-ienss ne connaissait plus personne. À part le Français, bien sûr. On pouvait espérer mieux comme compagnie, surtout à son âge, de ça tout le monde en convenait. Et puis le père d'Angel, c'est vrai ; l'An-ienss avait autrefois connu ce fantôme.

Les jours suivants, au café d'en bas, Angel l'avait accompagné dans son silence habituel de bout de bar, sourire partagé quand passait Aznavour, retour à la mine triste quand passaient d'autres chansons. À son âge, chaque tube a son souvenir, c'est comme ça, vaut mieux s'y faire.

Les flics repassèrent en trombe et sueur dans l'autre sens. Le crachotement de leur radio saturée. À leurs gueules, ils n'avaient pas eu S-Kro. Encore une histoire qu'Angel ne manquerait pas de raconter aux autres le soir même.

Arrivé en bas de chez lui, dernières notes de l'album, il sortit son téléphone pour relancer la première chanson avant d'affronter l'habituelle montée des marches vers son neuvième étage, ascenseur en panne, et le plat de pâtes sauce pesto supplément fromage qu'il se ferait un plaisir de dégommer devant une série policière ou un documentaire scientifique, selon l'envie et la fatigue.

C'est à ce moment-là qu'ils déboulèrent, les cinq flics. Angel se figea. Contrôle d'identité. Papiers. Mains-tête. Rien d'illicite ? Dangereux ? Coupant ? Palpation. Les élastiques. La capuche. Le caleçon. Silence. Appel à centrale. Dans ce genre de cas, Zyed et Bouna, Laramy et Mouhsine, Théo et Adama sont des noms qui tournent dans la tête. Tourette du pire. Pas de geste brusque. Ça va passer. Ils le tutoyèrent tout en faisant comme s'ils ne le connaissaient pas.

T'es connu des services ? Autour de lui : le Grand, Fils-de, Balafre et Cure-dent. Un peu en retrait, comme à son habitude, se tenait Zombie. La radio crachota quelque chose à son épaule et Balafre pivota son cou en chouette effraie pour mieux répondre. Suspendu dans sa main gauche gantée, le sac à dos d'S-Kro. Allez, on l'embarque, les pinces, direction comico. Ne pas se débattre. Si un flic meurt, on le pleure. Si un flic tue, on n'a rien vu.

Hall d'entrée : sol carrelé qui monte sur les murs jusqu'à hauteur de buste, comme en attente du karcher. Angel est assis sur le banc, menotté au dossier, voûté sous capuche. Bien sûr qu'il est à toi, ce sac, bien sûr qu'il est à toi ce bout de shit, sinon, à qui d'autre ? Ne surtout pas répondre. Ils savent très bien. Ils veulent juste l'entendre, pouvoir dire partout qu'il a balancé, qu'il est une poucave, qu'ils sont des gros bonnets, de grands intellects, que la pression est un pied-de-biche pour l'esprit en porte palière. Et si ce n'est pas ton bout de shit dans le sac, pourquoi t'as couru quand on est arrivés ? Impossible qu'ils confondent : celui qui a couru était blanc. Blanc, noir, jaune, bleu, merde ; c'est pareil pour nous ! On voit pas la différence. Tu vois la différence, toi ? Il voit la différence. Mais c'est du racisme, ça ! T'es raciste, toi ? C'est pas bien, ça. Comment ils te surnomment tes petits copains, déjà ? Non, pas PLS, *ça date ça*, comme vous dites. Angelo ! C'est ça. Michel Angelo ! T'es sûr que c'est pas Michel Fourniret ? Ça va, on déconne ! C'est pas gentil. Eh ben, pour nous, t'es pas Michel Angelo, non. Tiens, on va t'appeler Jean-Marie ! Bah si, t'es raciste. Jean-Marie, c'est pas mal. Ça lui va bien.

Ou bien Maurice ! Maurice Papon ! Avec ton beau sourire. Il avait un beau sourire, Papon. Si, il avait un beau sourire. Alors, Papon, il est à toi, ce sac ?

L'odeur du bon shit bien gras d'S-Kro embaumait le hall. Ça devait être sa conso perso. Tu taffes, toi, Papon, c'est ça ? T'es rentré dans les clous, il paraît. C'est ta maman qui va être triste. Tu crois pas qu'elle a assez souffert, maman ? Une si brave femme. Tel père, tel fils. Comme elles disent : tous des salauds. Et il va pas être content, le patron, demain matin. Ça va nous faire un sacré détour sur le droit chemin, ça. Sauf si t'es sympa. Sauf si tu coopères. Sauf si tu obtempères. Sauf si tu nous fais gagner du temps. Alors, c'est bien ton bout de shit et ton sac ? Serrage de dents. Crâne bien stable. Zombie muet dans coin de hall, comme à son habitude. Une porte qui s'ouvre. Une femme en sort. Cheveux longs en bataille, jogging, tee-shirt, en rage. Le Puceau, Roux et la Générale tout autour d'elle. Ils éclatent de rire. Passant derrière le comptoir d'accueil, poussant la porte battante, ils disparaissent dans un couloir. Alors, ce bout de shit, c'est bien le tien, tu confirmes ? Non ? Il ne confirme pas, le petit bâtard. Alors, c'est le sac à qui ? Et un flingue, ça te dit quelque chose, un flingue ? Les deux coups de feu d'hier, tu sais pas qui c'était ? Beaucoup de gens qui se sont plaints. Et à juste titre : c'est pas Bagdad, ici. Bien que ça y ressemble. T'as pas entendu ? Toi, ça fait boum-boum et t'entends pas ? Fais gaffe, un de ces quatre, ce sera ton appart qui explosera et t'entendras rien ! T'étais pas là ? Personne n'est jamais là, c'est marrant, surtout quand ça tire. D'ailleurs, le flingue, lui non plus, il était pas là ! Tu joues au con, Papon. Tu joues au con, on joue aux cons ! Et à ce jeu-là, t'es pas près de gagner, mon con. Et une garde à vue, une ! Avec ceci, ce sera tout ? Allez, c'est parti pour la table 5. On envoie ! Petite fouille à nu, j'espère que t'es bien propre de derrière les oreilles et surtout que t'as envie de bâiller, et puis la petite visite à l'OPJ qui va bien ! Il va être content de te voir, l'OPJ. Tu lui as manqué, à l'OPJ. Avance. Tu connais le chemin, t'es presque de la maison, pas besoin de t'indiquer. Et, Papon, je te le répéterai pas deux fois : retire-nous ce sourire.

Les bras qui repoussent le sol et le monde avec. Expire. Le buste qui retombe d'un coup, à deux doigts de l'embrasser. Inspire. La colonne est une quille de bateau renversé. Expire. Les poignets sont appuis tout autant que leviers. Inspire. Je fais des pompes chaque matin. Expire. Dans mon historique, des vidéos de coachs sportifs. Inspire. DOUBLER SES PECS EN UN MOIS – BICEPS ET DELTOÏDES – 20 MINUTES INTENSES – 5 EXERCICES 8 PACKS – COMMENT ELLE SAIT QUE T'ES ALPHA – ABDOS D'ACIER. Expire. Dans la glace embuée, j'inspecte mes muscles et rêve à une armure. Je me lave les mains. Je me brosse les dents. Je passe une main de gel dans mes cheveux. Je me relave les mains, paume contre paume. J'ouvre la cuvette. Je tiens mon organe du bout du pouce et de l'index. Le jet puissant me rassure. Je me lave de nouveau les mains, entre les doigts et jusqu'aux coudes en grattant bien les ongles. Je me sèche les mains à les rendre rouges. J'éteins la lumière. Je fixe successivement l'ampoule et le lavabo. Ping-pong pupilles. Plafond-robinet. Plafond-robinet. Plafond-robinet. Je tente de piéger le système : robinet-plafond. Je compte jusqu'à huit. Par sécurité, j'ajoute cinq.

Voilà. C'est bon. Quitter la salle de bains sans me retourner et passer la porte d'entrée le ventre vide. La porte qui claque. Aujourd'hui, je nique le monde. Aujourd'hui, je bouffe le trône. Aujourd'hui, je quitte les enfers. Dans le couloir au sol bleu et murs blancs de l'immeuble, se faufilant entre le bruit de mes pas décidés, cette sale question me prend direct les tempes en étau : est-ce que je l'ai bien fermée ? C'est important. Si oui, il faut que j'avance. Si non, il faut faire demi-tour. Parce que sinon, c'est la porte ouverte à tout. Et quelqu'un qui saccage les affaires, et quelqu'un qui rôde au ras des murs, et quelqu'un qui vole les bijoux, et quelqu'un qui viole les corps, et quelqu'un qui brûle les restes, et quelqu'un qui… Et moi, responsable. Mes jambes tremblent. Tête pression. Inspire. Expire. Renifle mes doigts. Inspire. Ça sent le savon. Expire. La porte de l'ascenseur s'ouvre et se referme sur mon pied par saccades. J'ai donc appuyé sur le bouton de l'ascenseur sans même m'en rendre compte. On fait des choses sans se rendre compte. On est donc coupable sans s'en rendre compte. Il doit y avoir une trace, quelque part. Un destin ou un livre de comptes. Une trace des gestes et des actes. Quelque chose pour prévenir des conséquences. La porte de l'ascenseur a été ouverte. Le bouton a été actionné. Je colle mon nez dans ma paume. Je le remonte sur mes phalanges. Ça ne sent que le savon. Je ne peux donc plus compter sur l'odorat. Ou alors, c'est ce relent léger, ce fumet persistant métallique, bien en dessous de l'effluve floral, tout contre l'acre de ma peau ? Je donne un coup de langue à mon index. L'amer goût du métal sur mes papilles. Ça pourrait effectivement être le bouton de l'ascenseur. J'hésite à le lécher à son tour, pour en comparer le goût. Je m'y refuse. Ça pourrait tout aussi bien être la poignée de la porte. Je l'ai donc touchée. En l'ouvrant ou en la fermant ? Derrière mes paupières, l'image de la porte laissée entrebâillée. La chasser. Si je retire mon visage de mes mains, si je regarde le couloir s'étendant derrière moi, si je pivote mon cou, si je tourne les talons, je verrai l'embrasure et, fatalement, ce sera le doute : est-ce que cet angle mort cache une surface pleine ou bien un léger vide ? Un vide léger et ça suffit. Un vide léger et c'est coupable. Me souvenir, il me faut me souvenir. Je n'ai pas respecté le système et je l'ai encore moins piégé. Je n'ai même pas compté. Pas jusqu'à huit, encore moins les cinq de sécurité. Je niquais le monde. Cette porte, est-ce que je l'ai bien fermée ? Le son. Est-ce que j'entends le son de la porte qui se referme dans ma mémoire ? Je n'entends rien. Si je n'entends rien, c'est donc que rien n'a fait de bruit. Si rien n'a fait de bruit, c'est donc que rien n'a été fait. Le loquet ne s'est pas enclenché. La porte est restée ouverte. La faille est béante. C'est sûr. Relation cause-effet. Acte-conséquence. Fumée-feu. Alors, comme chaque matin, faire demi-tour et vérifier la porte en forçant dessus de tout mon poids, l'actionner à répétition jusqu'à ce que mon corps s'essouffle, s'étouffe, s'affaisse, ou que la poignée cède ? Un jour, j'en ai brisé une. La porte est restée ouverte pour de bon. Là, au moins, j'en avais le cœur net. C'était sûr. Corps léger. Jusqu'à ce que le réparateur passe. Alors, faire demi-tour et vérifier ? Quitte à briser la porte ? Ou pire : que mon père déboule en caleçon dans le couloir de l'appartement, l'ouvre sec, m'engueule dur, moi qui détale dans le couloir, certain que le soir venu les hurlements m'accueillent. Ritournelle des cris. Enfer cyclique. Mais le soulagement, aussi : celui de me savoir exempté, libéré, innocenté, la porte qu'il referme, sa responsabilité, à lui, la sienne, le ressassement qui cesse et le poids du vol, du viol, du saccage et de l'incendie qui retombe. Épaules libres. Mon dos. Dans mon sac sur mon dos, je ressens le poids. Inhabituel. C'est bon. Il est là. Ça fait des nuits que j'en rêve. À en sculpter mes draps. Dans mon sommeil, je l'entends, même. Ses bruits, splendeurs. Aujourd'hui, c'est différent. Aujourd'hui, j'ai tant à faire. Aujourd'hui, je nique le monde. Je m'engouffre dans l'ascenseur, les portes qui se referment, la chute des étages. Cours, Masculin, la lâcheté est derrière toi.

Les policiers cessent brusquement de rire en entrant dans la pièce. L'OPJ lui notifie sa garde à vue et les faits qui lui sont reprochés. On dépose le canif sur le bureau. Regard bref par-dessus ses lunettes. Quand elle veut expliquer son geste, le pourquoi du, il l'interrompt, lui stipule qu'on l'entendra dès le lendemain matin, il a encore quelqu'un à recevoir, c'est déjà l'heure de sa fin de service. Elle ouvre la bouche. Il expire bruyamment. Quelqu'un à appeler ? Famille ? Avocat ? Employeur ? À l'évidence, pas l'employeur. Personne ? Non, ce n'est pas obligatoire, c'est un droit. Les droits ne sont pas obligatoires dans ce pays. Pas encore, du moins. Elle demande une avocate. Elle le répète en appuyant bien sur le *e* final. Il la dévisage mais ne relève pas. Si elle n'a pas de nom en tête, on lui trouvera quelqu'un. Qu'elle ne s'attende pas à la voir avant demain, sacré bordel, ils sont largement débordés pour cette nuit.

On la fait se relever et quitter la pièce. La fonctionnaire qui lui a fait subir la palpation quelques minutes plus tôt l'accompagne le long d'un couloir aux murs jaunis. Le jeune à l'arme lourde paraît déçu. Elle a changé de maître. Leurs pas résonnent en décalé, échos et contretemps, ses baskets sans lacets bâillent à ses chevilles. La policière ouvre une lourde porte qui se referme de tout son poids derrière elles. Alors qu'elles empruntent un autre couloir bordé de cellules, elle a seulement le temps d'apercevoir des corps sur des bancs de béton, certains allongés tels des gisants, d'autres prostrés, position penseur. La policière la conduit jusqu'à la quatrième cellule, en tout point semblable aux autres, composée de trois murs autrefois gris et d'un dernier en plexiglas, que des inscriptions comme des griffures rendent maintenant flou. Un sol en camaïeu de beige et de brun, palette complète de peaux d'humains. Dans l'un des recoins se trouvent les toilettes à la turque, séparées d'un banc en dur par un simple muret. Pour finir, un lavabo boulonné juste en face. Intégral néon-béton. Fracas porte. Cliquetis d'une serrure avec poignée ronde et sillon tracé type labyrinthe. Échos de pas. C'est donc à ça que ça ressemble, l'extrême rebord d'une société. Sans transition, elle pense aux premiers voyageurs qui ont été au bout de la Terre, quand on la croyait plate. Voilà certainement ce qu'ils ont dû ressentir en faisant le tour : pas étonnant, pas rassurant.

Quand on revient la voir, elle est assise sur le banc, hébétée. On lui demande si elle a besoin de quelque chose. Elle répond que oui, utiliser les toilettes. *Mi casa es tu casa.* Qu'elle fasse comme chez elle. Avant que les pas ne lui laissent que l'écho, elle précise en criant sa demande, annonçant ne pas avoir trouvé de papier dans la cellule. On revient avec un rouleau. Avant de le lui tendre, on la somme de préciser : numéro 1 ou numéro 2 ? Elle ne comprend pas. On lui explique l'allusion. On la lui détaille. Elle énonce son chiffre. On lui découpe un nombre de feuilles relatif à sa demande. Lorsqu'on revient plus tard, elle est toujours assise, encore sonnée, les épaules en arceau, le dessus des mains contre le froid du banc, ses paumes vers le ciel. Non, ce n'est pas l'hôtel ici, on n'offre pas de savon en garde à vue. Elle serait surprise d'apprendre ce que certains sont capables de faire avec. Vraiment surprise. Des trucs tordus style Sofitel. *Room service*. Le riz sauce tomate dans la barquette en plastique et le yaourt qu'on lui tend réveillent sa faim. Elle approche son nez du plat. Elle retourne à plusieurs reprises son ustensile en plastique dans l'amas blanc et rouge. Consistance comme odeur non identifiables. Un doute. Qu'est-ce que c'est ? Tu bouffes et tu verras. C'est froid. Pour tenir, après hésitation, elle mange. Dix minutes plus tard, on repasse pour lui reprendre le tout et lui déposer une deuxième couverture. Relent rance. Pourquoi pas. Fracas porte. Elle s'endort, épuisée.

Comme chaque nuit, des rêves d'entrepôt. Cette nuit-là, c'est le rêve des caisses orange qui débordent avec l'angoisse en crue. Parfois, c'est celui plus abstrait des codes-étiquettes qui défilent. A23D52 – L48G64 – Q11D26 – T37D12 – W55G02. Si seulement ce n'était qu'une suite de lettres et de chiffres… La lettre *W* indique l'allée jusqu'où pousser son chariot. Le nombre *55* correspond à la colonne jusqu'où marcher dans l'allée W. La lettre *G* précise que, une fois rendu à la colonne 55, il faut se tourner vers la gauche. Le chiffre *2* est le numéro du casier de la colonne 55 à gauche dans l'allée W où se trouve l'article. Il est sous plastique, il faut le mettre dans la caisse orange. Au bout d'un mois, on n'y pense même plus, sauf dans ses rêves. Débrancher le cerveau. Des vêtements de grandes marques. Passer ses journées à remplir des caisses de fringues plus chères que son salaire mensuel. Il faut aller le plus vite possible à travers les allées, selon les indications affichées sur l'écran de son PDA, sorte d'immense téléphone avec une poignée à gâchette. On le tient à pleine main, une lanière autour du bras, pour être sûr de ne pas le perdre ou même pire : le laisser tomber.

Une fois, quelqu'un a cassé son PDA. Écran noir. L'événement a été constaté en direct par les caméras de surveillance. La tentative de dissimulation dans un tas de manteaux à 2 000 euros pièce a même été commentée en salle de contrôle. La panique du coupable aussi. Il y a eu un appel du patron. Cris secs. Puis le silence. Centre de l'entrepôt, toutes et tous en cercle, les cheffes de poste, les employés de tous les pôles, tout le monde était là, même le fils du patron. Il travaillait comme les autres à la chaîne, bouche close, sous les cris des supérieures, dans le vacarme des moteurs. Seule la gamelle tendue par son père marquait à midi la différence. L'impartialité du père faisait de lui un bon patron. Ça forçait le respect. Mêlé de peur. Peur qui se lisait clairement ce jour-là sur chacun des visages du cercle, PDA brisé en évidence au centre, bien en vue, un discours calme et posé à voix basse sur l'importance du matériel, le respect des infrastructures et les qualités requises pour être un bon manutentionnaire.

Le patron a profité du caractère exceptionnel d'une telle réunion pour souligner le prix d'un PDA, soit trois mois de salaire d'un employé. Il a terminé son discours en rappelant les consignes à respecter dans la salle de repos, la propreté des micro-ondes mis généreusement à leur disposition ainsi que la nécessité pour chacun et chacune de prendre une douche chaque soir une fois rentrés chez eux, le minimum requis étant de se munir d'un désodorisant. Les espaces communs n'étaient pas des vestiaires de sport. Hygiène intime de rigueur. Il n'entrerait pas dans les détails. A suivi une minute de silence durant laquelle le briseur de PDA a fixé le sol. Chacun a été renvoyé à son secteur, précipité dans la course aux codes-étiquettes par les cris de sa cheffe d'équipe. Il fallait rattraper le temps perdu, lanière au poignet serrée jusqu'au sang. Lorsque le fautif a tenté de repartir vers son secteur, le patron a ouvert la bouche. Six mois qu'il travaillait ici, l'employé faisait partie des rares personnes dont on connaissait le prénom. Il n'a eu qu'à le prononcer. L'employé s'est figé. Direction le bureau. On ne l'a plus jamais revu. Rattraper le retard pris sur les commandes est devenu un calvaire commun. Plus soudés que jamais, dans le silence des bouches et le ronronnement des moteurs, ils se sont faits salve à mille cibles par minute.

Il faut donc lire le code-étiquettc affiché sur son PDA, puis se diriger le plus vite possible vers l'emplacement indiqué, prendre l'article, le scanner, retourner vers l'allée principale, déposer l'article dans la caisse orange et pousser son chariot jusqu'à la prochaine allée indiquée sur l'écran tenu fermement, pour remplir sa caisse, article après article. L'algorithme guide. L'intérimaire suit. Une fois la caisse pleine – ou la commande terminée –, on la dépose sur le convoyeur au niveau d'un laser. Ensuite, on retourne en arrière jusqu'à l'ordinateur principal et on prend une nouvelle commande.

On appelle ça le *picking*. Chaque matin, il faut préparer les milliers de vêtements commandés sur internet durant la nuit par des exploités d'autres branches en ayant eux-mêmes bavé toute la journée pour se payer un sous-vêtement sexy en soie à 90 euros ou une paire de chaussures de marque à 140. Alors, sous les néons de l'entrepôt, chaque jour, il faut préparer le colis qu'on leur fera parvenir par camion, vers là-haut, en récompense de leur labeur, le soir venu. Des codes-étiquettes qui défilent pendant des heures sur l'écran et dans la tête.

Très vite, on ne regarde plus les panneaux aux plafonds indiquant les allées. On connaît le labyrinthe par cœur. Il fait partie de soi. *Idem* pour les caméras. Elles font partie des murs. Mais les codes-étiquettes, eux, restent comme imprimés sur la rétine jusque tard dans la nuit. Corps étrangers pour périlleuse greffe. On se met alors à ranger ses aliments par tailles et catégories de poids sur le tapis roulant de la grande surface, juste avant sa fermeture. On se surprend à virer dans les rues selon une trajectoire rigide, une perpendiculaire parfaite, poussant le cabas à toute vitesse. On pense une même phrase en boucle sur son canapé pendant des heures. On ne supporte plus les débats politiques, les intrigues exagérées, les drames humains sempiternels. Le week-end, si on survit hors du lit, le soleil trouble. Une fois accoutumé à sa lumière naturelle, on regarde passer les gens dans la ville en fixant leurs tenues article par article, les visualisant dans l'entrepôt 2 ou 3, premier ou deuxième étage, allées du fond, du milieu, ou face aux rideaux de fer donnant sur les quais de chargement. Et puis on fait des rêves étranges.

Une nuit, elle avait accepté de dormir chez l'un de ses matchs Tinder. Elle ne le faisait jamais, par principe. D'ordinaire, elle préférait garder son sommeil comme dernier présent à elle-même. Mais il vivait si près de l'entrepôt, quelques minutes à pied, pratique pour le lendemain, il avait insinué.

Elle avait rêvé de codes. Ça défilait sous ses paupières à une vitesse dingue. Kurt Cobain avait beau l'encourager, ses yeux laser peinaient encore à les scanner dans le temps imparti, alors elle y mettait tout son cœur pour suivre la cadence, sa barre de rentabilité s'illuminant progressivement de vert, ne rien lâcher, surtout rien lâcher, même quand Kurt se révéla être Christiane Taubira, elle était dans le rythme, c'est bon, Christiane la prenait dans ses bras, elle excellait, c'était tout chaud, chandelle, comète, fontaine : la liberté.

Le jeune homme l'avait réveillée en se penchant au-dessus d'elle et, se voulant tendre car protecteur, l'avait saisie fermement par les épaules. Ouverture de paupières. Gros plan visage. Réflexe direct. Coup de boule. Il était encore recroquevillé sur lui-même à geindre comme un gosse qu'elle enfilait déjà son jogging et son sweat-shirt. Tu répétais des chiffres et des lettres en boucle, tu répétais des chiffres et des lettres en boucle, tu répétais des chiffres et des lettres en boucle, il gémissait ça, en refrain. Entre ses doigts masquant son visage et jusque dans les draps, un fil rouge. Elle était partie. Sur le chemin vers chez elle, quelques dernières heures de sommeil avant d'embaucher, elle avait pensé à ce énième type qui avait voulu plus, toujours plus, encore plus d'elle, jusqu'à son sommeil. Mais si, reste, ne rentre pas chez toi ce soir, ne rentre pas car il est tard, tu travailles juste à côté, c'est bon, on est bien là, tu ne vas pas t'aventurer, pas à cette heure-ci, pas avec toutes ces histoires, pas avec ces fils de chien dans les rues qui rôdent.

Classique. La peur est une valeur sûre. Encore mieux que l'immobilier. Hausse constante. La peur profite à tous les oppresseurs. Ceux qui la pratiquent ouvertement la palpent en cash. Des courtiers. Ceux qui la pratiquent indirectement en récoltent les fruits quand même, par ruissellement. Des actionnaires de la peur. Elle était restée. D'abord, elle s'en était voulu d'avoir accepté de le rencontrer. Sur l'application, le type se disait féministe. Les pires. Un couteau papillon reste un couteau, comme aimait à le répéter Samantha. Toujours se méfier des mots. Il avait démarré la discussion par un long monologue à propos des sales bâtards qui prenaient les femmes pour des bouts de viande, des proies, des forteresses à conquérir, sur la condition humaine et le fléau masculin, sur l'importance des mouvements actuels qui nous libéraient toutes et tous. Surtout tous. Il insistait là-dessus. C'est qu'il en avait tellement bavé, lui, de la virilité, il en avait gros sur la patate, et jamais personne pour l'écouter, à part les femmes, bien sûr. Toujours les femmes. Il voulait qu'elles pansent ses blessures. Jusqu'ici, tout va bien. Depuis le big-bang, rien de nouveau. Les rares fois où elle arrivait à en placer une, il faisait un bruit d'acquiescement en claquant sa langue dans sa bouche, la regardant avec insistance. Ce genre de mec qui considérait les femmes exclusivement comme des victimes. Il avait dû lire sur un site spécialisé qu'en cas de trauma, l'écoute était primordiale. Ce genre de prédateur qui avait vu le vent tourner, alors vite, changer sa technique de traque avant que l'animal ne le sente dans l'air. Ce n'est qu'une fois le verre de vin terminé que s'était installé le premier silence. Il lui avait proposé de marcher un peu le long du canal, juste pour faire un tour. Elle n'était pas dupe, mais après avoir enduré ce manège, elle avait envie de sensations. En avoir pour son argent. Se décrocher l'arrière du crâne. Sentir une peau. S'ouvrir les pores. Idée idiote. Elle avait dit oui.

Cette nuit-là, en rentrant chez elle, dans son treize mètres carrés au bordel ordonné, elle s'en était voulu de ne pas être restée là, en sécurité, avec ses doigts. L'envol ultime d'être seule, immense, entièrement à soi. Elle était habituée aux piètres raccourcis, notamment celui qui consistait à la dire haineuse des hommes. La haine est un sentiment. Or il s'agissait plutôt d'une certitude, acquise au bout de longues heures d'observations rurales et urbaines, guidée par des lectures multiples et diverses, additionnée à des réflexions sur ses expérimentations personnelles, enrichie par l'écoute bienveillante et critique de ses semblables, le tout suivi d'une synthèse objective des résultats obtenus. Son approche était autant déductive qu'empirique. La conclusion s'avérait aussi simple que le constat évident : la société était patriarcale. Les hommes, par la ruse et la violence, s'étaient petit à petit assis en haut du grand tas de corps. La probabilité que l'un d'entre eux accepte entièrement et simplement de descendre de son tas de corps, sans se plaindre, sans réclamer un tabouret de hanche ou un divan de bras, une petite place spéciale ou un infime privilège, un microascendant ou un léger réconfort, était quasiment nulle. Et si, supposons, soyons dingues, dans cette proportion proche du zéro absolu, elle parvenait à trouver un homme sincère et donc digne d'intérêt, il lui faudrait dégager du temps et de l'énergie pour le former, l'éduquer, le reprendre, lui apprendre à désapprendre. Elle ne toucherait aucune subvention d'État pour animer une telle formation. Aucune fondation privée pour rémunérer ce don de soi. La question était donc réglée.

Néanmoins, elle aimait les étreintes et n'était pas attirée par les femmes. Comment on reboote son désir ? Comment on le synchronise avec sa survie ? Quelle est la pièce à retirer, celle qu'on nous encastre dès la naissance, ce fameux boulon qui maintient l'obsolescence programmée ? Elle ne l'avait pas encore trouvé. C'est que le système était bien rodé : on brisait les côtes d'une partie de la population jusqu'à pouvoir la compresser en un petit tas, tout en étirant les colonnes vertébrales de l'autre partie pour lui permettre de mieux reproduire le patriarcat. Aux unes, on rabâchait qu'elles avaient besoin des autres pour s'accomplir ; aux autres, on susurrait qu'ils devaient être au-dessus des unes pour s'élever. Et pourquoi pas l'inverse ? Si on leur pétait les côtes, pratique, ils pourraient au moins s'autosucer. Il y avait forcément un moment dans l'histoire où ils avaient pris le dessus. Ensuite, ils n'avaient eu qu'à maintenir l'écart. C'est ça, pour que l'affaire perdure au-delà d'une génération, ils avaient forcément dû automatiser leur chaîne de production.

Détonation du réveil, alarme sifflante, le lendemain s'annonçait comme un cri sec dans un tube d'acier. Alors, comme tous les autres jours, l'embauche à 7 h 30, les chaises en fer qui raclent le sol, les aboiements des cheffes, le groupe qui s'amasse et l'appel un à un, une à une, par secteur d'activité. La plupart des femmes travaillaient dans deux secteurs : celui du pliage des vêtements et celui du *picking* des bijoux et parfums. Lorsque l'une d'entre elles avait osé demander pourquoi il n'y avait pas d'hommes dans leurs équipes – comme si leur absence était censée créer un manque –, on lui avait répondu qu'ils n'étaient pas assez soigneux. Les hommes travaillaient au *picking* des vêtements et des chaussures, à l'arrivage des marchandises et au tractage/colisage des commandes pour les départs dans les camions. Physique. Musclé. Sportif. Rien que les noms de leurs tâches faisaient transpirer.

Elle dut donc commencer avec les femmes. Les remarques de leur cheffe d'équipe sur la tenue de celle-ci, la coiffure de celle-là, tel effort qui était bon pour les fesses, tel petit copain qui serait content de les retrouver le soir avec un corps rendu ferme par le travail, la mettaient hors d'elle. Elle se mit alors à plier les vêtements n'importe comment et à entasser les bijoux comme du linge sale. Son manque de soin la fit changer de sexe. On la muta dans l'équipe des hommes. Brutasses, maladroites, brouillonnes, elles étaient quelques-unes à avoir ainsi été reclassées. Cavaler dans les allées, accumuler déraisonnablement des vêtements du torse au menton, porter des caisses bien lourdes et pousser des chariots stridents, enfin, elle pouvait se dépenser. Vider sa tête. En s'inscrivant à l'agence d'intérim comme chair à canon du secteur industrie, elle se voyait déjà en Charlie Chaplin des *Temps modernes*, conditionnée à un geste, l'intégralité de son être cantonné à un simple segment de corps, l'esprit en veille, la chair en joie. La réalité fut tout autre.

On ne pense jamais autant qu'à l'usine. Comme une méditation, les pensées fusent, les pires passent et il ne faut surtout pas les intercepter, sinon direct, c'est la boucle. Si vous avez des pensées qui vous traversent, ne les jugez pas et ramenez votre esprit à l'endroit exact où vous l'avez laissé, disait la voix dans son application zen. Nique ton algorithme. Le premier jour, ça allait, il y avait tout à intégrer. Sur chaque poste, il fallait trouver le geste parfait, celui qui esquinte le moins les jointures tout en maintenant la plus haute cadence. Elle se surprit à penser chaque abaissement de pouce, rétractation de phalange, pression d'ongle, rotation de poignet, rouage de coude, poulie d'épaule, basculement de bassin, angle de dos, appui de pied, entrevoyant sa main comme une pince afin d'obtenir le geste le plus rapide, le plus fluide, le moins fatigant, et ainsi atteindre enfin le rendement demandé. Trouver le geste, puis le répéter. À cela s'ajoutaient le fonctionnement du PDA et les articles à localiser par type dans les trois entrepôts différents.

Le premier jour, elle eut à peine le temps de se rendre compte qu'il n'y avait pas d'allée portant les lettres I et O. Elle n'en saisit que bien plus tard la raison : l'algorithme dictant les PDA aurait pu les confondre avec un 1 ou un 0. Il ne fallait surtout pas perturber l'algorithme. Mais, dès la fin du deuxième jour, elle avait compris ce que ce dernier lui demandait, ce que ses cheffes lui grognaient et sur quel ordinateur surveiller sa barre de statistique personnelle. Elle pouvait ainsi, en un battement de cils, la voir se colorer de rouge, de gris ou de vert en fonction de paramètres encore obscurs. Le troisième jour, ses gestes s'exécutaient sans qu'elle ait à les penser. Son rendement exaltait le vert. Elle avait même enfin compris que personne, littéralement personne, n'en comprenait les critères. Son esprit était libre. Il divaguait vers le meilleur ou le pire, et ce fut la boucle : son père, sa mère, l'Autre Folle, le médaillon, ses factures, la banque, l'huissier, Christian de l'agence d'intérim, les fils de chien dehors qui la cloîtrait chez elle et les lettres de refus des maisons d'édition qui s'entassaient dans sa boîte aux lettres. Sa barre de rendement étincelait de lumière tandis qu'elle sombrait dans le noir. Sordides souvenirs, douloureux procès. Plaidoirie, arguments, accusation, réquisition de peine maximale, contre-arguments, contre-accusation, contre-plaidoirie ; à mesure des audiences, elle posait un cadenas de doute sur chaque nœud de sa vie. Quand elle ouvrit finalement les yeux au milieu des allées de manteaux sous plastique suspendus à des cintres, elle se crut d'abord dans une chambre froide. Abattoir. Tuerie. Carcasses sur crocs de boucher. Froissements des plastiques. Est-ce que le procès était terminé ? Est-ce que la sentence maximale avait été prononcée ? En sueur, elle écouta autour d'elle le grondement du convoyeur et les bruits de pas de ses collègues. L'un d'entre eux la frôla, prit un article à l'emplacement W56B12 et repartit vers l'allée principale en murmurant des excuses sans même produire de son. Elle consulta son PDA et reprit son errance. Et sa boucle. Une fois le troisième soir venu, chez elle, elle dormit d'un sommeil agité.

Le lendemain, elle prit la décision de choisir préalablement ses sujets de spirale. Son favori devint rapidement les interviews qu'elle donnerait pour la sortie de son livre. Tout d'abord, je tenais à vous remercier pour votre charmante invitation, j'imagine le courage journalistique qu'il faut pour rencontrer, mettre en avant et, *in fine*, soutenir le livre d'une jeune autrice – bien entendu on dit autrice et non auteure comme on dit directrice et non directeure, c'était le cas dès le Moyen Âge, mais entre avertis, on peut passer sur la question –, jeune autrice, donc, primo-romancière, qui plus est, née hors du sérail, si je puis dire, mais ne parlons pas de moi et plutôt de mon livre, si vous saviez comme je suis heureuse d'être là, combien j'ai de choses à vous dire, de positions à prendre et combien j'ai peur de fléchir, donc, pour commencer, ah non, j'oubliais, je tenais à remercier chaleureusement mon éditrice sans qui rien n'aurait été possible, pardonnez le ridicule de cette phrase, je le pense sincèrement, cette femme, puisque de toute façon seule une femme aurait pu avoir ce courage, tellement de femmes dans ce milieu mais toujours les mêmes hommes qui se gavent, mais passons, cette femme courageuse, donc, qui a vu en moi ce que personne ne voulait voir, qui m'a donné sa confiance, son expérience et sa force, merci, vraiment, merci, oui, pour commencer, si je devais résumer ce premier roman, je dirais que c'est le portrait d'une génération, non, pas un autoportrait, sûrement pas, faire son autoportrait est chose indécente, l'autofiction c'est bon pour les réseaux sociaux, seuls les bourgeois en font des livres, avoir la vie de mes personnages et réussir à l'écrire seraient de l'ordre du miracle, ça reviendrait à croire que la littérature sauve, le merveilleux mensonge français de l'assimilation, les livres ne sauvent pas, soyons sérieux, les livres ne sont pas des cordes pour égarés, des seringues pour désespérés, des antivenins pour contaminés ou des flingues pour révoltés, non, les livres sont bourrés d'insultes à l'intégrité, d'erreurs de jugement, de fautes de goût, de paresses misérables, on écrit parce qu'il existe de plus durs métiers, on écrit le monde pour ne plus y mettre les pieds, imaginez un boulanger qui ferait du pain uniquement pour nourrir les autres, non, soyons sérieux, le boulanger fait son pain parce qu'il se sent mieux au fournil qu'ailleurs, on écrit parce qu'on n'est capable que de ça, et lorsqu'au détour d'une phrase on frôle un soupçon de vérité, il y aura toujours quelqu'un pour crier au génie, pour se sentir touché, imaginez un boulanger qui ne crame qu'une baguette sur cent, mais je me perds, le portrait d'une génération donc, c'est ça, la mienne, celle qui a connu l'avant et l'après-internet, coincée entre le huis clos familial et les crachotements du modem, coupe ton foutu web il y a ta tante au téléphone, vous savez, ce câble dans le mur du salon, injection de mondialisation par intraveineuse, ma génération lui a tout donné, corps, âme, temps, informations, identité, étreinte totale et sans retenue d'un premier amour que l'on croit unique sans se douter de sa gênante et piteuse indélébilité, entendez débilité, on aura été les premiers à se shooter au circuit de récompense qu'est le like, dopamine au max, ivresse du casino à grands coups de *scroll*, actionnement impulsif du bras de la machine à sous, défilement du fil d'information, toujours fraîchement actualisé, pour un com' lâché dix de rendus, récompense aléatoire qui exciterait la moindre souris en cage, vous savez, on a connu les premiers blogs de satanistes, les premières vidéos de têtes coupées, les premiers *boys bands* à usage unique, la rencontre en trois mots, le porno en deux clics, la rupture en une touche, on est censés être une génération de sacrifiés, on nous l'a dit et répété, ils nous ont enterrés, adieu Bowie, adieu Nirvana, crevé le punk, pas loin la lune, chuté le mur, fin des idées, alors que, justement, nous sommes l'unique charnière, charnière parce qu'on a appris à avancer seuls dans le sombre, allez-y, marchez longtemps dans un tunnel, alors enfin vous connaîtrez l'importance de la lumière et du bruit des pas de l'autre, l'autre, c'est la prochaine génération, celle qui arrive, celle qui a été bombardée d'images stroboscopiques et de sons saturés dès sa naissance, feu d'artifice dès le fœtus, selfie en sortie de ventre, des écrans partout, la frustration nulle part et peut-être donc l'incapacité de faire corps, ou, au contraire, l'urgence de tout foutre en l'air, l'évidence des têtes du vieux monde qui tombent et roulent sur le sol, l'écoute de la parole et l'envie de se retrouver à bout portant, pour le meilleur en butant le pire, j'y crois, le style, oui, je vous remercie de le relever si rapidement, pour terminer sur ma génération sinon je vais m'y perdre, pardon, c'était un portrait de la mienne, une invitation à la suivante et une révérence à une autre, celle des ouvreuses de voie, celle de ma grand-mère, une grande femme que j'ai trop peu connue et à qui j'ai dédicacé ce livre, l'*Autre Folle*, c'est ça, comme disaient certains dont je tairai les noms, donc le style, je travaille une écriture au plus proche des pores, et, si je puis me permette, plus précisément, au plus proche des organes, et je dis bien organes et non organique, ce mot tellement servi à toutes les sauces qu'il n'a plus de goût, non, les organes, les boyaux, les viscères, ces trucs qui nous habitent et nous constituent, ce qui m'intéressait le plus dans ce roman, c'était de partir du cellulaire, d'injecter du naturel dans la forme pour révéler avec d'autant plus de violence le caractère construit, culturel, des rapports d'oppression, être dans la tête et dans le corps de ce violeur en puissance, ressentir le souffle de cette femme, entendre le bruit des voitures qui passent, oui, j'imagine que c'est un compliment venant de vous, mais je préférerais être comparée, si la comparaison est nécessaire, à des femmes, des autrices, voyez-vous, j'essaye aujourd'hui de retrouver mon matrimoine, même si je préférerais ne pas être appelée "la nouvelle machin chose", mais plutôt moi-même, c'est important d'avoir son matrimoine, je crois, on nous l'a volé, il suffit de regarder les grandes luttes sociales et même les révolutions, il y a toujours des femmes à la base, et non des hommes, c'est important de le rappeler, et quand on daigne parler d'une femme, on l'isole, la pacifie, l'éclaircit ou même l'efface, prenez ce que je dis en vrac, comme ça me vient, excusez-moi, les joies du direct, Cléopâtre, la reine Amina de Zaria, Rosa Parks ou Winnie Mandela, toutes éclipsées rétroactivement par des hommes, ceux qui écrivent l'histoire et non la font, et parfois même soutenus dans leur entreprise par d'autres femmes, le plus souvent blanches, les pires, petits kapos du patriarcat, si vous me permettez, ou d'ailleurs même si vous ne me permettez pas, je m'en fous. Si elle faisait les questions et les réponses, il lui arrivait quand même parfois de réussir à se piéger. Elle s'emportait alors contre le journaliste qui n'était, à vouloir ainsi soulever le pathos de son passé, dans le fond, qu'un fouille-merde. Ainsi, à mesure qu'elle remplissait des caisses orange, elle montait dans les tours. Bonjour, K-Vembre, vous venez de sortir votre premier roman. Pour commencer, ce n'est pas votre vrai nom, pourquoi se cacher derrière un pseudonyme ? L'anonymat ? Le mystère ? Le désir de tuer le père ? Je ne sais pas, peut-être tout ça. Est-ce que vous demandez à tous les hommes qui créent des personnages de mecs supercool à la vie palpitante ou de losers insupportables mais brillants qui rencontrent des femmes parfaites ou sournoises s'il n'y a pas un désir de baiser leur mère derrière tout ça ? Est-ce que vous poseriez la même question à un homme qui écrit ? Ah, on retrouve bien là le ton de vos livres, votre style et peut-être même votre préoccupation principale : les hommes. Parce que vous croyez que les hommes sont une préoccupation ? Les hommes, c'est une occupation. Une occupation qui ne s'est pas limitée à 39-45, une occupation qui date de bien avant et qui se perpétue encore aujourd'hui. Est-ce que vous demanderiez à une personne noire si les Blancs sont sa préoccupation ? Vous demanderiez à une victime si son bourreau est sa préoccupation ? Silence gêné. Votre roman, donc, le premier d'une longue série, en tout cas on vous le souhaite, est l'histoire d'un jeune homme qui reste assis sur un banc d'abribus parisien, un harceleur de rue, si l'on peut dire, mais aussi, en filigrane, celle d'une jeune femme, une *outcast*, une paria, qui a tout laissé tomber pour monter à la ville, loin de sa campagne natale et encore plus loin de son pays d'origine, ou plutôt du pays d'origine de son père, de son bled, comme vous dites. Loin de l'oppression, donc, mais dans l'errance et la déperdition, toujours. Vous n'êtes en ce sens ni la première ni la dernière à aborder la condition de la femme en littérature. D'où ma question : est-ce qu'une femme peut écrire sur autre chose que sur sa condition de femme ? Et pour aller plus loin, en rebondissant sur votre précédente réponse, est-ce qu'une femme racisée, pour reprendre vos termes, peut écrire sur autre chose que sur sa condition de femme racisée ? J'aimerais vous répondre que oui, elle le peut. Elle peut tout. Mais est-ce qu'elle sera publiée ? C'est ça, la vraie question. Et mon roman ne parle pas seulement de ça. Il parle de ce type, surtout. Et arrêtez de demander à une femme blanche de se prononcer sur toutes les femmes. La narratrice de mon livre a des origines polonaises. Vous aussi, n'est-ce pas ? Là n'est pas la question. Je disais qu'elle a des origines polonaises, et pourtant elle parle de *bled*, parce qu'ici, en France, à partir du moment où on vous trouve quelque chose d'ailleurs, on vous intime de choisir, comme pour mon personnage. Si vous aviez invité une femme noire avec moi, c'est bon, je serais la blanche, je n'aurais pas à m'infliger cette question. Et si vous aviez invité une Béatrice, alors je devrais me justifier. Là, il n'y a que moi, donc vous m'exotisez. Arrêtez de choisir les porte-paroles qui vous conviennent, arrêtez de nous diviser. Et surtout : adressez-vous aux personnes concernées. Ou plutôt, non, foutez-leur la paix. Elles ont assez donné, se sont assez justifiées de ce qu'elles sont. Les hommes blancs hétéros peuvent écrire sur tout, sans avoir à rendre de comptes à personne. Ils ne feront jamais de littérature de niche, eux. Ils peuvent écrire des histoires de bateaux et de migrants qui s'échouent au large. Ils peuvent écrire sur le combat de militantes russes proavortement. Et même lorsqu'ils écrivent sur leur petit appartement dans le Marais, leur baignoire, leur prostate, leurs vinyles et leur bibliothèque, on ne leur reprochera jamais de se cantonner à décrire leur minable condition, leur pathos. Il n'y a pas de ghetto pour eux. C'est d'ailleurs le seul truc qu'ils ne possèdent pas. Pas de petite boîte avec écrit dessus : littérature d'homme blanc. Quand on est une femme, il faut se justifier de tout, et donc d'écrire. Auriez-vous posé la même question à un homme ? Sourire acerbe. J'aimerais revenir à ma première question, si vous le voulez bien : pourriez-vous nous parler de votre père ? Sans commentaire. Si vous voulez le connaître, ouvrez le journal au chapitre faits divers. Avec vous, les journalistes, on en revient toujours à ceux-là : les pères. Comme en psychanalyse, vous n'aurez que les réponses à vos questions, alors que faire quand elles sont merdiques ? En deux millénaires, ces types-là, on n'en a pas suffisamment parlé ? Une dernière question pour vous : est-ce que vous répondez toujours aux questions que l'on vous pose par une autre question ? Nique tes morts, sale bâtard. Elle quittait alors le plateau en trombe, le médaillon hérité de sa grand-mère frappant son torse pour seule mesure, coup de shoot à la caméra, et s'engouffrait en rage dans une allée pour scanner un produit. Quand le journaliste était de qualité, par contre, elle pouvait passer des heures à répondre dans sa tête sous les murmures d'approbation de la foule. Mais, les interviews qu'elle préférait donner, c'étaient celles à double choix. Bonjour ou au revoir ? Adieu. Thé ou café ? Thé. Open space ou bureau perso ? Open perso. Vivre libre ou mourir ? Mourir libre. Écouteur ou silence ? Chuchots dans les écouteurs. Passé ou futur ? Présent, que le présent. Netflix and Chill ou Littérature et Cunnilingus ? Littérature et masturbation. Beatles ou Rolling Stones ? Nirvana. Été ou hiver ? Hiver. B20 ou $BS ? $afia Bahmed-Schwartz, *of course*. Yin ou yang ? Question de merde. Amour ou baise ? Respect. Boire ou conduire ? J'ai pas le permis. Campagne ou ville ? Ville. Féminisme ou humanisme ? L'un est l'autre, l'autre est l'une. Jean-Marie Le Pen ou Marine Le Pen ? Les deux, supplément frites, sauce barbecue. IAM ou NTM ? La Fonky Family. SCH ou MHD ? Les deux, sans leurs quatre couilles. Ferré ou Brassens ? Brassens, je préfère un prolo qui s'assume à un bourgeois qui s'ignore. Rap ou poésie ? *Idem*. Fin du monde ou aube des temps ? Fin de l'aube. Lumière du jour ou lampe de bureau ? Néon de plafond.

Elle ouvre les yeux. La couverture rêche. Le couloir à échos. Bruit de voix à l'autre bout du commissariat. Et l'intense blancheur, l'abrasif pour rétine, au centre du tube jauni. Elle referme ses paupières.

Les mêmes néons défilaient au-dessus de sa tête lorsqu'elle regagnait l'escalier au fond de l'entrepôt. La pause était annoncée par le hurlement des cheffes, il fallait se presser. Deux files indiennes se formaient alors : d'un côté, les hommes, de l'autre, les femmes. Vérification antivol. Il fallait sortir ses poches de son jogging, montrer ses mollets et secouer son tee-shirt en soulevant bien les baleines de son soutien-gorge ; que rien n'en tombe. Ensuite, c'était la cohue dans la salle de pause, se précipiter vers les robinets pour se laver les mains, la crasse noire de l'entrepôt qui coule sur l'inox, se ruer sur les micro-ondes avec sa gamelle, l'odeur des quatre coins et recoins du monde, s'affaler sur la meilleure place, le raclement de métal, se perdre sur le quadrillage du sol, surface carrelée. Les plus anciens intérimaires et les rares CDI s'asseyaient entre eux, sur l'une des tables près de la machine à café. Les cheffes aussi avaient leur table attitrée, au centre, qu'elles délaissaient sans crainte pour aller se fumer une cigarette, laissant le temps nécessaire aux livreurs, ces chiens gagnant leur os en bravant le froid pour livrer des os à d'autres chiens restés dans le chaud de leur sueur. Ballet de scooters. Sa place à elle était près de l'entrée, à côté des toilettes, en face de l'immense vitre. En vue directe : le parking, les voitures, un banc, une bouche d'incendie avec un type assis dessus et, derrière lui, le rond-point dont personne ne respectait le sens. Elle avait trouvé cette place libre dès le premier jour, à une distance étonnamment grande de toutes les autres. Ça lui avait tout de suite plu. Seule une jeune femme était assise à ses côtés, sur la chaise la plus éloignée du groupe, tout au bout du long bar en aggloméré plaqué pin. Derrière ses cheveux noirs, comme une visière à son visage, des chuchots dans un téléphone. Tandis que certains parlaient foot comme on parle verge et que d'autres discutaient amour comme on pose une clôture, celle-ci restait discrète, c'était OK. Son kebab vite avalé, elle prenait le temps de digérer en regardant le rond-point. Les voitures et camions cherchaient à en faire une ligne droite, par la gauche ou par la droite, qu'importe, seul le temps de livraison comptait. Le type sur sa bouche d'incendie posait sa canette de bière au sol, une très grosse clope aux lèvres, son briquet qu'il rapprochait en creux de paume. Au loin s'étendaient l'immense cimetière et les cités derrière. La jeune femme à visière chuchotait de plates excuses pour s'être rattrapée sur les bras d'un inconnu en tombant le week-end précédent à la patinoire, puis détournait la discussion sur des niaiseries, bribes mielleuses rapidement étouffées par ses cheveux et les éclats des autres autour. Ça lui allait.

Elle ne comprit cette distance marquée par le reste du groupe qu'à la pause du deuxième jour, lorsque les chuchots de la jeune femme devinrent tour à tour râles strangulés, sanglots ravalés, sifflements courts comme des pneus qu'on percerait à coups de schlass, pour enfin partir dans les aigus d'une course-poursuite sur jantes nues. Sauce béarnaise aux commissures, il était question de respect, d'honnêteté et de sentiment, tout un joyeux programme qu'elle s'étranglait à énumérer entre deux bouchées. Dérapage mal contrôlé. Une fois à bout de souffle et certainement un point de côté au ventre, elle jeta le téléphone sur la planche en faux bois. Crash dans le mur. Il y eut un court silence dans la salle, et le brouhaha reprit. Non loin, à la table des cheffes, il était question de la femme du patron, de comment elle l'avait salement quitté et de sa dignité à lui, de sa droiture immense jusque dans la tourmente. Ulysse et sa tempête. D'autres échangeaient sur la pluie, l'immigration et le beau temps, qu'importe, puisqu'ici l'oreille de l'autre n'était qu'un vasistas vers l'ailleurs. Juste à côté, la jeune femme se tenait la tête dans les bras, ses longs cheveux noirs faisant des vagues en fin drapé sur les fausses veinures du bois. Le téléphone vibra, elle raccrocha. Une première fois, puis une deuxième, elle décrocha à la troisième et reprit son sprint de langue jusqu'à gorge en feu. Ligne d'arrivée. Chuchots saccadés. Fin de la pause. Reprise du travail.

Le lendemain, c'était de nouveau le discours amoureux. Perpétuelle boucle. À chaque pause, dix minutes le matin, une heure pour le déjeuner à midi, et dix minutes l'après-midi, à peine la porte de la salle de repos était-elle franchie que la jeune femme se saisissait de son téléphone. Gênante comme une lumière automatique de hall lorsqu'on tente d'y dormir, elle reprenait là où elle se trouvait de l'un ou de l'autre de ses états. Il y était tantôt question de caution d'appartement à prévoir, d'amour éternel ou de chien mourant ; tantôt d'un regard séducteur intercepté et de fin définitive ou de lendemains qui chantent. Soit le passé, soit le futur. Jamais le présent. Au début, K-Vembre en fut naturellement agacée, ses phalanges blanchissant sur l'acier de sa fourchette à chaque sonnerie de téléphone, la chaîne en or de son médaillon prête à céder entre ses dents, mais elle finit par l'accepter et même, quelque part, à lui reconnaître un certain courage. Il en faut beaucoup pour ignorer une vie de merde. Si le mensonge est souvent un passe-temps, le déni, lui, reste toujours un travail. Elle en savait quelque chose. Embrasser la vie en fermant les yeux – deux crampes – comme on pose sa bouche sur l'herpès d'un amant se jurant fidèle. Au bout de quatre mois, un midi, elle crut sincèrement que cette fois-ci serait la bonne. La jeune femme avait une fois de plus jeté son téléphone sur le comptoir et, ni à la troisième, ni à la quatrième, ni à la cinquième vibration, n'avait eu le moindre mouvement pour décrocher. Zéro hésitation. Quand les cheffes avaient hurlé la reprise du travail, elle l'avait même glissé dans sa poche avec rage. Dans les allées menant à son poste, on put un temps apercevoir l'écran qui éclairait par intermittence le coton de son jogging. Pour la première fois, on l'entendit rire à la pause de 16 heures, discuter de série télé et des Gilets jaunes, parler des vacances et même de son meilleur ami, bien que de sexe masculin. Dans son pantalon, l'écran de sa laisse vibrait en vain. Elle était libre. Ce soir-là, K-Vembre s'endormit plus rapidement qu'à la normale, confortablement enfoncée dans sa confiance renouvelée en l'humanité, une bouture mise à l'ombre.

Dès le lendemain midi, le téléphone sous les cheveux reprit du service. Par la grande fenêtre, les affamés sur les scooters ramenaient encore le maigre réconfort d'un repas à d'autres affamés en bas des entrepôts, des camions ralentissaient au niveau du rond-point pour mieux s'engager à grands coups de moteur dans la ligne droite, le type sur la bouche d'incendie effritait le temps dans sa paume, le journaliste enchaînait ses sales questions, rien à signaler, le morne avait repris ses pleins droits. Elle avala une autre bouchée de pâtes. De l'autre côté de la route bordée de lampadaires usés par la rouille se trouvaient un large fossé et des immeubles derrière aux toits délabrés. À une fenêtre séchait une serviette de bain à l'imprimé Mona Lisa, regard fixe, tandis qu'une autre était maladroitement colmatée à l'aide d'un carton FRAGILE, ne laissant visible de l'appartement qu'un drapeau à l'effigie de Bob Marley. Entre chaque immeuble, on pouvait apercevoir des voitures passer en trombe sur la départementale, faisant défiler à toute vitesse les magasins de pompes funèbres qui la bordaient. Leurs réclames vantaient de nombreux services, immenses panneaux et belles mises en vitrine de cercueils (Charnier Père et Fils – ÉcoTop Funèbre – offre obsèques / offre prévoyance / offre exceptionnelle, à partir de 1 199,99 euros TTC – cercueil AMIO en pin de forme sarcophage, dimension standard [185 cm], épaisseur 18 mm, finition brute, équipée d'une cuvette étanche, d'une plaque d'identité, de 4 poignées porteuses en pin et de vis incluses – option géolocalisation et flashcode). Un kebab entre deux magasins et ses effluves pleins de promesses, un local à louer dont l'enseigne ternie par le temps indiquait "Café de l'Espoir", le gris de la poussière sur la surface intérieure des vitres rendant inconcevable toute lumière, et juste à côté, un PMU, où des hommes en chaussures de sécurité fixaient à en perdre haleine des télés et les chevaux qui se débattaient dedans, porte de sortie, cavale assurée vers une villa, la rédemption, la Panacée, la Côte d'Azur. De l'autre côté de la départementale : le grand cimetière et ses larges allées, blocs de béton, une luxuriante mégalopole soviétique vue d'en haut. Enfin, là, tout au loin, sur la ligne d'horizon, les six tours de la cité, autant d'angles aiguisés fendant le ciel de leur rose pâle. Hurlement des cheffes. Les chaises métalliques qui frottaient le sol. Je t'aime. Tu es mon tout. Que serais-je sans toi ? On s'appelle à la pause. Rideau de cheveux. Retour au travail. En boucle.

Saisir le poteau et l'arracher. Que ce soit un sens interdit, une priorité à droite ou un stop, comme pour les mauvaises herbes : suffit de tirer. S'en emparer à pleines mains et prouver sa valeur. Les poteaux, c'est comme la vie. C'est comme l'amour. Reconnaître l'amour en l'arrachant. Le bruit qu'il fait. Ses côtes cassées. Opérer le mouvement de bassin et sentir si ça bouge. Si ça ne bouge pas, réitérer. Si ça ne change rien, passer à un autre. Le mieux, c'est un poteau qui a déjà pris des coups. Déjà subi le crash. Pour le tordre plus facilement, il faut qu'il soit déjà abîmé. Apprendre à reconnaître les poteaux qui ont déjà pris des coups. Ne reste alors qu'à les cueillir. En arracher un de plus, sous les cris de la foule, et le jeter au sol. Sentir comme ça fait du bien. Le sentir dans le thorax. Ça fait se sentir vivre. Se sentir puissant. Se savoir maître de soi et du monde avec. Aucun poteau ne résiste. Sauf certains, bien sûr, l'exception confirmant la règle. Tout confirme la règle. Alors il y a les autres pour se rattraper, les mieux abîmés, pour se rassurer, pour exister. Comme les femmes. S'il y en a une qui résiste, la complimenter. Si elle résiste encore, la persuader. Si elle résiste encore, forcer son estime. Si elle résiste encore, lui faire la terreur. Et si elle résiste, encore ? Passer à la suivante. Et si celle-là résiste ? Il y a toujours les poteaux. C'est à ça qu'ils servent, les poteaux. Pour ça qu'ils ont été plantés. Et encore, ça, c'est une fois que la chose est intellectualisée. Sinon, tirer. Juste tirer. Ça suffit amplement pour tenir. Et dans le fond, tenir pour qui ? Pour les clients, les employés, la compagne, les patrons. Pour le père, le frère, la mère. Pour le sang, la lignée, le prochain. Jamais pour soi. À quand son tour ? Ne jamais être le prochain de quelqu'un. Mais interdiction de se plaindre. Se satisfaire, seul dans sa fange. Y a qu'à se regarder, serein, entier, quand les poteaux sont arrachés. Un tas de poteaux sur son passage. Ce sont les chips d'un jeune adulte, ce sont les tags d'un graffeur, ce sont les couches d'un nouveau-né. Être bien dans l'arraché. La verticalité, c'est pour les autres. Pour qu'ils se sentent portés. Les autres en sac. Des sacs sur soi. Des sacs dans soi. Les sacs qui sclérosent un homme. Avoir le poids sur les épaules, et puis les sacs qui débordent. Ils veulent que les courses soient portées ? Bien sûr. Ils veulent être soutenus ? D'accord. Ils veulent être subvenus ? OK. Ils veulent être sous-tendus ? C'est ça. Tout encaisser ? Tope là. Tout amortir ? Allez. Tout fructifier ? Banco. Tout ruisseler ? *Yes*. Produire ? *Alright*. Se reproduire ? Ça va. Les élever ? *Why not*. Les tenir ? Amen. Gratos ? Pourquoi pas. Sa propre silhouette qui s'enfonce au fur et à mesure dans la terre, jusqu'au magma. En des temps immémoriaux faits d'honneur et de bravoure, il y avait une prime prévue en contrepartie. Entrer dans les villages et voir les pouilleux offrir leurs pouilleuses. Entrer dans les bordels, poser son barda, et se faire délasser l'armure, avec tout ce qu'il y a dessous. Se faire nourrir, même. À bout de bras. Seigneur. Son dû. Sa dîme. Maintenant, il faut l'arracher à pleines mains. Qui a changé les règles en cours de route ? Elles. Elles, que nous avons portées. Qui a accepté ? Eux. Eux, qui ont déjà bien graillé. Et qui n'a pas été prévenu du changement de programme ? Le même. Toujours le même. Celui qui a taffé comme personne pour en arriver là. Ravaler ses larmes, se camisoler le cœur, bien se planquer aux autres et à soi-même, à jouer au chat et à la souris sur l'ordinateur du salon, après-midi suantes, les parents hagards devant *Motus*, ça n'était pourtant pas évident, il a fallu les mater, ces heures de vidéo réglementaires, coït par flashs pour petit manuel illustré du bon boucher, il a fallu tout apprendre sur le bout des doigts, obtenir le feu vert des copains, c'était pas gagné d'avance, mériter leurs regards fiers, subir leurs regards lourds, mais ne pas s'arrêter là, non, il fallait chercher plus, toujours plus, se surpasser, ne pas se résigner, exploser les scores, les études, les conquêtes et même le salaire à quatre chiffres qui va avec, il était content, le père, il se voyait au travers, il se voyait comme un arbre avec une branche en plus, et pas une petite, ça non, une avec un nœud à la base qui monte tout droit jusqu'aux cimes. Mais, même là, il fallait encore ne pas s'en contenter, c'est ça, aucun contentement pour soi, tout pour les autres, pour leur regard, pour leurs sourires, pour leurs poignes admiratives et leurs coups ravageurs, pour leurs tapes dans le dos et les cravates qui poussent et les cravates qui s'ouvrent et les cravates en l'air et les cravates en auréoles bien serrées sur les fronts, les cols de chemise en total abandon, le Mathusalem de vodka dans le carré VIP, les stroboscopes en cadence, les baffles à plein tube, la neige sur les doigts, la poudreuse dans le nez, surtout inviter les patrons, les pouces en avant, les pouces en arrière, les genoux pliés, les coudes rentrés, tout payer de sa poche, et qu'est-ce qu'il y a, là, dans le portefeuille, dans la poche ? La sueur du front. Donc la tête est dans la poche. Donc la tête est près de la virilité, par translation. Et ça fait les étonnées. Et ça fait les offusquées. Les effarouchées. Pourtant la sueur est là, dégoulinant de la cravate nouée sur le crâne. La sueur de l'auréole. La vie, tout le monde est né avec. La mort, ça ne varie pas. Entre les deux, il y a l'argent et la pénétration. Toute l'histoire de l'art, et son snobisme avec, ne parle que de ça. L'argent, la pénétration. Se couper de soi-même pour l'un, et se voir refuser l'autre ? Comment ça ? Désarroi, dégoût, frustration. Alors placer ses paumes tout autour du tronc, prendre bien appui sur les deux jambes, ancrer ses talons dans le bitume, plier les genoux, arquer sa voûte, balancer du bassin, langoureusement, fermement, langoureusement ferme, et tac, d'un coup : brandir le poteau à la lune. Ses bandes réfléchissantes tels des éclairs flamboyants face aux vitres des immeubles. Il n'y a plus de Cédez-le-passage. Ne plus céder le passage. Ne plus être un gentleman. Ne plus être un petit garçon. Devenir l'homme qui porte l'éclat. Le porteur de lumière. L'homme à l'épée. Le Discobole. Le tout-puissant. Le guerroyeur. Le chercheur d'or. Le découvreur. Le triomphant. L'interpellé. Les bras ballants. Le choc au sol. Le fouillé au corps. Le balbutiant. L'embarqué. Le contrevenant. Le menotté.

Une fois assis à l'arrière du fourgon, pris la main dans le sac, ou plutôt sur le poteau, s'excuser platement tout le long du trajet en gyrophare, entravé, même si, dans le fond, c'est pas de sa faute, s'en persuader, s'ils cherchaient, ils comprendraient, mais c'est la vie, ils n'ont pas le temps, l'erreur judiciaire, le scandale, la présomption d'innocence qu'on bafoue, la *cancel culture* tenant dame Liberté par le cou, et les voleurs et les violeurs et les assistés et les tueurs qui courent les rues, ça court les rues, la vermine, tout comme l'amour, main dans la main avec l'amour, et que fait la police ? Rien. Elle arrête l'immaculé. Être en cellule, ne pas se défendre, surtout pas se défendre, être coupable de se défendre, être coupable d'avoir tenu, être coupable de son propre dû, même innocent, être coupable. Se sentir innocent, innocent, innocent, innocent comme le gamin qu'avait tout bien révisé, comme le môme qui amusait ses pairs, comme l'ado qui cherchait juste le point G, comme le fils qui voulait plaire au père, si seulement elle n'avait pas gueulé, celle-là, le dû, putain, le dû, si cette petite ne s'y était pas opposée, alors qu'elle l'avait d'abord bien acceptée, la poudre, ça non, elle avait pas dit non, mais la poudre, il avait bien fallu la payer, c'est pas gratuit, la poudre, ça s'invente pas, c'est de la sueur, la poudre, si cette petite n'avait pas refusé, non, rien, rien, vraiment rien de ce bordel ne serait arrivé.

Il n'a pas manqué à l'OPJ. À peine entré dans le bureau et c'est déjà palpable. Notification de garde à vue, simple formalité, en tant qu'habitué, vous connaissez la maison, pas de dessin, fin de service, à demain. Au fait, on appelle qui ? Famille, employeur, avocat ? Au moment de refermer sa cellule, Fils-de ne peut s'empêcher le doux plaisir d'une blague : bonne nuit, et n'oublie pas de te brosser le sourire, mon petit Papon. La porte comme une mâchoire qui se referme, le bruit des pas et leurs échos caractéristiques, une langue qui traîne et se rétracte. Il s'allonge sur la banquette et entreprend de dormir. Ignorer le froid qui mord les mollets. Angel remonte ses chaussettes. Ignorer la faim et ne même pas exiger son repas. Angel connaît la réponse, il compte préserver sa salive. Ignorer les boules de cheveux et les multiples poils qui parsèment la cellule. Angel n'a pas demandé d'appel à la famille, pour ne pas inquiéter sa mère, elle qui a déjà trop souffert. Ignorer les gémissements du môme dans la cellule voisine. Il n'a pas demandé non plus l'appel à l'employeur, dans l'espoir de sortir avant la reprise. Ignorer l'odeur de sang, de merde et d'urine. Bien entendu, il n'a pas passé l'appel à l'avocat, n'en voyant pas l'intérêt, de la paperasse aux flics, des coups de fil à passer, ça leur vrille les nerfs, perte de temps, ils détestent ça. Non, tout ce qu'il faut, c'est se faire petit, le plus petit possible, en tout point ignorable du monde. Et même mieux : s'ignorer soi. Durant vingt-quatre heures. Seulement vingt-quatre heures. Certains le font toute une vie. Angel sait très bien qu'avec les bons arguments, on peut tout faire croire à un crâne. Il suffit de se formater, de se persuader, de se rabâcher suffisamment une idée pour qu'elle existe. Le pays des droits de l'homme a bien réussi à se convaincre de sa légitimité à coloniser, puis des aspects positifs de ses massacres. Ça ne devrait pas être si compliqué. Angel se passe en tête des films de kung-fu où le héros se concentre à n'être plus qu'un mouvement de thorax, un noyau de respiration, une cellule d'air. Être au monde. Simplement. Justement. Ultime présent. Pour ça, les altitudes enneigées doivent certainement aider. Il se souvient d'une vidéo, le témoignage d'une femme. Elle racontait le coup d'épaule qu'un flic lui avait porté au plexus pour la sortir d'un commissariat, une histoire de refus de plainte ou quelque chose comme ça. La victime expliquait face caméra que le pire n'était pas le coup, mais bel et bien le déni de sa personne par un porteur d'uniforme. Par ce geste, c'était l'État qui l'avait frappée, donc toute la société. Pour celle qui venait chercher justice, l'ultime rempart avait cédé. Aussi loin qu'il puisse se rappeler, Angel n'avait pas souvenir de ce rempart. *Protéger et servir*, c'est comme *Liberté-Égalité-Fraternité* ou *Just Do It*, de simples slogans pour mieux se vendre. Les mots font bien souvent de trop piètres remparts.

Avant d'apprendre à marcher, Angel connaissait déjà les regards insistants. Le conditionnement est d'abord mental. Une pince invisible qui se resserre lentement sans laisser de marques sur le corps. Enfant, Angel croyait que la prison était une sorte de Minotaure emportant les enfants qui traînaient trop tard le soir. Elle faisait pleurer les mères et rendait violents les pères. La garde à vue, c'était l'antichambre de la prison. Les policiers étaient ceux qui nourrissaient la prison. Il fallait donc les craindre. Logique. C'est ainsi qu'Angel a appris à marcher en rasant les murs face aux nuances de bleu. Ensuite, bien entendu, à partir de neuf ans, il y a eu les contrôles d'identité, les palpations répétées, les minutes passées tous en ligne entre copains, mains derrière la nuque, à embrasser le sol. Micro-hématomes. Ce n'étaient que des répétitions générales, les agents ne faisant que travailler *in situ* à la répartition des rôles et des répliques, afin que ce soit bien carré, bien en place, avant de les laisser repartir chez eux pour le goûter. Un jour, une vidéo a tourné sur les réseaux, une cinquantaine de jeunes placés en ligne entre fourgons et poubelles, tous à genoux, silencieux, mains derrière la tête à même le bitume. Voilà une classe qui se tient sage, commentait le policier filmant l'intervention. Scène de guerre. Peloton d'exécution. De quoi choquer la France. Si la mise en ligne des vidéos était surprenante, Angel savait que le reste n'était que routine. Les téléspectateurs se sont bien entendu empressés de s'offusquer devant leurs postes de télé, puis ont oublié. Ça ne pouvait pas leur arriver. Quand, quelques années plus tard, ce fut le tour de bons pères de famille bien blancs en gilets jaunes fluo, certains regrettèrent leur amnésie. Coma collectif pour mémoire sélective, telle est la vraie devise du vivre-ensemble.

La pince qui effleure la chair, on s'y habitue. Ça n'empêche pas qu'à sa première vraie interpellation, avec menottage dans le camion et tout le décorum, comme tout le monde, Angel a gémi, pris peur, appelé à l'aide, se répandant en excuses et promesses de toutes sortes, demandant à pouvoir parler à son avocat, à la justice, à sa mère, pour enfin se taire, épuisé par les larmes. C'est la peur du châtiment, tous les enfants connaissent ça. Espoir vain de voir la compassion de l'adulte ménager sa peine. Le lendemain, il y a eu la prise d'empreintes, les deux mains mûres pressant la sienne sur l'encre, son entrée officielle dans les fichiers de l'État, la déposition et, bien plus tard dans sa boîte aux lettres, le rappel à la loi. Vint alors le pire : les cris de sa mère. C'était pourtant l'histoire classique du contrôle au faciès, d'un tutoiement qu'il avait rendu, d'une insulte qu'il avait renvoyée, puis la montée en pression, balayette, chute de corps, saccades de pieds dans sa tête, talons dans son ventre, pluie de coups rageurs, l'estomac vrac, les sanglots qui se pressent, la nuque qui tremble, pourvu que ça cesse. En conclusion : rébellion et outrage à agent. Il avait tout juste seize ans.

La deuxième fois, il a gardé la tête haute et le torse bombé pour leur offrir exactement ce qu'ils voulaient de lui. De son interpellation à sa comparution immédiate, en passant par sa tête mise dans la poubelle à en effleurer les chewing-gums, Angel a donné le maximum. Tel un acteur dévoué se maquillant l'âme pour séduire au casting, il a frappé contre les murs, assuré qu'il ne balancerait personne, juré sur les chiens de ses morts, toisé l'OPJ d'un regard froid, écarté les jambes sous le bureau, tchipé à chaque question, encaissé les coups de taser aux testicules jusqu'à l'étourdissement, muscles contractés, hoquet et spasme, avant de finir au dépôt pour une comparution immédiate, quinze minutes de discussion avec un avocat commis d'office ne connaissant pas le dossier, suivies de dix minutes de remontrances de la juge. Il avait dix-sept ans. Chacun a joué son rôle, les agents se sont sentis exister, virilité palpitant au max dans les veines, corps spongieux irrigués de plein fouet, entrecuisse battant la chamade, leur identité bien durcie sous leur matricule. Pour Angel : amende et sursis.

La troisième fois, il s'est tu. Sans rage ni peine face aux moqueries et humiliations, il n'a plus joué de rôle : il a joué la montre. Le crachat appliqué en shampoing dans ses cheveux par Fils-de n'a laissé aucune trace, sauf à l'ego. C'était parole contre parole. L'une, assermentée, vaut plus que l'autre. Tout le monde sait ça. La parole d'une cité entière n'y aurait rien fait. Cette fois-là, Angel a repensé à l'histoire de ce type enfermé entre quatre murs, celui qui en avait profité pour se perfectionner aux échecs. Est-ce que le gars s'était projeté le plateau en esprit, ou bien est-ce qu'un maton lui avait filé le bouquin avec la méthode ? Angel ne se souvient pas. Ici, les policiers prennent tout et ne donnent rien. À la limite, une cigarette. Et quand ça arrive, ça sent mauvais. Tu te relâches, tu es foutu. Une discussion de citoyen à citoyen devenant aveu pour pot de départ de citoyen à société. Angel a donc décidé de faire comme le joueur d'échecs, mais ne connaissant que les Dames, il a écrit dans sa tête un texte de rap, le récitant à voix haute, mot après mot, ligne après ligne, jusqu'à en connaître les seize premières mesures. Ensuite, le texte devenant trop long pour être mémorisé, il lui a suffi d'associer une rime à un néon, de planter un mot dans un coin de la pièce, d'étirer une phrase le long d'une giclure, et la cellule lui a progressivement révélé sa quatrième dimension, étonnamment propice à l'élégie. Ses pupilles allant d'une fissure au plafond à une tache suspecte sur le plexiglas, passant du boulon scellant le lavabo au quatrième poil en partant de la gauche, il a écrit, dans sa tête et dans l'espace, un texte débordant toute mesure. Le temps a passé plus lentement que la deuxième fois, mais il a pu sortir tranquille, ses lacets à la main, sans rien à attendre de la boîte aux lettres. Il avait dix-huit ans.

La quatrième fois, il l'a abordée avec des intentions en tous points identiques à la précédente. Sans même se retourner pour vérifier que la foule le matait, encore mieux que l'ermite, il est entré dans la voiture, bien décidé à retrouver cet état altéré de conscience. Porteur de texte. Poète préislamique. Oubli de soi. Moine tibétain. Vœu de silence. Mais le destin impétueux qui secoue la poudre éphémère des montagnes éternelles ou des tumultueux déserts, en avait décidé autrement. Au moment où il tendait ses effets personnels au guichet – ceinture, lacets, portable et cordon du sweat à capuche –, l'agent Balafre a pointé du doigt son poignet et le bracelet aux perles de bois grossièrement taillées qui y était solidement noué. Il s'agissait d'une simple suite de perles peintes aux couleurs de la Jamaïque, souvenir d'une de ces nombreuses après-midi d'été sans vacances, le métro pour seul funiculaire.

À l'époque, il le prend chaque matin vers 11 heures pour traîner avec les autres à Châtelet, mer de monde se faisant marée basse en plein mois d'août. On mate avec appétit les paires de baskets dans les vitrines, les ensembles de survêtements dans les rayons, jusqu'à ce que le vigile devienne trop insistant. Puis on fait pareil sur les filles. Lorsqu'elles sont célibataires, aucun vigile ne protège les filles. On les note, on compare, annonce podium, on se raconte des scénarios de puissance et, lorsque le temps devient trop pesant, on les hèle, on les suit, on les coince, cherchant la combinaison du coffre commençant par 07. Enfin, lorsqu'elles refusent tout en bloc, on les insulte. Braqueurs colère, S-Kro en tête. L'été, tout le monde adore S-Kro, c'est le djo de chacun, le gars sûr de tout le monde, surtout pour ses ouvertures de bouches d'incendie au milieu de la dalle, ça rafraîchit les petits. Immenses geysers sur le bitume brûlant, puits d'or blanc salvateur, jets ultimes de douceur, feux d'artifice dignes de Versailles, on remplit ensuite les grosses poubelles pour fabriquer sa propre piscine lorsque les municipales sont fermées ou devenues nids à embrouilles. Un héros. Mais lorsqu'il s'agit de traîner aux Halles, S-Kro face aux filles devient intenable. Un vrai chien.

À l'époque, déjà, Angel reste à distance du groupe. Quelques pas en arrière de la traque. C'est qu'il a longtemps joué le jeu, lui aussi, surtout pour slalomer entre les moqueries. Si charcuter l'intégrité de ses pairs par les coups a très tôt fait de lui un rentier de la peur, c'est sa capacité à prendre possession des corps du camp adverse qui lui a rapidement valu le respect. C'est une guerre. Oui, lui aussi mate du porno en se persuadant l'esprit comme devant un tract de propagande. C'est une peste. Lui aussi apprend à occuper la rue tel un rat, perpétuel regard sur le prochain creux où se glisser. C'est un massacre. Lui encore entasse des silhouettes et des odeurs dans sa tête pour se décharger quand vient le soir. Mais, déjà, quelque chose sonne faux en lui. Étrange sensation. À faire le beau chasseur, il se sent davantage sanglier participant à une battue. Ridicule. Morbide. Il en veut aux proies de se débattre, aux chasseurs de se caresser le fusil, au monde de n'être qu'une jungle. Surtout, ne rien dire aux autres. Dans les rues qu'ils arpentent en bande, le bourdonnement de leurs discussions à ses oreilles, S-Kro en sonneur de cor, sentir la rage monter. Par leur condition de mâles, ils ont tous acquis ce fameux scanner urbain capable de détecter la proie blessée dans la foule. C'est là, ancré en eux, immuable. Chez Angel aussi. Mais, petit à petit, sans même s'en rendre compte, Angel change la cible de son système. Peu à peu, sans vraiment y réfléchir, il cherche secrètement un endroit où s'abriter, un surplus de toit, un recoin de bâtiment, un renfoncement de paroi, la porte ouverte d'un hall, un endroit où il pourrait se laisser choir sur un carton et attendre que la vie le double, un fossé en bord de route où plus aucun miroir ne passe. La rage pousse. Dans la rage résiste l'espoir. L'espoir d'une réponse. D'un quelque chose en face. D'un mur à heurter. Le grand impact.

Ce jour d'août sans vacances, Angel ne le sait pas encore, mais il a déjà dépassé la rage. Il ne cherche ni les proies, ni les recoins, ni les creux, ni le choc : il cherche l'anneau. La poutre. Le crochet. Le lampadaire assez bas pour pouvoir y mettre un nœud. Le trottoir assez haut pour le coup du lapin. Quelle que soit la voie qu'il emprunte, le lieu dans lequel il pénètre, son regard se porte automatiquement sur l'indiscutable sortie. Ici, un hachoir de boucher. Là, un capot de voiture. Là-bas, un quai quasi vide. Pareil durant son errance reliant les Halles à Montmartre, après avoir dit aux autres d'aller niquer leurs pères, qu'ils ne valent pas mieux que les flics les contrôlant trois fois par jour, à traquer ainsi les femmes, et que si le fait d'être en groupe les excite tant, ils feraient mieux de rentrer se branler les uns les autres, en cercle ou en file indienne, ça ferait une guirlande.

Arrivé en bas de la butte, le soleil révélant la minutieuse dentelle des trois dômes du Sacré-Cœur, Mac Miller dans ses écouteurs laisse brusquement la place à Frank Ocean. À chaque marche, c'est un nouveau degré menant de la résignation à la mélancolie qu'il franchit. Du soleil dans le sourire. Cette marge de vide qui permet le souffle. La poitrine se décolle, la surface adhérente qu'est le cœur se met à craquer, faille, fissure, brèche, le corps s'extirpe du piège, de seulement quelques millimètres, soit l'interstice nécessaire pour autoriser le mouvement, et ce sont les jambes qui prennent le relais. Angel gravit Montmartre comme on retourne sur l'escabeau pour décrocher la corde. Péniblement. Heureusement. Arrivé à mi-parcours, Frank Ocean toujours dans les écouteurs, il s'assied sur un muret pour apprécier la vue. Les toits de Paris s'étirent au loin, des touristes se figent par grappes, des multitudes d'oreilles de chat, d'arcs-en-ciel aux joues, de couronnes de fleurs, de peaux trop lisses, tout l'éventail de filtres dans les écrans tendus en bout de perche. Les vendeurs de bracelets leur saisissent les poignets en leur adressant un sourire mimant la joie. Tu veux le bracelet ? *Cheap. Beautiful lady with beautiful bracelet ! Cheap. Five minutes to be beautiful ! Do you want ?*

Moi, je veux. Le vendeur le fixe un temps, attendant que l'embrouille déboule d'un fourré alentour et l'embarque, le coffre ou le braque. Rien. Juste le sourire figé d'un jeune homme et ses écouteurs à fond, posés en équilibre sur le sommet de ses oreilles. À son français, ce n'est pas un touriste. Ce n'est pas non plus un Parisien qui pourrait se vanter le soir même, poudre au nez et verre en main, d'avoir passé un petit moment avec un Noir présumé migrant, de lui avoir parlé, même, de foot, d'afrobeat et d'espoir, de tout ce dont ces gens incroyables sont naturellement dotés, avant d'ajouter : l'Afrique est un pays formidable. Ceux-là sont reconnaissables, non pas à leur tenue vestimentaire, mais au ton de leur voix. Leurs propos se perchent dans les aigus en bout de phrase découpant chacun de leurs mots comme on mange la purée d'un enfant pour lui signifier que c'est bon avant de gentiment lui faire l'avion et d'enfourner la cuillère. Non, c'est un jeune homme tout ce qu'il y a de plus normal qu'il a en face de lui, assis sur le muret. À sa paire de requins aux pieds, il ne peut être un flic en civil. Il faut avoir l'œil. Le radar. La différence est mince comme le salaire d'un baqueux.

Il s'approche de lui, s'assied à ses côtés et lui saisit le poignet droit. Le jeune ne le lui retire pas du geste brusque des touristes. Il a tout de même du mal à relâcher la pression de ses dix doigts sur le poignet, certains attendant que le bracelet soit terminé pour le repousser violemment et continuer leur chemin, sans payer. Comme s'il comprenait son inquiétude, le jeune sort son portefeuille et, sans un mot, lui tend un billet de 10. Garde la monnaie. Ils écoutent ensemble Frank Ocean, *Sweet Life*, durant toute la confection du bijou. La respiration est bonne.

À partir de maintenant, Angel s'efforcera d'aller mieux. Petit, il se promettait des choses à lui-même contre un défi. Si j'attrape le bus, j'aurai une bonne note au contrôle. Si je termine ce niveau avant que ma mère ne m'appelle à table, je serai attaquant dans l'équipe du collège. Si je cours jusqu'au bout de la ligne droite sans m'arrêter, elle sera amoureuse de moi. Si je maigris assez, mon père reviendra. Il challengeait la vie. Plus tard, il se challengeait lui-même. Certains se font même un tatouage pour fixer un moment de leur parcours, pour marquer un point de non-retour à même la peau, pour se scarifier le réel jusque dans la chair. À l'époque, Angel ne comprend pas ces envies d'encre. Il choisit plutôt de se faire un bracelet.

Ce n'est que lors de sa quatrième garde à vue qu'il comprend : un tatouage, même dans le hall d'un comico, on ne peut pas te le prendre. L'agent Balafre a ouvert les ciseaux et, en une fraction de seconde, les a refermés. Les petites perles ont roulé une à une sur le comptoir et se sont répandues sur le carrelage du commissariat, rejoignant les rainures du sol comme les bateaux rejoignent la mer par le fleuve. Paris, ses toits, les clochers du Sacré-Cœur, la vue de Montmartre, sa promesse de bonheur faite à lui-même, le faiseur de bracelets et leur respiration commune, Frank Ocean, tout a disparu en un simple geste. La chasse d'eau des souvenirs. À la vue du visage d'Angel, les regards des autres fonctionnaires se sont faits plus insistants. Les oreilles d'un couple d'honnêtes citoyens blancs qui attendaient de pouvoir porter plainte pour un tapage nocturne se sont tendues. La tension était palpable. Tectonique des plaques sociales en prime time. On espérait l'embrouille. Qu'Angel se lève de tout son corps contre l'odieuse déférence à sens unique et leur prouve son entière dévotion pour cette déesse laïque qu'est la révolte. Que le fonctionnaire assure son autorité et justifie toutes leurs années de nuques baissées, leurs quotidiens sacrifices et les impôts sur le revenu. Il y a eu un temps de latence, comme lorsqu'on quitte sans autorisation la table familiale. Dernière perle qui roule et s'arrête au milieu du hall.

Alors l'agent Balafre lui a dit de ne pas chialer, ça n'avait pas dû lui coûter un bras, des perles et du fil, s'il voulait, il pourrait lui en faire un joli tout plein dès le lendemain, bleu-blanc-rouge, pour fêter sa sortie.

Nique ton père.

Il a pris vingt-quatre heures, l'obligation d'excuses publiques à Balafre dans le bureau de l'OPJ, un rappel à la loi et la décision ferme de se cadenasser l'être au futur. Il avait alors vingt ans.

Le futur, c'est maintenant. Verrou sur l'âme. S-Kro ne reste jamais longtemps sans son chien. Ils l'interpelleront chez lui et Angel sera relâché. Espérer le mieux. S'attendre au pire. Surtout pour une histoire de flingue. S-Kro peut compter sur lui : Angel ne dira rien.

Est-ce que les gens sur le trottoir d'en face me regardent différemment ou bien c'est moi qui les fixe ? Miroir. Est-ce qu'ils me fixent parce qu'ils pensent que je pense qu'ils me fixent ? Miroir dans miroir. Ou bien c'est eux qui me fixent ? Ils me fixent pour que je les fixe et qu'on se demande tous qui d'entre nous se fixe. Miroir dans miroir dans l'eau. Leurs regards à travers la rue comme des points rouges de snipers. Balais de lasers. Je me souviens d'un spectacle de village avec plein de lasers qui illuminaient un fleuve et le clocher de l'église. C'était l'histoire de la commune qui était retracée, je crois, la musique d'ERA à fond, c'est sûr, quelque chose de grandiose avec des rois, des reines, des villageois et des lépreux. Il y avait une histoire d'inondation ou de robinet ouvert, avec des enfants plus jeunes que moi jouant le rôle des gouttes d'eau. Tissu bleu et papier crépon. L'un d'entre eux avait perdu le haut de son costume, son grand chapeau en pointe. Ça lui tombait devant le visage comme une barbe trop lourde pour sa petite tête, je me rappelle, il pleurait à chaudes larmes, ne pouvant remettre sa pointe de goutte d'eau vers le ciel, les deux mains empoignées par d'autres enfants, file indienne de larmes et de corps. La grande crue. Son visage se déformait comme un lit de rivière. Sur la place de l'église devenue scène, la quasi-totalité du village dansait tandis que la petite goutte d'eau, elle, chialait. Mon père avait dit que c'était excellent, bien mieux que les shows de Disney, vraiment pittoresque. Ils appelaient ça un spectacle Son et lumière. Est-ce que j'ai bien fermé les lumières ? Et la porte de l'appartement ? Et celle du frigo ? Une fois, elle est restée ouverte toute la journée, béante, le beurre qui fond et la viande qui crève. Qui avait oublié ? Qui était le merdeux qui avait oublié ? Qui avait foutu en l'air 200 balles de course ? Le brunâtre des côtes de porc. Qui croyait que l'argent poussait sur les arbres ? Qui avait eu droit à de superbes vacances en Lozère ? Le verdâtre des ailes de poulet. Qui avait profité du ski de fond chaque hiver ? Qui avait été pourri gâté au point d'en oublier le coût de la vie ? Le fondant au chocolat qui dévale les étages. Qui était le coupable ? Qui ? Je ne me souviens plus. Bon à rien. Tellement bon à rien qu'incapable de se souvenir. J'ai beau me concentrer, je n'ai pas en tête l'image du frigo que ma main referme. Et s'il y a absence d'image, c'est qu'il y a eu absence d'action. Fumée-feu, chapeau-paille, paillasson-somnambule, porte laissée ouverte. C'est évident. On ne se souvient pas de ce que l'on n'a pas fait. C'est logique. Et même, en insistant un peu, là, dans ma mémoire, je peux presque les voir, ces images brouillées comme celles des films sans l'abonnement, ma main qui s'éloigne de la poignée, les lumières du frigo éclairant de jaune les étages de bouffe, le frigo bien ouvert et moi qui pars. Coupable. Si j'ai ces images en tête, bien claires à force de me concentrer, c'est que je l'ai fait. Ou plutôt pas fait. Pas fermé la porte. On se souvient uniquement de ce que l'on a fait. C'est prouvé. Alors il faut vérifier. À plusieurs reprises. Insister sur la poignée. Se fixer l'image en tête. Se l'imprimer dans le crâne. Se la cristalliser dans la mémoire. Sans Photoshop possible, ni filtre intégré ni décalage au réel. Insister jusqu'à en être certain dans tout le corps, des pieds à la tête jusque dans la paume. Enregistrer le son, l'image, l'odeur et les textures. Recouper les informations. Mais si l'on a besoin de se persuader, c'est que l'on se ment ? La vérité est évidente. Le mensonge est une architecture. J'ai peut-être fabriqué ces images de moi fermant le frigo, les lumières et la porte de l'appartement, ce matin, avant de prendre l'ascenseur, juste avant de me retrouver là dans la rue à fixer les gens. Ou bien c'est eux qui me fixent ? Peut-être qu'ils le sentent. Nous sommes des animaux. Ils flairent la différence. Ils savent pour mon sac. Tant mieux. J'avance à bonne allure malgré le poids. J'avance tous les jours à bonne allure, malgré mon poids. Les doutes pèsent. Comment ils font, les autres crânes, pour gérer ça ? J'aimerais louer un autre crâne. En visiter plusieurs, et puis choisir. Sans doutes, j'irais plus vite. Sans mes doutes, je serais fonceur. Un vrai Viking. Ni peur ni reproches. Sans doutes, je serais libre. Le poids dans mon sac pour me délester de celui dans ma tête. Vases communicants. J'arrive dans la rue du collège. Son toit en tuiles rouges, ses grandes grilles vertes que des nuées d'ongles ont grattées en des motifs abstraits, par rancœur ou par ennui, jusqu'à laisser apparaître ici et là le gris de l'acier. Au croisement d'une rue, des CRS me figent. Totale cuirasse. Full arsenal. Casques enfoncés. Ils savent. On m'a dénoncé.

Ils ont été prévenus. J'attends. Je sniffe mes doigts. Odeur fauve. Nuque sueur. Mollets crampes. Rien. 2B, 3B, 8B, 5C ; ce sont leurs dos que je vois. Ils me tournent le dos. Grande inspiration dans ma paume. Musquée. Je reprends ma route vers le collège, aussi rapidement que mes chevilles et mon sac me le permettent. Au loin, dans une rue parallèle, des slogans et des fusées. Son et lumière.

TOUT LE MONDE DÉTESTE LA POLICE, TOUT LE MONDE DÉTESTE LA POLICE, TOUT LE MONDE DÉTESTE LA POLICE, TOUT LE MONDE DÉTESTE LA POLICE, TOUT LE MONDE DÉTESTE LA POLICE, TOUT LE MONDE DÉTESTE LA POLICE, TOUT LE MONDE a commencé à scander ça, et la foule autour paraissait déjà scandalisée, leurs regards comme des phares de keufs. Ils croyaient quoi ? Que les flics allaient les épargner ? Que les tonfas deviendraient plumeaux parce qu'ils étaient de gentils pacifistes ? Réveillez-vous, les mecs. Alors d'accord, eux, c'était pour le climat. À la base, nous, on n'était pas là. D'ailleurs, on n'avait même pas prévu d'en être. On était comme d'hab, postés à Châtelet, là où ça se passe, là où il faut être. Sur YouTube, dans le documentaire *Antifa, chasseurs de skins*, on a vu que le début de la reconquête avait commencé par le centre, le poumon, le cœur de Paris. Depuis, on y traîne. Ça fait partie de notre patrimoine, de notre héritage à garder.

L'essentiel de nos journées, on le passe à tiser des bières entre nous ou à squatter avec nos frères de banlieue, lorsqu'ils veulent bien. Souvent, ils refusent l'échange, nos frères de banlieue, obsédés qu'ils sont par la thune, les sapes et les meufs. On a perdu une des nôtres, comme ça. À nous voir siffler les passantes pour fraterniser avec les frères, ça l'a dégoûtée. Ce n'est pas féministe, soi-disant, elle a dit. On lui a expliqué que OK, les femmes sont nos égales, mais PAS OK de faire passer ses petites convictions personnelles avant la lutte globale. Il s'en frotte les mains, le Capital. Elle a pété un câble, disant qu'on était des putains de machos. Ça tenait pas la route, son truc. Déjà, on connaît tous au moins une lesbienne, à commencer par elle. Et une lesbienne, c'est plus qu'une femme, vu que ça les aime. Ça se saurait, si on était machos. On lui a ri à la gueule. C'était pas malin, mais on s'est bien marrés. Détendre l'atmosphère. C'était compter sans son manque cruel d'autodérision. C'est le puritanisme américain qui a apporté ça. L'Amérique, c'est le Nagasaki de l'humour. Le capitalisme est contre l'humour. Peut plus rien dire. Elle a surenchéri en jurant de porter plainte pour harcèlement, rapport à nos propositions respectives de plans à trois avec sa copine. Pas de notre faute si les pulsions sont des besoins et que deux filles, ça fait plus qu'une. On lui a montré la direction du commissariat, qu'elle nous balance aux flics, qu'elle montre enfin son vrai visage. Elle s'est alors tirée pour de bon, nous laissant avec nos frères de banlieue.

Le problème, avec les frères de banlieue, c'est qu'ils n'ont pas encore pris conscience que ça commencerait par eux, la révolution. La vraie. Celle avec des murs qui tombent, comme dans *Paris sous les bombes*, de NTM. D'ailleurs, NTM, ils connaissent même pas, les frères de banlieue. Ça les intéresse pas.

Ils disent que c'est pas du rap. Ils ont rien compris. Ils connaissent que la trap. Ça, c'est parce qu'ils souffrent d'un double déracinement : d'abord de leurs pays d'origine, ensuite de la culture de rue, la vraie, la source, celle des années quatre-vingts, quatre-vingt-dix. Plusieurs d'entre nous sont graffeurs, alors c'est pour dire. La rue, nos graffeurs l'ont conquise, marquée à blanc, c'est en quelque sorte leur territoire. Mais attention, pas n'importe quel type de graff. Quelque chose d'abstrait, de naïf, d'exigeant et de libre, entre Malevitch et le Douanier Rousseau. Se prendre la tête, sans se la casser. Y en a des qui sont dans le vandale, même. Eux, c'est des vrais, des puristes du tag. Ça sait ouvrir les portes cochères d'un coup de pompe, ça connaît l'accès aux toits de la ville, ça vole aux étalages, et tout ça par principe. Le principe, c'est la base. Y en a des, aussi, qui exposent en galerie. Pour niquer le système de l'intérieur, en mode troyen. Il en faut. D'autres encore, ils font du rap, du vrai, des années quatre-vingt-dix, avec influence house. C'est un truc, la musique. Un langage commun à toutes les ethnies du globe, une culture transversale de l'humanité. Digger des vinyles de musique du monde chez le disquaire pendant des heures, ça les connaît. La musique, ils l'ont jusque dans la peau et sur les étagères. Y en a carrément un qu'est parti en Afrique pour ramener des sons, plusieurs fois même, avec son père qui travaille comme expat. Avec ses dreadlocks et sa discothèque, il est presque aussi noir que Bob Marley, on peut le dire. Là-bas, c'est zéro prise de tête, il nous a raconté. Depuis, on pense sérieusement à partir là-bas, construire un skatepark au Togo. Fuck l'humanitaire qui construit des écoles. *No future*. Nous, on va leur ramener le fun. Rassembler les continents sous notre bannière, c'est ça le vrai punk. Le croisement des cultures. Rien à foutre des frontières. Partout, c'est chez nous. La rue, eux, nos potes graffeurs, ils l'ont bouffée et digérée. Ils se sont déjà fait contrôler, plusieurs fois, même. Ça s'est toujours terminé par un *circulez, bonne journée*, mais quand même, ça prouve en acte qu'ils dérangent. Dans l'œil de l'État. Public Ennemy. Et puis y en a d'autres aussi qui font un peu de musique expérimentale indépendante avec des cassettes, des grille-pains et des machines électroniques. Pour élargir le champ des possibles. C'est *free*. Ils ont signé la mort de la musique. Schlassé le jazz. C'est classe.

Donc à nous tous, honnêtement, on peut dire qu'on est la rue. La vraie. On a même pour projet de se donner un jour rendez-vous à une gare, sans fric, sans papiers, sans rien, et puis de prendre un train, direction n'importe où, de préférence un bled paumé. Le challenge : celui qui tiendra le plus longtemps possible avant de rentrer sur Paris. Expérimenter la vraie vie de galériens. Les SDF, c'est eux qui sont les rois. Faut pas croire, c'est eux les plus heureux. Alors le plus longtemps possible, nous, petits princes, vivre comme des souverains. Voler, squatter, zoner, arnaquer, s'incruster et tenir comme ça le plus longtemps possible. Lupin, Carlos et Mesrine n'ont qu'à bien se tenir. Mais on l'a pas encore fait, trop occupés qu'on est à fédérer nos frères de banlieue, ces déracinés. Avec toutes les découvertes qu'ont été faites sur les traumas qui se transmettent dans les gènes, faut imaginer ce que ça fait, des générations de colonisés et d'opprimés. Des séquelles successives, par couche.

Ce qu'il faudrait, c'est les reconscientiser. Sans langue de bois. En parlant comme on pense, c'est-à-dire direct et bien. Sans concession. Totale liberté d'expression. Cette société ne se cimente que par la peur et les traumas. Ça peut pas tenir. Ça va péter. Si on enfonce les portes ouvertes de la pensée, c'est que le portier s'est fait virer. Le vrai problème, c'est que l'Histoire a placé la barre trop haut dans l'horreur. On attend encore des montagnes de corps en noir blanc pour pouvoir se tétaniser. Alors que l'horreur, c'est maintenant. Comme pour les ouvriers dans les usines en 68, faudrait les reconnecter à une conscience de classe, les frères de banlieue. Le Grand Capital, il brouille les frontières et divise les peuples. Alors que, dans le fond, tout le monde est comme nous. Faut réparer ça. Colmater la brèche. Et ensuite, seulement ensuite, faut leur parler révolution. C'est pas vraiment de leur faute, c'est comme tout, il faut les éduquer. Et qu'on nous traite pas de paternalistes, elle est trop facile, celle-là ! Ça a été pareil pour nous. On est tous passés par là. On ne sait pas, et puis on sait. Nous aussi, on a pris le temps rien que pour apprendre qu'on était nous. Ce qu'il faut, c'est un éveil intérieur pour une révolte extérieure. De l'implosion à l'explosion. De l'individuel au collectif. Du local au mondial.

On était là, donc, aux Halles, quand l'un d'entre nous est arrivé et a dit qu'il y avait manif à l'est de Paname. Pour le climat. Les bobos voulaient plus de menthe dans leurs mojitos ? Qu'est-ce que ça pouvait nous foutre ? Le truc, c'est que les fafs y seraient. Eux aussi se mettent à parler décroissance, saupoudrée de nationalisme, bien sûr. Ils bouffent à tous les râteliers, ceux-là. On avait l'information de source sûre : un copain d'un copain qui connaissait très bien un faf. Pratique. Alors fallait en être. On a fait résonner nos Docs dans les couloirs du métro et on a déboulé chez les bobos. Là, y avait beau scanner la place : aucun faf en vue. Indic de merde. On a hésité à retourner aux Halles, faire écouter du Oxmo Puccino, du Orelsan ou du ATK à nos frères de banlieue, mais c'était trop tard. Sur le chemin, l'un avait dit comment il allait fracasser les tibias du Tatoué. L'autre avait expliqué sa nouvelle méthode de retournement de coudes qu'il réservait au Mastard. Un dernier avait demandé expressément à ce qu'on lui laisse le Borgne pour lui tout seul : il allait le rendre aveugle au pays des sourds. On était chauds. On était équipés. On se sentait bien.

Après un minutieux repérage, pas de flics déguisés en nous pour provoquer l'émeute. C'est bien. On a horreur de l'imposture. Ils ont soi-disant la violence légitime, mais la nôtre est sincère. On s'est avancés progressivement vers la tête du cortège. Avant, les plus vieux d'entre nous en témoignent, on était cantonnés aux bouts de manif. Ça se fritait parmi les détritus en voiture-balai, entre deux camionnettes de nettoyage, mais jamais personne pour nous remarquer. On était, en quelque sorte, le méchant diable qui attrape par le cul les manifestants trop lents. Niveau guerre de l'image et des symboles, on n'en menait pas large. Depuis qu'on est devant, cornes du bélier, on joue à domicile, avec supporters et tout. Chaque manif est digne d'un OM-PSG au Parc des Princes.

Arrivé en tête, suffisait d'ouvrir les yeux. Dans toutes les rues parallèles et adjacentes, des CRS. Les voir si bien armaturés, ces chiens, ça nous foutait des frissons. Ça arrive par couches successives, comme un millefeuille ou un strip-tease, ces trucs-là. D'abord, il y a le tressaillement de la chair, que l'on nomme *frayeur*. Toutes les cicatrices du passé, les rotules, les coudes, les nuques, toutes les jointures du corps ayant gardé la mémoire des tonfas se mettent alors à vibrer sous nos parkas noires. Çà et là, les brûlures encore jeunes et les hématomes bleuis s'allument et éclairent nos membranes.

Après, il y a les vibrations dans le thorax appelées *adrénaline*. Toutes les veines se mettent alors à palpiter dans notre masse irriguée, irradiée, du bout des phalanges au sommet des tempes, du sommet des tempes au gravital bassin, des corps spongieux tendus jusqu'au bout des Doc Martens coquées, tout l'organisme bien prêt, engagé, volontaire, brave, la course-poursuite des globules rouges et blancs comme flics et racaille faisant battre les artères d'une ville, et on se sent vivre.

Bien sûr, viennent ensuite les tremblements du cortex surnommés *fierté*. Analyser les gars d'en face, les sentir tout autant déterminés, enragés, et constater leur équipement lourd. Casque. Visière. Bouclier. Tonfa. Coudières. Jambières. Bottes hautes. Lacrymo. LBD. Robocop. Chevaliers. C'est à l'équipement de sa police que l'on peut évaluer le courage d'un peuple. Si tu tapes CRS SUISSE dans Google, tu tombes sur le site de leur Croix-Rouge. CQFD. RAS. TMTC. Quand l'école échoue face à la délinquance, quand l'assistance sociale est impuissante face à la paupérisation, c'est la police qu'ils envoient, dernière réponse avant mise en benne de cette société. L'équipement du CRS, c'est l'armature de l'État. Leur cuirasse, c'est l'échafaudage de métal pour faire tenir l'édifice. Nous, on est la boule de démolition.

Et enfin, la dernière strate d'oscillation, notre préférée, la plus belle de toutes : l'onde qui mue nos poils sur les bras en vague commune. C'est la *fraternité*. Ça, c'est beau. Cet ébranlement qui nous saisit de concert, cette sensation de ne faire qu'un, amas de corps pour un seul cœur, hydre à cent têtes, mille bras et une queue, vigoureuse, battement du pouls sur la mesure, rigoureuse, serrage d'écrous dans les viscères, nébuleuse. Faire corps ensemble, pour l'ultime corps à corps et cendres. Un regard franc, un sourire carnassier ; et les écharpes noires se sont levées jusqu'aux nez. Un début de slogan, un écho à mille bouches ; et les capuches se sont abaissées. Une première pierre, le bruit de l'impact ; et les lunettes de plongée masquaient déjà nos identités. SPARTIATE, QUEL EST VOTRE MÉTIER ? AHOU ! AHOU ! AHOU ! Lacrymo et charge, tonfas en l'air, hurlements de bobos, tonfas dans carnes, dispersion des chairs. Seulement quelques minutes, et ce fut le carnage.

Nous étions vingt et cent, nous étions des milliers, ou plutôt quinze, soit cinq équipes de trois. Tous inspirés des techniques de guérilla sud-américaines. Organisation camouflage. Capacité de se dissoudre dans la foule pour mouvements tactiques et effets de surprise. Chaque manœuvre est préparée, pensée, minutée. Quasi martiale. Dans chacune des équipes de trois, le numéro 1 sélectionne les projectiles, on le nomme l'*Ingénieur*. Il y a, bien entendu, le pavé à extraire du sol – grand classique à papa –, mais aussi la grille en dessous des arbres, la barrière de chantier, les bouteilles en verre dans les poubelles, le rétroviseur de voiture, le smartphone du passant, les gravats, les tessons de bouteilles et débris en tout genre, en bref, ce que la presse qualifie de *mortier*. Le numéro 2 jette les projectiles, on l'appelle le *Lanceur*. En fonction de chaque matériau rapporté par l'Ingénieur, il doit choisir une cible. Le poids, la forme, la consistance et la dangerosité doivent être pris en compte avant d'entreprendre toute attaque. Pour ce poste, la précision et le calme intérieur sont fortement requis. Si toucher un CRS a du bon, cabosser leur camion c'est le summum. Parce que lui, au moins, ne sera pas évacué sur-le-champ. Il restera ainsi amoché, bien en vue des moutons. C'est la guerre de l'image, XXIe siècle oblige. Et encore, tant que ce sera autorisé de les filmer. Avec leurs lois, avec leurs drones et leurs floutages, ne resteront bientôt plus que les mots pour le dire. Le numéro 3 et dernier membre de l'escadron est surnommé l'*Épicier*. L'Épicier doit rester discret. Il ne fait rien d'illégal ou de répréhensible. Il est même préférable qu'il ne soit pas identifiable comme faisant partie du groupe. Dans cette optique, il peut être habillé en civil ou, encore mieux, en petit garçon de bonne famille, style qu'est-ce que je fais là, j'allais juste acheter une baguette de pain quand ces dangereux casseurs ont agressé les agents de l'ordre, je suis horrifié, aidez-moi, SOS, HELP, je veux ma maman. Il y a deux moments clefs dans la mission de l'Épicier : le début de manifestation et la fin de l'assaut. L'Épicier a un sac à dos. Quelque chose de distingué, mais de pas trop coûteux. En début de rassemblement, son apparence bien propre sur lui doit lui permettre de passer les éventuelles fouilles. Le bon Épicier a étudié le terrain en amont sur Google Maps et trouvé les petites rues adjacentes au parcours qui ne seront pas surveillées. Dans le sac de l'Épicier, il y a deux petits polos Lacoste beige et ocre, deux petites chemises de flanelles colorées, un briquet et de l'essence. Bien entendu, l'Épicier peut donner de discrètes indications au Lanceur et à l'Ingénieur lorsque la fête bat son plein, tant qu'il ne se fait pas repérer. On a même vu de grands Épiciers échafauder – à l'aide d'un caddie, de planches et de barrières ramassées par leurs Ingénieurs – des dragons de flammes à faire rouler en pente jusqu'à l'ennemi. On en a connu aussi qui, inspirés par les inventions hongkongaises, donnaient discrètement des bouteilles d'eau aux Ingénieurs pour qu'ils étouffent les lacrymos à peine tombées au sol, une fois recouvertes d'un plot de signalisation. Mais, qu'il soit de petit ou de grand talent, l'Épicier doit surtout, et à tout moment, être prêt à poser son sac à terre. C'est essentiel. En quelques secondes, il lui faudra ensuite tendre polos et chemises à ses coéquipiers, se saisir de leurs sweats à capuche noirs, lunettes de plongée et écharpes, les enfourner dans le sac, sortir le briquet et l'essence. Et puis, ni vu ni connu, y mettre le feu. Ainsi, trois jeunes hommes blancs de bonne famille bien habillés pour le prochain afterwork sortiront de la foule et s'extirperont du carnage gauchiste en dépassant les cordons de CRS sans encombre. Au loin, la petite colonne noire d'un feu de sac montera par volutes vers le ciel. Keyser Söze. *Usual Suspects*. Bête de film.

Ce matin, donc, dans la manifestation de bobos, juste après les TOUT LE MONDE DÉTESTE LA POLICE, TOUT LE MONDE DÉTESTE LA POLICE, TOUT LE MONDE DÉTESTE, on s'est séparés par escadron pour commencer nos manœuvres de routine. Sur le chemin, les Ingénieurs avaient déjà trouvé de belles bouteilles de bière, parfaits amuse-bouches. Un conseil : y aller crescendo. Ne pas se la jouer Wagner à te balancer direct la grosse infanterie. Non. Sinon c'est répression directe et donc impossibilité d'écrire la suite. Il faut penser en termes de symphonie. Un opéra à quinze chefs d'orchestre. Pas évident, mais jouissif. Les cris des manifestants – adagio –, les bruits que font les cartouches de LBD au sol ou dans les yeux – allegro –, les impacts des bottes sur le bitume – rubato –, les *fils de pute* soufflés entre les dents des CRS – prestissimo ! Tout est musique. Même les silences. John Cage. Sacré rebelle. Un mauvais émeutier ne considère que ses propres projectiles, ses propres lancers, ses seuls équipiers. Un bon émeutier a une vue d'ensemble, un souci de composition, une maîtrise du hors-champ. Il pense à la fois aux buts et aux moyens employés, à l'arrivée et au chemin emprunté. Un bon émeutier pense mélodie.

On était donc en train d'écrire notre cantate au milieu des bobos, avec chœur de lacrymo et solos de tonfas, quand un homme, type maghrébin, quasi la soixantaine, a débarqué. Il hurlait que c'était une manifestation pacifique, un truc pour le climat, que notre violence n'avait rien à foutre là-dedans. Jusque-là rien de méchant ni d'inhabituel. Et puis voilà qu'il s'est mis à nous attraper le bras au vol, le type, nous faisant louper nos cibles. Un Noir qui joue au Blanc, on appelle ça un Bounty. C'est quoi l'équivalent pour un Arabe ? En à peine deux secondes, à cinq sur lui, c'est parti en embrouille au sol. Les CRS ont certainement profité de cet événement pour resserrer les mailles de leur filet jusqu'à en faire une nasse opaque, goulot d'étranglement, entonnoir qui se rétrécit, parce que ce fut l'écrasement de larynx jusqu'à l'asphyxie et l'isolement complet d'une masse. Note pour plus tard : dans la révolution, le plus dangereux, c'est l'ennemi intérieur. Très vite, le cortège a été divisé en deux. Notre armée aussi. Dans l'amas d'une centaine de personnes, ne restaient plus que cinq d'entre nous, dont trois encore rués sur le vieux Maghrébin. Le piquant des lacrymos les a calmés peu à peu. Nous étions encerclés. Les bleus nous jouaient leur fameux requiem. Tout autour de nous, ceinture de boucliers.

Petit à petit, les bobos piégés en notre compagnie se sont insurgés contre la violence des CRS. La révolte, c'est du vent : ça tourne. Le moindre mouvement de notre tas trouvait des coups de tonfa pour réponse. Certaines personnes se sont mises à geindre. Elles n'avaient rien en commun avec ces débordements et même rien à voir avec cette manifestation. Classique. Une femme qui soi-disant ne faisait que passer dans la rue pour aller chercher son fils malade à l'école s'est mise à hurler en furie contre les CRS. Tel un grappin dans une machine de fête foraine, trois CRS ont fondu dans la foule, l'ont empoignée, et sont repartis derrière leur cordon de corps armés. Pendant près d'une heure, ils ont réitéré la manœuvre, prélevant de-ci de-là des membres à la masse, les extrayant du groupe pour les mettre aussitôt dans un fourgon. Chaque fois que des manifestants tentaient de retenir la proie choisie, chaque fois que des mains se faisaient solidaires, que des bras s'entrelaçaient ou que des pieds étaient maintenus par des chevilles, c'est tout le paquet qui était embarqué, traîné au sol par grappes, des dos et des ventres mis à nu raclant le bitume. De la chair et du sang. Le salaire du salut solidaire. Disons qu'on leur donnait une leçon gratuite en accéléré, avec pour titre : Introduction à la Liberté.

De notre côté, nous étions privés de nos Épiciers respectifs, restés parmi les manifestants sans entraves, amassés autour du cordon de CRS, hurlant en chœur LIBÉREZ NOS CAMARADES, LIBÉREZ NOS CAMARADES, LIBÉREZ NOS CAMARADES, en vain. Nous connaissions le protocole à suivre. Surtout, rester agglutinés au centre, dans l'œil du cyclone. Il faut se tenir le plus loin possible du harpon. Surveiller toute sortie de cordon. Au loin, près d'un fourgon, un type cagoulé bien droit sur son tabouret fixait la foule. Dans sa main droite, un talkie-walkie. Là où se poserait son regard s'accrocherait le grappin. Il fallait l'observer, et anticiper. Communiquer entre nous, surtout, communiquer entre nous. C'est la règle d'or. Ne pas se laisser envahir par la panique des bobos, moutons cernés par les loups, du rouge perlant çà et là sur leurs blancs lainages. Au loin, l'un de nos Épiciers tentait de discuter avec le cagoulé. Il se faisait sûrement passer pour un honnête citoyen, un gentil garçon perdu qui ne comprenait pas pourquoi ses amis du climat étaient retenus contre leur gré dans une nasse toujours plus resserrée, voyez-vous, monsieur, c'est même antidémocratique. Vaste blague. La démocratie est morte avec la Commune. Bientôt, nous étions compressés comme des salariés direction la Défense un jour de grève. Les uns contre les autres, impossible de respirer. À chaque tir de lacrymo, on se blottissait dans la nuque du voisin pour trouver réconfort. À chaque coup de tonfa, on essayait de se fondre les uns dans les autres, devenir une boule, métamorphose d'Ovide, comme un trip des Pink Floyd, le groupe préféré de nos pères. Profonde désillusion. Les bobos voulant jouer les braves continuaient à hurler face à la ligne de bleus. À peine les coups pleuvaient qu'ils tentaient direct de rejoindre le centre, loin des périphéries, quitte à devoir écraser tous les corps qui les en séparaient.

Lorsque le grappin a cessé, que les tonfas se sont tus et que les mâchoires crispées des CRS en première ligne se sont détendues jusqu'à se faire sourires, pas besoin de détail, on avait compris. Une fois nos sweats à capuche jetés au sol dans la foule, c'était le minimum syndical, les fourgons s'annonçant au loin, il ne nous restait plus que deux options : nous présenter dans les premiers et faire valoir notre bonne volonté comme preuve d'innocence ; ou bien attendre jusqu'au bout dans le cœur de masse en espérant qu'il n'y ait plus assez de place dans les cinq ou six commissariats vraisemblablement réquisitionnés, au vu du nombre de nassés. Quatre d'entre nous cinq ont choisi la première option. Liberté individuelle. On a souhaité bonne chance au dernier. Crachat au sol. Comme convenu, nous nous sommes laissé prendre les uns après les autres par le grappin, sans résistance aucune. Arrivés devant l'officier à l'entrée du fourgon, les questions de routine : ton identité, qu'est-ce que tu fais là, rien de coupant, d'illicite ? Une identité factice accompagnée d'un pacifiste et sobre engagement pour réponses habituelles. Trois d'entre nous ont eu droit au fameux : C'est ça, et moi je suis Brigitte Macron – monte dans le fourgon. Un seul a pu quitter le deuxième cordon de sécurité et rejoindre la ville. Bien joué.

Tandis que le fourgon aux vitres grillagées, aux sièges de fers boulonnés et à la carcasse nue se remplissait de bobos en pleurs, nous avons vidé le contenu de nos poches au sol. Bouts de shit et briquets. En nous voyant faire, certains blancs-becs ont fait de même. Ils paniquaient, frappant contre les vitres, s'insurgeant contre le conducteur dans sa cage, puis à bout de forces se calmaient. Pour l'un d'entre nous aussi, c'était sa première fois. On lui a annoncé ce qu'on nous avait tous prédit par le passé : Tu verras, après ça, avec les filles, ça cartonnera, et encore plus si t'en gardes une cicatrice. Ça marche toujours, la cicatrice. Il semblait ainsi rassuré. Brave gars.

Une fois plein, le fourgon a démarré, suivi de quatre autres, petit signe des deux doigts sur la tempe aux camarades restés libres, fierté dans le thorax, et ce fut le début du grand balai. Dans le fourgon, à chaque virage, à chaque intersection, pour chaque nom de rue, entrée de périph, sortie de périph, ça se précipitait à droite et à gauche du véhicule pour lire le nom, transmettre par téléphone, chercher du soutien. On va au commissariat de telle ville, non de celle-là, on tourne, non vers là-bas, c'est ça, là-bas. Sortie de fourgon, donner son nom, faire la queue en ligne, les mines mornes, des larmes aux yeux, du gaz-poivre dans le col, RIEN À DÉCLARER surtout RIEN À DÉCLARER, on se passe le mot et des numéros de téléphone d'avocat sur des bouts de papier, les derniers les avalant telle une pastille de poison, fiers samouraïs, et puis on attend dehors, on rentre dans le hall, chacun son tour devant l'OPJ, sa gueule blasée, ses cernes aux yeux, notification de garde à vue, un proche à prévenir ? Donner le numéro de la secrétaire du père de l'un de nos Épiciers, pour pas qu'il gueule d'être dérangé, puis les lacets, la ceinture, le bracelet, les cordons, le portable. Une large cellule, inscriptions marron louches sur mur de crasse, brûlures de briquets sur le plafond, BAIZELESSHTARR – ACAB – NIGGA93WASHERE – POLICEPARTOUTJUSTICENULPART, un long banc où l'on se tient en évitant de toucher les parois, faire les malins, montrer aux bobos que c'est rien, trouver de bonnes blagues, dire notre panache, authentiques Cyrano, échos résonnent, grillage qui s'ouvre, traverse le hall, rejoint fourgon, les rues à fond, gyro *dancefloor*, bande à Baader, Carlos Chacal, autre comico, referme cellule, banc de béton, couverture rêche, écho tréfonds.

Maintenant, ne nous reste plus qu'à attendre. C'est dans le souterrain des civilisations que tout se passe. Pour une bombe, les fondations resteront toujours la meilleure place. Alors surtout : vibrer courage, braver l'ennui, être des hommes, pulser révolte, défier l'État, et ses capos avec.

Respiration. L'aine s'écarte de sa jumelle tandis que le bassin s'ouvre sur lui-même. Fleurissent les cuisses, tendent les adducteurs, à l'endroit exact où la chair se fait joie. Approche. Frôle. Choie. À la moindre crispation, foudroie. Un corps tout pour lui-même, slip baissé, élastique tendu, fin de nuitée, début de solitude, s'est découvert une curiosité neuve. La tête s'est d'abord rejetée en arrière, lentement, meilleure prise d'air, pour ensuite accueillir les épaules en de magnifiques boucles d'oreilles. Le creux du dos ainsi formé dans le clic-clac où coulent les rêves, un pont de ventre s'était arqué, irrégulier, cahoteux, donnant à voir au plafonnier les stries marbrées des vergetures, ondoiements de lumière sous la mer. Les genoux écartés au maximum l'un de l'autre, les pieds croisés et les deux tendons d'Achille relâchés ; jusqu'aux orteils s'annonçait l'explosion. D'un moment à l'autre. Milliers de canaux pour unique information crépitant sous la peau, des tempes aux cuisses, du sternum au périnée, des poignets aux chevilles. Danse. Gambille. Là. Maintenant. Transe. Fourmille. Las. Haletant. Vrille. L'esprit repu de vide, sans plus un mot pour l'habiter, une question se posait en corps : est-ce assez ? Assez pour se perdre ? Assez pour se retrouver ? Assez pour connaître l'éternité ?

Puisque plus et moins ne signifiaient rien , oui, c'était assez. À cette pensée, les cuisses s'affaissèrent. Émotion. Rayonnement. Rupture. Rétracte. Et la chaleur lentement qui s'éteint dans la paume.

Sans parvenir ni vouloir jouir, tu te masturbes au réveil. Comme la clope et le café, réanimation automatique, sordide rituel. La machine se met en route. Il est 17 heures. Dans ta chambre aux volets tirés, tu allumes la lumière. Elle est modulable, tu appuies encore deux fois sur le bouton, ambiance bleue. Une pensée pour ces gosses que tu n'auras pas. Ta décision est prise, reste à l'annoncer à ta mère. Elle qui a été si soulagée de te savoir avec une femme, quand tu l'as appelée l'hiver dernier pour lui dire ton chagrin d'amour, la rupture. Elle était profondément triste pour toi, bien sûr, mais ce n'était pas la bonne, une idiote de plus, elle te l'a dit, une qui n'avait pas su voir ta vraie valeur, tant pis, une qui, pour mettre au monde, n'aurait pas été à la hauteur. Ta mère t'aime, a-t-elle ajouté, te donnant presque à sentir, par le truchement du combiné, son odeur d'iris et patchouli. Elle semblait soulagée. Au moins, tu n'étais pas homo, ça commençait à parler dans la famille, mais elle, elle avait toujours su que tu ne l'étais pas. Ça ne l'aurait pas dérangée, d'ailleurs, tu es son fils, quoi qu'il arrive, avec tous tes défauts et tes montagnes de qualités, mais voilà, elle aimerait tant être grand-mère.

Pauvre Maman. Non, tu n'auras pas d'enfants. Mettre quelqu'un là-dedans, dans ce monde, ne serait pas un choix de père. Ta décision est prise. Il y a ce révolver dehors qui court toujours et tous ceux que tu ignores encore. Des images d'horreurs dans ta tête. Il faudra bien l'annoncer un jour ou l'autre à Maman. Ou bien attendre qu'elle meure. Tu te coupes en te rasant. Un môme, pour quoi ? Pour qu'il rentre chaque soir en regardant à droite et à gauche, se sentant traqué, la boule au ventre ? Pour qu'il mente sur le travail de son père ? Les enfants de tes collègues ont tous appris à écrire sur la fiche contact de l'école "dans la sécurité" ou "dans l'administration", leur épargnant bien des problèmes. Il faut que tu la fasses, cette vasectomie. Tu n'es plus à ça près. Tu mets Rammstein pendant que tu manges. *Stein um stein*, les voyelles gutturales hurlées ou susurrées remplacent aisément la désinformation d'une radio. Si seulement ils savaient la réalité. Le terrain. Ils ne survivraient pas. Et tu ne leur en veux même pas : à choisir, tu fermerais tes yeux et tes oreilles.

Tu montes le son de l'album pour que viennent en crue les doux souvenirs. Tu étais tout devant, dans la fosse, contre les grilles, avec ta cousine sur les épaules. Tonton derrière, rempart aux mouvements de foule. C'est que personne n'aurait osé le bousculer, Tonton. Sa stature. Même dans son slip de bain bleu à Niolon, près de Marseille, il en avait, de l'allure. Tonton préférait quitter la base de vacances militaire de Malmousque pour s'aventurer en terrain vierge, Indiana Jones ne supportant pas de voir ses collègues en tenue de combat surveiller sa baignade. Il était comme ça, Tonton. Les pieds nus sur le béton brûlant du port, il indiquait d'un bras le coin d'ombre où déposer vos serviettes, tel l'adjudant organisant ses troupes. Ses lunettes de soleil à recouvrement panoramique élégamment posées sur son nez tartiné de crème, la lanière vert émeraude derrière les oreilles, malgré l'appel de la mer, il conseillait calmement à chacun de ranger ses chaussettes dans ses chaussures, son short dans le sac, les bouteilles d'eau dans la glacière, comme on gère le ravitaillement d'un bataillon d'affamés. Ensuite, il te passait de l'huile dans le dos. Gestes précis, balayage de la paume, horizontal puis latéral, ne manquant jamais aucune zone. Une noix de crème sur chaque joue, une noix de crème sur le front, une noix de crème sur le nez, ainsi camouflé, petite tape sur l'épaule, tu avais enfin le droit de t'approcher du bord. Lorsqu'il pointait de l'index les zones à risques et celles autorisées, détaillant du plat de la main la limite précise les séparant, indiquant la couleur de l'eau à déchiffrer comme une carte en relief, c'était le feu vert pour une bombe. À vos marques. Prêt. Feu. Tu t'élançais sur le béton, babines pendantes, sourire aux lèvres, plongeon de crapaud. Impact. Déflagration. Volute et onde de choc. Sous l'eau, l'univers se déformait en courbes mouvantes. Une fois de retour à la surface, les cheveux collés sur le front, tu attendais de Tonton qu'il commente ton saut, te donnant toutes les armes pour progresser au suivant. Minimum de mots. Précision maximum. Tes appuis dans le sol, impulsion des chevilles, mains vers l'avant, dos rond, tête rentrée, oreilles contre biceps. Des biceps, tu n'en avais pas encore. Tu rêvais aux siens. Fermes. Secs. Nervurés. Les deux mains sur chaque hanche, le tigre sur l'épaule, le motif tribal sur le pectoral droit, il restait là à te regarder t'améliorer de saut en saut. Son rire était un armistice ou une victoire. Il retournait alors à sa serviette, entre celle de Tata et celle de Maman, avec ta cousine et sa pelle rose derrière. Cela signifiait que la séance était terminée. Tu t'installais sur ta serviette, suffisamment en retrait pour les observer tous et surtout lui, son petit corps dur. Même allongé, la tempe dans une paume, le coude en angle droit, pivotant d'un côté ou de l'autre pour mieux répondre à Maman ou Tata, il paraissait prêt à l'action, à tout moment mobilisable pour le lever de camp. Tonton était comme un père pour toi. C'est d'ailleurs pour ça qu'il t'avait emmené voir Rammstein en concert. Ta cousine avait grandi, elle était, par ton entremise, devenue fan elle aussi. Pas lui. Mais Tonton aurait tout fait pour un instant de joie entre deux pulsations de ta tête sur de la musique entraînante. Tonton était comme ça. Strict et dévoué. Sérieux et aimant.

Il est l'heure. Tu éteins la musique et saisis le guidon du vélo dans l'entrée de l'appartement. Tellement de collègues se sont fait vandaliser leur voiture devant chez eux. Le vélo, au moins, peut être mis à l'abri. Tu ouvres la porte, le pousses devant toi dans le couloir, et t'inquiètes du manque de poids à ta ceinture. Retour en arrière. Vieux réflexe. Tu n'as plus à te préoccuper de ça, bien heureusement. Tu fermes la porte derrière toi et t'engouffres dans l'ascenseur. Dehors, le soleil se couche. Quinze minutes de vélo et tu l'accroches dans la cour.

Tu salues tes collègues, certains te répondent, avant ton passage aux vestiaires. Comme on fait son lit on se couche, tu te changes quand d'autres s'habillent. Court briefing d'un supérieur, *je t'ai chauffé le fauteuil* comme phrase rituelle, et te voilà assis derrière le guichet. Les carreaux blanchâtres du sol grimpant sur les murs du hall sont autant d'appels au déluge. Les tuyaux apparents sont marqueurs d'érosion. Les plaques de faux plafond à moitié arrachées sont autant d'issues en cul-de-sac. Les morceaux de peinture qui s'enlèvent sous les doigts sont des bouts de peau morte. La crasse sur le meuble a un air de misère. La feuille de déposition sous le bureau est une cale approximative. Le grincement de la chaise est une rouille certaine. Les stylos fonctionnels sont des cadeaux du syndicat. La tasse à café Police nationale reçue en formation n'est plus qu'un vague souvenir. Tu te rends compte que tu as oublié ton livre, Dante. Ça fera ça de moins pour qu'on se moque de toi.

Tu consultes les registres de garde à vue en faisant le lien avec le briefing. Comme dans tous les commissariats du secteur, tu as hérité d'une partie de l'interpellation de masse. Trois gauchistes persuadés d'être le Che et un vieux presque sénile sont en dégrisement. On a dû les mettre là parce que les cages étaient toutes pleines. Tu vérifies. Effectivement. Ceux qui sont sur le point de partir : un dealer, une toxico et un paumé. La cour des miracles habituelle. Que des clients. Leurs empreintes sont depuis longtemps dans les fichiers, les auditions ont été faites dans la journée, l'OPJ de jour vient de finir. Celui de nuit va arriver. Les clients partent. Ceux qui restent : une hystérique en burn out, un gamin puant la déroute et Angel, le digne fils de son père. Voilà, ce seront ce soir tes oiseaux de nuit, comme tu aimes à les appeler. Drôle de promotion. Tu te sens gardien d'auberge espagnole. En recroisant les fichiers et tes notes du brief, tu dresses le devis : attendre que la plainte soit déposée contre l'hystérique avant de l'envoyer en audition, espérer que le môme se soit suffisamment fait dessus et, surtout, se débrouiller pour qu'Angel crache le morceau. Pour le vieil Arabe et les apprentis guérilleros, comme d'habitude, on manque d'images exploitables de la manifestation. Un collègue doit être en train de passer au peigne fin leurs écrans de téléphone, cherchant les possibles marques de doigt, et ainsi trouver le code donnant accès aux potentielles photos dedans. Si le logiciel fonctionne enfin, il pourra aspirer toutes les données du téléphone. Les garder sous le coude le temps de l'enquête. Les cinq premiers mots de la phrase sont essentiels.

Tu consultes ton fil d'actualité sur ton téléphone. Des armures flamboyantes, des épées rutilantes, une reconstitution de croisade dans le Poitou. Rien de nouveau. Par la vitre derrière toi, tu jettes un œil aux écrans de surveillance. Des collègues asticotent des types en cellule, les cuisinent à feu doux pour les auditions du lendemain. Tu consultes ton dernier poème en date, celui de la nuit dernière, dans ton téléphone. Pas mal. À retravailler. Tu es fier de ton titre. Qu'en dirait Dante ? Pour toi, la soirée s'annonce calme. Répondre au téléphone, être vigilant sur la rue parce que l'interphone est encore cassé, peut-être une fugue de gosse battu à signaler, les vols de sac habituels, les tapages nocturnes, les déclarations de perte, et pourquoi pas le coup classique du parano en crise persuadé d'être suivi par la DGSE ou autres forces obscures du Satanisme International. La routine. Tu discutes avec un collègue à la machine à café. Le calibre court toujours, c'est inquiétant. Deux coups de feu, oui. Jamais deux sans trois, dit le proverbe. Mais ça ne saurait tarder, il y aura forcément un bâtard pour craquer, ça fait les malins quand c'est en bande, mais un par un, ça se retourne les couilles. Tu acquiesces. Il essaye ensuite de t'expliquer une fois de plus les heures supplémentaires non payées, celles payées selon un certain quota, les quotients à vérifier, les études spéciales de compta qu'il aurait fallu faire ou bien les heures passées sur les forums de syndicat, pour enfin connaître le montant de ce qu'on pourra bouffer.

Le temps passe. Une patrouille ramène un poivrot. Il a arraché un poteau. Classique. Si seulement ils étaient tous comme celui-là. Le type s'excuse à tout va. Les collègues demandent où le mettre. Trois cellules sont libres, toutes dans un état lamentable. Il faudrait nettoyer, tu connais leur réponse. Avec l'action dehors, le flingue, la nuit, le manque d'effectifs, dernier des soucis. Ils négocient. La cellule de dégrisement est grande, c'est vrai, alors là-bas, d'accord. Avec tous les départs en retraite, les anciens se font muter en province, retour au bercail, là où c'est calme, alors ici, ne restent plus que des jeunots. Ce n'est certainement pas à toi de faire de l'encadrement. Ils ne le supporteraient pas. Autoformation, autodiscipline restent les maîtres-mots. Donc, comme d'habitude, on improvise. Dans le fond, la G. A. V. n'est qu'un siphon. Tu en es le concierge, même pas le plombier. Demain soir, à ton retour, tu sauras qui est passé entre les mailles et qui est resté, direction le dépôt. Au maximum, ils risquent quoi ? Des TIG, c'est-à-dire traîner sa poubelle pour ramasser les mégots, comme les soldats de Tonton peignant en blanc les feuilles d'une oasis en plein désert. Et dès leur sortie, ils recommenceront. On les attrape, ils libèrent. Tu te replonges dans ton poème. Un par nuit, ça serait pas mal. C'est Maman qui t'a conseillé d'écrire, depuis l'accident. Écrire, c'est bien, elle a dit, pour te soulager l'esprit, maintenant que tu refuses de tout me dire. Tu la protèges. Écrire, d'accord, mais sur quoi ? Sur le pourquoi du comment ? Suffit que ça tombe entre de mauvaises mains, les collègues se marreraient bien, la Kommandantur n'apprécierait pas. Depuis les fuites de groupes WhatsApp dans la presse, c'est tolérance zéro pour tout le monde. Côté WhatsApp, pas d'inquiétude, tu n'y as pas été invité. Côté états d'âme, par contre, ce serait un risque. Alors de la poésie. C'est bien, la poésie. C'est assez abstrait, suffisamment flou. Ça s'écrit tout seul, comme guidé par un devin. Et surtout ça ne veut rien dire, à part pour toi. Tu t'y replonges et retravailles la mise en forme, pour passer le temps.

VARIATION NOCTURNE #10

Il est des nuits comme celle-ci où tout s'enchaîne. Rose du ciel s'aquarellant lentement d'ivoire et, à perte de vue, les nuages. Leurs distinctes silhouettes que dessine l'astre lunaire, en image par image. Chacune de leurs migrations, mutations, valses, étreintes, rondes, illusions, luttes, espérances semble être révélée dans la plus grande des nettetés à qui souhaite les voir.

Mais lorsqu'elle s'épaissit davantage, quand la lune se cachetonne derrière ses nuages monochromes jusqu'à ce que les singeries du corps ou le louvoiement des bruits ne suffisent plus à en percer la noirceur ; restent encore l'urgence, la peur. Pour annoncer le danger, décrire chaque péril avec précision et en nommer les issues ; ne reste alors que la bouche.

Grâce à la nuit naît le langage.

Plus bas, c'est le guet-apens de la ville par ses périphéries qui commence.

Des hordes de voitures noires quittent les unes pour rejoindre l'autre
(centrale, attractive, nucléaire).

D'un doigt, de jeunes chairs ivres en commandent d'autres
(endettées, affamées, numéraires).

Alors l'obscurité annonce ses lois
(infondées, hasardeuses, lapidaires).

Dette à la nuit qu'est le langage. Payer chaque ombre en pourcentage. Une cigarette qui s'allume, des amants qui s'aiment, des violents qui cognent, des âmes en peine contenant leurs hargnes, des mouchoirs en papier qui se froissent, s'entassent, des êtres qui se recroquevillent sur eux-mêmes, dans des draps, sur des rêves, contre des formes inconnues, sous des non-dits, d'autres sur des pipes à crack s'enfoncent profond à s'en quitter la carcasse, mille orgasmes, flash-syncope, les vendeurs encaissent, les collègues tournent, une cigarette rougeoie, les sirènes chantent, un adolescent cherche l'issue dans son écran, des fenêtres s'éteignent dans la tour, une petite bande se cagoule de haine, un isolé qui s'impatiente de la foule, deux exilés s'aimant sans genre, une cigarette qui se consume, un homme regrette ses années, un prédateur rassure sa proie, Mona Lisa qui se fait persienne, une femme s'embrase dans sa chambre, une cigarette qui s'écrase, un chien qui hurle dans le Beretta, et un enfant qui se réveille, appelle à l'aide, ce n'est rien, ce n'est rien, ce n'est rien, lui ment sa mère, rien qu'un cauchemar, alors, serein, rassuré, il se rendort. Tromper la nuit par le langage. Bluffer les heures et l'échéance.

Il est des nuits comme celle-ci où tout s'enchaîne,
et puis se brise.

Coup de feu.
Lumière crash.
Échauffement.
Shoot en l'air.

Première détonation.
Avant concert, on cherche la note. Des oiseaux s'envolent. Les nuages s'arrêtent. Monochrome se fige. Mots qu'on ravale. Des corps alités tendent leurs gueules comme gargouilles sur des toits. Les oiseaux s'y posent. Un temps. Silence. Et puis les nuages repartent, le monochrome partout, la lune nulle part, circulez, il n'y a rien à voir.

Celles, ceux, celleux et ciels qui la vivent le savent : la nuit est une dealeuse impatiente.

Elle se fout de tout,

même
du langage.

Tant qu'elle touche son salaire.

CAGES

Mais qui es-tu, toi qui, nous interrogeant
sur notre état, as les yeux non meurtris,
du moins je crois, et parles en respirant ?

DANTE ALIGHIERI,
La Divine Comédie, *Purgatoire*, Chant XIII

Caisses orange. Ouverture des paupières. Mains dans cheveux. Cœur de nuit. Plexus vide. C'est l'absence de médaillon autour de son cou qui la ramène au réel.

Une voix au loin demande pardon en boucle. Elle est grave et profonde, pourtant les agents lui répondent en prenant bien le temps d'appuyer sur les *monsieur*, comme on répéterait à un enfant qu'il est un grand. Mais non, mais non, ce n'est pas si grave, calmez-vous, on a compris. Faut pas faire ça pour autant, monsieur. Ils vous ont fait quoi, dans le fond ? Bah oui, c'est pas gentil. Et si tout le monde se mettait à faire comme vous ? On ferait comment, nous, monsieur ? Les refus, les ruptures, oui, ça arrive. Vous pouvez me croire, je sais de quoi je parle. Bah oui, elle est partie, c'est la vie, c'est comme ça, elles partent toutes un jour, pas vrai ? Et puis parfois, c'est nous qui partons. Bah oui. C'est comme ça. Et c'est peut-être justement parce que ça peut s'arrêter à tout moment qu'on le chérit tant, vous ne croyez pas ? Ça lui donne sa valeur, quelque part. Vous savez quoi ? En deux millénaires, personne n'a trouvé de solution à l'amour, et *a fortiori*, ce soir, vous non plus. Bon. Pas de quoi en faire un drame. Mais les panneaux, monsieur, ils n'y sont pour rien, les panneaux. Ils connaissaient même pas la demoiselle, les panneaux. Ils seront remis à leur place, bien sûr. Peut-être vous, peut-être pas vous, ça dépend de la juge. Des TIG, c'est ça. On verra. Allez, calmez-vous, allongez-vous. Et si vous avez envie de vomir, vous nous appelez. Ah non, on ne commence pas à insulter la demoiselle. D'abord, la demoiselle, nous, on la connaît pas. Comme les panneaux, c'est ça. Et elle avait certainement ses raisons. On a toujours ses raisons, monsieur. Mais non, vous n'êtes pas un salaud. Vous verrez ça demain. Vous n'avez pas envie de vomir, monsieur ? Bon. Sinon, il faut le dire. Faut pas hésiter. Ça arrive à tout le monde. Faut pas avoir honte. Mais faut nous prévenir, surtout. C'est compris, monsieur ? Qu'on n'ait pas à réparer plus de conneries que de raison. D'accord, d'accord, on a entendu, vous en parlerez à l'OPJ demain, il sera content. Pour nous, c'est entendu, monsieur. C'est oublié. Dormez bien, vous en aurez besoin. Bonne nuit, bonne nuit, monsieur. Non, on n'éteint pas les lumières du couloir. C'est pas l'hôtel, ici, monsieur. Vous êtes au commissariat. Vous savez que vous êtes au commissariat, monsieur ? D'accord, d'accord. On se tait maintenant. Bonne nuit.

Des râles de corps sur le béton, un mal-être qui éructe, et puis le silence. La respiration des murs, le ronronnement d'une chaudière, il doit être 3 heures du matin. Ou alors non. Comment en être sûre ? Elle a cette envie d'écrire qui la prend habituellement à cette heure-ci. Ça lui laisse quatre bonnes heures avant d'embaucher. Elle aimerait écrire. Son corps le lui réclame. Quelque part, au fond d'une boîte marquée d'une étiquette à son nom, entre l'élastique de son jogging, ses clefs et ses lacets noirs, il y a son téléphone. Dedans, parmi les photos de sa dernière sortie dans un bar avec Samantha, cinq mois auparavant, un whisky chacune et leurs sourires déformés derrière les glaçons, parmi des vidéos d'hommes qui se prennent à tour de rôle par-derrière en se griffant les omoplates, parmi des photos de soleils couchants ou de lunes pleines sur la zone industrielle, sommeillent quelques notes d'un prochain roman. Si les flics y fouinent, ils pourraient au moins lui faire des retours.

Elle se redresse sur le banc. Froideur du béton. Les os en tessons de verre. L'envie d'écrire grandit en elle comme une nécrose de camé qui hurle la lumière. Elle avait assisté à une journée de travail au siège de l'entreprise, quelques semaines auparavant. Ça lui avait donné l'idée d'un texte, avant que tout ça ne commence. Ou peut-être que c'était déjà en place, déjà à l'affût, en embuscade ? L'oppression, où ça commence, quand ça se finit ? Chasser ces questions sans fin. Au siège, il était question d'une application pour les intérimaires. Qu'ils n'aient plus à venir voir les pellicules sous la couche de gel de leurs Christian respectifs. Trajet direct du domicile au lieu de travail, de l'embauche au renvoi, sans passer par l'agence. Étape suivante : un algorithme DRH. Mais d'ici là, avec une autre intérimaire du nom de Faïza, elles avaient été chaleureusement reçues dans la Creative Room. Les responsables marketing, digital, innovations, incubations, et autres mots fraîchement inventés pour l'occasion, les regardaient comme des doctorants fixant un supposé jeune de banlieue à une conférence sur l'Urbanité en tant que violence épistémologique. Avides. Goulus. Gourmands. Faïza et elle étaient d'authentiques intérimaires. De vraies Users.

En muscles et en os. Ces fameux êtres de chair dont ils parlaient à longueur de journée avec force acronymes, abréviations, chiffres et anglicismes. Les stars du prolétariat étaient là, dans leurs locaux, merveilleux cadeaux faits par l'entreprise pour leur retour de vacances. Une bouffée de réel.

La première heure, petits jeux mis à part, K-Vembre s'était sentie ambassadrice d'un monde souterrain, prête à faire remonter tous les maux des bas-fonds de son corps. Enfin, sa colère sourde avait trouvé l'oreille adéquate. Chacun de ses mots était enveloppé d'un écrin d'écoute. Et puis, à mesure qu'on reprenait ses interventions, qu'on la traduisait en langue d'entreprise, qu'on en faisait des acronymes, qu'on poussait sa pensée dans un sillon préalablement tracé, qu'on éjectait de sa bouche tous les éléments *out of positive thinking*, elle avait compris qu'il n'y aurait pas de place dans ces locaux pour la souffrance. Les affiches colorées, les tapis de jeux, les boîtes transparentes remplies de Duplo – c'était pourtant évident : on ne décrit pas un massacre à des enfants. Elle était juste là pour poser le petit tampon *Prolo approved.* Fait par et pour les parias. Commerce équitable. Offre valable sur une sélection d'articles de la collection en boutique et sur l'e-shop, il est obligatoire de posséder un compte sur l'e-shop pour bénéficier de l'offre, dans la limite des stocks disponibles, offre non cumulable avec toute autre offre ou promotion, pour votre santé évitez d'avoir du plaisir entre vos embauches, www.mangez-travaillez-mourez.fr.

Il faisait chaud. Il y avait du café. Elle était loin de son patron. On pouvait même écrire des notes sur son téléphone. Une fois rendu à la caisse de la cafétéria, on lui avait interdit de prendre autant de desserts, regards appuyés en provenance des tables alentour. Elle avait dû en reposer la moitié dans les rayons. Outre le goût de la honte, la nourriture était bonne. Elle pouvait s'installer où elle le souhaitait, prendre une pause clope quand elle en ressentait le besoin. Elle allait être payée. À un moment, dans le moelleux des fauteuils entourés de couleurs vives, elle avait même oublié la raison de sa présence. Tout le monde riait, s'appelait par son prénom et parlait franglais. C'était du OK-OK. On aurait pu annoncer l'heure du goûter que ça n'aurait étonné personne. La journée s'était clôturée par le jeu Pépite/Caillou. Très fun. Il fallait indiquer le point que l'on avait trouvé merveilleux ainsi que celui à améliorer. Penser positif. Elle avait recraché quasiment mot pour mot la pépite de l'une, le caillou de l'autre. Je suis heureuse des rencontres, de l'écoute et du dynamisme de notre team. Ça aurait pu durer plus longtemps tellement c'était riche, un jour, c'est beaucoup trop court, je serais heureuse de revenir. Qu'on en finisse, chiens de vos morts. À force de jeux et d'infantilisation, ils auraient pu penser un plan de licenciement avec le même ravissement béat de fin de crèche.

En sortant, elle s'était dit qu'il faudrait une fois de plus attendre les conséquences pour que l'Histoire considère ces méthodes à leur juste valeur : de l'embrigadement. Dans tous les régimes totalitaires, qu'ils soient politiques ou économiques, arrive forcément le moment où l'on aliène la langue. Travail Famille Patrie = Collaboration Patriarcat Xénophobie. *Fluctuat nec mergitur* = Je me bourre la gueule en terrasse. Je suis Charlie = Je suis un vrai Gaulois. Depuis ce jour, elle avait cette idée de huis clos dans un *creative space* d'entreprise qui lui tournait dans la tête. Un intérimaire qui sort son Glock 27. La prise d'otages de la novlangue qui s'inverse. Maintenant qu'ils nous ont dépossédés des mots, il ne nous reste plus que le silence des flingues. Le roman pourrait presque commencer comme ça. Ça sonnait bien. Ça claquait, même. Direct incipit. Sursaut pour lecteurs. Juste assez misérabiliste, plutôt provocateur. Ils allaient adorer.

Parmi les lettres types de refus de son premier manuscrit, elle trouva un soir dans sa boîte aux lettres le mot dactylographié d'un éditeur. Il lui expliquait brièvement comment écrire. Quel ton adopter, quelle rythmique rechercher, quelques solutions syntaxiques apporter et, surtout, il soulevait le problème majeur de son texte : le manque de réalisme. Comment pouvait-elle raconter cette histoire de jeune homme parisien restant toute la journée sous son abribus à héler des passantes comme les chiens aboient après les voitures ? Comment avait-elle pu imaginer appréhender l'imaginaire, les fantasmes, la réflexion d'un homme, qui plus est, d'un harceleur de rue ? La réalité de pensée d'un tel homme devait être moins schématique, bien plus complexe. Ça manquait d'effets de réel. Ça manquait de vécu. C'est bien connu, l'universalisme a un sexe. Un indice : il pend. Enfin, il s'épanchait sur un retour accru de la morale judéo-chrétienne. Son roman allait dans ce sens, et apportait une pierre de plus à l'édifice du puritanisme américain. Ça aussi, c'est bien connu, la décence a une nationalité : outre-Atlantique. Elle jeta la lettre froissée au fond de son treize mètres carrés, rebond sourd sur tas de vêtements. Elle passa le reste de sa soirée avachie, prostrée dans son canapé, son dos formant petit à petit un pont vers le cendrier, son corps en voûte devenant arc, puis crochet, puis serres, puis chute, boule, fœtus, débris, antre, fosse, sombre, nuit, vide.

Elle aurait aimé que Samantha soit là. Son humour, son esprit, leur complicité partagée et puis tous leurs désaccords lui manquaient cruellement. Samantha était sa dernière amie, dans tous les sens du terme. La dernière qu'elle avait rencontrée et, dorénavant, le seul numéro enregistré dans son téléphone. Un jour tu perds ton téléphone et ton répertoire se vide, plus personne ne t'appelle, c'est toujours comme ça, avait dit distraitement Samantha. K-Vembre avait vu toutes ses autres amies, des femmes brillantes, partir au bras de types rabaissant leur visage lumineux à hauteur de misérables épaules. Était-ce de sa faute à elle, si elle avait osé dénoncer la manœuvre à voix haute ? Quand les femmes se font gardiennes de leur geôlier, ça porte un nom de syndrome, histoire de mieux les isoler, afin d'encore minimiser. C'est en réalité un mécanisme à la base de toute une société. Samantha, elle, aurait su quoi lui dire, dans le canapé le dos en voûte comme au fond de cette cellule, la nuit en creux. Elle savait comment la retenir, même au bord du vide. Elle était d'ailleurs la seule autorisée à le faire. Elles en avaient eu, des discussions, durant les mois passés ensemble dans son treize mètres carrés, après une rencontre dans un bar, à l'époque où K-Vembre s'y perdait encore.

Samantha était montée à Paris pour un salon de la coutellerie, porte de Versailles. Elle lui avait parlé pendant des heures des différences entre plusieurs types de poignards, leurs manches, lames et finitions. Son enthousiasme, sa passion, le plaisir qu'elle avait en prononçant certains mots techniques ou certaines marques de couteau l'avaient tout de suite touchée. Samantha n'avait nulle part où dormir. Elle avait prévu de traîner dans la capitale en compagnie de son tout nouveau Maserin Myrmillo avec poignée ergonomique en Forprène noir, une vraie beauté, tellement méchante, puis d'attraper le premier train du matin pour rentrer dans sa cambrousse. Samantha proposa à K-Vembre de prendre en main le couteau. Elle refusa, non sans hésitation. La peur d'y prendre goût. Samantha sourit, ce que K-Vembre prit d'abord pour de l'amusement, sinon de la moquerie. Elle ne saisit que bien plus tard les quelques centimètres séparant sa perception de la réalité : Samantha était touchée. Samantha comprenait. Elle n'essayait pas de se mettre à la place de l'autre, de spolier son vécu, digérant ses sensations et sentiments. Samantha ne jubilait pas de l'altérité ; exotisation, érotisation et misérabilisme en guise de saint suaire d'une autoproclamée compassion. Non. Samantha acceptait simplement sa propre porosité. Rare. Accompagnées de la lame, ce soir-là, elles marchèrent toutes trois pendant des heures jusqu'à se retrouver dans le parc de la Villette, pas très loin de son treize mètres carrés. Trop fatiguée pour continuer, K-Vembre l'y invita. Samantha accepta. Dès lors, elles ne se quittèrent plus pendant des mois.

Chaque soir, elles étaient bien, toutes les deux, à regarder des émissions de téléréalité ou des documentaires animaliers, sur les grands singes essentiellement. Elles s'extasiaient des pouces opposables des uns, de la capacité à s'adapter des autres. La journée, quand K-Vembre était à l'entrepôt, Samantha discutait avec des inconnus sur des forums. Elle avait mis assez de côté pour tenir une année sans travailler. Un Wolverine bedonnant rencontré dans une Japan Expo alors qu'elle se baladait déguisée en Sailor Moon l'avait libérée du carcan familial. Sous sa perruque aux trois diamants et longues tresses, le super-héros avait tout de suite reconnu un visage. C'était sûr, il en était persuadé, il avait l'œil du tigre, elle avait les mêmes traits qu'elle : Stone. Mais si, du duo mythique des années soixante-dix : Stone et Charden ! Il avait déjà trouvé son Charden, ne lui manquait plus qu'elle. Il lui avait fait la bise, donné sa carte d'imprésario et lui avait proposé de se revoir dès le lendemain soir, dans un café. C'est ainsi qu'avait débuté la carrière de sosie de Samantha. Pendant deux ans, elle avait poussé la chansonnette et tapé des mains dans les inaugurations de rond-point, les fêtes d'agglomération et les mariages. C'était *L'Avventura*, la musique qui la faisait vivre, tout était nouveau sous le soleil, les jours qui passaient n'étaient jamais pareils. Son Charden souffrait d'une timidité maladive en sortie de scène, ne se faisant remarquer que par son allergie à l'arachide, ce qui limitait drastiquement ses choix dans leurs buffets de stars. Le sosie d'Alain Delon était hypocondriaque. Avant chaque concert, il demandait que Dalida lui prenne la température, le rassure sur sa tension, compte l'écart entre ses battements de pouls. Pour lui, chaque représentation était un infarctus. Claude François se faisait vomir dans les loges. Tout le monde le savait, ses claudettes n'en pouvaient plus, mais personne n'en parlait. Johnny regrettait chaque soir devant une bière de n'avoir jamais pu parler à son idole. Il avait vu sa limousine passer un jour, sur un tournage de clip, avait franchi la ligne de sécurité, s'était jeté sur le capot, son blouson tout en cuir et en franges pour seul amortisseur, et leurs regards s'étaient croisés, il en était certain. L'intensité des yeux bleus du fauve blond à jamais gravé dans son cœur et sa mémoire, on ne s'y trompe pas, ça ne s'oublie pas. Il le disait avec fougue à qui voulait bien l'entendre. Si seulement il avait eu l'idée de lui hurler son numéro, ou bien au moins son vrai nom, le monstre sacré l'aurait rappelé, il en était sûr. Robin Williams était dépressif. Ses blagues sur le Xanax tournaient en boucle. Quant à Lara Fabian, c'était une employée de banque très sympa, bien qu'ayant développé une obsession pesante : elle consultait toutes les heures les réseaux sociaux afin de s'assurer de l'état de santé de sa star, espérant secrètement son décès, un AVC ou un accident, pour enfin faire exploser sa propre carrière et quitter son CDI. Samantha, elle, ressentait une sorte d'attachement vis-à-vis de chacun d'entre eux, et même de son Charden. Sa capacité à ne strictement rien attendre des autres lui épargnait toute déception. Elle mettait à fond le *Requiem pour un fou*, version Lara Fabian et Johnny, en souvenir de leurs concerts. Là-dessus, par exemple, leurs opinions divergeaient. Pour K-Vembre, ce n'était rien de plus qu'une ode au féminicide ; tandis que, pour Samantha, c'étaient des souvenirs, des histoires personnelles et uniques, des cassures et des failles. Ce qui comptait pour elle, c'était la puissance des émotions. Le reste n'était que causes et conséquences. Et le problème, encore selon elle, ce n'étaient pas les hommes : c'était l'humain. Elle s'attachait à tout le monde, et encore plus à sa bande de sosies, à tel point que, n'ayant appris les paroles de Stone que par opportunité, elle s'était sentie un jour dans l'imposture. Par souci d'honnêteté, elle avait cessé d'être des leurs.

Elle profitait donc de son argent mis de côté, de sa retraite bien méritée, pour tailler ses couteaux dans le treize mètres carrés de K-Vembre, loin de ses fans capables de lui parler de leurs problèmes d'arthrose des heures durant à la boulangerie. Cela touchait particulièrement Samantha mais, ne sachant refuser aucune conversation, elle ne sortait plus, privilégiant les rencontres sur internet. Écumant toutes sortes de forums spécialisés, elle avait petit à petit glissé des amateurs de jeux vidéo aux aficionados de la raclette en passant par les puristes du barbecue, tout en ne négligeant pas les obsédés du grand remplacement. Tant qu'on ne lui demandait pas qui elle était, tant qu'il y avait quelque chose à apprendre, tout du moins à essayer de comprendre, elle cliquait. Dans la vie, on est toujours à deux doigts de se réinventer, à un mot d'une rencontre qui fera tout basculer. C'est tout du moins ce que Samantha répondait quand K-Vembre, dans un excès de fatigue ou de mauvaise foi, lui reprochait de n'avoir aucune attache, ou pire, d'être une éponge.

C'est ainsi qu'un jour, au détour d'une conversation à propos du meilleur couteau pour le parfait dépeçage du cerf sur un forum survivaliste, Samantha rencontra l'amour. Ou du moins ce que l'on prend pour l'amour quand on n'en attend rien. Il était technicien SAV chez un opérateur téléphonique, haïssait les humains et croyait intimement à une apocalypse imminente. Les Mayas, avec leurs technologies supérieures, n'avaient pas pu se tromper de plus d'une vingtaine d'années sur la fin du monde. Les catastrophes naturelles, épidémies et guerres se succédant, l'an 2000, le vrai, ne tarderait plus. Ses certitudes avaient dû toucher Samantha. Ou bien provoquer en elle un appel d'air. Elle quitta l'appartement un mois plus tard, direction la forêt de Rambouillet, pour vivre son histoire loin du monde, de l'humain et de ses drames, laissant soudain K-Vembre seule dans le treize mètres carrés. Profonde étreinte.

Le premier soir sans elle, K-Vembre laissa aller sa paume sur les contours de la silhouette en creux de Samantha, son ombre tracée à même le matelas. Ici, deux mains s'étaient liées, deux bouches s'étaient confiées, deux corps s'étaient respectés. Elle repensa aux doigts de Samantha qui s'étaient posés avec douceur sur son médaillon d'or, les crêtes formées par les deux symboles de rubis et de diamant incrustés qu'elle avait parcourus, sans dire un mot. Parfois, l'une vidait son sac entièrement, par flots continus, en sachant que le silence de l'autre n'était qu'humilité, accueil, écrin d'écoute pour nuit sans fin. Parfois, elles se taisaient ensemble pour écouter taper leurs cœurs. Deux sœurs. Et d'autres choses que l'on ne dit pas. Samantha pensait que la vie ne signifiait rien. *Sa vie*, à la limite. Et qu'il fallait surtout ne jamais oublier qu'à la base, sa vie, on ne l'avait pas demandée. Aucune raison, donc, d'en être déçu. K-Vembre s'accrocha à cette idée, doigts agrippant les plis du lit, et s'endormit. Tellement de choses qu'on ne se dit pas.

Quelques jours plus tard, alors qu'elle s'était enfoncée encore plus profondément dans l'entrepôt, disparaissant sous des couches de manteaux de luxe, le bruissement de leurs plastiques de protection pour seul adieu au monde, à une pause de dix minutes offerte par l'employeur, elle reçut un appel. Rappel des règles : détention de téléphone autorisée/utilisation formellement interdite sous peine de renvoi/exception faite des pauses/usage toléré. À chaque relâche, les écrans s'illuminaient, les pupilles se dilataient. Numéro inconnu. Bonjour méfiant. Voix enrouée. Chaleureuse. Une éditrice. Elle lui disait que c'était très bien écrit, oui, elle avait lu son manuscrit, elle aimait beaucoup, le style, la prise de risque, la sincérité, les deux personnages, ce jeune harceleur, cette femme si vibrante, leur antagonisme, mais cette forme, cette forme-là, ni roman ni poésie, mi-manifeste mi-fiction, il fallait se rendre à l'évidence : c'était tout bonnement impossible à publier. L'édition était un marché comme les autres, et comme tout marché, elle avait ses règles. Publier ce texte bâtard en tant que premier roman ne lui rendrait pas service. Casse-pipe. En tant qu'éditrice, il fallait qu'elle puisse dire quelque chose aux journalistes, qu'ils soient capables au moins d'identifier le type de livre qu'ils trouveraient dans leur pile. Non, résolument, publier ce texte était impossible. On indexerait, en outre, le tirage du deuxième sur les ventes du premier. Catastrophique. Ce qu'on veut, aujourd'hui, c'est des histoires. Elle l'invitait à écrire un roman, un vrai. Une intrigue, des rebondissements, du mouvement, de la tension et tout le bordel. C'est entendu ? Elle lui posa à toute vitesse des questions sur sa vie. Son nom avait des consonances de l'Est. Immigration, deuxième génération ? C'était très bien. Et son âge, jeune, en plus. Merveilleux.

Intérimaire, dans un entrepôt ? Génial. Un jeune type super, une crème, avait sorti un livre quelques années auparavant, sur le travail à la chaîne en abattoir. Des bêtes suspendues à des crocs de boucher, quelque chose de direct et de cru, merveilleux, mais poétique, avec tout plein de références à la littérature, merveilleux, des dizaines de prix littéraires, un succès médiatique, merveilleux, merveilleux, décidément, oui, les histoires de pauvres intéressaient les gens. Est-ce que vous aussi, la littérature vous sauve ? Réfléchissez-y. Après 68, des amis universitaires à elle avaient fait pareil, aller dans les usines, se confronter à la vie, sentir la chair du réel palpiter dans leurs paumes, merveilleux, merveilleux, merveilleux. Elle avait hâte de le lire, ce roman, celui qu'elle écrirait. Vraiment hâte. Qu'elle prenne bien son temps, mais qu'elle le lui envoie vite. Les cris derrière, c'était quoi ? La cheffe d'équipe ? Merveilleux ! Bon courage. Travaillez bien, camarade ! La voix qui raccroche.

Téléphone en poche comme clef de maton dans une veste de taulard, K-Vembre retourna remplir ses caisses orange. La lutte finale faisait toujours rêver ; la falaise des fins de mois, moins. Des Gilets jaunes bloquaient les ronds-points, les camions peinaient à alimenter et désengorger les entrepôts. Les Français ne pouvaient plus feindre d'ignorer la colère qui se tordait dans les ventres fluo, ça tournait en boucle sur les écrans, ils se mettaient alors à regarder leurs propres estomacs et leurs comptes en banque se remplir de bile. Derrière la rage se tient souvent la peur. Et la peur se transmet plus facilement que la grippe. Palpable pandémie. À ça, aucun dictateur, aucune armée d'occupation, aucun colon, aucun gouvernement, aucun publicitaire ni aucun médecin n'a jamais trouvé de vaccin. Les gaz lacrymogènes brûlaient les parois nasales et les clients achetaient moins.

Au milieu de la journée, alors que l'interview quotidienne dans sa tête tournait autour de la rencontre miraculeuse avec son éditrice, K-Vembre détaillant le coup de fil, la sororité, le patriarcat qui tangue, et qu'elle partait une fois de plus en claquant la porte du studio d'enregistrement, l'algorithme dans les PDA commença significativement à ralentir. Les intérimaires rejoignirent un à un le poste central, bipant mécaniquement le code source scotché sur l'ordinateur puis leur code utilisateur, petit code-barres nominatif distribué chaque matin dès l'entrée de l'entrepôt. Certains avaient d'ailleurs pris pour habitude de le coller sur leur propre tee-shirt, au centre du thorax, afin d'être sûrs de ne jamais le perdre. Ils scannaient donc la machine, puis scannaient leur propre corps à répétition. Machine/corps. Encore. Machine-corps. Encore. Machinecorps. Encore et encore. Rien sur les écrans. L'intime lien mécanique-muscle était brisé. Peur panique de la rupture.

Très vite, deux paquets d'intérimaires se formèrent : l'un autour de l'ordinateur de commande, l'autre encerclant l'afficheur de rentabilité. Sous leurs yeux, dans un silence funeste, les minutes défilaient et leurs résultats chutaient. Certains couraient d'un groupe à l'autre, sorte d'atomes en déroute dans une turbine cherchant l'impact. Les meilleurs d'entre eux virent leur courbe passer du vert électrique au jaune alarmant. Lorsque toutes les statistiques eurent rejoint le rouge scandale et que l'ordinateur principal restait toujours muet, les murmures – pourtant interdits – se firent clameur. On hélait la cheffe d'équipe par intermittence de plus en plus courte, comme l'enfant appelle sa mère en pleine discussion avec la voisine. Yousra ! Yousra ! Yousra ! Arrivée entre les deux groupes, Yousra leur donna ses instructions. Il restait dix minutes avant la pause. Que ceux-ci aillent s'occuper des poubelles, que ceux-là nettoient les postes de travail, et pour les derniers, qu'ils trouvent quelque chose à faire. Qu'ils aient au moins l'air occupés. Bref mouvement de tête en direction du plafond – les caméras. Le patron derrière, sa droiture, son sens du devoir et son impartialité totale à satisfaire. Alors, des corps dans les allées de vêtements, le bruissement du plastique, des faux bips à répétition, le vide des codes-barres, la détresse électronique des machines tel un amour en manque.

Dix minutes plus tard, les hurlements annonçant la pause ne se firent pas écho polyphonique, rebonds dans l'espace, comme à leur habitude, non, ils partirent d'un seul et unique foyer, au centre de l'entrepôt, d'un seul chœur de femmes réunies autour du patron. Chant corse. Lorsque les intérimaires passèrent, ils purent entendre des bribes d'indications dictées à voix basse ronronnante. Dans la salle de repos, à la hâte, on échangeait les pronostics. Il fallait se parler pour comprendre. Aucune commande à remplir côté vêtements et chaussures. Rien non plus chez les femmes, à l'espace bijoux et parfum. Plusieurs heures qu'aucun camion ne s'était présenté aux quais. Les derniers retours de vêtements avaient été pliés juste avant la pause. Une fois ces informations réunies et remises dans l'ordre de la chaîne de production par les rares érudits, les CDI, la conclusion se fit sans appel : il n'y avait plus de travail. Dehors, soleil. Dedans, joie. Mais très vite, inquiétude. Est-ce que les courbes de rendement de la dernière heure allaient être prises en compte pour la prochaine embauche ? Est-ce que l'activité redémarrerait le lendemain ? C'est encore les Gilets jaunes, est-ce que quelqu'un va manifester ? Est-ce qu'il y a des bus ? Des RER ? Est-ce qu'ils nous payeront quand même les deux dernières heures ? C'est un nouveau qui avait posé cette question. Explosion de rires.

C'est à ce moment-là que le patron, suivi par les cheffes de pôle, ouvrit la porte de l'entrepôt et pénétra dans la salle de pause. Solennel. Rires ravalent. Arc de cercle. Lui au centre. Suite aux différents mouvements sociaux dont personne ne pouvait à ce jour ignorer l'ampleur, l'activité était au plus bas. Il allait devoir, à contrecœur, se priver de leurs services. Il les remerciait pour leur engagement respectif auprès de l'entreprise. Ils seraient recontactés individuellement, selon les résultats de chacun, dès que l'activité aurait repris. Merci de laisser les espaces communs dans le même état qu'ils les avaient trouvés en arrivant. Vous pouvez rentrer chez vous.

Au moment de la fouille au corps, juste avant de quitter la salle de pause, une cheffe de pôle glissa à l'oreille de K-Vembre qu'elle était attendue dans deux jours, le matin, à 10 heures. Elle ne put s'empêcher une grimace d'incompréhension. Le patron avait du travail pour elle. Regard en coin. K-Vembre se retourna et le vit, lui, sa petite taille, sa coupe en brosse, son teint grège, ses talonnettes. Mains dans les poches, il observait indifféremment chacun de ses employés, scannant la masse. En descendant les escaliers de béton à échos de cathédrale, K-Vembre avait le cerveau qui faisait la vrille. Est-ce qu'il la croyait si naïve, ce fils de chien ? Un miraculeux job pour une seule personne dans un travail à la chaîne ? Elle l'avait vu venir, avec sa gueule de bon père. Il ne croyait quand même pas qu'elle était une si grosse crève-la-dalle pour aller lui vider sa virilité quand ses entrepôts ne se remplissaient plus ? Qu'il se touche, elle ne viendrait pas. Ou tu sais quoi ? Elle allait venir. Avec un schlass, et lui vidanger le bide au lieu du reste. Qu'il crève. Un violeur de moins sur terre. Séparer l'homme du patron, à grands coups de verticales.

Sur le chemin, le long des entrepôts numérotés par d'immenses chiffres en italique tordus comme la justice, elle doubla deux filles en pleine discussion. Silence. Mots étouffés. À peine dépassées, elles reprirent de plus belle. Travail. Après-demain. Chance. Soulagement. Vraiment sympa. 10 heures. Expiration. Elle n'était donc pas la seule à s'être vu proposer le piège. Seule ou à trois dans de si grands entrepôts, ça revenait au même. Impossible de venir avec un schlass : les proies défendent toujours le chasseur, une fois dépassé le stade de la sidération. C'est un mécanisme classique d'autoprotection : on ajoute ses forces au dominant pour que s'abatte ailleurs et cesse la violence. Impossible aussi de ne pas venir, de les laisser y aller. Elle voyait déjà ses prochains rêves de mains sur cuisses et ses réveils en sueur. Faire quelque chose.

Christian de l'agence d'intérim décrocha à la deuxième sonnerie. Bien entendu, il avait été mis au courant de la baisse d'activité et de l'arrêt de la journée, ça faisait partie de son travail. Et Christian faisait bien son travail, c'était à souligner, il y tenait. Bien dommage pour l'activité. Rapport aux événements sociaux, à l'évidence. On ne veut plus de travail, on en veut au travail, vous savez. Elle était attendue le surlendemain, à 10 heures, ainsi que plusieurs autres employées, ça avait été évoqué, oui. C'était fantastique. Il n'avait pas davantage d'informations, non, mais c'était une grande chance, on trouvait toujours des solutions pour les bons éléments. Et elle était un bon élément, c'était à souligner, si, si, il y tenait aussi. Il avait d'ailleurs une proposition de mission pour elle, dès le lendemain, afin qu'elle ne perde pas une heure de plus sur son précieux salaire. Ça commençait à 9 heures, c'était au siège de la boîte, ils cherchaient deux personnes pour représenter les intérimaires. Quelque chose autour d'une application à concevoir ou un truc dans le genre, il n'en savait pas plus. Ça allait être sympa. Grand luxe, le siège ! Vous verrez. Même si elle n'avait pas beaucoup d'ancienneté, il avait pensé à elle, la seule écrivain – on dit bien écrivain, même pour une femme, c'est ça ? – qu'ils avaient dans leurs fichiers. Il fallait quelqu'un qui s'exprime bien – ça s'exprime bien, un écrivain, n'est-ce pas ? Est-ce qu'elle était partante ? Même salaire horaire, oui. C'était entendu. Il lui enverrait l'adresse. Siège demain, entrepôt après-demain, donc. Ne vous trompez pas ! Bonne soirée, bon courage. Elle rentra dans son treize mètres carrés, confuse. Une cigarette à la fenêtre pour digérer le plat de pâtes, yeux fermés, l'incandescence traversant ses paupières à chaque latte, les bruits de la ville, la nuit s'étirant comme un chat entre le crépuscule et l'aube, elle referma le rideau et éteignit sa lumière. Samantha lui manquait dans son capharnaüm d'ombres, le doute tapi à l'orée des rêves. Tant de choses étaient restées en suspens.

Dès les premières heures du lendemain, au siège, elle avait compris que ça pourrait faire roman. Une fois le soir venu dans son appartement, elle n'eut pas la force de le commencer. Ça dormirait là, dans son téléphone, encore un temps. Elle en ferait une histoire, une vraie, et l'éditrice à la voix rauque serait folle de joie. Elle tenta d'appeler Samantha, pour la tenir au courant de son avancée. Elle l'avait soutenue dans ses envois compulsifs du premier manuscrit et dans les lettres de refus, aussi. K-Vembre pressa successivement deux touches pour accéder au numéro unique de son répertoire. Sur le répondeur, la voix déterminée de Samantha annonçait qu'elle remerciait celui ou celle qui s'inquiétait de son état, elle n'avait que peu de batterie, tout allait bien, son compagnon avait craqué face à l'hostilité de la nature, elle était maintenant seule et c'était mieux comme ça. *See you in the wild*, et rappelez-vous : vous êtes des animaux ! K-Vembre lui laissa un message d'encouragement, pas trop long pour qu'elle ne perde pas trop de batterie à l'écouter, et raccrocha.

Autour d'elle, son bordel organisé. En y emménageant, elle s'était fait la secrète promesse de ne perdre aucune minute en rangement et autres charges mentales. Lorsqu'elle serait publiée, lorsqu'elle serait devenue quelqu'un, elle rangerait. Comme les hommes : l'enfance, puis l'âge adulte ; l'irresponsabilité totale, puis la surcharge pondérale ; la conquête héroïque, puis la sagesse respectable. Depuis, elle tenait le cap, soucieuse de ce que cela reste autant chaotique que pratique. Pour seule limite : l'hygiène. Dans cette zone, les vêtements ; contre ce mur, les livres ; sous cette table, le matériel de travail ; sur cette planche, la nourriture ; et en libre flux, le reste. Elle en repoussa une partie pour laisser apparaître une zone de draps, puis s'allongea sur son matelas. À deux doigts du sommeil, au contact du coton sur ses cuisses, elle eut des envies de peau. Elle reprit son téléphone et se connecta à l'application. Souvenir du dernier type, coup de boule, elle éteignit subitement l'écran et chercha un film. Onglet après onglet, elle entassa des organes dans son historique. Amas de corps. Tas de barbaque. Camaïeu de chair. Patchwork de viande. Agrégat de carnes. Les mouvements saccadés s'enchaînaient devant ses yeux, solo chorégraphique pour une bête à mille vulves, mille verges, mille bouches et deux fois plus de jambes, de bras, de cuisses et de mains. Le porno éthique ne lui semblait jamais assez proche du sexe. Au mieux, c'était une pomme bio cellophanée.

Lorsque son téléphone sonna, elle ne se caressait plus depuis de longues minutes, figée face à l'absurde comme devant la webcam de la Méduse. Numéro inconnu. Sûrement un ancien rendez-vous Tinder qu'elle avait oublié de bloquer. Au quatrième appel, elle décrocha, bien décidée à insulter ce chien de ses morts de harceleur de merde. Bonsoir. Une voix de femme. Une éditrice. Elle coupa le son de son ordinateur et les râles en mélopée se turent tandis que des mains s'abattaient encore à tour de bras en de spectaculaires fessées. Je ne vous dérange pas ? Elle referma l'écran. Excusez-moi de vous appeler à une heure si tardive, d'ordinaire, je ne fais pas ça, c'est une grande première. J'ai lu votre manuscrit. C'est incroyable. Vous n'avez toujours pas trouvé d'éditeur ? C'est un miracle. Il faut que l'on se rencontre.

Demain soir, c'est possible ? 19 heures ? À mon bureau ? C'est dans le 14e, près de Montparnasse, je vous envoie l'adresse. Bonne fin de soirée à vous. Deux minutes. L'appel avait duré deux minutes et elle était en nage. Des mois de galère, respiration par trachéaux à l'algorithme, puis l'appel d'une éditrice à la pause de la veille et ce rendez-vous avec une autre le soir pour le lendemain. Ça se bousculait au portillon. Parfois, les planètes s'alignent. Lorsqu'elle rouvrit son ordinateur, quatre jeunes hommes imberbes se faisaient jonction au monde, mouvements brefs, bassins secousses, magnifique farandole pour immense voie lactée, imbrication de comètes et météores.

Le lendemain matin, comme convenu, elle se rendit à l'entrepôt, toute machinale. Ce n'est qu'une fois au pied du géant de métal numéroté, en train de fumer sa clope rituelle, qu'elle se rendit compte de l'étrange. Va-et-vient de camions. Chaussures de sécurité claquant le béton. Cris d'employés aux entrepôts voisins. Mais à ses côtés, personne. Pas même Cynthia, qui pompait un demi-paquet le matin avant l'apnée du travail. Elle venait chaque jour trente minutes en avance, exprès. Avec son accent tout en lames de rasoir, ils l'appelaient tous la Roumaine. Un bac + 5 suivi d'un burn out + 4, elle était passée d'un poste de RH en CDD à de l'alprazolam à plein temps, de l'alprazolam à la paroxétine, de la paroxétine à l'intérim, de l'intérim au CDI, ici, à l'entrepôt de vêtements. Le grand huit social. Elle aimait bien. Ça la cadrait. La médecine du travail n'y connaissait rien au travail, elle disait. À la base, ils voulaient la mettre en arrêt. Mais l'arrêter, c'était finir. Alors ils lui avaient conseillé un job plus calme, avec moins de pression. Les cris des cheffes pour la pause, la courbe de rentabilité, l'interdiction de se parler ; elle n'y pouvait rien, malgré le souffle en peine, elle s'y sentait mieux exister. Aucune dent qui tombe, aucune nécrose en creux, aucune escarre de plis ne décourage l'intoxiqué cherchant sa dose. La violence, tout pareil. La violence s'inocule.

Les minutes passaient et Cynthia ne venait pas. Peut-être qu'il lui était arrivé quelque chose ? Quelque chose de grave. La violence est une surface adhérente, tout comme la poisse. La violence s'accumule. Pas non plus d'Anne-Marie à l'horizon. Ses tatouages immenses de bateau et de sirène sur les bras qui naviguaient chaque matin par remous et ressac jusqu'au petit porche, sa Gauloise brune sans filtre qu'elle dégommait à toute allure avant de se rendre aux vestiaires. Elle venait d'une famille d'agriculteurs, grosse ferme refermée sur elle-même où un petit frère avait perdu la vie. Accident de machine, on avait dit dans le village. Elle avait toujours trouvé louche qu'une corde sur une poutre puisse être considérée comme un outil agricole. Elle était à l'époque en internat de jeunes filles et faisait tout pour se faire punir par les profs afin d'y rester le week-end, ne surtout pas rentrer. Une grossesse non désirée, un mariage forcé qui s'annonçait et le spectre de la ferme familiale à reprendre, elle avait fugué avec une copine, en stop, direction la Hollande. Là-bas, sur ses épaules et dans son ventre, d'un coup, un sacré poids en moins. Elle ne voyait pas comment le dire autrement, mais personne pour comprendre ça, à l'époque. Encore moins la famille. Alors les ponts coupés qui deviennent petit à petit d'infranchissables murs de débris sur chaque rive. Enchaînement de petits boulots, à droite, à gauche, aucun diplôme, mais une multitude de savoir-faire. Elle avait cousu des tee-shirts et des bleus de travail, travaillé en imprimerie, monté des sièges de cinéma, mis en barquette des repas de collectivité, timbré des lettres, nettoyé des labos de recherche avec produits chimiques et masques techniques, doré à la feuille d'or des cadres, lavé les chiottes d'une maison de retraite, coupé les légumes dans un hôpital, gardé des enfants de patrons, attiré des hommes dans des peep-shows, collé des échantillons gratuits dans des magazines, distribué des prospectus en sortie de métro. Elle savait réparer une machine à laver, changer un moteur, dire "une petite pièce pour la dame pipi" en cinq langues, rédiger un CV et négocier un contrat. C'était la fameuse époque où l'on pouvait quitter un travail le matin pour en trouver un autre l'après-midi, comme elle aimait à le répéter. Si elle en avait eu la force et le courage, elle aurait bien aimé se prostituer, pourquoi pas. En souvenir de tous ces types qu'elle avait appris à connaître dans des lits, comprenant deux minutes trop tard qu'il ne serait jamais question de son désir, uniquement du leur. Imagine ça, s'ils avaient tous payé ? Ça ferait longtemps qu'elle serait loin. Bahamas, yacht et parasol. Mais maintenant qu'elle avait compris, on comprend toujours qu'après, c'était trop tard. Qui voudrait de ce corps ? Les plus glauques, c'est sûr. C'était un coup à se retrouver dans un *Faites entrer l'accusé*. Alors elle avait continué son chemin professionnel, libre, s'enchaînant çà et là à des boulets émotionnels. Elle avait eu un enfant avec l'un d'entre eux, un désiré, cette fois. Pas que c'était un passage obligé pour une femme, ni que le type était mieux que les autres, non, mais elle, elle se sentait prête. Elle l'avait fait toute seule. Elle en avait envie. Pas moins simple que ça. *Qu'on me donne l'envie* de Johnny, ça résumait pas mal sa vie. Elle disait toujours que, maintenant qu'il était presque autonome, son fils, elle allait se barrer de l'entrepôt, dès le mois prochain. C'était l'esclavage ici. Il lui manquait tellement, son rythme à elle. Reprendre son chemin. Elle ne le faisait jamais. Avec le temps, même les falaises s'érodent.

Pas de Cynthia ni d'Anne-Marie, donc, et pas de Zireg non plus. Eux trois étaient les seuls qui venaient en avance chaque matin. Pour leur temps de parole journalier, esprits encore clairs que seuls le froid et la cigarette faisaient vaciller. Et Marie-Christine, aussi, il ne fallait pas l'oublier, même si ça arrivait trop souvent. Marie-Christine ne disait jamais rien. Ou juste un mot. Parfois deux, toujours sur l'actualité, quelque chose qu'elle avait entendu sur France Bleu, en prenant bien garde à ne laisser transparaître aucune opinion. En tout cas, elle semblait beaucoup écouter la radio. Ou peut-être ne s'agissait-il que d'un simple détail mais, n'en connaissant pas d'autre, K-Vembre lui en avait fait une particularité. Durant ses premiers mois d'embauche, Marie-Christine ne fumait pas, et puis elle s'était mise à tirer ici et là quelques bouffées, comme pour entendre les autres discuter. Elle sentait la pomme et portait sa discrétion comme une parure, une fierté. C'était tout ce qu'on savait d'elle.

Zireg, au contraire, avait toujours des choses à raconter. Il était kabyle. En France, il fallait toujours préciser. Un master de sociologie là-bas, aucune équivalence ici. Après des mois de négociations, il avait obtenu une intégration à bac + 2, à la Sorbonne.

L'impression de mendier les années. Son terrain de recherche, pour le dire rapidement, c'était le pouvoir économique. Vaste. Urgent. Essentiel. Sa directrice de mémoire insistait pour qu'il travaille sur le rapport à l'argent en Algérie, il aurait des entrées faciles, là-bas. Légitime. Principiel. Lui voulait prendre le même sujet, mais en France. Objectif. Brûlant. D'accord, mais il fallait davantage cibler une population, trouver des critères pour ne pas se noyer dans une recherche dantesque. Efficient. Efficace. Elle lui proposait donc de se pencher sur la communauté musulmane en France. Inédit. Perspicace. Il n'était pas musulman. Discrédit. Ça jacasse. Mais il était jeune, ça oui, c'était un fait. Maladie, de l'audace. Il proposa donc de cibler les 16-25. Approfondi et pugnace. D'accord, mais des migrants. Abasourdi. Ça l'agace. C'était quoi, un migrant ? Grimace. Il faut cesser ce bavardage, ne jouons pas sur les mots, on est entre nous, son travail de mémoire servirait justement à apporter les nuances nécessaires, et là aussi, il aurait ses entrées. Nasse. Quelles entrées ? La langue. Crasse. Il ne parlait pas bien l'algérien, encore moins l'arabe, il y avait peu de migrants francophones et pas de Kabyles à sa connaissance. Coup de masse. Comme aucun compromis n'était possible, la professeure s'était mise à l'ignorer à chacun de ses cours. Contumace. Son bras maintenu en l'air de longues minutes durant, fusée de détresse, regard qui rase la foule de ses camarades et l'entoure de silence. Quelque part, elle avait gagné, elle avait fait de lui l'un des leurs : un migrant. À bien y regarder, peut-être même que la France avait fait de lui un musulman ? Malgré lui, il était rejeté dans le camp des croyants. La foi qui te pousse à l'endroit du cœur. Pile dans le trou. Est-ce que l'ostracisation peut créer la foi ? Ça ferait un bon sujet de recherche. Zireg avait d'abord commencé l'intérim pour payer son appartement, quelques heures par-ci, quelques heures par-là. Il y était toujours moins ignoré qu'à l'université. Et puis il avait entendu parler de l'application Side. Il suffisait de se créer un statut d'entrepreneur, de rentrer son adresse mail, d'inventer un mot de passe, de passer un entretien téléphonique de cinq minutes, et c'était bon, on était sur le marché du travail. Les portes qui s'ouvrent en grand sans bruit de gonds. En trois clics, aussi simple que ça. Caresser l'écran aux icônes colorées pour postuler à un job comme on commande de la bouffe. Une fois pris pour quelques heures ou une journée entière, il suffisait de suivre l'itinéraire afin de se rendre à l'adresse indiquée sur la carte de l'application, travailler, suer, et, quand sonnait l'heure, remplir son horaire d'arrivée et de départ à l'aide de la petite horloge tactile. Glissement d'index. Vibrations de l'écran. Cadran s'ajuste. VOUS AVEZ GAGNÉ 105 EUROS. Et ainsi de suite, chaque jour. Certains Siders, c'est ainsi qu'on les appelait, étaient même programmés en surplus. Ils se présentaient sur les zones industrielles des périphéries à 7 heures du matin, s'agglutinant devant la porte d'entrée de l'entrepôt dans l'espoir qu'on les prenne un à un, en fonction de l'état de l'activité. Certains louaient leur compte à celles et ceux qui n'avaient pas de papiers. Petit pourcentage sur la sueur. Assassins à tablettes. Le vintage est à la mode, les années trente en revival, retour vers le futur, comme disait Anne-Marie. Zireg, lui, préférait largement être Sider qu'intérimaire. Rapportait plus. Oui, on pouvait le renvoyer à n'importe quelle heure de la journée. Oui, s'il se blessait, c'était pour sa gueule. Oui, une start-up se payait sur sa carne. Oui, effectivement, c'était lui le produit. Mais la sécurité de l'emploi, la médecine du travail, la lutte des classes et la retraite, ça n'était pas fait pour lui. Ni pensé pour, ni avec lui. Pour et avec plus personne, d'ailleurs. Puisque sa prof empêchait ses recherches, Zireg avait changé de but. Il voulait investir dans la pierre, la seule sécurité sociale qui se tenait vraiment. Alors plus il faisait d'heures et plus ses poches se remplissaient ; plus sa directrice de mémoire l'ignorait et plus les autres étudiants regardaient leurs chaussures ; donc plus il faisait d'heures. Serpent bouffe queue. Mais pas ce jour.

K-Vembre écrasa sa cigarette. Elle aurait pu écrire un roman sur ces trois-là. Et Marie-Christine. On oubliait toujours Marie-Christine. Plusieurs fois, elle s'était demandé : et pourquoi pas ? Il lui aurait fallu beaucoup d'impudeur pour raconter leurs embûches, dresser leurs fiertés, étirer leurs espoirs. Seul un homme aurait eu l'indécence nécessaire. Se faire un Goncourt sur leur dos, la sale affaire. Elle attendit encore un temps, s'assurant que la vieille R5 de Marie-Christine n'était pas sur le parking, cherchant les autocollants "Bébé à Bord" et "Corsica Independencia" sur la carlingue, souvenirs d'une époque révolue faite de responsabilités et de vacances, certainement. Peut-être qu'il y avait des bouchons. Peut-être qu'elle venait de loin. D'ailleurs, elle venait d'où, Marie-Christine ? Décidément, on ne savait pas grand-chose d'elle, à part ses rides comme une écorce et son silence par bouffées. Non, pas de R5 sur le parking donc pas de Marie-Christine. K-Vembre était seule.

Elle ouvrit la porte et monta les marches de béton menant à la salle de repos. Femme de ménage, regard surpris, t'es en avance, ils t'ont prise pour les photos, c'est bien, c'est de l'argent, moi je suis trop vieille, c'est plus de mon âge, le train passé, quatre enfants, trois jobs, il faut bien vivre, attends ici, raclement de chaise. Hébétée. K-Vembre avait totalement oublié cette histoire d'opportunité pour les bonnes employées. Elle pensa à la marelle de son enfance. Est-ce qu'on se trace des principes au sol pour mieux les piétiner ? Si on était vraiment pétri de ces idées, est-ce qu'on se poserait même la question de leur existence, de leur justification ? Si on tord la pensée, on peut tout trahir. Même soi. Surtout soi. Des photos. Refuser d'être hôtesse d'accueil pour ensuite faire le mannequin. Qu'est-ce que je fous là ? Souvenir d'amis au milieu des champs, leurs mains moites et terreuses sur le catalogue La Redoute. Proie sur papier glacé, est-ce mieux que cible à bout portant ? Et aussi, est-ce qu'elle était assez jolie pour se retrouver glacée ? Un taf qui t'amène à ce genre de questions est un taf à refuser. Un taf qui t'amène plusieurs zéros sur le compte est un taf à accepter. Bribes de conversations lui remontant en mémoire, tels des saumons de rivière ignorant le filet. Une amie lui disant que c'était aux femmes de refuser la monétisation de leur corps, que les mecs ne le feraient pas pour elles, qu'il fallait se respecter soi-même avant de le demander aux autres. Celle-là, elle l'avait rencontrée dans la boue, quand elle sortait encore, dans les eaux stagnantes d'un squat, la canalisation pétée d'une cave transformée en salon, des bâtons d'encens pour embaumer Paris, des corps ivres éparpillés sur des canapés, un after qui s'éternise en discussion militante, un joint qui passe à se creuser le ventre. Elle l'avait rencontrée dans la boue, la boue les avait rendues sœurs. Du moins, c'est ce qu'elle avait cru. La boue, c'est comme l'uniforme. Elle l'avait compris toute môme, à y jouer comme une dingue avec les garçons. Un uniforme, comme celui de la Légion de son père, un qui efface le genre, le pays et la classe. Elle l'avait rencontrée dans la boue, et quand elle avait décidé d'en sortir, travailler, réussir, acheter une belle paire de pompes de marque et ne plus les salir, l'autre l'avait regardée de haut, dégageant ses dreadlocks de son front, du fond de sa cave parisienne. Tu veux travailler ? Porter des pompes fabriquées par des mômes en Chine ? Rentrer dans le rang ? Sortir en boîte ? Quitter la marge ? Te faire éditer ? Baisser ton froc ? Vendre ton âme ? C'est alors que K-Vembre avait compris : elle l'avait rencontrée dans la boue parce que l'autre avait choisi cette boue. Chez l'autre, chez ses parents, si elle le désirait, il y avait une brosse pour ses cheveux et des chaussures propres qui l'attendaient. Des armoires entières de chaussures propres et des cartes bleues remplies de chaussures propres, même, si elle le demandait. La boue, c'était sa hype, son top, sa réussite. La boue, c'était un choix, une idée, un idéal. La boue, c'était un hobby, une passion, un luxe. K-Vembre était partie. Quitter la cave, quitter le squat, trouver son treize mètres carrés, trouver un taf, vendre son corps au plus offrant, acheter un max de paires de pompes propres, les plus propres possible et le plus grand nombre possible, paire, impaire, qu'importe, jusqu'à s'endetter, faire des crédits, travailler plus, ne plus jamais retourner dans la cave, couper les ponts. La boue, c'est un pays où seuls les expats veulent rester. Dans les squats, des tonnes d'expats de la misère. Et va surtout pas les appeler "migrants", ils aimeraient trop. Dans les squats, ça se barricadait derrière des principes comme les Français en Afrique entourent leurs villas de barbelés. Elle en avait fait le tour. Elle s'y était suffisamment écorchée. Alors oui, pourquoi pas faire ces photos ? Tant que ça payait.

Elle en était là de sa réflexion quand les autres entrèrent enfin dans la salle de repos. Raclements de chaises. Mots hachés. Flot à-coups. Joie et stress. Des oiseaux que l'instinct alerte en même temps que le viseur les flatte. La fierté d'être ici et la brusque envie d'en partir. C'est à ce moment-là qu'entra sa collègue à la visière de cheveux, son téléphone vissé sur l'oreille droite, une négociation à mots soufflés à propos de ses motivations profondes et personnelles pour une mise en catalogue de son corps. Elle devait convaincre son propriétaire de la sous-louer le temps d'un shooting. Négociation de bail. Derrière elle, trois femmes. Minces, élancées, silhouettes franches, professionnelles. Ces yeux-là, il suffisait d'une demi-seconde pour comprendre qu'ils avaient déjà affronté des murs de flashs. Ils en avaient la dureté. On s'y heurtait direct. Elles avaient déjà vu leur corps projeté à l'allure d'un véhicule de lumière sur le tapis rouge, lapins dans les phares solidement persuadés d'en faire plier la carlingue. Crash. Compression. Métal fusion. Elles s'assirent à l'autre bout de la pièce, raclements de chaises, et parlèrent de tel créateur ou de tels agents, telle *fashion week* à courir d'essayage en essayage en espérant être prise et, pourquoi pas, repérée. Elles connaissaient bien le profil des femmes qui se tenaient face à elles. À chaque défilé, les stylistes les plus en vue exhibaient des pépites tout droit sorties de la rue. Ils envoyaient des *street*-repéreurs quadriller Châtelet-Les Halles, parfois ils se payaient eux-mêmes le luxe d'un safari-photo en banlieue, le frisson du risque le long de la nuque. Exceptionnellement, ils poussaient le vice jusqu'au nord de la France ou bien celui de Marseille, pour débusquer la perle rare, celle qu'aucune lentille d'objectif n'aurait jamais pensé saisir. Elles connaissaient bien leur profil et savaient d'expérience qu'il fallait les craindre. Les créateurs adoraient venir leur parler juste avant le show, les rassurer, en faire leurs petites protégées, leur promettre la gloire. Et même si, ce jour-là, le shooting n'était qu'un job alimentaire pour tenir entre deux défilés, elles se mirent à parler plus fort, par réflexe, du milieu et de ses aléas, pour prouver avec bruit qu'elles évoluaient en terrain conquis. Alors les filles de l'entrepôt parlèrent des commandes, du rythme harassant, des caisses orange et des Gilets jaunes. De plus en plus fort.

Lorsque l'oppresseur entra, chacune était enfermée dans son rôle. Pratique. Rodé. Ses talonnettes, son jean foncé, son ceinturon épuré, sa chemise blanche parfaitement taillée glissée dedans, le col ouvert avec duvet apparent, menton vers le haut, coupe en brosse – il avait quelque chose de digne malgré sa taille, il fallait le reconnaître. Quelque chose de solide parce que longuement travaillé dans le miroir qu'est le regard de ses pairs. Il était suivi de près par sa secrétaire, habituellement préposée à l'envoi des SMS pour les engagés du lendemain. Petite, dure, sèche, elle avait le mauvais rôle et semblait s'en satisfaire, préférant être corvéable au pire plutôt que remplaçable à merci. Il précisa la raison de leur présence, fait suffisamment rare pour être remarqué : le catalogue en ligne devait être actualisé et uniformisé. Chacune des marques qui envoyait de la marchandise pour sa revente avait une identité graphique propre, il était donc nécessaire d'homogénéiser les photos de produits avant de les mettre sur le nouveau site internet. Il détailla ensuite le programme de la journée : maquillage, *looking* suivi d'une première session de shooting, pause, puis de nouveau maquillage, *looking* et shooting. Fin de journée à 16 heures. Comme convenu, un salaire de 30 euros net de l'heure. Silence d'extase. Sa secrétaire distribua les contrats. Une des professionnelles demanda, avant de signer, si elles auraient des tickets-restaurants ou une compensation budgétaire pour le repas. Une autre stipula qu'elle refusait que son visage apparaisse sur les photos, elle ne ferait que les accessoires et les chaussures, son agent le lui avait promis. Une troisième spécifia son régime alimentaire. Une quatrième la nécessité de partir trente minutes plus tôt. Pour donner le change, l'une des filles de l'entrepôt demanda si elle pouvait aller fumer une clope. Toutes les demandes furent acceptées en bloc. En continuant de se creuser le crâne, on regretta silencieusement de n'avoir pu trouver de meilleures revendications. Crissement des stylos sur les feuilles.

Ils traversèrent des couloirs et escaliers qu'aucune employée n'avait jamais empruntés auparavant. Ceux-ci étaient tout autant remplis des échos secs d'entrepôt, mais leurs odeurs contrastaient, car fraîchement repeints de blanc. Les talons des professionnelles claquaient en rythme sur le tempo des talonnettes du patron. En queue de peloton, les baskets usées des régulières cherchaient d'improbables contretemps. Il leur tint à toutes une lourde porte de fer, son sourire tête penchée lorsqu'elles entrèrent une à une dans la salle où une photographe, une habilleuse et une repasseuse les attendaient. Dans un coin de la pièce se trouvait une petite table recouverte d'un tissu jaune canari, sur laquelle attendait une panière remplie de croissants, une machine à café, des capsules de toutes les couleurs, deux bols de fruits secs ainsi que d'autres douceurs à découvrir en y plongeant la main. Derrière la table, à travers une large vitre, elles pouvaient apercevoir entre les plantes vertes de larges et lumineux bureaux où des ordinateurs trônaient, boîtes mail à ras bord, tableaux blancs rythmés de post-it arc-en-ciel, et même quelques haïkus marouflés aux murs. Le patron referma la porte derrière elles, leur souhaitant un excellent shooting. Il ne revint que deux fois dans la journée, pour s'assurer du bien-être de chacune. Les rares mots échappés de sa bouche restèrent affables mais brefs, son regard passant en un quart de seconde du verre poli au tesson de bouteille, en fonction des tenues qui lui étaient présentées.

À 16 heures, après lui avoir dit au revoir en canon, les régulières prirent un verre ensemble au café-PMU bordant le cimetière. Elles tentèrent d'évacuer le stress en se moquant des professionnelles. À mesure des gorgées, elles passèrent en revue la manière dont une telle avait dit un mot comme on tiendrait un rat par la queue, la démarche trop travaillée de l'autre, la photographe qui se précipitait au sol, sorte de Michel-Ange dans sa chapelle Sixtine de flashes et de lumière. K-Vembre consulta son téléphone. Toujours aucun SMS de la deuxième éditrice. Elles avaient pourtant rendez-vous dans deux heures. Elle l'appela pour connaître l'adresse exacte de son bureau. À sa deuxième tentative, elle raccrocha, craignant de paraître harcelante. Cette dame si déterminée avait dû rencontrer un imprévu. K-Vembre, un peu absente, reprit un verre avec ses collègues, et puis elles empruntèrent ensemble le chemin de la ville dans le silence gêné de celles qui ont partagé trop et pas assez à la fois.

À 18 heures, approchant de la gare, elles se séparèrent. Elles porteraient dès le lendemain sur leurs épaules les vêtements qu'elles avaient sentis sur leur corps. Spasmes de paupières pour unique flash. Silhouette et courbes redevenant tas de chair. Muscles froissent. Tendons tirent. Cris échos. Cathédrale du pire.

Caisses orange.

Caisses orange.

Caisses orange.

K-Vembre ouvre les yeux. Triste rêve. Autour d'elle, le jaunasse des murs. Que la procédure suive son cours, en vérifiant, en recoupant, ils comprendront. Elle repense au bureau de l'OPJ. Elle est prête à tout avouer, dès qu'on lui en donnera l'occasion, aux premières lueurs du jour. Une seule hâte : la confrontation. Yeux dans les yeux. Dans le couloir, elle remarque une caméra. Au loin, l'écho d'un corps qui s'affaisse contre une paroi.

Ventre crampe. Vide creuse. Bile rafale. Angel se vautre contre le plexiglas. L'impression d'être mangé de l'intérieur par une permanente faim. Et la soif. Gouffre âpre. Ils viennent de le ramener de sa première audition. Comme prévu, l'attente jusqu'au lendemain, c'était du bluff. On lui a servi un verre d'eau et parlé gentiment. Ça aussi, il connaît. D'abord, on te fait croire que tout va bien ; et la prochaine, on te malmène. Chaud-froid classique. Et comment va ta mère ? Et le travail ? Et ton père ? Deux ou trois allusions en guet-apens de phrases sur S-Kro et un flingue. Allez, bonne nuit et bon courage, t'es un bon gars. Le plus dur viendra, il le sait. Rester alerte malgré le froid.

Pas de repas pour ce soir, pas de traitement non plus. Angel se demande comment font les diabétiques. Lui préfère louper sa prise journalière plutôt que d'en faire mention, mais les diabétiques ? On ne saute pas sa piqûre. Quelle que soit la piqûre. De son vivant, une tante s'en faisait. Cacher sa tête quand s'approche l'aiguille, pour mieux regarder entre ses doigts. La veine qui gonfle. Elle avait voulu lui apprendre, une fois. Des points noirs devant les yeux rien qu'à l'idée de tout ce sang qui palpitait dans une seule veine. Souvenir d'une après-midi de collège, un cours de SVT sur la circulation sanguine, une explication de l'hémorragie interne. On distingue les hémorragies artérielles, où le sang coule à flots par saccades, les hémorragies dites capillaires, où le sang coule "en nappe", et les hémorragies veineuses, où l'écoulement, qui peut être très important, n'est pas pulsé. Le débit dépend de la pression dans le vaisseau, de la surface de la brèche et de la fluidité du sang. Il avait senti le flot rouge taper les rebords de sa cage thoracique, telles des vagues contre une berge avec ressacs, remous, écume rose, et puis, au moment d'aborder l'hémorragie cérébrale, il s'était évanoui. Rideau. Une imagination débordante, avait dit l'infirmière. Il avait fallu ensuite casser des bouches pour faire taire les moqueries. Dans ce domaine aussi, l'imagination d'Angel s'était faite débordante.

Lui, son traitement, il peut le zapper. Passer son tour. À la cité, tout le monde sait. On y respecte le silence. Le cabinet du Dr Ben Naïssa se situe dans le même local que ceux du médecin généraliste, de la kiné et de la sage-femme. Même salle d'attente, mêmes lézardes, même désolation, mêmes sièges défoncés pour tout le monde en bas des tours. Alors on attend tous ensemble en discutant du voisin, celui du bâtiment des Marronniers, étage 6, qui bronze à poil sur son balcon au moindre rayon, sa graisse pour seul slip, et puis le docteur appelle Angel. Il se lève, et tout le monde fait comme si de rien n'était. La pièce vide, les deux chaises, le grand bureau recouvert de paquets de Raffaello, le Dr Ben Naïssa traite les maux comme un garagiste répare une calandre. Lunettes rectangulaires, regard professionnel, une salve de questions entre les lèvres, des mots qui sortent par à-coups en animant brusquement son visage qu'il pivote de trois quarts, oreille droite tendue, à l'écoute d'une réponse, tel le documentariste tapi dans les sous-bois. Voilà, ce mot, vous avez dit ce mot, c'est exactement ça, je vous arrête, mais c'est là que ça se passe. Il embraye sur un concept, une explication anatomique et moléculaire, un traitement adapté, une ordonnance qui s'imprime, et finit sur une poignée de main fermement serrée. On n'a jamais le temps de vider la totalité de son sac, et c'est justement ça qui est rassurant. L'impression qu'à peine quelques bizarreries énoncées, le Dr Ben Naïssa a déjà compris, déjà connu, déjà traité par le passé, déjà obtenu des résultats. On se sent normal. Le joint de culasse est abîmé, pas besoin de chercher, c'est l'usure, rien de grave, la faute à pas de chance ou simplement au temps qui passe, le Dr Ben Naïssa a la solution. Une main dans celle du patient, l'autre sur la poignée de porte, il se remet toujours à parler, comme pour s'excuser de ne pas avoir demandé de nouvelles de la famille, de la météo ou du travail. Si le patient revient sur ses maux, il referme la porte de quelques centimètres, dessinant un schéma imaginaire au mur, faisant une dernière fois mention de la pièce défaillante, et c'est terminé, on se revoit dans deux semaines. En traversant la salle d'attente, Angel fait alors un petit signe aux voisins et amis encore en train d'attendre le généraliste tout en commérant sur la voisine du deuxième, celle qui passe sa vie à épier entre ses persiennes, et puis il parcourt la dalle pour rejoindre la pharmacie. Remboursé par la Sécu. Ça change de ceux qui lui avaient d'abord annoncé un prix libre pour sous-entendre ensuite que ce n'était pas assez. Liberté, pas assez. Freud, nique ton père.

Avec le temps, Angel a acquis une certitude : la maladie n'est qu'un mot. D'abord tu l'es, ensuite tu l'as. Elle te façonne longtemps avant qu'on te la diagnostique. Et puis le mot tombe, alors c'est bon, tu la possèdes. C'est déjà quelque chose. Accepter sa propre défaillance pour mieux avancer, c'est peut-être ça le plus dur. Se dire qu'il ne faut pas s'écouter, qu'on est trop bousillé pour pouvoir se faire confiance. Se résigner à penser, dire, faire exactement le contraire de ce que l'on ressent, vibre, cogite. S'accepter comme une mauvaise fréquentation à soi-même. Avec le traitement vient la prise de poids. Et les suées. S'essuyer la main sur le jogging avant de la tendre. Abandonner les caresses sur le corps de l'autre, la pulpe des doigts devenue trop graisseuse. Pour la tendresse, s'en remettre au dos de sa main. Prétexter avoir trop chaud, inventer quelque chose sur sa résistance au froid, élevé à la dure, pas l'habitude du chauffage. Et lorsqu'une tension s'annonce entre les chairs, s'en reconnaître incapable ou bien se perdre dans des mensonges en espérant qu'un baiser viendra aspirer le tout. Être trempé sur le corps de l'autre, de grosses gouttes qui perlent sur les tétons, un ruisseau le long de la colonne et les draps qui boivent. Ne pas réussir. S'affaler sur le matelas en craignant un glissement de terrain. S'excuser. Se doucher. Ne plus recommencer. Chercher un lieu de pensée sûr, quelque chose à affirmer, à revendiquer, à tenir bien fort entre ses mains et à ne plus lâcher. Couper les ponts avec toute personne menaçant de remettre en question ce lieu de pensée. S'en sentir renforcé, comme si les ponts écroulés étaient devenus gravats pour faire barrage aux crues. Pousser les débris, les rassembler en un petit tas jusqu'à en faire une île, et la revendiquer sienne. Seigneur des débris, c'est déjà quelque chose.

Est-ce pour posséder au moins des débris qu'il a commencé à déconstruire sa masculinité, socle creux, ou bien à cause de la masculinité qu'il s'est vu réduit aux débris ? Angel ne sait plus. Le serpent se mord la queue, les morts nourrissent la terre, la cruche contient le vin, le trou remplit le vide, les mots trahissent les émotions, la vie est un 69. Il se dit que les choses qui nous percutent et nous fêlent ne nous laissent que deux choix : en accepter les impacts ou impacter en retour. Dans les deux cas, on devient la fêlure. L'An-ienss en est la preuve. Après ses trente années passées à l'ombre pour vol aggravé en bande organisée avec menace d'une arme et atteinte volontaire à l'intégrité physique d'une personne dépositaire de l'autorité publique, plus ses prétendus mauvais comportements en détention, rien n'a pu être comme avant. Il avait été pris la main dans le sac, il était en tort, et quand l'État est en face, impossible de rendre l'impact. Il l'avait donc accepté. Sa femme est morte, sa fille refuse de le voir, il n'a plus que ses tatouages pour se consoler. J'ai joué, j'ai perdu, il dit ça souvent le soir avant de s'envoyer un autre kirsch.

Si la prison brise, la garde à vue creuse. Angel réfléchit à ça. Seul dans une pièce vide, l'humain pense. Et ça le ponce. Cette sensation d'un quelque chose qui vous érode l'intérieur. Matière friable. Passent les heures et petit à petit, lentement, indiciblement, indiscutablement, la masse se sépare en plusieurs plaques. Angel sent ça. C'est qu'à la base, il y a du jeu. Si pour certaines personnes cet écart permet une certaine souplesse, pour lui, c'est une dangereuse fragilité. D'ordinaire il vit avec. Seul l'isolement crée l'éboulis. Angel se dit que plus la chute est longue, plus on se fout de l'atterrissage. Plus la chute est longue, plus on en revient au point de bascule. C'est ce moment qui hantera à jamais, et non l'impact. Une fois affaissé, on en viendra même à se demander si le bout de falaise crashé en bas sur le béton provient bien de soi. Appendice au sol. Greffon mort. Que des gravats.

La garde à vue, c'est la première porte qui se referme avant les quinze autres qui coupent du monde. Parmi toutes celles dont on entend chanter les gonds, Angel craint qu'elle ne soit la plus dure. Celle qui détache de la société. Celle par laquelle la société se détache de nous. Oui, la G. A. V. creuse, Angel en est sûr. Un simple jeu qui devient fêlure, puis craquement, puis bascule, puis avalanche, et enfin choc. La première fois, il a rejeté la responsabilité sur la nourriture, les néons, l'hygiène, les humiliations, l'inconfort, le manque de chaleur humaine, le manque de chaleur tout court. À la longue, il a compris qu'il n'en est rien. Combien de fois a-t-il mangé chez lui des pâtes saupoudrées de sel, par fatigue ou fin de mois ? Combien de nuits a-t-il terminées sous la lumière d'un hall, dans les courants d'air d'une porte dégondée, parce que rentré après l'heure autorisée, sa mère faisant semblant d'ignorer ses coups de pied dans la porte, soi-disant trop enfoncée dans son sommeil ? Combien de boîtes de nuit a-t-il fréquentées, crasseuses, sordides, où la démesure trônait ? Les humiliations, elles, font partie de l'école, du travail, du maintien de l'ordre et des repas de famille. Elles sont quasiment inscrites sur la notice sociale, à utiliser en cas de tensions. Quant à l'inconfort, Angel se demande qui est à l'origine des commissariats. Est-ce que, comme pour les ronds-points, ils sont consultables par les mairies dans des catalogues ? Ou bien un architecte rentre un soir chez lui, bouteille de champagne en main, embrassades de son amour, bravo chéri, je suis tellement fière de toi ? Se rend-il une fois par an devant sa création pour fêter sa réussite ?

Enfin, Angel connaît suffisamment de personnes vivant toute l'année à cinq dans vingt mètres carrés pour reconnaître l'indécence. Pour conclure son analyse, il s'annonce à lui-même que les néons, l'hygiène, les humiliations, le manque de chaleur humaine, le manque de chaleur tout court ou même l'inconfort ne sont que des circonstances aggravantes à la garde à vue. Ils distordent le temps, le sable devenant goutte d'acide dans le sablier. Mais combien de fois Angel a-t-il connu l'ennui, le vrai, celui qui dilate les heures, même à l'air libre ? Non, ce qui creuse, en garde à vue, ce qui fait vraiment mal, le point de bascule, l'arme implacable de la société, c'est l'enfermement. L'enfermement en lui-même. Le dedans, le dehors. Marquer la séparation. Et ce, quelles qu'en soient les conditions. Arrivé là, Angel se doit d'approfondir, de préciser. Quand on est dedans et que l'on est coupable, on craint qu'au-dehors une balance se pointe et que la vérité éclate au grand jour. Quand on est dedans et que l'on est innocent, on craint que la rumeur coure, qu'on soit pris à son tour pour une balance, que les proches en souffrent et que la sortie soit fatale. Ce qui crée l'enfermement, c'est la mise au ban. On te pointe paria. C'est ça. Pas seulement par des mots murmurés partout où tu marches, pas seulement par la zone où l'on te parque, pas seulement par les jobs de Pôle emploi, mais bel et bien paria, en acte. Et les enfermés du dehors, les exilés dans leur propre pays, les expulsés, les sans-abris, les rebuts de la rue ne diront pas le contraire.

Certainement pour mieux le passer, Angel prend alors un temps pour considérer celui du dehors et celui du dedans. Rien de l'extérieur ne lui manque vraiment. Son travail ne l'excite pas outre mesure. La politique est un business dont il ne reçoit aucun dividende. Il vit dans une petite cité pour mieux être exclu de la grande. Il a suffisamment fait souffrir sa mère par le passé pour avoir du mal à la regarder dans le présent. Il n'a pas assez connu son père pour en ressentir le manque. Zakia refuse de le voir. S-Kro évite la tendresse ou toute autre forme de sincérité. Les rares moments où celui-là pleure, il s'essuie les joues, jamais les yeux. La dernière fois qu'Angel l'a vu pleurer entièrement, totalement, librement, c'était tout môme, au collège, après l'accident, au début de sa rééducation. Un gamin avait fait une réflexion sur la démarche d'Angel, robotique, maladroite, embuchée. *Tétraplégique* pour insulte, S-Kro s'était alors jeté sur le type dans la cour, un matin d'hiver, le soleil pas encore levé. Pendant qu'il enchaînait les balayettes, manchettes, coups de pied dans les côtes, talons dans la tête et crachats au visage, S-Kro pleurait. À chaudes larmes. C'est lui qui bastonnait le type, et pourtant, c'est lui qui chialait. Ensuite, il y avait eu la rééducation complète d'Angel, ses mouvements redevenant fluides et sa vengeance reprenant peu à peu de son autonomie. Le temps avait passé, les moqueries avec. Le visage d'S-Kro avait ainsi séché, imperméable, toujours en retrait de ses émotions, et si s'annonçaient les larmes, c'est seulement son cerveau qui se mouillait. Un excès de liquide à vidanger, rien de plus. Non, le masque d'S-Kro ne lui manque pas. Les autres amis d'enfance, quant à eux, regrettent tous PLS. Ils ne veulent pas apprendre à connaître celui qu'Angel est devenu. En ça, ils ne souhaitent certainement pas reconnaître là où eux-mêmes se sont perdus. L'incapacité de se remettre en question, l'aisance des mensonges faits à soi, la trahison pour ADN, les jalousies, les coups bas, la violence qui irrigue les veines, la lâcheté lorsqu'il s'agit de vivre pleinement ses émotions, la peur qui se camoufle trop souvent en haine, l'autre qui veut partager seulement ses traumas, et toute la liste d'ingrédients constituant l'humain, à bien y réfléchir, s'il devait dire adieu à tout ça, Angel ne le regretterait pas. La société pour lui ne vaut pas le coup d'être sauvée. Angel n'a donc aucune raison de se lamenter. Dur constat.

C'est alors qu'il pense aux animaux. Une des rares visites avec son père et sa mère, datant de la lointaine époque où ils étaient encore ensemble. Au zoo. On y entrait en voiture, directement au cœur des vastes enclos. Il avait pu y admirer les genoux des girafes à hauteur de toit, les sauts des babouins percutant l'habitacle, le rugissement des lions à seulement quelques mètres. Et son visage à lui : hagard, merveille, frissons. C'était bien avant l'accident, il n'avait pas encore son sourire. Ces animaux, donc, vivaient dans de vastes cellules. Peut-être n'étaient-ils pas au courant de leur propre enfermement ? Ou peut-être en avaient-ils conscience, mais préféraient ne pas en faire cas ? Quoi qu'il en soit, à part les voitures, ils semblaient sereins et en sécurité. Intéressant. Angel poursuit son raisonnement. Il existe une prison à ciel ouvert en Corse pour les pédocriminels, il a vu un documentaire là-dessus. *La Liberté*, ça s'appelait, dans un cinéma d'art et d'essai pour bobos. Les prisonniers racontaient que même sans barreaux l'enfermement restait cruel. D'où la conclusion d'Angel : ce qui fait l'enfermement, c'est la mise en abyme. Enfermé comme tout le monde dans son propre corps, d'accord, mais lui-même cloisonné entre quatre limites, et ce quelles que soient ces limites. J'habite la plus grande des cages, elle est thoracique. C'est ça. Il en veut pour preuve son propre diagnostic. À trop y penser, il sent venir la crise. Retour à son état.

Dans tous les cas, impossible de faire mention de son traitement. Les flics ne se contenteront pas de silence. Chaque élément d'humain qu'ils obtiennent est bon pour leurs recherches. Avec eux, l'intime n'est qu'un leurre. Ils ne se sont d'ailleurs pas gênés quand ils ont appris pour Zakia, chacun y allant de sa petite réflexion. Zakia. Il adore dire son prénom, le prononcer. Zakia. Consonne, voyelle, consonne et double voyelle. Un envol, un battement d'ailes, un bref à-coup, et puis l'explosion. Za-ki-a. Quand il a hurlé son prénom pour la dernière fois, l'ultime lettre a résonné sur la dalle, chute du onzième étage. Il a ensuite étranglé un Zak, tout bas, comme pour lui-même, ses deux paumes en écrin de sanglots. Le diminutif qui la faisait autrefois sentir sienne dans sa bouche a alors sonné comme une amputation. Le K tranchant. Dix années qui cessent.

Il l'avait rencontrée à l'époque où dans la cité il était le petit de certains et le grand d'autres. Avec S-Kro et toute la bande, ils en étaient encore à réfléchir à la vidéo drôle qui ferait le buzz, à se trouver un nom épique d'équipe juste avant le match, à se ralentir dans la tête un saut à la *Space Jam*, à étirer une jambe bien derrière comme Olive et Tom, à jouer encore un peu à chat sans en dire le nom, à se bousculer pour mieux sentir l'autre, à se raconter des histoires de deal, des descentes de flics, se faisant peur comme avec la Dame blanche, à fantasmer des maxicagnottes de paris sportifs, à faire lever des bécanes, le hurlement de l'Akrapovič qui résonnait comme une revanche sur le monde, à désosser les scooters sur la dalle sans savoir quoi faire des pièces détachées, à taper des sprints en trottinette, à égrener les pipasols, à chanter du Doc Gynéco sans vraiment tout comprendre, à rapper *Sans repères* de Sniper en le pensant pour soi, à écouter les histoires à propos de l'An-ienss pas encore sorti de prison, à s'inventer ensemble une comète où alunir, à envoyer des pierres sur les premières caméras de la dalle, à réaliser un JT avec le caméscope d'un tonton, à récolter des tuyaux de soi-disant pleins aux as ayant fait fortune sur Vivastreet, à encaisser les claques d'anciennes amies du lycée, à se passer mutuellement du gel dans les cheveux en mode star, à squatter timidement les soirées des gosses des pavillons, à s'en faire virer les premiers quand arrivait la police, à terminer tous ensemble sur un toit face à une grille, les effluves des merguez, des tuyaux de chichas qui tournent, les doigts d'honneur au ciel, à se cotiser pour louer des AK-47, de vraies répliques, à tourner des clips dans des caves, à s'oublier devant la caméra, à attendre que ça perce, à compter le nombre de vues, à se reprocher de changer, à espérer se creuser chacun en secret un tunnel perso allant de la dalle jusqu'aux *rooftops* parisiens, ascenseur en panne, le réparateur en retraite anticipée, la cage d'escalier depuis longtemps savonnée, et puis les montées sur Amsterdam à s'enfumer dans la voiture et les vacances en Espagne à en perdre la caution. C'est à son retour de l'une de ces odyssées qu'il avait vraiment rencontré Zakia, plus que de vue, jusqu'à son nom. Dix ans.

Aujourd'hui, elle doit être en quête d'un appartement près de Marne-la-Vallée. Disneyland propose des logements sur le parc uniquement pour les deux premières années. Ensuite, il faut se débrouiller. La plupart cherchent alors une chambre la plus proche possible du parc, quitte à louer chez l'habitant. Tu bouffes, tu bois, tu baises, tu dors Disney, lui avait dit un jour un collègue de l'atelier qui avait bossé en tant que manager là-bas, avant qu'il ne parle trop et soit mis au placard. Et surtout, ce qui se passe à Disney reste à…

Fracas dingue. Paroi vibre. Un type frappe contre la paroi de plexiglas. Vu le bruit, écho monstre, il y va à grands coups de pompe. Classique. La lourde porte au bout du couloir qui s'ouvre, les pas des flics et leur onde de choc, la porte d'une cellule qu'on pousse, le type qu'on engueule. D'accord, il veut pisser, d'accord, il n'y a pas de toilettes dans leur cellule, d'accord, il appelle depuis dix minutes, mais il n'est pas chez mémé, ici, on n'est pas des animaux, est-ce qu'il donne des coups de pied contre les murs chez lui ? Réponse du type : bah ouais.

Angel connaît la procédure. Assis sur la banquette de béton, il retire ses baskets d'une simple pression de ses orteils sur ses talons. Tandis que l'un des agents escorte le fauteur de troubles jusqu'aux toilettes communes, près de la lourde porte, l'autre passe de cellule en cellule pour récupérer les chaussures. Une voix de femme dans la cellule voisine demande pourquoi. Elle veut comprendre la logique. L'agent lui répond de faire comme on le lui ordonne dans un premier temps, et puis de méditer là-dessus ensuite. Il ramassera sa thèse en fin de garde à vue. Elle a vingt-quatre heures. Un petit indice : là où la G. A. V. commence, la logique s'arrête. Lorsqu'il arrive devant la cellule d'Angel, il a encore le sourire aux lèvres. Ouvrant la porte, il cherche certainement une blague à faire et, remarquant les chaussures déjà retirées, félicite simplement l'habitué d'un regard narquois. Un bon client. Bruit de la porte qui claque. Verrou.

Angel range ses pieds sous ses cuisses. Les relents d'urine, de sang et de merde, toujours. C'est l'humanité tout entière, toutes ses strates, ses nuances et ses tonalités qui tournoient dans l'air. Une Babel des odeurs. Angel sourit, de son double sourire. Si notre civilisation vient à disparaître, s'il vous plaît, enfouissez profond les commissariats. Qu'on ne les retrouve pas. Qu'on ne se répète pas. Oui, laissez-leur une vraie chance, une chance neuve, aux générations futures.

S'agit maintenant de ne plus toucher le sol. Souvenir de sa première fois, la sensation de l'humide qui imprègne le coton, le froid qui devient poisseux, la chaussette trempée par la pisse d'un autre, et ce lien fort, intime, indéniable avec l'inconnu. Et encore, ici, c'est du quatre étoiles ; d'expérience, Angel le sait. Il a connu d'autres cellules qui auraient fait pâlir des gérants d'abattoirs et les militants vegan qui vont avec. Mur moisissure. Involontaire supplice de la goutte d'eau. Sont-ce des fissures sur les parois ou bien des sillons d'ongles dans la crasse ? Cafards de compagnie. Nourriture désespoir. Toilettes bouchées. La haine remonte. La merde s'incruste au point que les sanitaires paraissent dorés à la feuille. Un agent par étage pour accompagner aux toilettes communes. Se pisser dessus comme les caissières à Carrefour en plein rush, mais cette fois-ci sans la couche. Attendre que ça sèche. Menottés aux radiateurs des couloirs par manque de cellules. Les couvertures qui tremblent toutes seules. Mises en tas, elles fourmillent. Ça grouille dans les mailles. Une geôle dans la geôle. Dans cette énième mise en abyme, certaines bêtes mangent mieux que d'autres. Repas en barquette mal stockés. Erreurs sur les dates de péremption en attendant que la justice prononce la durée de ses peines. On pourrait se mettre le rappeur Necro à fond dans le casque en errant dans une *crack house* qu'on n'y serait pas, ça serait encore trop esthétique. Angel a connu des toilettes de boîtes de nuit plus présentables. Des belles, même.

Réminiscence de celles d'un club près d'Opéra. De grandes portes quadrillées de miroir. Des kaléidoscopes de personnes, facettes de genres, s'y remaquillant ensemble, les couleurs se mêlant harmonieusement aux courbes. Faire attention à ne pas heurter les visages en sortant. Des cils, du mascara, du fard, de la résille, du coton, du cuir, du jogging, de la flanelle, des écharpes en soie et des ensembles en jean pour accueil. Toutes les matières du monde dans une cave. Rien à voir avec ces expéditions à cinq dans une voiture qu'avait connues Angel dans sa jeunesse, quand ils se faisaient tous beaux gosses, meilleurs ensembles de survêt, splendeurs baskets, les contrôles de police sur la route, le videur garant de l'hospitalité ou la surveillance acharnée comme pour des gamins dans un Lidl. C'est Zakia qui l'avait emmené là, la première fois. Plus tard il y est retourné seul, dans l'espoir fou de la voir quelque part dans la foule, sa tignasse rousse dépassant certains corps sur hauts talons, frottant par endroits les voûtes de pierre. L'Œil, c'est le nom du lieu. En sortant des toilettes, laissant derrière lui les poudres aux yeux et aux nez, il apercevait sur la gauche une immense fresque composée de traits épars dans la nuit, eux-mêmes révélés par une lumière noire, tels des néons sur les boulevards d'une ville engloutie. Sur le mur étaient tracés des seins et des culs et des verges et des lèvres ouvertes en un vaste sourire consenti. La composition semblait avaler le vieux monde, calmement, comme l'oppressé savoure sa vengeance, en respectant autant les proportions de son estomac que celles de sa faim. C'était langoureux, ça ressentait chaque bouchée, c'était méticuleux et attentionné, ça prenait tout son temps. Zakia disait qu'ici personne ne jugeait personne, personne ne chassait personne, aucun corps ne se faisait guet-apens. Et c'était vrai. Angel avait déjà constaté le parcours de combattante que se révélait être la rue pour Zakia, les rares fois où elle y circulait encore. Regards miradors. Radars de la chair. Chacals corridors. Viril cathéter. Dehors, les chiens découpent les corps au laser. Des Milo. Ils veulent voir des Vénus de Milo. Ici, au moins, aucune main ne saisissait le poignet de Zakia pour l'attirer dans l'angoisse. Il n'avait lui-même à déplorer aucune remarque sur son sourire. Est-ce que ça fait mal ? Ça ne te gêne pas pour manger ? Et pour rire ? Au moins, t'as pas à faire d'effort pour les photos. Dites ouistiti ! Aucun regard insistant, aucune question sur sa provenance, son origine : de naissance ou d'accident ? Non, fait suffisamment rare pour être remarqué, son imperfection n'était ici qu'un détail.

Le sourire ? Ne surtout pas partir sur cette trame de pensée. Reflet dans la glace de l'enfance. Vert d'une éponge sur son jeune visage. Vite, effacer. Il faut éviter les impasses dans le ping-pong d'une cellule. Règle d'or. Les murs renvoient trop fort. Imbattables. Tel l'abstinent, chacun a des parties de soi qu'il apprend à éviter. Angel décide de se restreindre à des raisonnements théoriques ou des moments prospères. Retour à la cave radieuse.

Et si un chasseur s'était suffisamment perdu pour se retrouver dans ce havre de paix à fond de cale, il suffisait d'appeler le patron. Ses yeux cernés du bleu de nuit qui tapissait les murs, il déboulait de son bureau, dévalant l'escalier étroit et sombre rythmé de diodes blanches jusqu'à débouler dans la masse opaque. Deux mots de sa voix autant fluette que gutturale, une larme de crocodile du prédateur, un rire à gorge déployée pour seule réponse, et le type était mis dehors par les gros bras d'une vigile. Angel se tenait bien. D'abord pour ne pas foutre la honte à Zakia, ensuite parce que quelque chose de précieux et de palpable semblait transpirer des parois. Quelque chose nommé respect. Il était accepté comme il était, avec son imperfection, ses requins aux semelles béantes et son ensemble de jogging trop large. Certaines personnes le trouvaient sexy, même. À bien y regarder, à suffisamment s'écouter, lui les trouvait toutes et tous belles. Les charmes ne se performaient plus, ils s'exaltaient. Les genres, en s'abandonnant, n'avaient plus aucune importance. Parce qu'oppressées, toutes ces personnes s'étaient créé un monde en souterrain, s'affranchissant des injonctions de l'ancien. C'était le bordel dans la tête d'Angel. De la tendresse, il était sûr. Et c'était suffisant. Amplement suffisant. La tendresse suffit souvent.

La première fois, il avait parlé un temps avec le patron, tous deux adossés aux parois du minuscule fumoir. De la vie, des lacrymos au-dehors, du GHB qui bouffe le dedans, de la Brigade des cabarets qui était après eux chaque soir, et puis enfin de Michel Berger. Le patron était un grand fan. Il jouait du piano, comme Michel. Appris en conservatoire. Ce genre de type qui savait transformer une suite d'accords de blues en un refrain pop, aussi simplement qu'Angel passerait du salon à la salle de bains. Deuxième porte à droite. Le patron composait maintenant ses propres morceaux, les jouant chaque week-end chez Madame Arthur, et des reprises de Michel Berger, *of course*. Le rire dans sa bouche par notes successives, rondes et claires comme des rebonds de balle descendant les escaliers d'un immense palais. Est-ce que tu savais que Nanette Workman, la chanteuse de *Starmania*, avait été choriste des Stones, des Beatles et de Johnny ? Dingue. *Où qu'ils aillent, ils sont tristes à la fête, où qu'ils aillent, ils sont seuls dans leur tête !*

Ils avaient chanté ça en cœur. C'est dingue que tu connaisses, avait dit le patron. À peine le visage d'Angel s'était-il tordu d'incompréhension que le patron s'était répandu en excuses. Je te prie de m'excuser, c'était déplacé, les préjugés, vraiment, quelle plaie, je suis désolé. Le visage d'Angel s'était déformé encore davantage, secoué qu'on puisse ainsi se reprendre à voix haute, sans rien minimiser de l'affront, sans brandir la maladresse en joker, sans atténuer sa responsabilité en une bêtise primale. C'est rien, c'est rien, aux dernières nouvelles, mon père était un grand fan de chanson française ; et de Michel Berger, ça va de soi ! Angel s'en était direct voulu d'avoir utilisé cette formulation vieille France, comme pour se légitimer d'être là. Langue piège à loup. Il allait s'enfoncer dedans jusqu'aux os quand le patron lui avait présenté sa voisine de fumoir. C'est elle qui avait peint la fresque, celle dans la salle principale, avec les corps, une grande artiste. Elle l'avait salué d'une poignée de main aussi ferme que chaleureuse, puis avait repris sa discussion en cours avec Zakia. Sa grande taille, son pantalon de cuir, sa chemise noire amplement ouverte, ses longs cheveux ondoyant autour d'un visage net, dessiné, franc, à l'instar du pourtour noir de ses yeux ; la vue de cette personne stoppa net Angel. Bien qu'aucune condescendance n'y transpire, elle avait le port de tête fier, avec une certaine auréole de dignité en guise de lampe frontale. Angel pouvait la voir clairement malgré le grésillement des lumières du fumoir. Fascinante, elle lui rappelait ces poissons des abysses. À bien y regarder, il était persuadé que l'intensité de ce regard n'avait pas de genre. D'ailleurs, quel regard a un genre ? Quelle intensité a un genre ? Qu'est-ce qui a un genre, à part les mots ? Peut-être bien les pensées qu'ils enferment. Sûrement pas les idées qui s'en libèrent. Pas de genre. Ce regard. Pas de genre… Là, dans les volutes de fumée et les éclats de conversations, une belle cavale balbutiait dans la tête d'Angel. Craquement de carcans qui se brisent. Profitant de l'inattention de ses gardes, son esprit s'évadait sans prévenir, s'engouffrant dans les dédales étroits de sa pensée jusqu'ici parfaitement balisée, subitement engloutie dans le noir. En esprit, il cavalait dans les rues préconçues de son cerveau, ne laissant derrière lui que le tintement de ses chaînes. Les préjugés, les faux-semblants, les schémas prépensés et les consignes claires avec mode d'emploi lui apparaissaient soudain avec une étrange clarté comme autant d'austères miradors à simplement contourner. Plus il avançait dans sa réflexion, et plus les contradictions, les ressentis du corps et les vérités enfouies jusqu'alors se révélaient être de curieux terrains vagues, d'étranges sous-bois, de rassurantes forêts, de magnifiques grottes et des lacs souterrains avec promesses d'embouchure. À se perdre ainsi mentalement en des zones inconnues, Angel put entrevoir les phares d'une battue et les aboiements d'une meute derrière lui. Surtout pas comme eux. Surtout, ne pas devenir comme eux. Se conjuguer par la négative. Joie môme d'une pensée à déconstruire. D'un héritage à plastiquer. D'un entendement à épanouir. D'un présent à révolter.

S'agissait-il d'un éclair dû aux vapeurs de la boîte de nuit, d'un extrait de foudre intercepté dans un regard, ou plutôt de l'aboutissement d'un long et douloureux processus de pensée ? Qu'importe. En sortant pour la première fois de l'Œil, Angel avait compris : si Zakia avait habité un autre corps, il l'aurait aimée. Et si Zakia n'avait plus voulu habiter de corps tout court, il l'aurait aimée pareil. Les organes, la chair, les creux, les plis, les matières n'ont rien à voir là-dedans. Il n'y a que les odeurs, les goûts et les sons. Ce sont eux qui font les intensités et les variations, donc l'amour. Tout le reste n'est que littérature. Il en fit part à Zakia. Elle rit. On verra, on verra. Quelle découverte ! Surtout, garde ta couverture et ta variole pour toi, Christophe Colomb. Ils retournèrent à l'Œil à plusieurs reprises.

À cette époque, avant Disneyland, Zakia ne sortait déjà plus de son appartement. Pôle emploi ne lui trouvait pas de travail, la société ne lui trouvait pas de valeur, elle ne trouvait rien à la vie. Refusant d'être une proie dans l'espace public tout en s'obstinant à interdire l'usage de la violence à chaque coin de rue, elle passait ses journées à peindre, son RSA pour bouclier. Quand Angel terminait sa journée, le petit SMS : "J'ai fini", toujours le même, et elle qui lui répondait : "Viens", toujours pareil. La joie comme une décharge électrique. Longtemps, Angel crut que c'était une simple tension spongieuse qui lui battait le cœur jusque dans la paume en attendant la réponse. Ce qu'on appelle grossièrement *désir*. En réalité, il s'agissait d'autre chose, et c'est en le perdant qu'il s'en était rendu compte. Besoin ou envie ? Désir ou manque ? Amour ou écho ? Ne pas se perdre sur cette voie non plus, surtout pas en cellule.

Après les SMS, il la rejoignait donc chez elle, son canapé blanc, son matelas à même le sol et ses inventions partout autour. Sur un gigantesque aquarium étaient accrochés des calepins où elle consignait chaque jour des notes et constatations à propos des sociétés d'insectes qu'elle y abritait. Sauterelles, phasmes, punaises, gendarmes, chacun avait son espace, optimisé de jour en jour vers un bonheur collectif possible. Près du lit se tenait Zhor, son python royal femelle, nommée ainsi en l'honneur de Zhor Zerari, la militante féministe et indépendantiste algérienne. Zakia regrettait de l'avoir adoptée, déplorant sa captivité, une erreur de jeunesse, quand posséder comblait un vide. Pour s'arranger avec sa conscience, elle donnait des noms de violeurs aux souris sacrifiées. Il y avait donc eu Harvey, Gabriel, Gérald, Guy, Michel, Roman et tant d'autres. Pour cela, l'inspiration ne manquait malheureusement jamais. Zhor n'en faisait qu'une bouchée, les digérant pendant des heures.

Dans un coin de la pièce se tenait un établi où Zakia préparait ses futures inventions. Son expérience de pots de fleurs motorisés avec panneaux photovoltaïques, par exemple, permettait à ses plantes de se déplacer par elles-mêmes dans l'appartement, et ce en fonction des rayons de soleil. Dans sa salle de bains se trouvaient des rangées de bocaux solidement fermés. Sur chacun d'entre eux, une étiquette : hôpital gériatrique, nuit en Provence, course-poursuite en scooter, soirée tapas, mauvais coup d'un soir, peur atroce, tendresse pure. Puisant dans ses souvenirs, elle tentait de synthétiser certaines odeurs du dehors. Pour y parvenir, elle faisait macérer des matières dans son lavabo recouvert d'une plaque, avant de les classer sur ses étagères. Dans sa baignoire dormaient des produits chimiques et autres flacons dont seul le *dark web* avait le secret. Son projet de mini-feu d'artifice sous cloche s'était petit à petit mué en boule à neige Notre-Dame, censée prendre feu lorsqu'on la retournait.

Après sa discussion avec l'artiste de l'Œil, elle semblait avoir suffisamment gagné en confiance pour se mettre à la peinture, refusant le poids d'histoire que l'on impose avec. Elle avait retranscrit en multiples couleurs sur les murs de son appartement chacune des odeurs répertoriées sur ses étagères, avant de se mettre au figuratif sur toile. Des châssis par dizaines et des toiles libres dégringolaient des portes et des murs. Des corps s'y entrelaçaient, tranquilles comme une après-midi de soleil en bordure d'eau. Les peaux se faisaient écailles d'acrylique. On s'attendait presque à voir un lézard faire vibrer le décor. Quelques portraits, aussi. Des gueules du quartier, des amies de Marseille, des souvenirs d'enfance, coup de pinceau après coup de pinceau, Zakia peuplait sa chambre en vidant la ville de ses proies. Que les chiens d'en bas se bouffent entre eux lui était devenu égal, puisque toutes les belles personnes se confinaient là.

Zakia préparait bien entendu sa propre sortie. Sur un cintre, dans son armoire, était suspendue sa *carapace antiagression*, épais manteau composé de multiples rembourrages de cuir et de coton. Sur la dernière couche, exposée à la rue, on pouvait constater tous les deux centimètres des trous, de seulement quelques millimètres de diamètre. Lorsque les élastiques de la capuche étaient tirés, de longues piques acérées jaillissaient à l'air libre. Elle avait aussi fait le patron d'une adaptation pour short et tee-shirt, collection automne-été. On pourrait bien entendu l'assortir de son *fuck glove*, croisement entre le gant et la prothèse, un faux majeur imperturbablement dressé dans les airs. Dans une boîte en bois sculpté reposait son Étincelle. Pour le nom, elle s'était inspirée des éprouvettes de sperme de donneurs, appelées *paillettes*. Zakia avait aimé cette manière douce de dire l'amer. L'argument des incontrôlables pulsions masculines faisant encore ravages, elle s'était escrimée à y apporter une solution aussi concrète que possible. Son Étincelle était faite de deux demi-arceaux en cuir tendu, sorte de harnais ajustables, fixés entre eux par un système à la mécanique bien huilée, composée elle-même d'une double lame de coupe-cigare, d'une fine chaîne, de plusieurs rouages et d'un pédalier. Une fois les arceaux posés contre les cuisses d'un homme, il suffisait d'activer la manivelle pour que le corps spongieux soit sectionné. Elle s'était naturellement inspirée des objets obstétricaux, eux aussi pensés par un sexe à l'usage de l'autre. Bien consciente que les violeurs se soucient rarement du sort de leur victime, mais concédant aisément l'impasse du feu par le feu, elle envisageait une technique de suture à prise rapide. Zakia revendiquait une démarche aussi humaniste que pratique.

Elle n'en était pour le moment qu'au stade de l'étude. Des solutions simples existaient. Peut-être y avait-il un manque de courage politique. Financer un prototype en acier chirurgical serait certainement l'étape la plus ardue. C'est pourquoi elle misait davantage sur la loi des hommes, et donc sur son CPREI – Code Pénal à Réalité Effective et Immédiate. Quand elle aurait suffisamment avancé dans son apprentissage du codage *via* les tutoriels sur internet, il pourrait être utilisé en situation. Placé dans le sac, son bouton sur le dos à peine appuyé, il déclencherait en simultané la caméra du téléphone, un appel à la police et aux associations d'aide aux victimes, tout en dégageant un fumigène de couleur vive. Enfin, sa quatrième de couverture doublée de métal lourd permettrait l'application instantanée du droit à la légitime défense. Se posait encore pour elle la question de l'éducation, seule et unique solution à long terme. Même si ce n'était pas suffisant, il serait peut-être possible de récupérer l'adresse mail de l'agresseur par croisement de datas, afin de lui envoyer dans l'heure des brochures et adresses de psy.

D'ici qu'elle ait fourbi ses armes pour un monde meilleur, Angel avait le droit de venir, tant qu'il ne rapportait rien du dehors. Telle était la règle tacite qu'elle avait imposée. Son espace, ses règles. Et quand l'isolement devenait impossible à gérer, quand elle l'avait trop engueulé parce qu'il donnait son avis sur ses nouvelles inventions, quand il s'était perdu en justifications marécageuses sur ce qui est offert à regarder et le lien de cause à conséquence amenant forcément la critique, ou bien les compliments qui ne peuvent que profiter et la maladresse qui… ils allaient à l'Œil. Il n'y a que pour aller là-bas qu'elle sortait. Un soir que la fête étirait ses cernes jusqu'aux oreilles, Zakia proposa à Angel de suivre des gens à une autre soirée. Inattendu. Inespéré. Angel avait encore ramené chez elle trop de pensées du dehors, de celles que l'on n'est pas censé partager avec une ermite. Il n'hésita donc pas à accepter en bloc, voyant là une occasion en or de se rattraper.

Un immense portail de fer. Les roues qui coulissent sur un rail rouillé. Une petite table dans un hall. Une femme les jambes croisées, regard sévère. Cinq euros ou une bouteille de vin bio. Vous pouvez y aller. Une immense rampe d'accès en béton vers les caves, une autre vers les étages. Des lampions roses et orange aux murs. Quelques couloirs rythmés de diodes. D'autres aussi sombres que des gouffres. De la musique au loin qui fait trembler les parois. Une échographie de la ville. Le cœur qui bat bien. Le froid qui enfume les bouches. La respiration qui s'arrête. De larges panneaux de plastique transparents, des silhouettes se mouvant derrière, pousser les panneaux, lourds, les traverser comme on pénètre la caverne. Chaleur immense. Les radiateurs étaient poussés à fond tandis que des corps jouaient la surenchère. Se trouvait là un long comptoir à moitié englouti par une montagne de sacs-poubelles, des noms inscrits au feutre dessus, et des corps nus tout autour d'Angel. Corps nus assis, corps nus debout, corps nus adossés, corps nus s'enlaçant, corps nus qui boivent et corps nus qui discutent ; son regard à lui rasait le sol, s'accrochant aux multiples chaussures, derniers vestiges de son attache au réel. Zakia n'avait gardé que sa paire de Shox aux pieds et, sans même lui adresser un regard, s'était glissée dans la foule. Angel se retrouvait donc là, seul habillé au milieu des hordes de nus. Par peur ? Par jalousie ? Par simple esprit de contradiction ? Qu'importe, il fit tomber son jogging, glisser son boxer le long de ses cuisses, ouvrit sa veste Adidas d'un grand geste et fit franchir à son tee-shirt les différents degrés de ses côtes jusqu'à se retrouver en requins. Seule sa précieuse sacoche allant de son épaule gauche à son flanc droit tentait encore de masquer son angoisse.

Au bout de quelques pas dans la salle, sans qu'aucun regard croise le sien, sans que personne le considère ne serait-ce que d'un coup d'œil, Angel ouvrit sa voûte, balança ses épaules et fendit la foule, sa sacoche frappant son intimité en tambour. Au bar, Zakia se servait un verre de jus en parlant à un type. Il les accompagna jusqu'à un fauteuil défoncé. Angel, bras et jambes croisés, tout collé contre Zakia, écoutait le type parler de *safe zone* et de fêtes libres. Il se vantait de la présence d'ingénieurs de toutes sortes, de *community managers*, de graphistes en vogue, mais aussi d'*outcasts*, de migrants, et autres improbables. Son regard s'attarda sur le couple. Il avait les yeux bleus. De ça, Angel était sûr. Pour le reste, il n'avait pas su voir, ni même regarder. Un homme près d'une enceinte héla le type qui les quitta en leur souhaitant une belle soirée. Ils restèrent l'un à côté de l'autre, à regarder face à eux le tableau en permanente mutation. *Le Déjeuner sur l'herbe* côtoyait *L'Origine de la guerre* en un paisible *Guernica*. Une majorité d'hommes. Deux d'entre eux, jeunes, s'assirent dans le canapé défoncé à leur gauche. Ils commencèrent à s'embrasser tendrement. Cinq autres, juste en face, se racontaient leurs journées de bureau.

Au bout d'un certain temps à observer les scènes qui s'enchaînaient, Angel commença à sentir sa colonne s'ouvrir, vertèbre après vertèbre, sa nuque desserrer ses sangles de nerf, son thorax reprendre un rythme de croisière et ses phalanges relâcher ses cuisses, bien que toujours croisées, comme soudées par la sueur. Les verres se vidèrent, se remplirent, se vidèrent. Quelque part dans la salle surchauffée, sans que rien l'annonce, sans que personne puisse le prévoir, un virage du plat de la main, un revers du poignet, un atterrissage de paume sur un entrecuisse, une pression des phalanges sur une aine, et tous les corps se raidirent d'un coup. En une dizaine de minutes, la plupart des tensions avaient disparu dans des bouches. Apparitions stroboscopiques. Veines palpitantes au bord des lèvres. Têtes rejetées en arrière. Visages extase. Bassins cadences. Tétons qu'on tord. Hanches qu'on presse. Tendons s'étirent. Croupes qui claquent. Sueur s'y glisse. Colonnes caresse. Paumes se plaquent. Certains continuaient leur discussion avec leur voisin de droite tout en enlaçant celui de gauche. Des réponses se perdaient entre les langues. La vague prenait la foule par remous et ruées, passant de la tendresse aux soubresauts avant de se briser sur la grève. Catalogue complet de postures, d'émotions et de grimaces, combinaison infinie de corps, le groupe de cinq en face d'eux s'exprimait par secousses. Il y avait comme une joie innocente sur leurs visages. Un plaisir d'enfants. Les deux jeunes hommes sur le canapé de gauche prenaient tout leur temps. Le brasier de leur regard. Connexion forte. Haut débit. Câbles qui raclent les fonds marins. La lenteur de ceux qui savent. Angel resserra encore ses cuisses. Des papillons dans le ventre. Démangeaison. À le voir comme ça entre deux eaux, Zakia riait. Sans mot dire, elle se leva pour disparaître un temps, le laissant sans digue. Peur en crue. Appel à l'aide sans bruit. À ses narines, l'odeur des parfums exaltés de sueur tournoyait trop fort dans la pièce.

Quelques minutes plus tard, qui lui parurent sans trotteuse, elle revint avec un carnet et son kit d'aquarelle. Depuis sa discussion avec l'artiste, elle ne s'en séparait plus. Les gouttes d'eau abondèrent, se répandant par ondes sur le papier épais. Poussées par le pinceau, elles se firent nuages, nébuleuses, voies lactées puis cuisses, fesses, ventres. Ça ressemblait un peu à la fresque de l'Œil. Angel se retint de le lui dire, ne voulant pas une fois de plus compenser sa propre gêne par un grain de sable dans la mécanique aux puissants rouages de Zakia. Il ne fallait en aucun cas qu'elle s'arrête de peindre. Sans ce filtre au monde, incapable de fermer les yeux, Angel craignait de devoir regarder les corps en face. Il se contenta donc d'observer les rencontres de couleurs dans le silence de la feuille, les impacts de masses, les étirements de lumière et le rythme de la composition comme autant de partitions abstraites de corps. Plus la nuit avançait et plus Angel devait s'accrocher aux peintures pour ne pas vriller, les sons alentour faisant le reste pour les animer en image par image. Miroir de la Méduse. Zakia mit sa main sur sa joue. C'était OK. Il desserra lentement ses cuisses, libérant ainsi un ruisseau de suée au sol, et les vibrations à son bas-ventre reprirent de plus belle. D'un coup, il lui sembla que son désir refusait ses sillons.

Comme la plupart des hommes, Angel avait toujours agi face au sexe comme un chien de Pavlov. Une image qui appelle une tension qui appelle l'assouvissement d'où découle le vide. Situation-Réflexe-Récompense, soit Érection-Désir-Éjaculation. Enfant, comme beaucoup, ses premiers durcissements étaient pourtant liés à la peur ou aux sursauts d'adrénaline.

En courant assez vite ou en réussissant un bon score, la tension explosait, puis se calmait. Ce n'est qu'une fois adolescent, face aux pixels sur le WAP du premier téléphone d'S-Kro, qu'il avait appris, entouré de sa bande, que cette tension ressentie à l'entrejambe devait être automatiquement déchargée. Il n'était pas question de pouvoir, encore moins de vouloir : c'était de l'ordre du devoir. C'est même ainsi qu'ils fonctionnaient. Le mode d'emploi de leur corps. Jeunes adultes, ils ne manquèrent jamais de se raconter leurs ébats, jouissant en groupe par la parole, puisque tel est toujours le but d'une épopée. Pour Angel, une fois allongé dans des draps, une petite partie de lui prenait systématiquement le relais, enchaînant des suites de coups et de combos comme dans *Street Fighter*, Haut-Haut-Bas-Bas-Gauche-Droite-Gauche-Droite-A-B, assurée de ses compétences par les résultats précédemment obtenus. Angel, lui, n'avait qu'à se tenir à distance. Ainsi s'était développé chez lui l'effet de Pavlov suivant : Érection = Désir = Mise à distance de lui-même.

Alors pourquoi cette tension à l'entrejambe face à tous ces corps d'hommes en transe ? Selon l'équation, cela signifiait qu'il avait du désir pour eux. Il ne s'était pourtant jamais senti autant dans son corps. Alors quoi ? L'équation serait fausse ? L'érection n'aurait-elle aucun rapport avec le désir, à l'instar de celles de son enfance ? Ou bien les schémas du désir étaient erronés ? Il désirait Zakia, et ce quel que soit son corps. De ça, depuis l'Œil, il en était certain. Mais avait-il seulement déjà écouté sa propre chair ? Était-ce toujours possible après tant de sillons tracés, gravés si profondément ? Le chien de Pavlov, on l'euthanasie comment ? Une des rares femmes hurla de plaisir quelque part dans la masse. Orgasme. Tous les hommes applaudirent. Zakia tourna sa page et reprit ses peintures. Quelque part en sous-sol, les kicks et les basses de la musique électronique se firent plus percutants. Là-bas, une femme en embrassait une autre langoureusement, son compagnon resserrait la prise, entrevoyant une extension à sa propriété, des hétérosexuels se postaient dans des creux de couloir pour mater leurs proies, d'autres marquaient leur territoire dans le cordon de sécurité que formaient leurs deux bras ; tout au fond de la salle principale, à même le sol près du bar, des CSP+ rejouaient le contrat social en prenant violemment des migrants tandis que d'autres, plus audacieux, inversaient les rôles en une sorte de pulsion humanitaire, et c'est toute la misère du monde qu'ils croyaient accueillir. Râles rauques. Hurlent cloaques. Éructent.

Une fois le carnet plein et la nuit trop courte, Zakia se leva. Ils traversèrent ensemble les amas de corps pour récupérer leurs affaires parmi la montagne de sacs-poubelles. En tournant la tête, Angel intercepta un regard. Yeux noirs. Nez aquilin. Queue de cheval. Bouche entrouverte. Thorax en feu. Îlot de tendresse. S-Kro ? Angel pivota d'un coup vers la sortie, la lourde porte métallique coulissa sur son rail rouillé, grincement strident, vite refermée, les battements sourds des basses comme une respiration étouffée. Retour à la rue. Il est des nuits où l'on se réveille enfin. Laps lucide. Juste avant que tombe le rideau de fer des non-dits.

Choc frontal. Tremble plexiglas. Retour cellule. Libérée, délivrée, *La Reine des Neiges*, est chantée à tue-tête quelque part. Fils-de se tient face à lui, étirant une grimace. Ne pas répondre. Depuis l'accident, leur répertoire a changé. Plus de Y-a-bon, plus d'accent chantant, plus de Mamadou, plus de références aux champs de coton. À leurs yeux, sa cicatrice sur le sourire l'a fait changer de couleur.

Allez, souris, Papon ! Souris, t'es filmé ! Un mouvement d'épaule le laisse entrevoir la caméra au plafond et la colonelle tout contre le mur, en retrait, regard dans le vague. La porte qui s'ouvre. Fils-de s'avance. Sa paume qu'il creuse. De la bouche à la main, un filet blanchâtre se répand. Tord. Distord. Vibraille. Décroche. Une fois le mollard en coupe, une drôle de pensée traverse Angel : puisqu'il paye des impôts, quoi qu'il arrive, il aura subventionné ce qui suivra. Fils-de enchaîne, de la salive reliant encore ses dents. Tu sais, à force de faire le muet, elle risque de s'en prendre plein la gueule, ta petite femme. Zoubida, c'est ça ? Ah non, elle est partie, Zoubida. Bref, y a un flingue dehors, et c'est pas joyeux. Si y a des morts avant qu'on le chope, et si il s'avère qu'il est bien à qui on pense, ça risque fort de retomber sur toi. On a envoyé des Tchétchènes violer des petites amoureuses dans des caves pour moins que ça. Et maman, elle prend pas bien soin de toi, maman ? T'es dégueulasse. Laisse-moi te débarbouiller, t'as un truc sur la joue. Tiens, c'est étrange, brigadier, j'ai beau frotter, ça part pas ! C'est que ça s'incruste, la saleté, on dirait presque que ça le compose. Ne pas bouger. Outrage. Rébellion. Violence sur personne dépositaire de l'autorité publique. Ne pas réagir. La porte qui se referme. Tu vas nous dire pour ton petit copain, Papon ! Faut pas le protéger comme ça ! À ta place, il se donnerait pas la peine. T'es amoureux ou quoi ? T'as le cul qui bâille ? Entre ta bouche et tes fesses, fais gaffe, ça va devenir un vrai tunnel ! Tu vas nous dire, Papon. Tu vas nous dire, que tu le veuilles ou non. Les échos de la G. A. V. en prélude à ceux des coursives d'une prison. Le luisant coulant lentement à son menton.

Étreinte. Une petite main fine ébouriffe les cheveux tandis qu'une autre effleure la joue. Glisse vers la bouche, le long de la pommette, à l'endroit exact où la cicatrice rougeoie. Parcours. Sillonne. Laps. Au moindre mouvement, s'échappe. Un corps face à un autre, regard curieux, grimace en peine, avait déboulé de nulle part, cœur de récré, fond de cour. Les mains s'étaient d'abord saisies, brusquement, jeu de dupes, pour ensuite attraper les hanches et les enrouler vers le sol. Dans la poussière d'une bagarre, tendresse camouflage, les sillons papillaires s'étaient retrouvés contre ceux d'une suture. Un instant. Un silence. Et la gêne qui pourrait les saisir l'un et l'autre, deux corps devenus funambules suspendus à un doigt. Un regard s'abaisse, l'autre s'attarde. La cicatrice vue pour ce qu'elle est : une vallée calme, un dénivelé abrupt, un col sec, une crête, un adret, une arête, un large plateau, une paroi escarpée, une crevasse, un mont, une gorge, un coteau, une avalanche de larmes, une retenue d'eau, un ubac, une aiguille, un pic suivi d'une falaise, d'un piémont, d'un sanglot. Oui, la cicatrice écoutée pour ce qu'elle est : une parole au monde qui dit avec pudeur le trauma, la blessure en témoignage, la meurtrissure comme un tatouage, le corps n'oubliera pas, il fera avec, il composera. Ensuite, la cicatrice entendue pour ce qu'elle est : un aveu, une tentative, sans cicatrice on ne guérit pas, un franc-jeu, une nominative, la cicatrice se passe d'argot, nombreux les corps qui résonnent mal avec les mots. Enfin, la cicatrice crue pour ce qu'elle est : une souffrance profonde que rien ne referme. Un laps. Juste un laps. Pour être vu, écouté, entendu, cru. Ni oubli, ni pardon. Et puis le bassin qui pivote, poids de corps valdingué, retour à la bagarre, poussière et rires éructés.

Il a rien oublié ? Il est sûr ? Et son sac, il est bien fermé ? Il est sûr ? Parce que son sac, il est ouvert. Juré, son sac, il est ouvert. Si, il est tout vert. Ça va, on déconne. Est-ce qu'il a bien vérifié ? Tout ? Même son slip ? Pourquoi il baisse les yeux ? C'est sûr, il porte un slip. Regardez, il se sent encore les doigts. Il s'est bien lavé les mains ? Ça sent quoi ? Ça sent sa mère ? Elle sent bon, sa mère ? Bien sûr qu'elle sent bon sa mère. Regardez, il lui en reste encore un peu sous les ongles. C'est bon, on déconne. On l'aime bien. Pourquoi il nous repousse ? On est sales ? Il croit qu'on est sales ? Allez, on se la touche, et puis on le touche. Regardez comment il panique. On va lui en barbouiller le visage. Mais regardez comment il flippe ! C'est bon, on se la lave chaque soir, on est pas comme lui. S'il flippe autant, c'est qu'elle doit être bien sale, la sienne. Allez, qu'il nous montre. Qu'il nous montre. Qu'il nous montre comme elle est bien sale, la sienne. Allez, Chelou, montre ! Il se la lave correctement ? Comme pour ses mains ? Bien dans les recoins ? On peut parier qu'il se la lave à la Javel, même, tellement il est chelou. Maniaque. Qu'il touche. Qu'il touche la nôtre. Allez, qu'il touche. On lui dit : touche. C'est bien. C'est ça.

Il voit que c'est propre. Vas-y, fais pas cette gueule, c'est la nature. Il devrait moins se laver en permanence, ça irrite et ça rend la peau fragile. Après, il devient un nid à bactéries, c'est pas super. Le Chelou, c'est un nid à bactéries. Le Chelou, il a le sida. Le Chelou, il a le coronavirus. En quarantaine, le Chelou ! Qu'il panique pas, c'est pour son bien. Qu'il rentre là-dedans. Allez, là-dedans. S'il se débat, il va se blesser. S'il se blesse, on le défonce. S'il gueule, on le défonce aussi. Il connaît les règles. Elles le gênent pas, les araignées, au moins ? Ça lui fera de la compagnie. S'il arrête pas de gueuler, on l'enferme avec Colin. Il l'apprécie bien, Colin, non ? Colin, en tout cas, il l'aime bien. Voilà, il est calme. Maintenant il va nous expliquer pourquoi il est chelou. Action ou vérité. Allez, c'est qu'un jeu, c'est marrant, pour passer le temps. Trois secrets et il sort, promis. Il est toujours là ? Chelou, t'es encore là ? Il nous fait pas une de ses crises d'angoisse, quand même ? Une petite crise d'angoisse pour la route ? Un petit malaise ? Qu'il arrête son cinéma. Alors, on l'écoute : qui est la fille la plus propre de la classe ? C'est qui qu'il se ferait bien ? En fille, pas en garçon, bien sûr. Avec lui, on sait jamais, vaut mieux préciser. Selon ses critères, évidemment. Les goûts et les couleurs, ça se discute pas. Lui, ça serait plutôt les odeurs, non ? Alors, qui ? Sixtine ? Ophélie ? Amélia ? C'est qui qu'a la meilleure odeur ? On est sûrs qu'il veut se faire Sixtine. On va lui demander si elle est d'accord, d'accord ? Le consentement, c'est important. Si il ose pas, on le fait pour lui. Pour qu'il voie comme on est de bons copains. Attendez, y a Théodore qui est parti demander. Il lui ferait quoi, à Sixtine ? Et surtout, comment ?

C'est sûr, il mettrait des gants et un masque pour être certain de pas se salir. Ou une grande capote sur tout le corps. Théodore a demandé, elle veut pas. C'est officiel : elle veut pas. Est-ce qu'il sait pourquoi ? Parce qu'il est trop chelou ! Et il veut qu'on lui dise ? En vrai, personne ne veut de lui. Mais nous, on a la solution, on peut le vacciner. On en a les moyens. Pour lui, on peut faire ça. Vacciné contre ses flips. Vrais copains. Mais va falloir nous faire confiance. Il nous fait confiance, le Chelou ? C'est important, la confiance. Sans ça, aucune relation humaine n'est possible. Ni aucun traitement. C'est la confiance entre aidant-aidé, maître-maîtrisé, soignant-soigné. C'est nos pères qui nous ont appris ça. S'il nous fait confiance, on le vaccine. Il aura plus peur de rien. Il arrêtera de se sentir les doigts, de toucher les portes avec des mouchoirs, il pourra même se balader dans la cour avec son sac tout vert ouvert. C'est pas la mort, d'avoir son sac ouvert. Au pire, il perd quelque chose, et puis quoi ? C'est pas la mort de perdre quelque chose. Ses parents, ils rachètent, au pire. Ou alors ses parents ont pas assez d'argent pour lui racheter ? Il a pas d'argent, le Chelou ? Il est roumain ? Il veut qu'on l'aide ? On peut faire un KissKissBankBank pour le soutenir, lui et sa famille. C'est important, la solidarité. C'est dans nos valeurs, on nous l'a appris. Mais avant, on va le vacciner. On ouvre la porte, d'accord, mais il n'essaie pas de sortir. OK ? Pas de coup en douce, promis ? On lui fait confiance. Il nous fait confiance ? C'est important, la confiance. C'est nos pères qui, voilà, tout doux, tout doux, tout doux : il reste où il est. Allez, qu'il prenne ça. C'est quoi ? C'est un petit cadeau. Fait par Colin, à la va-vite. Et on a tous rajouté notre petit quelque chose. On n'a pas eu le temps de l'emballer, désolés, ça coule un peu. Crie pas ! Crie pas ! Crie pas, on lui dit. C'est la nature. C'est de la nature en concentré. Rien que pour lui. S'il arrive à passer toute la pause déjeuner avec cette nature concentrée tout contre lui dans l'armoire, on le relâche, promis, et il sera guéri. Immunisé contre la nature, immunisé contre la mort, immunisé contre le monde. Il mange pas tout, hein ? Gourmet. Gourmand. Goulu. Allez, Chelou, fais un effort. Qu'il soit fort. Forteresse. Suffit qu'il reste avec, sans se laver les mains pendant des heures, et après c'est bon, on l'aura vacciné. Qu'il ne nous remercie pas, le Chelou. C'est pour son bien, le Chelou. On est ses amis, au Chelou. On veut sa guérison, notre Chelou. C'est que de l'amour, Chelou.

Bâtards de vos morts, on verra bien qui est le Chelou. J'arrive devant les grilles du collège.

QUE CE SOIT L'ARMÉE ROUGE, LES FLICS DE PRETORIA, MALGRÉ LE SANG QUI COULE, MAKHNOVTCHINA, MAKHNOVTCHINA, TES DRAPEAUX SONT NOIRS DANS LE VENT, ILS SONT NOIRS DE NOTRE PEINE, ILS SONT ROUGES DE NOTRE SANG, ILS SONT NOIRS DE NOTRE PEINE, ILS SONT ROUGES DE NOTRE SANG ! On leur fout un de ces sacrés bordels. Fraternel. C'est beau, des cœurs blessés qui chantent. Ça pulse le sang de chaque artère jusqu'à l'aorte. Gicle sur fachos. S'ils veulent qu'on se taise, qu'ils allument le chauffage. On se les gèle. C'est pour ça que les vieux payent leurs impôts ? Nous, on chante. C'est dans le cœur qu'on se sent guerriers. Cœur douleur. Et ça résonne plutôt bien, un comico, faut l'avouer, ça fait une belle réverb, toute naturelle comme on les aime. On devrait organiser des chorales, ou même des concours de chants révolutionnaires, un genre de *The Voice* libertaire. On devrait proposer ça à tous les collectifs et même aux autonomes, dès notre sortie. On se ferait tous choper pour des délits mineurs, on déterminerait les jurys à l'avance, et c'est parti pour une nuit à leur foutre la fièvre. La fièvre noire ! Toi, c'est une belle reprise des Bérurier Noir que tu nous as faite là, on te prend dans notre équipe ! Garou, tu sors ! Vianney, au poteau ! Ça leur ferait les pieds.

D'ailleurs, d'où ils nous ont enlevé nos Doc Martens ? De quel droit ? Le monde est une vraie porcherie. Déjà, les lacets, c'était ridicule. Pourquoi ils pensent qu'on voudrait se suicider dans leurs cellules de merde ? Les flics se comportent comme des porcs. Et s'ils pensent ça, c'est peut-être qu'il y a un problème ? C'est un pays démocratique, un pays où l'on se suicide en isolement ? C'est un pays démocratique, un pays qui pratique l'isolement ? C'est un pays démocratique, un pays qui interdit le suicide ? On se suicide si on veut ! Liberté de mourir ! Vivre libre ou mourir ! *Viva la muerte !* Mort à la démocratie ! *Free suicide!* SUICIDEZ-VOUS, SUICIDEZ-VOUS, SUICIDEZ-VOUS, SUICIDEZ-VOUS, SUICIDEZ-VOUS, SUICIDEZ-VOUS, SUICIDEZ-VOUS ! Ça, en vrai, on l'a chuchoté entre nous. C'est qu'il faut faire gaffe, c'est devenu répréhensible comme slogan. Société occidentale qu'a peur de la mort. On sait plus faire, avec la mort. Y a qu'à voir la gueule de nos Ehpad et de nos enterrements. Et puis les chuchots, en vrai, c'est aussi beau que les cris. Quand une foule entièrement cagoulée de noir te chuchote un *anti, anti, anticapitaliste*, de plus en plus fort, un souffle qui se fait vent qui devient bourrasque qui termine en tornade et TNT, crescendo du chaos, ils font moins les malins en face. On a vu des vidéos comme ça, au G20, en Allemagne. En face, ils ont beau avancer silencieux, en frappant leurs boucliers en cadence, faut avouer que ça envoie, niveau sensations en interne ça doit être quelque chose, mais rien de comparable. Porcherie ! Un jour, on plastiquera leurs cœurs.

Dans cette cellule de commissariat, on se sent tel l'Ulysse dans son cheval de Troie. Au plus profond du ventre de la baleine. S'agit de bien foutre le feu à leurs idées. Guerre psychologique. Saper le moral des troupes. Les pousser au *nervous breakdown*, K-O debout, burn out total. Nous, c'est OK. La cellule du commissariat précédent était vraiment *hardcore*. Du genre néons jaunis, murs ocre-merde avec inscriptions dignes d'une grotte de Lascaux de fin du monde. À côté, celle-ci ressemble à un lit à baldaquin. Une large cellule rectangulaire avec un banc de béton qui court sur chaque mur et la grande vitre en plexiglas, le couloir et ses néons derrière. Ça manquerait presque de charme. Mais les couvertures grattent sec et les flics sont des chiens, sur ces points, on nous a pas menti dans la brochure. Même, y a pas de chiottes, on doit être en cellule de dégrisement, alors on a vite compris qu'il y avait moyen de frapper fort. Cris sans réponse. Hurlements de loups à la lune. Chassé de semelles contre parois, à t'en faire trembler le Capital. D'où on interdit à un homme de pisser ? Homme et femme, libres et égaux en droit de pisser selon leur désir ! Déjà qu'on ne peut pas nous en empêcher dans la rue, alors ça va pas commencer ici. Mémoire d'un seau d'eau depuis un balcon, nos cuirs trempés et le collabo qu'on embrouille. Pendant une heure à sa fenêtre, on lui a gueulé des saloperies jusqu'à ce qu'il craque, ce grand liberticide. A suivi une belle discussion humaine, et c'est aussi ça, la révolution. Porter ses idées jusque sous les balcons, malgré les seaux d'eau en cascade. Quelques coups de pompe, ça n'a pas manqué : ils ont rappliqué direct. On nous a fait enlever les chaussures et on nous a accompagnés pisser un à un dans une pièce au bout du couloir. La porte qu'ils laissent ouverte et le flic qui nous surveille. Quand on a vu ça, deux d'entre nous se sont forcés à faire plus que pisser. Tu veux priver l'homme de ses droits ? La nature reprend les siens. Regarde et apprends !

On est tous les trois dans la même cellule. Grave erreur. Et un type, aussi. Un écolo. Il passe son temps à geindre que c'était une manifestation pacifiste pour le climat, que c'est une injustice, qu'il ne comprend pas. C'est un vieux Maghrébin. Sûrement un de plus qui s'est pris la douille de l'intégration. Un qui se voit davantage par son origine que par sa classe. Avec nous, il peut être lui-même, il faut qu'on arrive à le lui faire comprendre. Avec un peu de chance, on l'aidera à se révéler à lui-même. Ça doit passer par le sensible, comme avec les mômes. Il a des marques de coups sur le visage. Qui lui a fait ça ? Ces chiens de flics ? Il nous explique que non, que c'est des casseurs de la manif, tout de noir vêtus. Merde. L'Arabe. On l'avait pas reconnu. Lui non plus, vu son comportement. Sûrement grâce à nos tenues de camouflage. Vaut mieux pour nous qu'il fasse pas le lien. S'agit de pas s'embrouiller. Le hasard de la vie, c'est une sacrée enflure à la solde du Grand Capital. Suffit de voir comme ça rend bien en algorithme, le hasard. Les machines à sous, les pubs sur internet, les applications de traçage et tout ce qui aliène avec. On commence donc à parler de tout et de rien. L'un d'entre nous a ouvert une ferme de permaculture autogérée dans l'Oise avec d'autres camarades, il discute légumes bio pour amadouer le type. Un autre suit des cours d'arabe à la Sorbonne, ça tombe bien, il a juste à caler quelques mots dans la conversation pour que le type soit en confiance, alors il a compris, dans le fond, on est tous frères. *SALUT À TOI, PEUPLE KHMER, SALUT À TOI, L'ALGÉRIEN, SALUT À TOI, LE TUNISIEN !*

Après un petit silence où il paraît réfléchir, le vieux Maghrébin se met à parler des animaux, de tous ceux qu'on extermine, de ceux qu'on prive d'habitat et des autres qu'on enferme. National Geographic à lui tout seul, le mec. Il nous demande si on connaît Nénette. Jamais entendu parler. Paraîtrait que c'est une femelle orang-outang à la ménagerie de Paris, la doyenne des grands singes enfermés. Il en parle comme d'une star du rock ou d'une ambassadrice de la Corée du Nord. On lui sourit poliment. LIBÉREZ NÉNETTE, LIBÉREZ NÉNETTE, LIBÉREZ NÉNETTE ! Il dit qu'elle a connu que l'enfermement, toute sa vie. À son âge, la libérer, c'est la tuer. Merde. Qu'est-ce qu'y faut pas entendre. Le type vit à Nanterre, dans un onze mètres carrés. Il nous raconte que, dans les souterrains de Nanterre, comme sous la dalle de La Défense, y a quasiment toute une ville qui se repose. Si il a plus de thune, il a peur d'être rétrogradé et d'y atterrir, c'est sûr. Il le dit pas, mais on le sait. On est comme ça, une fois qu'on a mis le nez derrière le décor de la société : pas besoin de faire dire ou d'écouter, on comprend tout dans le silence. Il a des problèmes avec son RSA. Ça, il nous le dit parce que le temps fait parler, mais on aurait pu le parier. À la place de bosser, il continue de faire du bénévolat dans des assoces. Le bénévolat, c'est pire que le travail, et ça, pour le coup, on peut pas s'empêcher de lui dire. Le patronat rêve que de ça : des bénévoles dans les usines. Si on a besoin de bénévoles, c'est que l'État merde. Si l'État merde, il assume ou il se dissout. Plus d'État. Basta ! Les Corses l'ont compris depuis longtemps. C'est à cause des bénévoles comme lui que la baraque tient toujours. Ça, on ne lui dit pas. S'agit de pas le blesser davantage pour les vingt-quatre heures à venir. C'est long, vingt-quatre heures. Encore plus quand on s'embrouille. On l'écoute donc se justifier sans rien dire, et puis il se met à répéter qu'il veut leur expliquer, demain matin, quand viendra son tour, expliquer à l'OPJ le pourquoi du comment de son arrestation injustifiée, l'utilité publique de sa cause, l'extrême urgence de son combat, et pataquès et blablabla, tout ça tout ça.

Messieurs, vous savez maintenant qui je suis : un révolté vivant du produit des cambriolages. De plus, j'ai incendié plusieurs hôtels et défendu ma liberté contre l'agression d'agents du pouvoir. J'ai mis à nu toute mon existence de lutte ; je la soumets comme un problème à vos intelligences. Ne reconnaissant à personne le droit de me juger, je n'implore ni pardon, ni indulgence. Je ne sollicite pas ceux que je hais et méprise. Vous êtes les plus forts ! Disposez de moi comme vous l'entendrez, envoyez-moi au bagne ou à l'échafaud, peu m'importe ! Mais avant de nous séparer, laissez-moi vous dire un dernier mot. C'est l'un d'entre nous qui lui sort ça, de tête, sa voix occupant l'entièreté de la cellule jusqu'à en repousser les murs. Alexandre Marius Jacob, son discours de 1905 à son procès pour cambriolages. La classe. C'est bien simple : tu balances ça mot pour mot, ou bien tu te tais. RIEN À DÉCLARER. Ça vaut mieux. Surtout, tu n'as rien à déclarer, on lui dit et répète. MORT AUX VACHES.

On s'est tatoué les trois points significatifs sur le revers de la main, il y a un mois, à l'endroit exact où la membrane de peau molle relie le pouce à l'index, là où la lumière d'une bougie transperce quand on approche trop la main. Si on termine au dépôt, on se fera celui à quatre points, comme les quatre murs d'une prison. Et qu'ils nous mettent pas un faf en codétenu ! Sinon, direct, on passe le diplôme de décorateur d'intérieur. Ça sera déjà ça de pris pour notre réinsertion. Faut bien le maroufler, le faf ! Pareil pour le maton. Dingue, que ces porte-clefs passent leur vie en prison. Pareil pour les flics, faut dire, en garde à vue à perpétuité. Ils doivent aimer ça, dans le fond.

Échos de pas, fracas de sous-sol, tonnerre de bottes permis par le silence des pantoufles, trois flics arrivent avec un type sous le bras. Ils nous le brandissent à un mètre, il pue la gnôle à cent. La porte s'ouvre. Le type s'excuse. D'où il s'excuse ? D'où il s'apitoie ? D'où il se prosterne ? D'où ses contorsions de larve ? D'où son ego en brosse à reluire ? Il l'a oublié où, son droit à l'insurrection ? Ils le cajolent, l'aident à s'installer sur le banc, adossé contre le mur, bien calé entre nous. La porte se referme. Que dirait le père ex-maoïste de notre Épicier dans une telle situation ? Quoi dire à un éclaté des globules, à un vidé de sens, à un fracassé de la révolte ? Les nôtres, de parents, ils n'ont rien d'intéressant pour eux, et encore moins pour nous. Ils ont payé nos souvenirs, payé notre enfance, payé nos études, et les moins vernis payent encore le prêt de leur maison. Ils joggent chaque matin et achètent des légumes bio chez le primeur chaque soir. Ils disent *mon* primeur. Ils ont tout à crédit et pensent posséder quelqu'un. Ils regardent le JT du jour, font du vélo le week-end, du shopping en ligne, et puis le spa au moins une fois l'an, pour les anniversaires de mariage. D'honnêtes citoyens, ça s'entretient au présent pour ne pas trop coûter à la société du futur. Et surtout, ça s'informe pour savoir quoi penser. Certains ont mis assez de côté pour se payer une maison de campagne en Normandie, certains en ont direct hérité, grâce à la sueur et aux sacrifices du passé. Les autres programment six mois à l'avance leurs vacances à l'île de Ré, d'Yeu ou d'Oléron, petit bout d'égoïsme en fonction des saisons. En bref, ils sont à la botte du Grand Capital, et ce depuis toujours. Pour qu'on en soit où on en est aujourd'hui, faut forcément qu'ils aient tout accepté en bloc, en signant en bas à droite, bien dociles, avec du sang sur les mains. Tu veux apprendre quoi d'un cadre, d'un médecin, d'un galeriste ou d'un ingénieur ? Et d'ailleurs, qu'est-ce qu'ils veulent nous apprendre ? Quelle radicalité ? Quoi embrasser ? Quoi refuser ? Pour ou contre quoi se lever ? Eux, est-ce qu'ils ont eu des rêves un jour ? Est-ce qu'ils se sont déjà battus ? Débattus ? Est-ce qu'ils ont même été jeunes, une fois ? Pour ça, faut dire, on leur en veut.

Le père de notre Épicier, lui au moins, il a une phrase à nous transmettre pour chaque situation. Tranchante. À son époque, la révolution, il n'a pas fait que la commenter. Il a jeté des petits livres rouges à la gueule des condés. Des bibliothèques entières. Chez lui, toute une collection d'*Hara-Kiri* et de *Charlie Hebdo*. Il en a vécu, des choses de son temps, et a encore pas mal de trucs à dire du nôtre. Quand il a vu le mouvement #MeToo arriver, par exemple, il nous a parlé du cimetière du

Père-Lachaise et de ses fosses communes. Un paquet d'innocents, là-dedans. Toute révolution se fait avec du sang d'innocents sur les mains, il a dit, avant d'ajouter qu'aujourd'hui encore, des centaines de mecs se retrouvaient traînés dans la boue, leur vie brisée, tout ça pour un coup de reins, qu'il fallait le prendre en compte, que la révolution c'était la guerre, et que la guerre c'était injuste. MORT À LA GUERRE. MORT À LA GUERRE. MORT À LA GUERRE. Il craignait fort que toutes ces secousses aillent dans le mauvais sens. Contre la liberté d'expression et contre la liberté tout court. Y avait des journaux qui parlaient de la sexualité des mômes, avant. Aujourd'hui, c'est tabou. Et là où il y a tabou, il y a Freud, et là où il y a Freud, ça sent mauvais. Pourquoi un enfant ne pourrait pas aimer un adulte et *vice versa* réciproquement ? La question reste ouverte. Quand on lui répond qu'un gosse de huit ans ne peut pas vraiment savoir, il rétorque que le capitalisme infantilise, c'est là même son essence. Il ajoute qu'il est féministe, qu'il n'a d'ailleurs pas attendu internet pour ça, mais que faut pas tout confondre. Le consentement, oui, mais les pulsions ? On en fait quoi, des pulsions ? Et l'animal ? On le renie, l'animal ? Renier l'animal, c'est renier la révolution. *DEBOUT, DEBOUT, COMPAGNONS DE MISÈRE, L'HEURE EST VENUE, IL FAUT NOUS RÉVOLTER, QUE LE SANG COULE, ET ROUGISSE LA TERRE, MAIS QUE CE SOIT POUR NOTRE LIBERTÉ !* Mai 68, c'était quoi, à la base ? Il en revient toujours là. Mai 68, c'étaient des jeunes hommes qui voulaient dormir dans le même dortoir que des jeunes femmes. Point barre. Des pulsions. La révolution, c'est de la libido. Au max. La révolution, par définition, ça ne peut pas être mou. Et qu'est-ce qui n'est pas mou ? Il nous laisse le soin de répondre. Et que les historiens disent ce qu'ils veulent, il y était, lui. Mai 68, c'étaient des pulsions. Une histoire de baise. Et depuis quand c'est sale, la baise ? *MAI, MAI, MAI PARIS MAI, MAI, MAI, MAI PARIIIIIIS !*

Il prend toujours le temps de nous parler, dans son petit bureau attenant à sa chambre, juste en face de celle de son fils, notre Épicier. Sa voix grave, basses ronflantes entrecoupées de silences. Les Clash sur une platine, la plupart du temps. Une fois, c'était la chanteuse Angèle, ça lui rappelait sa fille, avant qu'elle ne coupe les ponts. Son bureau en bois, le revêtement de cuir vert accordé à la lampe de bibliothèque anglaise, son encrier, sa vieille machine à écrire derrière, une Remington comme Kerouac, des vases et des porcelaines de Chine, un poster de Manu Chao, un autre de Mesrine jauni parce que collector, des photos sous cadre d'enfants des rues prises par ses soins à Bangkok, les masques kenyans sur des socles, le grand tapis de Tunis et son large fauteuil en cuir vintage. Il dit que nous sommes une génération sacrifiée. Ils ont eu les Floyd, Bowie, le premier pas sur la lune, Nirvana et la chute du Mur. Ils ont tout vécu, ne nous reste plus rien. Plus personne ne veut sauver le monde, chacun veut juste son petit lopin de conscience tranquille. Pauvre génération sacrifiée. Il nous sert le thé, du rooibos d'Afrique du Sud, et se sort un cigare. Bolivar cubain. Même si Cuba, c'est plus ce que c'était. Coupe le bout. Parfois, il nous en propose. Les volutes tournoient alors dans la pièce et la poussière de ses livres avec. Âcre. Odeur intemporelle de la feuille de tabac qui se consume et de celles remplies de mots tout autour. Sur la table basse ramenée d'un trip chez les Dogons – magnifique tribu, sacrée smala – s'entassent les *Libération* de la semaine, même si, ça aussi, c'est plus ce que c'était. Vendus. Il recrache une bouffée et guide notre révolte. Il nous conseille de faire nos armes, en apprenant de nos chutes pour devenir des hommes. Mais surtout se souvenir d'une chose, d'un enseignement, du seul et unique conseil venant de quelqu'un qui n'a jamais écouté les conseils, c'est pour dire. Conseil qu'il résume toujours en deux phrases. *Il existe deux écoles : baiser et voyager. Le mieux : faire l'un dans l'autre.* Une pierre, deux coups.

Au-dehors, par la fenêtre, Saint-Germain-des-Prés s'active en terrasse. Pour vivre, il faut aimer. Pour aimer, il faut s'accepter. Pour s'accepter, il faut embrasser ses contradictions. Pour embrasser ses contradictions, il faut baiser et voyager. Il nous parle encore un temps, répondant à nos inquiétudes, en décelant parfois certaines pas encore prononcées et souvent, aussi, d'autres même pas encore pensées, et puis son téléphone sonne et les affaires reprennent. Il est devenu patron. D'abord d'une petite boîte de publicité solidaire, et bientôt d'une de location de VTC écoresponsable, bien après Mai 68, Mao, Mitterrand et tous les rêves brisés. Il nous touche. Comme un père qui partagerait ses craintes, un roc qui avouerait ses failles. Alors nous, nouveaux grimpeurs, on peut chaque fois envisager de nouvelles prises, de nouveaux coups, apprendre de ses erreurs. Sa génération a trop misé sur la masse. LA MASSE C'EST LA MERDE. LA MASSE C'EST LA MERDE. LA MASSE C'EST LA MERDE. Nous, on pense individus ou somme d'individus, donc collectif. Du chlore de piscine, du lave-vitre, des clous, du verre ; chaque individu peut se procurer ça. Le problème de sa génération, c'est leurs parents. Des hippies. La peur de la violence. Lorsqu'elle est juste, elle est belle, la violence. Un jour, on a osé le lui dire, comme ça, avec cette phrase tranchante de notre composition. Quand elle est juste, elle est belle, la violence. Il a laissé planer un silence, cris du maraîcher bio sur le trottoir d'en face, tintement de coupes de Spritz à une terrasse, et son téléphone a sonné. C'était son assistante, il devait nous laisser. Avant de clore : Cette époque manque d'héroïsme. De poésie. De poésie de l'héroïsme. À méditer. On a quitté la pièce, refermant la porte sur son tapis de yoga et la sculpture de Bouddha qui trône au bout, sereine, calme, stable, sa souveraine liberté, son îlot révolutionnaire quand la Bourse craque. Alors peut-être que ça ne tient qu'à un fil, que son envie de transmettre trouve simplement écho dans notre peur du vide. Mais transmettre, c'est déjà quelque chose. Transmettre, c'est la moitié de partager. Donc c'est presque l'amour.

Deux flics passent devant nous. *LIBÉRÉE, DÉLIVRÉE ! JE NE MENTIRAI PLUS JAMAIS ! LIBÉRÉE, DÉLIVRÉE ! C'EST DÉCIDÉ JE M'EN VAIS ! LIBÉRÉE DÉLIVRÉÉÉÉÉÉÉÉÉE !* Va te prendre ça en boucle dans la tête. Ils disent des trucs à quelqu'un, plusieurs cellules plus loin. On a pas fini notre chorus qu'ils repassent dans l'autre sens, l'un d'entre eux s'essuie la bouche d'un revers de manche, sans même nous regarder. À leurs mâchoires crispées, ça se sent qu'ils se retiennent. C'est bien. Le flic, c'est qu'un outil du pouvoir. Ça vaut pas mieux qu'une clef à molette ou un tournevis. Ils font comme s'ils entendaient pas notre rengaine, jouant aux parents qui ignorent l'excitation d'avant le sommeil. Des parents avec des armes létales et semi-létales à la ceinture. Semi-létale, ça veut dire quoi, d'ailleurs ? Tir de LBD, t'es semi-mort ! Allez-y, maintenez l'ordre en place, maintenez-le tant que c'est possible. Ils ne sont que des pansements sur une société en lames de rasoir. Suffirait de faire tomber la finance pour enfin les rendre inutiles. Un outil sans son maître ne peut que rouiller dans sa boîte. Une société sans flics. Une société autogérée. Mais pour ça, faudrait le soulèvement. L'insurrection. Droit à l'insurrection, c'est dans la Déclaration des droits de l'Homme. Cette arrestation est contraire à notre droit à l'insurrection ! Les deux flics font demi-tour. Ils jettent un coup d'œil vers le bourré. Il dort. L'un demande à un autre si on est là pour le flingue. L'autre répond que non, c'est pas nous. *J'DÉCLARE PAS AVEC ARAGON QUE L'POÈTE A TOUJOURS RAISON. LA FEMME EST L'AVENIR DES CONS ET L'HOMME EST L'AVENIR DE RIEN. MOI, MON AVENIR EST SUR LE ZINC D'UN BISTROT DES PLUS CRADINGUES. MAIS BORDEL ! OÙ C'EST QU'J'AI MIS MON FLINGUE ?* Ils repartent et quittent le couloir. Ça semble les préoccuper sévère, cette histoire de flingue. Bande d'inconscients. C'est le savoir qu'est une arme. Les idées, elles, passent les portillons d'aéroport.

Cœur de nuit. Chants d'hommes blancs. Leur folklore. Ruines d'époque où le monde était leur. Ravis d'avoir imposé leurs besoins, ils se rassurent d'exister, se persuadant qu'ici aussi, à l'orée de la société, sur le banc des exclus, ils sont encore en terrain conquis. Chantent en chœur comme plus tôt, certainement, ils ont dû croiser leur pisse dans la cuvette de leur colocation, des posters de films réalisés par leurs pairs scotchés aux murs, montagne de capotes près du matelas à même le sol, une plaque de cuisson incrustée de graisse, *L'Art de la guerre* de Sun Tzu pour se donner du courage, un roman de Despentes en évidence pour la controverse, quelques vinyles pour la légitimité d'un autre âge et des figurines DBZ sur le frigo pour s'assurer de ne pas grandir. Le tout payé par papa-maman, K-Vembre le sent. Quand la baraque crame, les rentiers flambent. Qu'ils ne comptent pas sur l'assurance patriarcat, on lui a déjà schlassé la prostate. Et puisque leur obédience leur interdit les larmes, qu'ils chantent. Bientôt, il ne leur restera plus que ça. On a voulu en finir avec le capitalisme, on a voulu en finir avec Dieu. Derrière, il y avait le patriarcat. On a manqué la cible. Comme s'attaquer aux symptômes en laissant le virus. C'est pas très grave. Ça se rattrape. Le chargeur est encore plein.

Elle ferme les yeux, puis les rouvre. La même cellule. Les mêmes doigts sur la même plaie. Le sillon dans la paume qui rosit. Geste répété. Elle en a fait, des gestes automatiques. Petit cutter dans la paume pour trancher le carton d'un trait, bras qui ouvrent les battants, main gauche plongeant dans la masse de tissus, main droite déjà cramponnée à la douchette de caissière, un premier article qui sort, le laser rouge captant au vol le code-barres et le tee-shirt à peine retombé dans le grand bac que déjà un autre article est extrait du carton. Une danse des bras et du bassin, répétitive, comme un corps en boîte de nuit. On scanne chaque article et on passe au carton suivant. On scanne les articles et on les place dans différents bacs, en fonction de leur taille. Les palettes se vident, des camions arrivent et les palettes se remplissent. Boucle infinie. Purgatoire. La courbe de rendement pour seul horizon, vert électrique. Les plus agiles ne font qu'un arc, quasiment sans marquer d'arrêt. Torsion des hanches, pivot du pied droit ancré en arrière, sur son axe, parfait crochet de boxe anglaise. Les épaules bougent à peine. Les tendons tirent. S'étirent. Les muscles s'écharpent. Se déchirent. Mais il faut continuer à se pourrir. Obéir.

Certains jours, le patron passait, accompagné d'un homme en chemise à carreaux, moustache travaillée et petites lunettes rondes cerclées d'une monture de bois. Il lui expliquait toute la chaîne de production, étape par étape, comme aucun employé n'avait jamais eu à l'entendre. Tu vois, ici, c'est le triage, juste après la réception et juste avant le rayonnage.

Il s'agit d'entrer dans la base de données chaque article, d'analyser les fiches de transport émises par les fournisseurs, en les comparant avec la marchandise réelle réceptionnée – la MRR. Si les chiffres concordent, on peut commencer par trier les articles par taille. Ils seront ensuite retriés en fonction du hangar, puis une dernière fois selon la zone du hangar, pour enfin être rangés à leurs emplacements respectifs dans les allées. De la belle organisation, c'est tout ce qu'il faut pour que ça tourne. Pour l'essentiel, c'est l'algorithme qui calcule. Tu vois, le geste est extrêmement simple. Toi, là, oui, toi, est-ce que tu peux nous montrer comment tu fais le geste ? Reprends depuis le début. Dès l'ouverture d'un carton, oui, voilà, c'est ça, tu arrêtes avec ce carton et tu en ouvres un autre. Regard dépité vers l'homme à lunettes, sa main qui se posait sur le poignet de l'employée. Tu peux aller plus lentement ? Que le monsieur te voie bien faire. Voilà. C'est ça. C'est bien. Tu es gentille. On pourrait tout à fait l'automatiser, n'est-ce pas ? Rien d'exceptionnel, non ? Ne me vends pas de faux espoirs, mais si c'est faisable, donne-moi vite des chiffres. Il me les faudrait rapidement. Une semaine max, on a assez traîné. Le patron passait à un autre maillon de la chaîne, et elle continuait le geste. Toutes et tous en ligne à écorcher les cartons, les vider petit à petit comme des entrailles ou des carcasses. Et cet infime moment de plaisir quand, une fois qu'ils étaient totalement vides, elle pouvait les exploser de toutes ses forces, toute sa rage, tout son poids mis brusquement dans le plat de ses chaussures. Exister là, dans le fond de la semelle. Compact carton. Gicle cervelle. Et puis passer au prochain, gagner du terrain, vider sa palette avant qu'elle ne se remplisse. Le concerto de bips comme dix solos simultanés de batteries électroniques, le raclement des fonds de cartons sur le bois des palettes, les crissements des roues de chariots au loin et la langue du convoyeur dans le fond qui grinçait ses consonnes et ses voyelles incompréhensibles, ravalant mots et fiertés, les recrachant quelque part au loin, entre l'immense compresseur qui écrasait les déchets par à-coups et les plateformes de camions qui emportaient le reste partout en Europe, nuées d'essence. Dans le crâne, un essaim de perceuses. Le soir, ramener les bruits chez soi, en *doggy bag*.

Un jour, ça s'est arrêté. D'un coup. Net. Scanners aveugles, cartons sans vie, grincements en decrescendo, piano-piano, jusqu'à ce que la langue du convoyeur reste suspendue dans les airs, comme celle d'un chien euthanasié. D'abord, il y eut le silence. Surprise générale. K-Vembre entrevit trois raisons possibles à cet arrêt : 1) l'algorithme faisait enfin sa crise de conscience ; 2) les gens là-haut avaient compris que consommer n'était pas la clef du bonheur ; 3) plus personne n'avait de fric. Une seule option lui parut réaliste. Et puis les cheffes d'entrepôt hurlèrent et se répondirent, leurs pas convergeant dans les allées. Plus de jus. C'était une simple coupure de courant. Les plus zélés des intérimaires voulurent enfoncer le clou, aussi vainement que des enfants appelant leur mère pour avertir du feu alors que le détecteur sonne depuis cinq bonnes minutes. Les autres s'assurèrent que les courbes de rendement étaient elles aussi hors service avant de s'affaler sur des cartons. La douchette encore en main, les épaules ployant vers le sol, le visage entre ses genoux tremblants, K-Vembre prit un temps pour elle. Elle tenta d'ignorer la panique des cheffes, le tournis des employés, le vertige du silence et, juste de l'autre côté des rideaux de fer, le ronronnement des moteurs du monde extérieur. Par le passé, il y avait déjà eu des alarmes incendie. Le temps s'était alors fissuré, quelques têtes se tournant sur leur axe. Ne constatant aucune réaction de la part des cheffes, chaque employé avait immédiatement repris sa petite mécanique régulière, ignorant le test de la boîte d'intérim sur les consignes en cas de danger imminent. 80 %, c'est un bon score ! Mais une coupure de courant, c'était le chômage technique, la panacée prescrite, le repos imposé. C'était quelque chose.

Cherchant à optimiser cette coupure, K-Vembre se leva pour s'enfoncer dans les rangées de cintres. Bruissement des plastiques de protection au contact de son corps, noir complet que seuls les panneaux verts de sortie faisaient étinceler, elle avança longtemps sans croiser personne. Tout au fond de l'entrepôt, aux confins du pacte social, les échos eux-mêmes ne pouvaient plus conquérir le silence. Sans guide ni but, elle progressait dans le noir. Arrivée à l'entrepôt 3, au plus profond des marchandises, dernier cercle de l'enfer, au niveau des rangées de sacs à main, paillassons *welcome*, chapeaux et autres accessoires, elle entendit une voix entrecoupée de rires. Coupe-respire. Accroupie au fond d'une allée, une femme éclairait sa joue avec son téléphone portable, ses cheveux en un rideau de perles laissant percer çà et là la lumière. Elle profitait du chaos pour poursuivre sa discussion éternelle. Fuis, pauvrette, sans décrocher ni te retourner, le salaud d'Orphée est derrière toi. K-Vembre la dépassa. Ce n'est qu'une fois loin qu'elle put s'asseoir au fond d'une des allées, seule, contre le mur froid. Là-haut, le plafond se perdait dans le noir. Cachée derrière d'immenses tubes d'aération et leurs inquiétantes ombres projetées par les panneaux signalétiques de sortie, K-Vembre regardait la nuit s'inviter enfin dans l'entrepôt. Pour les condamnés aux néons, la nuit est une issue. Une fois au fond, on n'espère plus le jour. Seulement le ciel. Son corps totalement affalé, les allées se firent buildings. C'était le crépuscule d'une ville calme, endormie, sereine, vidée par une maladie rare et mortelle dont elle était l'unique survivante. C'était bien. Elle compterait les macchabées plus tard, peut-être, ou bien les laisserait pourrir, se putréfier, disparaître, recouvrir le béton, retourner lentement à l'état de terre. Et quand les amas de chair seraient assez compacts et épais pour reproduire les champs de son enfance, terre bien grasse, elle les cultiverait, seule, autosuffisante, enfin *safe*. Pourquoi pas. Souvenir de cueillette aux courgettes, le petit couteau dans la paume, leurs fines piqûres partout sur les bras, les genoux qui raclent la glèbe. Du travail libre à la chaîne. Des bruits de pas. Talonnettes. Elle se raidit. Une ombre au bout de l'allée ralentit, puis s'arrêta. Une torsion de cou en sa direction. Petit sourire. Et s'éloigna. Quelques instants plus tard, un chuchot explosant en voix grave indiquait à l'autre femme qu'elle n'avait rien à faire ici, qu'elle retourne à son poste et éteigne son téléphone, c'était inacceptable. Des excuses bredouillées, le bruit de son corps par saccades suivi d'un pas lourd derrière. Ils s'éloignèrent. C'était le patron, K-Vembre en était sûre. Il l'avait vue. Malgré le noir complet, il l'avait vue. Son sourire. Il lui avait seulement souri, il l'avait épargnée. Il n'avait rien dit. Flash des néons.

Les machines reprirent en même temps que le hourra des cheffes. La langue du convoyeur appelant à l'aide, K-Vembre dut prestement retourner à son poste pour redonner de l'élan à sa courbe. Elle se perdit alors dans l'habituelle noyade, en des gestes qui ignoraient le requin. Pause du midi. Cohue micro-ondes. Raclements de métal. Visière téléphone. Claquement de talonnettes. Silence complet. Je t'aime, je te rappelle, je suis désolée, pardon, pardon, oui je raccroche encore, pardon, à tout de suite, il est là. Le patron leur parla de la coupure de courant et du comportement à adopter en de telles circonstances. Certains, certaines, en avaient profité pour errer, faire du tourisme. Regard dans sa direction. Voire même passer des coups de téléphone. Les orbites dévièrent de quelques degrés vers la gauche, en direction de sa voisine, sans même que le visage ne bouge. Ses pupilles étaient de petits calibres, chacune calée dans une meurtrière. Il était inadmissible que cela se soit produit. Regard braqué sur la masse de cheveux. Incnvisagcablc quc ccla se reproduise. La visière qui s'épaissit, s'opacifie. Des sanctions seraient prises. Feu la chevelure. Merci néanmoins à toutes celles et tous ceux qui avaient gardé leur calme et leur sérieux. Demi-sourire en direction de K-Vembre. Bon appétit. Quand il eut quitté la pièce, les discussions et autres raclements reprirent. Les deux jours suivants, il revint à chacune des pauses repas, petit manège de son corps dans la salle de repos. K-Vembre était dans l'œil du cyclone. Sans pouvoir se l'expliquer, elle en avait l'étrange certitude. La femme à chevelure, quant à elle, avait une frange nettement plus courte et semblait s'enfoncer plus profondément le téléphone dans l'oreille à chacun de ses passages.

Au bout du troisième jour, K-Vembre n'en put plus. Elle décida de prendre ses repas dehors, sur le petit banc en face du rond-point, loin de toutes interactions. Il faisait beau malgré le froid, c'était OK. Le type avec sa bière restait à fumer son joint sur sa bouche d'incendie, sans lui adresser un regard. Le petit banc à ses côtés étant le seul de la zone, elle avait dû se résigner à s'y installer. Chaussures de sécurité, pantalon en maille bleue et bandes réfléchissantes au niveau des mollets ; le poids à ses pieds et le brillant à ses jambes conféraient à ce type une sorte d'autorité, malgré sa mine défaite. Il avait un uniforme, donc un métier, contrairement aux haillons disparates des autres employés. Il semblait regarder au-delà des camions, derrière les limites du cimetière, ses yeux rasant les tombes. Pendant plusieurs pauses repas, elle se tint ainsi, à seulement un mètre de lui, sans qu'aucun mot ne soit échangé entre eux. La première fois qu'il lui adressa la parole, ce fut pour lui demander du feu. Son pouce énorme sur la roulette. Flamme. Sillons sous les cils, joues se creusant d'ombres. Tire. Le mégot qu'il rallume. Merci. Retour à sa bouche d'incendie. Le lendemain, il lui proposa une gorgée de sa bière, toujours sans dire un mot, main qui s'avance, goulot penché dans sa direction. Elle refusa d'un simple geste. Il ramena la bière contre son cœur. Le surlendemain, elle lui demanda une gorgée. Phrase laconique. Averbale. Elle but d'une traite puis lui proposa une moitié de son sandwich. Il refusa. J'ai tout ce qu'il faut : ses épaules qui s'ouvrent, avec d'un côté le joint et de l'autre la canette. Régime spécial. Pour pas grossir.

K-Vembre se fit la réflexion qu'il ne présentait aucun signe de surpoids, même selon la norme, nageant presque dans son sweat-shirt, sa petite tête enfoncée dans sa capuche que seul un large cou semblait empêcher de sombrer. Aussi, son pantalon de travail paraissait bâiller au niveau des cuisses, dégoulinant en de nombreux plis sur ses chaussures. Constatant sa mine perplexe, le type s'expliqua. Si vous m'aviez vu il y a trois ans. Une vraie baleine. Cachalot, les copains m'appelaient. Il souleva son sweat-shirt, laissant apparaître sur son ventre maigre et mou une large cicatrice. Comme elle ne semblait toujours pas voir le rapport, il se justifia. Deux types bourrés, un soir que je rentrais chez moi, dans ma rue, juste devant ma porte. L'un m'a chopé par l'arrière, les deux bras. Vas-y, maintenant ! il a sifflé à l'autre. Grand coup de canif. Aux urgences, on m'a expliqué que j'étais ni le premier, ni le dernier, et qu'ils faisaient ça pour s'exercer avant de faire un vrai truc. Parce qu'un coup de couteau dans le bide à des gros comme moi, ça nous tue pas. Vous comprenez, pour eux, on est comme des sacs d'entraînement. Des ballots de graisse, rien de plus. On ne m'aura pas deux fois. D'où le régime. Dans la vie, on traverse, on apprend. La bêtise, c'est faire deux fois la même connerie en pensant qu'à la troisième ça marchera. Bouche close. Cul de joint qu'il écrase. Bon courage, à demain. Les jours suivants, ils ne partagèrent pas plus que quelques silences, des vouvoiements respectueux et une gorgée de bière. Il ne lui demanda jamais rien sur sa vie, son nom, ses craintes ou son numéro de téléphone. Il était là, *idem* pour elle ; c'était suffisant. C'était immense, même.

À l'entrepôt, jour après jour, les regards du patron diminuèrent jusqu'à cesser complètement. Avait-elle projeté ses plus grandes peurs sur ce petit homme ? En était-elle à ce point de rupture où l'on perçoit le présent par le trou de serrure des traumas ? K-Vembre doutait. Elle ne le revit plus arpenter les allées, n'entendit plus l'écho de ses talonnettes sur le béton. Cloîtré dans son bureau, il convoquait les cheffes *via* leur téléphone. Il était question de réaménager l'entrepôt 2. Le vider dans un premier temps, pour ensuite y installer les machines automatiques qu'une équipe largement réduite pourrait commander par ordinateur. Des hommes furent réquisitionnés. En temps normal, K-Vembre aurait demandé à en être, pour prouver une fois de plus l'absurdité des distinctions de genre. Mais, par précaution, se tenir à distance du patron était devenu sa priorité. Et puis, elle se répétait qu'il était hors de question de travailler à libérer de la place pour des machines qui prendraient ensuite la sienne. Pour la survie, on s'arrange de ses principes. On hiérarchise. Les hommes portaient des palettes, retiraient des vis, arrachaient des clous, entassaient des cartons de rouleaux d'étiquettes et tout ce que le flou de leur contrat permettait, voire plus encore. Une après-midi, alors qu'elle sillonnait les allées de cintres pour aller chercher l'article Q11D26, une veste en cuir rose qu'une personne avait dû commander la veille pour se distinguer de la foule triste de ses pairs au bar le samedi soir, elle aperçut l'un des préposés au rangement. Il se tenait la main droite, accroupi sur lui-même, le dos voûté, la grimace franche. Elle attrapa le manteau, le bipa machinalement, prit note de la commande suivante sur son PDA, article S14G12, sûrement la chemise en soie qui allait avec, et reprit son errance. À travers les allées, par intermittence stroboscopique, la grimace du jeune homme s'étirait. Sans même s'en rendre compte, le mode automatique de K-Vembre sauta d'un cran. Vrille. Elle revint sur ses pas, jusqu'à s'approcher du jeune homme. Bête blessée qui implore et rejette, il garda d'abord sa main tout contre lui, puis accepta de la tendre lorsque K-Vembre se fut suffisamment penchée : plaie béante, grande cisaille. Il tenait un clou rouillé dans l'autre main. Tout simplement impossible de le dire aux cheffes, à sa connaissance, aucune infirmière n'était employée sur place. K-Vembre réfléchit à toute vitesse. Sortir la trousse de secours => accident du travail. Accident du travail => compensation. Compensation => droits. Droits => impensable. Impensable => renvoi. Ou plus précisément absence du SMS le lendemain. L'urgence dans les yeux du môme. Panique folle. Sur les écrans de surveillance, contre le mur d'un entrepôt, un œil avisé aurait pu voir deux taches en fusion, un corps recouvrant un autre, masse opaque, silhouette aimante, une chaussure qui rapidement s'en détache, la chaussette qu'on en retire, la chaussette qui devient bandeau, le nœud que l'on forme, doucement, suivi d'un autre nœud, tendrement, puis, sans le moindre mouvement de lèvre, une main qui se pose sur une épaule et puis deux corps qui se séparent. Il dissimulerait sa main pour le reste de la journée. C'était entendu. Pas besoin de le dire. Ils n'en parleraient à personne. Aucun risque, ils ne connaissaient même pas leurs prénoms respectifs. Ce serait leur secret. Toute la journée, ils s'adresseraient des regards de loin en loin, attentifs et reconnaissants. Ainsi, il ne tacherait pas le précieux sol avec son sang, les articles resteraient intacts, immaculés, respectés sous leur plastique de protection. Certainement que, dans la peur, il n'y avait même pas pensé. Sûrement que, s'il avait fait le bandage seul, avec sa propre chaussette, ça n'aurait pas été un vrai pansement, ça n'aurait pas eu valeur de soin. Mais elle s'en voulait d'avoir pris ce rôle-là, celui de la soignante, de l'infirmière, de la mère à défaut de la putain. Souvenir de la sienne retirant les éclats du verre de Jack Daniel's dans la paume paternelle. Chasser cette vision. Reprendre sa ronde, son pied sans chaussette frottant à chaque pas contre le rebord de ses baskets. Ne pas attirer les soupçons. K-Vembre se reperdit naturellement dans sa ronde.

Le soir, une cheffe l'appela à travers les allées. Il faut que tu ailles dans le bureau, tu es convoquée. Après avoir traversé les différents entrepôts, elle se retrouva en haut du petit escalier de fer, face à la porte grise. Ce n'est qu'un patriarche, un de plus, tu en as vu d'autres, tu en as maté des pires. Repoussant ainsi ses appréhensions, elle l'ouvrit. Une pièce quasiment nue, ornée uniquement d'une large photo de falaise, les vagues s'y heurtant avec allégresse. Le petit homme se tenait bien droit dans un fauteuil en cuir. Il lui indiqua d'un geste bref la chaise où s'asseoir. K-Vembre obtempéra, son regard rasant le mug sur la table. et le bouquet de stylos bille prenant subitement des allures de herse. Il lui demanda comment s'était passée la journée de mannequinat. C'était il y a deux semaines, elle avait peut-être déjà oublié, le temps passe étrangement quand on ne voit pas la lumière du jour, n'est-ce pas ? Surtout avec un travail si répétitif, si pénible. Est-ce que ça lui avait plu ? Et pourquoi ne pas continuer sur cette voie ? En haut, au moins, on voyait le soleil. Sacrée perspective, le soleil. C'était important que l'entreprise propose des débouchés, révèle des potentiels, et justement, il en avait décelé un chez elle. Il n'était pas aveugle, qui ne l'aurait pas vu ? Regard transperçant de portillon d'aéroport. Disons que les photos n'avaient fait que confirmer son premier constat. Il lui proposait donc de poser pour le site internet, une semaine sur deux, et si cela s'avérait gagnant-gagnant, si tout le monde s'y retrouvait, elle passerait à plein temps. Avec le salaire adapté, bien entendu. Un CDI, peut-être. Oui, il était heureux de pouvoir lui proposer ce fameux CDI, autant dire une licorne, avec la conjoncture actuelle. Qu'elle y réfléchisse, elle n'avait pas à donner sa réponse tout de suite, qu'elle se rassure, c'était un vrai choix à faire, il lui faudrait s'engager pleinement, entièrement, en totale dévotion pour l'entreprise, rien à voir avec l'intérim, il en avait conscience. Il attendait donc sa réponse en fin de semaine. Au moment de quitter la pièce, observant sa mine close, il insista pour que K-Vembre prenne sa proposition en considération. Elle avait la plastique pour le poste, et le sens du goût nécessaire. Il n'y avait qu'à regarder son look. Élaboré dans les moindres détails. Jusqu'à ses chaussettes. Bonne fin de journée.

Elle ne trouva pas le sommeil. Pour palliatif, des émissions de téléréalité en streaming, ses préférées. Douze Marseillais enfermés dans une maison, leurs confessions sans filtre face caméra, la fatigue ponçant les visages. La narration rendait à la recherche d'un sèche-cheveux volé toutes ses allures d'épopée, donnant à comprendre le tragique caché derrière deux initiales en lettres gothiques tatouées sur un muscle pectoral gonflé à bloc, sublimant les échanges de sueur, salive et semence qui composent toute romance digne de ce nom. Samantha lui manquait. Elle aurait les blagues adaptées, le ton juste, et sa compassion naturelle pour comprendre le monde. Elle dirait certainement que, dans le fond, ce n'était qu'une manière comme une autre de gravir les échelons jusqu'au degré Dubaï de la réussite. Chacun des candidats espérait simplement sortir de la villa pour pouvoir s'acheter la même, mais sans les caméras. Et puis plus tard, constatant leurs dépendances financières, ils utiliseraient l'objectif de leur propre téléphone afin de conserver leur précieux train de vie, faisant des selfies pour garder la tête hors de l'eau. C'était quoi, le pire : vendre sa vie comme eux, ou bien survivre en se vendant comme nous ? Elle renchérirait, sa bouche pincée vers l'avant en une attitude toute bourgeoise, pour vanter les mérites des épisodes à la narration fluide, à l'écriture simple, plate, directe, efficace, efficiente, en bref : essentielle au romanesque. Ce drame social n'avait rien à envier aux bouquins d'une rentrée littéraire. En fait, seuls les milieux différaient. Enfermez pendant six mois des ingénieurs, des universitaires, des chercheurs, des cardiologues et des auteurs à succès dans une maison du Quartier latin. Faites-les dormir le moins possible. Donnez-leur à boire, puis empêchez-les de boire. Rationnez les cigarettes puis donnez-leur des défis. Des défis intellectuels même, si vous préférez. Filmez-les. Ou, mieux, écrivez-les. Le résultat sera le même. Tout autant humain, parce que si peu. K-Vembre riait intérieurement, tout en commençant sérieusement à envisager le pitch de cette future émission. Elle voulut en faire part à Samantha, tournant son visage dans sa direction. Le capharnaüm d'ombres de son treize mètres carrés la surprit. Est-ce qu'il suffisait de se pointer devant les bureaux d'Arte pour leur vendre un concept ? Qu'importe. Trouver une porte de sortie à l'entrepôt. Pas besoin de l'œil de Samantha pour ça, K-Vembre avait pleine conscience du petit jeu du patron. Elle avait suffisamment lu de témoignages sur internet pour connaître la suite. Vite se barrer. Sur sa table basse, seule surface plane parallèle au sol de son treize mètres carrés, reposait un tas de lettres fermées. Banque, facture, huissier, relance ; ça non plus, même pas besoin de les lire pour en connaître le contenu. Rien d'inhabituel, rien de bien méchant, juste des graviers dans la chaussure sur un chemin de montagne. Et ce SMS pour l'embauche du lendemain qui ne venait toujours pas. Le patron ou la galère. Elle mordilla distraitement le médaillon laissé par sa grand-mère, l'inscription + *qu'hier – que demain* frôlant doucement ses lèvres. Qu'aurait fait sa grand-mère à sa place ? L'Autre Folle, disait son père. Pour tenter de l'imaginer, K-Vembre n'avait que ce surnom, et le médaillon. Son père la haïssait, c'était assez pour que K-Vembre saisisse la valeur d'une telle femme. Elle repensa à cette éditrice, celle qui avait aligné les planètes d'un coup de téléphone tardif, ses appels qu'elle avait ensuite ignorés, le rendez-vous qu'elle avait repoussé par deux fois avant de la recevoir enfin dans son bureau. Des histoires de contrat, d'acompte, de pourcentages, d'exclusivité, puis la standardiste, le répondeur, la sonnerie dans le vide et le silence radio. Il était 23 heures. K-Vembre la rappela, comme ça, juste pour voir. Y croyait-elle encore ? Se pensait-elle capable de forcer les planètes et autres plaques tectoniques à se réaligner ? Ou bien voulait-elle seulement se voir une dernière fois dans sa posture de harceleuse, pour en être vraiment sûre, certaine, sentant petit à petit l'aspiration de l'entrepôt sur son cœur sous vide ? Le répondeur. K-Vembre raccrocha. Et toujours pas de SMS. Ne lui restait plus qu'à écrire le roman pour l'autre éditrice, la première, celle à la voix chaude qui l'avait appelée camarade.

K-Vembre lança un autre épisode. Un moustachu voulait créer des problèmes. Il l'annonçait sans détour, face caméra. Et pour être honnête, dans ce rayon, il était plutôt doué. Le type dévoilait devant des milliers de téléspectateurs la recette implacable et cousue main pour créer les problèmes. Charge à chacune et chacun de s'en servir à bon escient. Comment était-elle devenue si passive ? Depuis quand réglait-elle la trahison d'une éditrice par la mendicité et les insinuations d'un patron par le silence ? Elle avait pété des bouches pour moins que ça. Il était où, son problème ? Elle voulait voir son livre en librairie, elle ne voulait pas se retrouver à la rue, alors elle baissait la nuque ? Depuis quand avait-elle peur des conséquences ? Depuis quand avait-elle vieilli ? Les emmerdes, c'est du berceau à la mort. La lâcheté, c'est des prétentions à la gloire. Chaque coup qu'elle avait pris, elle l'avait rendu. Coude au ventre, talons sur genou, phalange dans glotte. Sans concession. Et quand les coups étaient impossibles à rendre, à cause de ce blocage ridicule qu'est la parenté, elle avait fait cogner la disparition, l'absence. Qu'elle était douce, cette époque où chaque sévice trouvait sa réponse. Et puis tu te prends d'autres types de crochet, des qu'on ne t'a pas appris à distinguer, concevoir, anticiper. Des que tu ne sais pas assimiler à cette grande famille qu'est la violence. Et même des coups du passé, que tu pensais réglés et qui reviennent en rampant, sinueusement, comme par surprise. Et enfin, les pires : ceux qui viennent du dedans. Alors tu te mets à faire comme tout le monde : des compromis. D'abord avec toi-même, puis avec les autres. Les convictions, c'est pas ça, le problème. Là où elles s'arrêtent, si. Qu'ils aillent tous crever dans leurs ventres ! À un balcon, une ombre souffla sur une cigarette. La pluie rougeoyante s'étouffa avant de toucher le sol, vers luisants à l'agonie, premières neiges.

Un peu avant 1 heure du matin, le téléphone de K-Vembre vibra. Le SMS. Elle travaillerait le lendemain, même lieu, même heure. La tension dans son crâne se calma d'un coup, électrocardiogramme plat. Pour s'anesthésier davantage, elle visionna encore quelques images, un documentaire sur les grands singes, l'épouillage comme instrument de paix sociale. La voix off expliquait qu'après un conflit, l'un se nourrissait des parasites de l'autre, tout en lui prodiguant un massage. Donnant-donnant. Un type riche et influent avait envoyé Jane Goodall observer des chimpanzés. Il voulait une femme, parce qu'elles sont plus patientes. Plus acharnées, corrigea K-Vembre. La primatologue avait vu des singes aiguiser des pierres de différentes manières pour pouvoir manger des coquillages ou prendre des brindilles pour sucer le contenu des termitières. Maintenant nous devons redéfinir l'Homme. STOP. Redéfinir l'outil. STOP. Ou accepter les chimpanzés comme humains. STOP. C'était un télégramme du type sur la découverte de Jane. Et une réappropriation de plus, pensa K-Vembre. La voix enchaîna sur Dian Fossey, une autre primatologue qui portait un masque d'Halloween sur la tête pour faire peur aux braconniers. Elle étudiait et protégeait les gorilles au Rwanda, dans la montagne, et n'hésitait pas à tirer en l'air avec son fusil pour faire fuir les touristes. Biruté Galdikas, elle, s'était aventurée pendant vingt-quatre heures dans la forêt en pirogue, bravant sangsues et moustiques, jusqu'à atteindre son point de recherche sur les orangs-outangs, à Bornéo, où elle recueillait et élevait les orphelins de la déforestation liée à l'huile de palme. La première difficulté était d'apprendre aux bébés singes à choisir entre les branches à saisir et celles à faire ployer sous leur poids. K-Vembre les regarda attentivement transformer les barreaux de cette forêt hostile en de spectaculaires barres de *pole dance*, passant d'une branche à l'autre non sans allure jusqu'aux cimes. De jeunes primatologues expliquaient que leur métier, c'était d'avoir mal au cou à trop regarder en l'air, de prendre des singes en photo, de relever leur ADN dans les excréments et de les reconnaître à leur empreinte nasale, sorte de cartographie unique du visage. Les cris stridents de la jungle se faisaient mélopées. Le hululement des sirènes de police résonnait au loin. Elle s'endormit enfin, rêvant à une forêt opaque avec Samantha à retrouver dedans.

Le lendemain, devant l'entrepôt, Anne-Marie, Cynthia et Zireg écrasèrent leurs cigarettes après avoir proposé une taffe à Marie-Christine. Non merci, elle arrêtait, une fois de plus. Zireg parlait de son projet de thèse autoédité. Il en avait déjà le titre : *De l'intérim comme néocolonialisme de classe, une étude socio-analytique*. Marie-Christine fit des onomatopées d'approbation, Anne-Marie protesta que tout ce qui commençait par *De* l'emmerdait d'avance, Cynthia rit. Le sarcasme comme dernier rempart de l'humanité. Les jambes de K-Vembre tremblaient et se raidissaient à chaque marche. Dans les vestiaires, les effluves de parfums et de désodorisants se mêlèrent à la peur. En ligne les uns derrière les autres, ils entrèrent dans l'entrepôt à l'annonce de leurs prénoms respectifs. Les codes-barres que l'on colle sur son corps et ceux que l'on bipe sur les caisses. Pas de patron en vue. Ses caméras partout. Sa proposition en tête. À la pause du midi, le type de la bouche d'incendie dut remarquer le visage de K-Vembre. Creux. Vallons. Affres. Entre deux taffes de joint, il lui parla des toits, de la vue imprenable sur la capitale et ses banlieues. De là-haut, le cimetière n'était plus qu'un infime détail du paysage, pas comme ici où il faisait office d'enclos. C'était certainement à voir au moins une fois dans sa vie, comme un match de l'OM au stade Vélodrome. Et surtout, tout au bout du parking, sur le toit de l'entrepôt numéro 1, se trouvait une cafétéria abandonnée. Il suffisait de marcher un temps, de laisser derrière soi les voitures et les camions, on ne pouvait pas la louper. À l'époque où les travailleurs étaient encore des employés, tout le monde se retrouvait là-bas, quels que soient les grades, entrepôts ou ancienneté. C'était un sacré bordel. Ça tournait bien. C'était sympa. C'était le temps où les gars du bâtiment portaient des sacs de quatre-vingt-dix kilos de gravats sur les échafaudages, sans protections ni restrictions. Ensuite, il y avait eu les lois, les assurances, un ouvrier s'était mis à coûter trop cher et les intérimaires sans tickets-restos avaient envahi le marché. La cafète avait donc fermé. S'il avait besoin de calme, dans cet enfer de dingues, c'est là qu'il irait. Il reprit ensuite une gorgée de bière et son silence. Il lui brisait le système à vouloir penser pour elle. Tout le monde lui indiquait son siège, et partout il était éjectable. C'était quoi, ces insinuations, ces conseils à demi-mot ? Ça voulait jouer l'intrigant. Qu'ils aillent tous se faire foutre, lui et sa cicatrice d'abord. Ça avait voulu l'attendrir avec sa propre petite faille pour mieux se glisser dans les siennes. K-Vembre connaissait le refrain, elle en avait assez bouffé.

Elle quitta le banc, dégoûtée, en direction de l'entrepôt. Après avoir monté les deux étages, elle arriva devant la porte de la salle de pause. Le brouhaha derrière. Et si l'autre chien de patron y était encore, à rôder contre les murs et sentir les peurs ? Par panique sûrement, par besoin de mouvement surtout, elle plaça une première basket sur une marche, puis sur une autre, se mettant bientôt à courir, étage après étage, son médaillon frappant son plexus, vers les toits, jusqu'à pousser la porte de service. Flash lumière. Il lui fallut quelques instants pour s'en accommoder. Face à elle, de rares voitures étaient garées au milieu de l'immense dédale de lignes blanches du parking en hauteur. Un camion, aussi. Le scintillement de leurs capots au soleil, comme jets d'eau et fontaines. Elle pivota sur elle-même. Tout autour : le ciel. Le soleil pour clef de voûte, elle avança sur la nef de béton. Au-dessus d'elle, le dôme bleu s'ornait çà et là d'une tapisserie de nuages, comme tendue et lestée en ses quatre coins par les tours des cités. Dans le lointain, des grues, des toits et des bouts de banlieue mendiaient la lumière. Par-dessus son épaule, d'un coup, fusa une balle d'or. Elle se retourna. C'était le toit du Sacré-Cœur, minuscule ventre d'abeille gorgé de soleil. Sur le toit de l'entrepôt, on dominait la ville. Il suffisait donc de franchir une volée de marches pour passer des abysses à Versailles. Elle respira profondément, profitant d'une large bouffée d'air avant de se pencher par-dessus le rebord de béton. Gargouille sur géant de fer. En dessous des tours, le cimetière s'étendait sur des kilomètres, jardin à la française, jusqu'à la route bordée par les multiples pompes funèbres, le kebab et le PMU. Juste là, en contrebas, la rangée d'immeubles délabrés, Mona Lisa séchant à sa fenêtre et le rond-point avec sa bouche d'incendie, petit point rouge vif. Elle eut un relent de tendresse pour la minuscule tache qui y était encore adossée. En lui parlant, il s'était en réalité parlé à lui-même, et c'était peut-être en ça qu'il avait été juste, car à sa propre place. Elle redressa la nuque pour faire demi-tour et aperçut au bout du toit une chapelle délabrée : le restaurant-cafétéria. Ses grandes vitres couvertes de poussière laissaient passer en de rares endroits des rayons, reflets de vitraux sur sol de béton. En s'approchant et en frottant un peu, elle put apprécier le grand espace grisâtre entièrement vide, l'ancien coin cuisine derrière, son carrelage presque régulier envahi de moisissures, un comptoir, des fils électriques et des arrivées d'eau qui sortaient ici et là, quelques cadres encore aux murs, des photos de plats de pâtes, d'oliviers en fleur, d'architectures aux toits arrondis, des vues prétendument italiennes et certainement tirées d'une banque d'images. Elle recula de quelques pas. Malgré le vent, sur le fronton restaient fixées quelques lettres en majuscules ...TA...N_-C_FÉTÉ... Le calme apparent de ce lieu clos sur une étendue de ciment inondée de lumière la laissa sans voix. À la fois industriel et majestueux. Délabré et chaleureux. Sans espoir et serein. Ça existait. C'était possible et ça dormait juste là, à quelques pas au-dessus de l'enfer. C'était suffisant. L'heure de la reprise allait sonner, elle rejoignit la porte de service en bout de toit, dévalant les marches et s'engouffrant dans la salle de pause, prête à affronter l'entrepôt et son Minotaure. Elle réglerait ses dettes. Elle écrirait son roman. Elle serait publiée. Rien ni personne ne l'atteindrait. Elle était au-dessus de tout ça.

Tandis que le matin était essentiellement consacré aux arrivages des stocks, l'après-midi était quant à elle destinée à la préparation des envois. Commande après commande, les caisses se remplissaient. Une à une acheminées par le convoyeur jusqu'à la zone de regroupement, elles étaient ensuite empilées par seize sur des palettes. Les larges monolithes orange ainsi formés étaient tractés à travers les entrepôts jusqu'à la zone de paquetage. Disposés par lignes en fonction de leurs adresses de livraison, les monolithes devenaient alors vastes murs, pour être petit à petit déconstruits, ouverts, redistribués et emballés en différents colis. Une fois les colis mis sur un autre convoyeur, celui-là faisant le tour de l'entrepôt sur deux étages tel un tube digestif de fer, ils étaient mécaniquement acheminés jusqu'à la zone de colisage. Arrivés en bout d'intestin, ils se retrouvaient jetés, à toute vitesse pour ne pas former de bouchons, dans trois types de bacs différents en fonction de leur mode d'envoi. Chaque bac était par la suite vidé dans l'un des trois immenses cartons verticaux entreposés sur des palettes, qui étaient à leur tour plastifiés de bas en haut, comme on conditionnerait un corps dans le coffre d'une voiture. Ils étaient enfin tractés jusqu'aux quais, pour être emportés le plus loin possible par camion. Voilà.

Les départs étant extrêmement nombreux ce jour-là, K-Vembre fut affectée aux derniers contrôles sur les quais. Sentir le vent sur sa peau, voir la lumière, inhaler l'essence, tout cela la ravissait. Et, surtout, savoir la cafétéria quelques étages au-dessus, l'espoir qui se réinjecte petit à petit dans ses pupilles, goutte à goutte de morphine. Sa cheffe avait certainement dû voir les larges sillons sous ses yeux pour décider de la mettre au vert. À ce poste, cette après-midi-là, K-Vembre respirait enfin. Le responsable des quais l'avait rapidement formée pour qu'elle soit fonctionnelle. Pas plus, pas moins : juste assez pour l'assister, sans pour autant qu'elle soit un jour capable de le remplacer. C'était ça, son truc : rester indispensable. Il s'appelait Fabien, avait vingt-neuf ans, avait commencé ce job à dix-huit, et était le seul à savoir le faire. Aucun retard, aucune absence, jamais malade, et zéro trace de fatigue à son actif. En échange de cette fidélité, il était le seul à pouvoir écouter sa musique sur un petit baffle. Du hard rock ou du black metal, le plus souvent. Pas assez fort pour couvrir le bruit des machines, mais juste ce qu'il fallait pour se sentir porté par la mélodie. Les riffs de guitare, les voix gutturales et stridentes de chiens égorgés, les impacts sourds de batterie prenaient ici des accents de chant corse ou de blues. Au milieu des machines, dans les vapeurs d'essence, c'était doux, mélancolique, chargé d'une âme pleine.

Fabien déambulait parmi les immenses cartons plastifiés, ses longs cheveux tanguant jusqu'à ses hanches lorsqu'il saluait les chauffeurs routiers, les incitant à se presser par quelques mots brefs et sans appel. Il les connaissait tous, les appelait par leur prénom, savait qu'il ne fallait pas écouter le Hollandais au tatouage de croix de fer sur le mollet gauche quand il se mettait à baragouiner politique, s'évertuait à éloigner Patrick des intérimaires de sexe féminin, demandait fréquemment des nouvelles des autres entrepôts à Abdelkrim. Le père de Fabien était routier, lui aussi. Fabien connaissait donc bien ce genre d'isolés. Leur quotidien en cabine, les siestes sur les aires, les filles que l'on paye pour passer le temps, celles à qui l'on promet d'en passer plus, l'envie permanente de rentrer à la maison et l'incapacité d'y rester. Peut-être qu'un jour, il serait là, son père, sur le quai, à lui faire signer sa fiche de transport. Est-ce qu'il le reconnaîtrait immédiatement ? Est-ce qu'il ne s'en rendrait compte qu'une fois la route prise, en regardant la signature en bas du formulaire, y découvrant son propre nom ? D'ici là, Fabien chargeait les camions de types qui avaient passé plus de temps avec lui que n'importe qui dans sa vie. Avec cet accès direct sur le monde extérieur, il semblait être le seul employé à avoir gardé ce petit bout de singularité qui distingue l'être humain de l'intérimaire. Au bout d'une heure, K-Vembre dut même s'avouer qu'elle aimait bien sa compagnie. Il y avait pire. Quand il était d'humeur et que sa playlist passait des classiques comme *Still Loving You* de Scorpions, il se mettait à lui parler – lui seul en avait le droit –, surtout de ses rats. Il en avait eu des beaux, des gris, des tachetés, des tigrés. D'abord un mâle, Splinter, c'était son nom. Mais comme Splinter montrait des signes de dépression chronique, il en avait adopté un autre pour lui tenir compagnie : Bernard.

Qu'est-ce que sa mère avait gueulé ! Fabien lui avait longtemps soutenu que c'était un mâle, pour pas qu'elle balise, mais à bien y regarder, Bernard avait tout d'une Bianca. Alors Splinter et Bernard avaient dû prendre leurs responsabilités et élever Joe, Jimmy, Freddy, B. B., Gabriela, Patty et tant d'autres. On était dans un État libre, après tout, pourquoi pas ? Mariage pour tous ! K-Vembre serra les dents, supportant la remarque, le cynisme pour ciment. Pour qu'il continue de parler, ne surtout pas le froisser. Tel un parent sculptant des formes avec la dernière portion de purée du placard, on apprend à se contenter du pire. Seule sur une île déserte avec un dictateur, K-Vembre était finalement persuadée qu'elle s'attendrirait de ses états d'âme, s'habituant même au récit tourmenté de ses nombreuses hécatombes. Pourvu qu'il parle. Sur les riffs entraînants de *Sultans of Swing*, Dire Straits, juste après dans sa playlist, Fabien continua la biographie de ses bêtes à queue, s'arrêtant entre deux cartons pour poser ses doigts sur le manche d'une guitare imaginaire, puis reprenant le récit de leurs exploits jusqu'à leurs tristes au revoir. Certains avaient fait des AVC, d'autres chopé une diarrhée mortelle, les derniers s'étaient enfuis, ou plutôt foutus dehors par sa mère, il en était certain. Elle avait un alibi solide, alors il avait dû lâcher l'affaire. Et si son cœur avait pu se remettre d'un tel vide, c'était grâce à l'entrepôt. On pouvait dire ce qu'on voulait, l'entrepôt lui avait sauvé la vie. Les horaires, la reconnaissance, mais aussi et surtout eux, sur les quais : regarde ! Des massifs, des vrais, des sauvages, des Apaches, des cœurs purs passèrent en trombe entre les tas de marchandises. Depuis des siècles, on avait œuvré à saper publiquement leur réputation. Mais sur les champs de mines antipersonnelles, horreurs typiquement humaines, qui était embauché pour la détection, remuant la terre, attachés à des cordes ? Eux ! Des martyrs ! Des sacrifiés ! Il s'insurgeait donc contre ces nouvelles techniques, le progrès au service du sadisme et de l'ingratitude : machines fixées aux murs attirant la bête dans un tube et la piquant par-derrière, baquets électriques remplis d'eau à ras bord et autres tapis de colle les retenant au sol jusqu'à l'asphyxie. Et si, faute de budget, il avait abandonné son projet de pèlerinage au temple des rats de Karni Mata en Inde, il descendait chaque week-end sous terre dans les catacombes de Paris. C'était son truc. Les horaires d'entrepôt lui permettaient ça, il avait d'ailleurs négocié pour partir plus tôt le vendredi après-midi et rester en dessous jusqu'au dimanche soir. Il avait même commencé à y aménager une salle, avec peintures murales à l'effigie de leurs exploits. Ça allait de l'Arche de Noé à la grande peste, de *Ratatouille* aux champs de mines, avec sculptures dans la glaise, trônes, mangeoires, lits de paille et bassins de loisirs. Quatre étoiles, Radisson, sans jeu de mots, le grand luxe. Alors, quand ça serait terminé, il pourrait acheter le plus de rats possible, peut-être même en adopter certains des quais, et les y emmener tous, sous Paris. Enfin, il s'allongerait là, leurs mille pattes sur son corps et cette sensation unique dont eux seuls ont le secret. Leur amour inconditionnel, total, sans jugement, il faut l'avoir vécu une fois pour le comprendre. *Painkiller* de Judas Priest prit la relève. Et si les rats se démultipliaient et remontaient à la surface ? Pourquoi pas. Il n'y voyait aucun inconvénient, certains d'entre nous auraient eu leur revanche. Là-dessus, K-Vembre ne put qu'être d'accord.

À un moment, Fabien interrompit la danse endiablée de ses doigts contre son ventre, *Free Bird* de Lynyrd Skynyrd, le solo final, guitares électriques au maximum, l'apogée d'une moissonneuse-batteuse tractant un cerf-volant dans son sillage. Farah, sa cheffe, était arrivée. Ses bras retombèrent, le cerf-volant aussi. Elle se tourna vers K-Vembre, lui annonçant qu'elle était une fois de plus attendue dans le bureau. Les échos de machine, tout au fond du dernier entrepôt. Le petit escalier de fer. La porte grise. K-Vembre entra, prête à tenir tête, ignorant ses mains prises de secousses nerveuses. Il était là, en pleine extension dans son fauteuil au dossier quasi parallèle au sol, ses bras croisés sur sa chemise noire, ses talonnettes jointes en croix sous le bureau. C'était le début de la fin, s'il pouvait se permettre l'expression : la fin de semaine. Avait-elle réfléchi à sa proposition ? Oui. Quelle était sa réponse ? Non. La voix de K-Vembre était décidée. Son corps était aux abois. Il haussa longuement les sourcils. Lorsqu'il les laissa enfin retomber, son sourire prit le relais. Ce n'était pas grave, il comprenait. Ça faisait beaucoup de changements d'un coup, c'était sûrement effrayant. Il respectait totalement son choix, mais comptait lui faire savoir que la proposition resterait sur le bureau. Peut-être n'avait-il pas été assez précis, généreux, approfondi, tant en informations qu'en détails ? Peut-être ne s'était-il pas bien fait comprendre ? Avec ce rythme infernal, on en perd les règles de base du savoir-vivre, du savoir-être, de la courtoisie. On n'est pas des animaux, n'est-ce pas ? Elle opina de la tête. Dans l'esprit de K-Vembre, ses jambes étaient déjà en mouvement, sa main déjà sur la poignée de porte, son cœur explosant à l'air libre. Dis-lui quelque chose. Dis-lui d'aller se faire foutre. Dis-lui de manger ses morts. Sidération. Il se permettait d'insister, si, si, vraiment, il restait sincèrement persuadé que cette perspective serait profitable pour tout le monde, elle la première. Il pourrait bien entendu soumettre l'idée à quelqu'un d'autre, elles étaient tellement nombreuses, là-bas, à rêver d'une telle issue, d'une si importante mise en lumière, de si belles responsabilités ; il en avait bien conscience. Mais qui mieux qu'elle pourrait s'épanouir à un tel poste ? Qui en avait l'étoffe ? La réponse était simple : personne. C'est pourquoi il lui demandait de bien vouloir prendre un temps supplémentaire de réflexion. Et, à l'occasion, pourquoi pas, de programmer une réunion, un brainstorming, quelque chose autour de ses aspirations et buts personnels. Ce soir, par exemple. Juste après le travail. Il se proposait d'être sa petite conseillère d'orientation, si elle le voulait bien, *of course*. Ce serait amusant, non ? Où se voyait-elle dans un, deux, voire cinq, ans ? C'est ce dont il serait question, ce soir. Il l'invitait donc à dîner afin de mieux en parler, calmement, sereinement, humainement. Silence. Marteau-piqueur aux tempes. Réponds quelque chose. Balance un truc. Amoche-le. Crache-lui à la gueule. Qu'en pensait-elle ? Non, merci. Elle avait répondu ça. Non-merci. Pourquoi ? Pourquoi n'avait-elle pas réussi à lui lacérer le visage d'une salve de mots tranchants, par flots glacés, par éclats céramiques et tessons d'insultes ? C'était quoi, son problème ? D'où elle était lâche ? D'où elle était polie ? D'où elle était victime ? Ces questions tournoyèrent dans son esprit en cavale, à peine la poignée de porte relâchée. Les semelles de ses requins tanguaient. Des failles dans l'entrepôt. Elle tenta de les combler à grands coups de reins, par litres de sueur, par tonnes de marchandises tractées jusqu'aux camions. Du dark metal pour requiem.

À seulement quelques minutes de la pause, sa cheffe revint la voir. Le labyrinthe de cartons autour d'elle vibrait, le vent venu des quais secouant violemment leurs camisoles de plastique. Sa respiration s'avérait impuissante à oxygéner son cerveau. Si on lui demandait de retourner dans ce bureau, elle fuirait en camion, c'était décidé. Ça ne devait pas être plus compliqué à conduire qu'un quad, elle en avait tellement piloté dans son enfance, plusieurs fois sacrée championne de roue arrière dans son village, même, au grand désespoir de son père. Sa cheffe lui annonça que, les routes étant saturées, les camions allaient devoir prendre la route plus tôt. On s'occuperait donc le jour suivant des derniers chargements. Il fallait en parallèle prendre de l'avance sur le réapprovisionnement des allées. Perpétuelle boucle. C'est pourquoi seule une équipe réduite resterait après la pause, jusqu'au soir. Certaines personnes habitaient loin, il y avait une grève des transports, Gilets jaunes, ils étaient logiquement prioritaires pour partir plus tôt. Surtout ceux qui vivaient à une ou deux heures de voiture. Ils avaient pu constater dans leur base de données qu'elle vivait à proximité, du moins comparée aux autres. Était-elle d'accord pour faire partie des dix qui resteraient ? Ressaisis-toi. Ancre ton corps. Affûte tes crocs. Tu es si forte. Tu n'as rien à craindre. Tu peux le faire. Après un temps à remettre ses yeux dans leur axe, boxeuses dans coins de ring, elle répondit qu'elle était d'accord. Super.

Merci pour les autres. Les cris se répondirent dans les différents entrepôts. C'était la pause.

Fabien referma les rideaux de fer des quais, saluant le dernier chauffeur et faisant signe à K-Vembre de se diriger vers la salle de repos. Arrivée là-haut, après s'être fait fouiller au corps, elle entendit comme un truc tinter en elle. Le bruit d'une pièce interne qui se brise à l'usure. Une fêlure. Un ressort qui se libère et dégoupille le système d'un coup sec. La poussière qui s'en détache. Implosion. Il fallait que ça sorte. Elle courut dans les marches, déboulant sur le toit, et sprinta jusqu'à la cafétéria abandonnée. Gorge feu. Phalanges crispent. Coude s'étire. Épaules bloquent. Bras repartent. Pluie de lumière. Brise vitre. Éclats de verre. Elle s'attendait à ce qu'une alarme résonne, dans son corps ou dans la cafétéria abandonnée, mais rien ne vint. Elle pénétra dans le lieu depuis longtemps laissé vide. Sa respiration. Le silence. Pourquoi ? Pourquoi rien de strident ? Pourquoi aucun vigile ? Pourquoi aucune autorité ? Aucune justice ? Aucune limite ? Aucune ligne rouge ? Aucun mur pour crash ? Ça, un havre de paix posé sur l'enfer ? Ça se protège, un havre. Mensonge biblique. Elle fracassa son corps sur chaque paroi. Cage. Encastra ses phalanges dans le placoplatre. Rage. Lacéra chaque horizontale et chaque verticale. Ravage. Effondra un pan de mur à coups de *front kick*. Saccage. Défigura un autre de puissants directs. Lynchage. Massacra le restant de comptoir. Carthage. Pulvérisa chaque porte, chaque fil, chaque conduite, le compteur électrique, les photos, le carrelage, les plinthes, le plafond, la laine de verre, le coffrage. Orage. Fureur. Carnage. Jamais un espace vide n'avait été si plein de lui-même. Chaque élément détruit devenait l'instrument parfait pour la prochaine extermination. Recyclage. Sur ses poings, du sang. Sur ses gencives, *idem*. Dans sa bouche, l'incendie. Dans ses narines, l'air s'engouffrait par grandes traces de courage. Sur ses tempes et le long de sa colonne, de la sueur. C'était chaud. En nage. Sous ses paupières, elle visualisait son patron et tous les fils de chien derrière. Au loin, un tube des années quatre-vingt, *Felicità* d'Al Bano et Romina Power, qui hurlait en italien : *Le bonheur / C'est se tenir par la main / Aller loin / Le bonheur / Ton regard innocent / Au milieu des gens / Le bonheur.* Dans son crâne, le vide. Et son enfance. Elle était de nouveau cette gamine qui rendait coup pour coup, refusait tout en bloc, se faisait rempart, encaissait bêtises, absorbait injustices, s'érigeait monolithe, embrassait la violence. Haut voltage. Électrique. Courant continu. Décollage. Elle était bien. Elle se tenait droite et fière au centre de la pièce, au croisement exact des plaques tectoniques, le souffle court, le médaillon pour ancre. C'est alors qu'elle l'aperçut. Débris en mouvement. Ondoiement de lumière. Scintillement du métal. Étoile qui se révèle, là, au plafond. Un flinguc. Ellc forma un tas dc gravats à grands coups de semelles, monta dessus et, sur la pointe des pieds, saisit l'arme à pleine main. Son poids. Ses reflets. Strass et paillettes. Étincelles. Son sourire. Joie de l'astronome découvrant l'astre nouveau. Cette étoile s'appellerait Beretta 92. Elle regarda sa montre. Huit minutes seulement s'étaient écoulées depuis sa conquête de l'espace. Il était l'heure d'entamer sa descente et de regagner l'entrepôt. Elle retira sa chaussure, puis sa chaussette, fit une fois de plus un bandeau, mais cette fois-ci sur sa propre main ensanglantée, self-infirmière. Elle le serra délicatement, remit sa chaussure puis rangea délicatement l'arme dans le faux plafond. Rassurée. Réconfortée. Empouvoirée. Après être souverainement descendue de ses ruines, atterrissage en douceur, elle repassa par la vitre explosée et traversa le parking. Son dôme baroque, ses nuages, ses spirales, ses volutes, ses cités ornementales, tous la saluèrent allègrement sur son passage. Dans son dos, Gianna Nannini chantait *I Maschi*, à saturer les enceintes de la cabine du camion à l'arrêt. Laissant les voitures derrière elle, calme, sereine, sage, elle ouvrit la porte de service conduisant aux escaliers et à la salle de repos. À la fouille au corps, on lui reprocha son léger retard. Elle sourit. *Tu, sotto la giacca cosa avrai di più / Quando fa sera / E il cuore si scatena / Mi va, sulle scale poi te lo darò...*

Raclement de gorge. Projection de langue contre palais. Appel d'air. Bave. Propulsion. Glaviot. Glaire. K-Vembre entend distinctement chacun de ces bruits dans une cellule attenante. Un homme sous-entend l'homosexualité d'un autre pour prouver sa virilité. Rien de moins, puisqu'il ne s'agit que de ça. Une histoire de flingue. *LIBÉRÉE, DÉLIVRÉE* chanté par les chœurs de l'Armée rouge. Elle se bouche les oreilles, de peur que la chanson de Disney ne se loge dans sa tête. Il lui prend soudain une envie de fumer, comme devant un vieux western avec des paysages plats et l'imparable argument de la liberté pour passeport du pire. Malgré les mains qu'elle a plaquées dessus, des échos de pas dans l'allée lui parviennent aux oreilles. Quand ils arrivent à sa hauteur, elle demande, pour la clope. Et moi, j'ai envie qu'on me paye mes heures sup. Ils ne prennent même pas la peine de s'arrêter. Elle est là pour quoi, celle-là ? Parce qu'elle est mal baisée. C'est dit à la cisaille. Si on commence à foutre au trou pour ça, fais gaffe, préviens ta femme… Va te faire enculer, toi ! C'est dit avec passion. Ils font demi-tour et repassent devant elle. Non, sans déconner, si c'est ça le problème, les gradés ont qu'à nous donner le feu vert, à deux ou trois, on s'en occupe sur-le-champ. Elle peut même repartir avec une vidéo-souvenir, si elle veut. Il pointe la caméra. En une nuit, réinsertion directe dans la société ! Réinsertion par l'insertion ! Triple insertion ! Elle va être contente, la proc'. Les bruits de pas annoncent une franche camaraderie en bousculade jusqu'à la lourde porte qui se referme, et K-Vembre qui reste là, abasourdie, le couloir redevenu calme, les ronflements, l'homme bourré qui semble s'excuser encore et toujours dans son sommeil, l'envie de clope, dernière unité de mesure du temps, espoir fou d'en voir apparaître une sur le bout de ses lèvres, espoir qui se transforme petit à petit en manque d'air, comme dans une paille, inspire rapide, par à-coups, manque la respire, raccorde au pire, pierre se fissure, plus sûre de rien, le mur derrière, dérobent ses jambes, décrochent les liens, débusque la peur, le buste implose, sternum se casse, effroi hacker, cœur trop battant, bat trop panique, nique la tête, tête qui valse, valse le vide, vie de vertige, tige fêlure, jette falaise, chevelure poisse, enlise un cri, crise d'angoisse. On perd ses mots dans le mépris. Le souffle aussi. K-Vembre tremble sur son médaillon. Mal baisée. Culture du viol. Terrorisme. Quand la rage refuse le genre, ne restent plus que leurs horreurs. Calme-toi, calme-toi, calme-toi. Un endroit agréable à visualiser, une figure rassurante à qui parler. Que lui dirait l'Autre Folle ? K-Vembre s'épuise un temps dans les grands champs de son enfance, et puis s'endort.

Soupir. Une hanche se colle à une autre tandis qu'un bras s'enroule sur un cou. Glisse sur le torse, le long des côtes, à l'endroit exact où la respiration se déploie. Accompagne. Enrobe. Enlace. Au moindre mouvement, délasse. Un corps tout contre un autre, dos face thorax, regard au loin, respiration commune, se sont enfoncés dans le moelleux d'un matelas, fin de journée, début de huis clos. Les bassins ont d'abord cherché une nouvelle position de confort, lentement, jeux de hasard, pour ensuite trouver cette cuillère respectant à merveille les ondes des coussins. Dans l'embrasure d'une fenêtre, le vent pour thermostat, les halos de la lune viennent se mêler à ceux de l'écran d'ordinateur, animant les épaules et les flancs en diverses teintes d'outremer. Un documentaire sur les planctons, quelque chose d'engourdi dans la voix du narrateur, les ondoiements d'algues pour calmer la mesure et la ville qui s'écharpe quelque part en contrebas. Moteurs de scooters en virage, claquement de bouche d'un poisson, bruit d'une canette que l'on shoote au sol, écailles tachetées, bulle qui remonte. À la surface, une main qui caresse un bras, le velu se faisant vagues, des bagues pour récifs, des doigts qui se referment. Et la paume dans la paume sur le médaillon contre le cœur. Les chairs se sentent bien. Chairs sœurs.

Si la fenêtre était fermée, il y aurait de la buée. De la buée comme sur leurs yeux. De la buée à en flouter la cornée, à renflouer la mémoire de toutes ses meurtrissures, à rejouer les traumas, leurs larmes, leurs rages, de la buée à se sentir soudain flouées, jusqu'à trembler les commissures. En silence, l'essuyer. Il y a assez de dedans pour en oublier le dehors, assez de deux corps pour que la voile étreigne le vent. Une respiration coule sur une clavicule, l'autre ruisselle vers l'écran. Les océans se lovent entre eux quand vient la nuit.

Cellule d'à côté, râle mêlant murmures et grondements. Sûrement la personne ayant demandé plus tôt le pourquoi du comment des chaussures. Ici, on s'abîme à trop penser. La tête est une voie de garage, Angel le sait mieux que quiconque. Il s'essuie une énième fois le menton d'un revers de manche. À entendre les bruits d'à côté, sereins, elle a dû trouver un accès, un panneau de sortie quelque part, certainement en elle, entre l'omoplate et la poitrine. Déjà mieux que les chants de tout à l'heure. Sûrement ces abrutis en cellule de dégrisement. Angel a longtemps éprouvé de l'excitation pour les chœurs d'hommes. Il n'y a pas plus dur à démêler qu'un mensonge collectif. Aujourd'hui, il en a la certitude, ça pue la peur. S'entendre en meute pour se sentir fort, c'est comme une drogue. On en est shootés dès la naissance. Au Parc des Princes, tout môme, pendant la ola, son teeshirt rouge et bleu comme une goutte déferlant sur les vagues de bras, accélération dans les virages, son père lui glissait des pronostics à l'oreille. Ce n'est que bien plus tard, en discutant de la grande époque du club avec les gars du café d'en bas, qu'il comprit que le vieux n'y connaissait strictement rien. *Idem* pour lui, par ruissellement.

Angel a le vertige rien qu'en pensant aux générations de *je sais* successives, avec l'ignorance pour seul héritage. Comme tous les hommes, son père a certainement appris à dire *je sais* avant d'être capable de prononcer *pourquoi*. Regarder le flétrissement de sa peau, les sillons du temps au coin des yeux, la chair qui tombe comme des pétales sombres, et accepter enfin qu'on ne sait rien ? Impensable. Accepter les *pourquoi* quand on s'est bâti sur les *je sais, je connais, j'ai vu* ? Impossible. Puisqu'il savait ce qui était bon pour eux, son père avait commencé par persuader sa mère d'abandonner ses études de joaillerie pour élever leur fils. Puisqu'il savait comment faire plus d'argent, il avait ensuite perdu chaque euro gagné dans ses combines en grattant de la poudre d'aluminium dans des PMU. Et puis un jour, il s'était volatilisé. Ni explication, ni mensonge, ni lettre, ni coup de fil. Rien. Quelques années plus tard, il était revenu, Dieu dans ses bagages. Amen. Depuis, pour une convention dans la région, une rencontre au sommet avec un apôtre, un prophète ou un pasteur, il surgit le temps d'une discussion avec son fils, quelque part sur la dalle. Il y est toujours question de péché ou de pardon. Le plus souvent, il enchaîne le sermon par un verre de kirsch avec l'An-ienss. Il donne alors à entendre ses phrases toutes faites, ses psaumes par cœur, aussi utiles qu'un site internet de citations par mots-clefs. Et puis il s'éclipse. Comment on bute un fantôme ? Dans les films, il est toujours question de les satisfaire. C'est souvent une affaire de vengeance ou de réconciliation. Accomplir leur destin à leur place. Mais on fait comment, quand le fantôme lui-même ne reconnaît pas ce destin, n'en a aucune idée, ne s'est jamais regardé dans la glace ? *Je sais, je connais, j'ai vu.* On fait comment quand c'est le cas de tous les pères ? Une génération entière perdue dans la chasse aux fantômes. Des hordes de jeunes avec des aspirateurs à faux-semblant sur le dos.

Une fois, gamins, avec S-Kro, ils avaient voulu en invoquer un, de fantôme. Il y avait eu *SOS fantômes*, *Le Sixième Sens* et un livre de Victor Hugo à lire pendant les vacances. Des volets tirés, quelques bougies chauffe-plats, une table, des verres, toutes les lettres de l'alphabet découpées, excepté un *E* et un *K* oubliés ou peut-être, avec le recul, consciemment négligés par manque de papier ; et les deux enfants avaient fermé leurs yeux. Esprit es-tu là ? ils avaient scandé. O-U-I. Angel avait gueulé à S-Kro d'arrêter de tirer le verre, c'était pas drôle, fallait pas rire avec ces choses-là. S-Kro avait répondu qu'il n'y était pour rien, c'était l'esprit, rien que l'esprit, promis. OK. Si tu triches, j'arrête. C'était entendu. Ils chuchotèrent : Esprit, c'est quoi ton nom ? Le verre glissa lentement sur la table. P-A-U-L. S'ensuivit une succession de murmures, leurs deux visages à quelques centimètres l'un de l'autre, leurs quatre mains en paravent aux verres, comme si l'esprit y était enfermé et à l'écoute. Chuchots. Demande-lui s'il a déjà tué quelqu'un. Non. Pourquoi ? Parce que ça se fait pas, on demande pas ça pour une première rencontre ! Demande-lui si le PSG va être champion de Ligue 1. C'est un fantôme, boloss, il est pas dans le futur ! Alors demande-lui comment c'est, la mort. Demande-lui, toi, moi je veux pas savoir. OK, on lui demande si Victor Hugo est aussi chiant dans la mort que dans ses livres. D'accord. Raclement du verre à moutarde sur la table Ikea. O-U-I. Ils ravalèrent leurs rires direct. Esprit, nous veux-tu du bien ? O-U-I. Alors, comme dans les films, en butant sur chaque mot, ils posèrent la primordiale question : Esprit, est-ce qu'on peut faire quelque chose pour toi ? S-O-R-T-I-R-P-R-I-S-O-N. Angel lâcha le verre. Tu fais chier, Sébastien ! Je t'avais prévenu : tu triches, j'arrête ! S-Kro était déjà à fond sur *Prison Break* et c'était sa période *Scarface* et braquage qui débutait sans prévenir. Il faudrait en effet attendre cinq années pour qu'S-Kro soit arrêté en pleine nuit dans le club hippique de La Villette, une scie à métaux à la main au milieu des poneys Shetland, bredouillant avec un approximatif accent du Sud une histoire de cadeau spécial pour un client qui l'avait arnaqué, une soi-disant offre qu'il ne pourrait pas refuser. Angel se leva sous les protestations et promesses de son ami. La table de Ouija valsa, les rideaux et volets furent ouverts d'un grand mouvement de bras, le soleil s'engouffra et ils quittèrent l'appartement pour jouer au foot sur la dalle.

Seuls les néons du couloir éclairent les cellules. De rares échos au loin. Bruissement de couvertures. Goutte à goutte d'un lavabo. Il doit faire nuit noire dehors. Zakia a certainement terminé sa journée de travail. Un vrai miracle, qu'elle ait réussi à sortir de son appartement. Le miracle de la survie. On te coupe le RSA et c'est le retour à la loi de la jungle. Ensuite, l'engrenage classique de la valorisation par le travail sans sécurité de l'emploi : ne pas être un poste mais seulement l'occuper, la méritocratie comme moteur avant et la peur comme turbine arrière, les promesses d'évolution avec le billot des évaluations, sans compter les spectres des licenciés. Zakia s'était ainsi attachée à Disney comme tous les employés à leur piquet, Angel le sait, puisqu'elle ne lui parle plus. Là-bas, ils avaient dû lui faire miroiter une formation en mécanique des attractions. Elle avait certainement imaginé son Palais des Odeurs grandeur nature. À cela s'ajoutait la sensation d'appartenir à un groupe, ils travaillaient, vivaient, grandissaient ensemble. Au rythme du 24/24, même les salauds ont une âme, c'est ce qu'on appelle plus communément une famille. Angel en était persuadé, la plupart de ceux qu'elle côtoyait là-bas devaient être des amochés du réel, des réfugiés oniriques, bercés par Blanche-Neige, mordus de maison hantée. Ça devait bien aller à Zakia. Ça la rassurait probablement. Elle avait trouvé un foyer tout fait, Disney, pour remplacer celui qu'elle s'était construit elle-même, son appartement, après la dislocation du premier, l'enfance. Recouvert de plantes, de tapis, d'inventions et de peintures, elle aurait aimé ne jamais sortir de son chez-elle. Elle avait passé des années à le peupler, à le consolider, à l'isoler du monde par un ingénieux double vitrage des idées. Les heures y passaient autrement, ne respectant que le temps de macération des matières, de séchage des couleurs, d'éclosion des roses trémières ou de la dernière phrase d'un livre audio.

C'est d'ailleurs ce qui avait calmé Angel, dans un premier temps. À chacune de ses visites, à peine le couloir défoncé de tags et les échos d'embrouilles dans la cage d'escalier dépassés, à peine la porte refermée, et brusquement, c'était une puissante parenthèse au monde qui débutait (puissante à pouvoir contenir une phrase longue comme tous les livres saints et les décomptes de morts qui vont avec en ajoutant les encyclopédies entachées de leurs mutilations au réel et les listes électorales des démocraties qui calfeutrent leurs asphyxiés et les pages jaunes avec leur poésie propre formant un ensemble vertigineux à ne surtout pas essayer seul chez soi ou mal accompagné surtout pas mal accompagné ce serait le gouffre comme vingt-quatre heures de cellule même si ces heures vides-là n'auraient jamais suffi à écrire une telle phrase sans faire appel aux grands mots et aux mensonges qu'ils renferment le tout réuni sans virgule ni tiret à en couper le souffle et à en tracer des lignes droites dans les pages et virages jusqu'à percuter la barrière de sécurité de la compréhension et débouler dans le paysage exempt de ligne alors dans un premier temps on prend peur à se regarder le bout des doigts qui nous paraissent soudain sans âge parce que la peau est devenue si chatoyante mais on ne se rend compte de la beauté que lorsqu'elle refuse toute notice et qu'elle se révèle trop effrayante donc on implore des virgules qui finalement arrivent, mais ce ne sont que des bouées au milieu de l'océan, à peine atteintes que déjà on les regrette et à bien les regarder en face les limites nous attendrissent presque de leur ridicule une fois noyées dans l'étendue c'est pourquoi on avance encore bien qu'on nous ait dit de ne pas nager où l'on n'a pas pied où l'on perd totalement ses repères et où l'espace n'a plus rien d'un territoire alors qu'il faudrait simplement accepter de ne rien connaître de ne rien savoir de ne rien comprendre et seulement une fois en phase avec soi-même égaré hors contexte on se retrouverait en face d'une personne et non d'un genre et non d'un sexe et non d'une origine et non d'une identité prédéfinie c'est-à-dire une identité non établie par le dehors c'est-à-dire le croisement exact de tellement de chemins en un seul point qu'un GPS ne pourrait que bredouiller bégayer et partir en boucle sans fin jusqu'à devenir une rythmique de consonnes et de voyelles désarticulées comme dans risque-fresque-frasque-styx-pic-climax répété dix fois à toute vitesse de telle manière que seul un silence assez confiant en lui-même pourrait faire écrin à pareille suite de mots mais un silence sans ego ou sinon ce serait l'impasse d'une bouche qui se retient et qui promet d'exploser d'un jour à l'autre comme une pastille de Mentos dans une bouteille de coca ou une parenthèse qui s'arrête on ne sait trop pourquoi, tellement abrupte qu'il nous faudra revenir en arrière là où tout a commencé et c'est comme ça), dont elle seule avait le secret. Avec le temps, Angel avait appris à se sentir bien dans cette parenthèse. Elle le cadrait malgré son flou. À peine quittée qu'il en redemandait encore. Zakia avait en elle ce truc immense qui fait voir la vie pour ce qu'elle est, c'est-à-dire un simple détail. Et plus Angel lui rendait visite, plus leurs bouches se déliaient, et plus leurs esprits s'entrelaçaient, et plus leurs corps s'affranchissaient des schémas, et plus les films, les romans d'amour et les couples par la fenêtre leur paraissaient grotesques ou scandaleux, et plus leurs respirations se faisaient vases communicants et plus leurs zones d'ombre respectives paraissaient récusables. Celles d'Angel, surtout. Sa maladie. Semblable en tout point à un impact dans le mur laissé par un ancien propriétaire. On repeint l'appartement, on le meuble, on l'ornemente et on l'habille avec goût et plaisir mais l'impact reste là. Au début, ce n'est qu'une bricole. Mais plus l'appartement devient nôtre, plus la bricole devient insupportable. À bien la fixer, elle semble plus grosse, plus béante, plus présente que jamais. Il faut la régler. On achète alors du mastic ou du plâtre, de la peinture, même, si l'on est perfectionniste, mais, quel que soit le temps passé dessus, la jointure n'est jamais parfaite. L'impact reste en filigrane. Si l'on décide de pousser un meuble pour le dissimuler, si l'on arrange notre bel intérieur en fonction de l'impact, cela se ressent, on le sait, et c'est comme si l'impact béant engloutissait le mur, le meuble et la pièce tout entière. Voilà ce qu'était la maladie d'Angel. Voilà comment il la décrirait, s'il avait à le faire. Voilà ce que faisait son cerveau de détraqué : des taches qui bouffent tout, des trous noirs à domicile. Vingt-quatre heures en cellule suffiraient tristement pour les décrire, et en quelques courtes phrases seulement. Angel ne préfère pas. Il préfère se concentrer sur Zakia. Elle est la seule à avoir su passer sa main sur sa joue sans s'attarder sur son permanent sourire quand toutes les autres y avaient cristallisé quelque chose. C'était soit une zone à contourner, soit une montagne à gravir ; soit un paysage à revendiquer, soit un territoire à annexer. Dans tous les cas, Angel leur était redevable. Mais pour Zakia, ce n'était qu'un détail. Une simple trace d'impact masquant ce qui pourrissait à l'intérieur.

Elle avait cru pouvoir le délester de son poids de miasmes en l'écoutant suffisamment. Syndrome de l'infirmière. Il en avait profité pour faire exister des taches, puis des monochromes, puis des gouffres partout dans son appartement. Syndrome du malade. La parenthèse s'était effritée à en devenir poreuse. C'est le monde extérieur qui avait pénétré *via* l'ennemi intérieur. Personne, pas même Zakia, n'avait pu l'écoper. Petit à petit, Angel était devenu la maladie. Il se sentait suivi, épié, sur écoute. Il accostait des inconnus dans la rue, prétendant les connaître. Il leur demandait des nouvelles depuis la dernière fois. Il les insultait ensuite lorsqu'ils affirmaient ne pas le reconnaître. Une fois que ça partait en vrille, que les inconnus étaient prêts à se battre pour prouver le quiproquo, Angel était rassuré : c'était donc véridique, cette personne était bel et bien une inconnue, comme il l'avait d'abord présumé. Prêcher le faux pour connaître le vrai, et ainsi s'assurer d'une prise au réel. Zakia avait quitté l'appartement direction Disney. Il l'avait aidée à déménager ses plantes, ses tableaux et ses tapis. Quelques habits, aussi. Elle avait jeté la plupart de ses inventions et donné à une amie son python royal. Il avait suffi d'un voyage. Ils ne s'étaient jamais revus.

Sur le chemin de retour du déménagement, Angel avait laissé aller ses voix intérieures à des plaidoiries dont il n'était que trop rarement le juge, bien souvent le greffier. Elle te voulait du mal. Te mettre systématiquement en faute. Te faire devenir un problème. Pourtant c'est elle qui a voulu voir la tache. Peut-être même que c'est elle qui l'a peinte sur le mur, exprès. Elle voulait te faire passer pour fou, elle voulait tes crises, c'est elle qui était présente et sereine quand tu étais pris de spasmes au sol et que tes plaintes se faisaient hurlements de porc. Elle voulait quitter son appartement, briser la parenthèse, elle en avait assez de toi mais ne savait pas comment te le dire. Alors elle a tout fait pour te briser de l'intérieur. Tu es manipulable. Tu as toujours été manipulable. Regarde tes parents. D'où vient le mensonge ?

D'où, la première blessure ? À qui la faute ? Quelles preuves ? Où, les souvenirs ?

Il était retourné dans son appartement à lui, et les voix s'étaient faites Assemblée constituante, avant qu'elles ne déclarent finalement l'état d'urgence dans son crâne. Quand elles eurent les pleins pouvoirs avec couvre-feu, interdiction formelle de sortie et automédication par le shit ; quand les cendriers furent remplis à en faire pâlir le frigo ; l'une d'entre elles poussa un cri entre deux toux. Bien qu'elle soit l'unique voix d'opposition, Angel déploya juste assez sa colonne pour l'écouter, abandonner sa position fœtale, sortir de chez lui et descendre chez le Dr Ben Naïssa. Le traitement lui permit à nouveau de tenir droit. Mais toujours les voix. Au bout de plusieurs séances, la montagne de Raffaello grandissant sur le bureau du psychiatre, ce dernier demanda à Angel de lui parler de son sourire. Il ne comprenait rien, là n'était pas le problème, ce n'était plus un problème, depuis Zakia. Il fondit en larmes à la seule prononciation du prénom. Elle ne lui en avait jamais parlé, n'avait posé aucune question, l'avait accepté comme il était. Son sourire faisait partie de lui. Non, le vrai problème, il se reprit, c'était le traitement. On le changea, puis on en augmenta les doses. Là, ça allait. Angel pouvait de nouveau regarder en arrière sans se perdre dans le rétroviseur et emboutir le présent. Le réel et le fantasmé prenaient des couleurs distinctes, de telle manière que s'ils se confondaient encore à leurs contours, ils restaient relativement identifiables en leurs centres. Alors, Angel pouvait se dire : là, je délire. C'était suffisant pour avancer.

Suffisant pour savoir que la voix qui se plaint dans la cellule d'à côté n'est pas celle du Français. Elle en a bien la tessiture, les raclements de gorge et l'intonation, mais ça ne peut pas être la sienne. Trop faible probabilité. Ça fait longtemps que celui-ci ne se fait plus embarquer. De toute façon, neuf chances sur dix qu'Angel divague. Ça, il le sait. Il n'a pas pris son traitement. Ça, il tente de se le rappeler. Combien de fois s'est-il renfoncé le visage dans le col de sa veste, persuadé d'avoir reconnu dans une rame de RER une figure familière ? Une tresse, une boucle d'oreille ou une nuque rasée de près et, c'était sûr, il connaissait la personne, il lui avait d'ailleurs fait du mal un jour. La honte l'envahissait et, alors qu'il jetait un dernier coup d'œil avant de passer les portes à la mauvaise station, il avait tout juste le temps d'apercevoir une tache de rousseur, des lunettes ou une barbe, quelque chose qui ne collait pas avec ses souvenirs de violence. Dans ses vrilles, il est toujours question de violence. Plus précisément, de culpabilité. C'est le Dr Ben Naïssa qui lui en avait fait la remarque, avant d'ajouter qu'à trop décortiquer son humanité, on n'en voit plus que l'horreur. Il a déjà fait du mal au Français, il éprouve de la culpabilité, c'est certainement la raison de son hallucination auditive, là, au fond de sa cellule. Il se le répète en boucle. Ce n'est pas le Français. Ce n'est pas le Français. Ce n'est pas le Français.

Le Français vit dans le parc de la cité, sur le plastique mou du terrain de jeux, entre la locomotive orange et la moto verte. Il y a tiré une bâche, plusieurs années de ça, juste après avoir été expulsé de son appartement pour loyer impayé. Le Français est français, ni plus ni moins que les autres, mais son racisme semble l'ancrer plus profond dans le territoire. Né en Yougoslavie, naturalisé il y a vingt ans, il enchaîne les bouteilles de vin en plastique et les remarques sur les étrangers. Il fait partie du décor, il est apprécié, parfois invité, souvent rabroué. Pendant le ramadan, tous ceux qui vont dans le petit parc se fumer le joint d'après coupure, à l'abri des regards, lui rapportent un repas chaud. Alors, le ventre bien rempli, comme un roi à sa cour, il prend sa guitare et entame *Ne me quitte pas* dans une langue slave, sous les vifs applaudissements et les scintillements de braise des cônes. Dans de telles situations, il a toujours un regard pour Angel. Il a bien connu son père, et son amour pour la chanson française. Certains soirs, ces deux-là ont dû partager plus que des accords. *Nemoj poći sad / I zaboravi što smo prošli mi / Kad smo bili sami / Nemoj poći sad.* Une fois la chanson terminée, ils lui font passer le joint, et c'est reparti pour un tour, jusqu'à ce qu'un voisin leur gueule de se taire, travail demain, enfants qui dorment. En règle générale, tout se passe plutôt bien avec le Français. Chacun a pris l'habitude de ne pas répondre à ses sales remarques. C'est certainement sa manière à lui de tenir, de se sentir légitime, sous sa tente de Bédouin improvisée, dans son canapé généreusement refourgué par une famille d'Espagnols. Et puis, il ne vote pas. C'est du sans risque. Balles à blanc. Mais un soir – peut-être la bouteille en plus, la réflexion de trop, le mélange de traitements, les nerfs qui s'effilent –, Angel n'a plus tenu. Quelque chose sur les mères au foyer qui profitent des allocs. Gauche tempe. Le corps a produit une étrange suite d'accords en heurtant la guitare. Depuis, parmi tant d'autres, il croit voir le Français partout. Typique. Mais ce type, dans la cellule voisine, ce type qui s'excuse en marmonnant, n'a pas le même accent. Il est juste dans le même état, ce n'est pas lui. Ça ne peut pas être lui. Et quand bien même ? Qu'est-ce que ça changerait ? Ces questions-là annoncent toujours une crise.

Angel se redresse sur la banquette en dur et entreprend de se calmer. En pressant suffisamment fort ses pouces sur ses paupières, il peut voir des lumières. Éclats de néon dans le noir. Poussières et insectes. L'émotion passe. Il ouvre les yeux, regarde ses mains, elles ont son âge, c'est bon, il peut être sûr d'être au présent, dans cette cellule avec les inscriptions au mur. Des ongles y ont gratté leurs noms, comme pour ne pas s'y perdre. Plus tôt, il a trouvé des conclusions : l'enfermement creuse, l'architecture amplifie. Voilà de bonnes certitudes à tenir. Il poursuit : les échos y sont pour quelque chose dans l'amplification, certainement, et puis les flics qui passent en ne disant rien. Peut-être leur sale humour ? Angel a vu une émission sur les nettoyeurs de scènes de crime. Il y était question de produits spéciaux, de carne en décomposition, de litres de sang, mais toujours avec un soupçon d'amusement dans la voix. Encore un truc pour tenir. À chaque job son cynisme. Quel peut bien être celui des traders ? Des magistrats ? Des stylistes ? Angel s'accroche à ces questions pour ne pas prêter attention aux élucubrations nocturnes du type dans la cellule voisine. Un policier lui a pourtant déjà donné son pardon. Ça travaille donc, d'être coupable. Ne pas partir là-dessus, non plus. Tu n'es pas coupable. Tu n'es pas coupable. Tu es serein.

À bien y réfléchir, ces six dernières années, Angel n'a été vraiment serein qu'en de rares occasions.

Toujours chez Zakia. La plupart du temps, Issa était présent. Il se souvient de la première fois que l'enfant a sonné à la porte de leur parenthèse. C'était il y a quelques années, Angel se trouvait roulé en boule sur le sol, l'une de ses premières crises avec Zakia. Elle peignait lentement, faisant mine de l'ignorer – ce qui décuplait ses angoisses mais l'empêchait de rebondir sur son amour comme sur des murs en verre –, quand la sonnerie retentit. Zakia se leva avec précaution. Issa se tenait là, derrière la porte, son visage d'enfant sur son grand corps gauche, les bras ballants aux disproportions tout adolescentes, un stylo et un carnet qu'il tendait légèrement en avant comme une excuse. Il avait onze ans, venait de s'installer dans la cité, habitait la porte d'en face et n'en pouvait plus de s'embrouiller avec son grand-père à propos de ses devoirs. Le père d'Issa travaillait dans le BTP, sa mère faisait des ménages et, rapport à leurs horaires, c'était le vieil homme qui l'avait le plus souvent à charge. Ce dernier avait passé sa vie à quémander le respect d'une promesse faite par la France à son défunt père tirailleur. À mendier ainsi le passé, il s'était fatigué le dos et les yeux, mais voulait tout de même garder un quelque chose à redire sur le présent, au moins concernant les mathématiques. Est-ce qu'elle pouvait l'aider ? Zakia hésita un temps, craignant que cette visite fasse davantage sombrer son monde. Elle jeta un coup d'œil en arrière et vit Angel, toujours en position fœtale. Considérant qu'une dans le pire on ne craint rien, elle fit entrer Issa. Voyant les hectares de tapis, Issa demanda s'il devait enlever ses chaussures, les retira délicatement sans attendre de réponse et s'arrêta sur le seuil du salon-atelier. Zakia l'invita à y pénétrer pour prendre place sur le canapé. Durant tout le temps que durèrent les calculs de fractions, Angel resta au sol, comme paralysé. À mesure que Zakia et Issa l'ignoraient, sa colonne se dépliait, ses doigts relâchaient un à un ses pieds jusqu'à ce que sa nuque retombe sur le tapis moelleux. Issa ne semblait porter aucun jugement sur lui. Peut-être que l'homme dormait, peut-être qu'il allait mal, peut-être que c'était tout simplement comme ça. Issa remercia Zakia, salua Angel, remit ses chaussures et partit en refermant délicatement la porte. Zakia reprit sa peinture.

C'étaient, sans qu'elle le sache, à la fois les prémices d'une belle amitié et le début du grand calvaire. Issa revint le lendemain pour la remercier et lui offrir un repas. En sa présence, cette fois, Angel se tint droit. Même si leurs compétences combinées en mathématiques ne lui furent rapidement d'aucune aide, Issa calculant très vite les puissances pour son propre plaisir, il continua à sonner chaque semaine pendant plusieurs années. Issa s'asseyait dans le canapé, écoutait la musique qui passait, regardait les inventions en cours ou feuilletait un bouquin. Son grand-père n'avait qu'à ouvrir sa porte et frapper à celle de Zakia pour lui demander de lui lire un courrier administratif, de rédiger une lettre à la caisse de retraite ou bien de remplir un formulaire. C'était pratique. Angel se sentait plus stable en sa présence, comme les chevilles lestées de responsabilité. L'enfant échangeait quelques mots avec lui, des impressions, des questionnements, sur *Dragon Ball Z*, *Harry Potter* ou la politique internationale. Issa était fan de jeux vidéo. Issa lisait des fanfictions. Issa avait la clairvoyance nécessaire pour comprendre l'avenir du réel *via* le virtuel. Issa saisissait déjà la porosité de ces concepts, et leurs frictions possibles. Issa discutait sur son téléphone avec des personnes du monde entier de tel ou tel personnage Chevalier niveau de feu à l'évolution incertaine en territoire post-apocalyptique. À coups de sites de traduction et de tutos vidéo, Issa était devenu en moins d'un an polyglotte. Issa tombait amoureux tous les quatre matins. Issa se relevait chaque jour. Issa se posait à voix haute des questions sur l'amour, des questions que les adultes n'osent formuler qu'en vocodeur. Le regard échangé avec sa déléguée de classe, était-ce ça, le coup de foudre ? Était-il en réalité amoureux de son meilleur ami ? Il n'avait jamais rencontré Pongiste_931, mais ils avaient parlé l'équivalent de deux semaines sans aucune interruption, était-ce donc de l'amour ? En quoi son amour pour sa mère devait-il différer de celui qu'éprouvait Angel pour Zakia ? Issa avait trouvé toutes sortes de choses sur internet. Des vidéos de machines industrielles découpant de multiples matières, des témoignages de neuroscientifiques, des peintures abstraites réalisées par des animaux, un vieil homme japonais fabriquant des casse-têtes dans une souche d'arbre, des types creusant des palais dans une forêt tropicale, des documentaires sur la fonte des glaces, sur l'emprise psychologique, sur la post-colonisation, des statistiques sur la dette internationale, sur les féminicides, sur la mononucléose. Tout l'intéressait. Rien n'était scorie. Issa connaissait tous les pas de danse à la mode, qu'il exécutait face aux miroirs de l'appartement de Zakia pour son futur compte TikTok. Issa savait monter une vidéo mieux que quiconque. Ses déhanchés incessants l'avaient mené en des territoires musicaux surprenants. Fan de K-Pop et de rap, il revenait souvent avec de nouvelles trouvailles, allant de vieux groupes country à d'obscure DJ slovènes.

Un jour, il entra en trombe, son téléphone à la main, la prise jack vers l'avant. Une fois branchée sur les enceintes, Freddie Mercury leur fit grimper les exponentiels échelons de sa tessiture. Les grands yeux d'Issa s'écarquillaient à mesure qu'une guitare prenait son envol. Au milieu de la pièce, les deux bras en croix, front vers l'ampoule, orteils en pointe, il balançait sa tête de la gauche vers la droite en fonction du va-et-vient des chœurs de Queen. *The Prophets Song*, *A Night at the Opera*. Les tempes d'Issa étaient prises de soubresauts tandis que les riffs de guitare se faisaient sans appel, ciel assombri, peloton d'exécution, marche impérieuse sur le vieux monde. Encouragés par une fin de phrase s'éternisant en un envol de mouettes, les accords se laissaient ensuite porter par la seule présence de Freddie, bulldozer tendre, sa voix de tête creusant une falaise, les chœurs qui reprenaient la charge en la nourrissant de leurs écarts mélodiques tels des bras se saisissant les uns les autres en une vaste ronde, les chœurs qui se répétaient, se répondaient, et les dissonances qui s'acclamaient mutuellement, *Now I know, Now I know, Now I know*, les échos d'une gouttelette devenant rivière à mesure qu'elle chute sur les parois successives d'une grotte, le buste d'Issa en saccades, puis la gravité qui s'inversait d'un coup, la rivière remontant en tsunami vers le ciel, le gauche-droite des enceintes comme tambour de machine à laver, cyclone partant du ventre, les voix qui s'accordaient, une procession d'aigus vers l'orage et le retour de la batterie en trombe, la guitare électrique en fulgurance, ligne mélodique dans un tube, solo final tentant l'ultime échappée, Freddie chevaleresque qui s'élance et les chœurs en cortège qui le rattrapent à peine lorsqu'arrive enfin la chute, explosion de lumière, caisses claires en éclairs pour faire retomber les nuages, notes de harpe, rosée au soleil, accord pincé et la bouche d'Issa qui s'émerveille, immense. Ils vont percer, c'est sûr ! Angel et Zakia éclatèrent de rire. Issa se fichait du contexte, de l'époque, refusait tous les poids, y compris ceux de l'Histoire. Pour lui, tout n'était qu'au présent. Il n'existe pas de préjugé pour cliquer. Et Issa cliquait, tout simplement.

Lorsqu'Issa s'ennuyait trop, mais refusait de retrouver la paperasse et le grand-père qui l'attendaient chez lui, il écrivait. Comme tous les enfants de la cité, il avait bien sûr eu droit à de nombreux ateliers d'écriture, et toujours sur le même thème : la laïcité. Comme s'ils devaient s'en justifier. Partout autour, on voulait leur coller le plus de poids possible. Chez Zakia, Issa pouvait simplement prendre son stylo et écrire un court poème inspiré des tableaux aux murs ou des odeurs en cours. Les étreintes de corps et les effluves de pneus devenaient alors des chutes vertigineuses où dragons, anges et démons se transformaient en coléoptères, avant de refermer leurs ailes en des cocons de fer pour éclore chenilles volcaniques puis poussières en orbite. Là où il était, William Blake tremblait. Issa lisait ensuite son texte à voix haute et Angel faisait un petit commentaire, comme un proverbe ou une citation, alors Zakia lui répondait : OK, patriarche. Angel souriait, s'excusait, et le silence les enrobait de nouveau, le rythme des coups de pinceau pour seul métronome.

Lorsqu'Issa partait, Zakia s'extasiait toujours sur les capacités sans fin de l'adolescent. Issa aurait pu effectivement tout faire, même s'il hésitait encore entre avocat et youtubeur. Angel ressentait alors comme une douleur sourde, une tension dans les doigts, une jalousie de nourrisson. Alors comme ça, il n'était pas suffisamment juste pour faire des réflexions de père, mais pas assez enfant pour qu'on s'extasie de lui ? Comme un ressort trop contracté par le calme des heures passées avec Issa, Angel implosait en crise, réclamant sa soignante. Elle lui demandait alors, le plus calmement possible, de bien vouloir quitter son appartement, elle ne venait plus chez lui pour ces mêmes raisons, il était hors de question qu'il importe ça ici. Est-ce qu'il voulait bien se lâcher le corps, cesser sa camisole, se lever et partir ? Les premières fois, assurant sa prise sur lui-même, se serrant les chevilles jusqu'à l'os, Angel avait refusé. La voix dans sa tête lui hurlait de ne pas se laisser faire. Il n'était pas un chien, on ne l'attachait pas sur le palier pour le punir, c'était elle qui l'avait mis dans cet état-là, c'était à elle de réparer. Zakia continuait alors de peindre, le temps qu'il se calme de lui-même, comme un noyé cherchant le ciel. Bien que les couleurs sur ses toiles soient plus vives et vibrantes que jamais, la voix de Zakia restait étonnamment calme lorsqu'elle lui signifiait une dernière fois de partir, ajoutant que ce n'était pas juste qu'elle ait à le lui demander à plusieurs reprises. Il prenait donc son corps comme un paquet sous le bras, et quittait l'appartement. L'une des voix dans sa tête continuait bien sûr de lui reprocher sa lâcheté, sa malléabilité, son impuissance. Longtemps après ses crises, Angel en voulait encore à Issa d'être si impressionnant d'intelligence, de calme, de curiosité et de modestie. Ce môme avait tout pour lui. En plus de ça, ce petit salaud aimait la vie. Angel avait suffisamment entendu S-Kro parler de ses clients pour savoir que ceux qui ont des facilités à la vivre, qu'elles soient financières ou intellectuelles, se perdent trop souvent à la mépriser. Issa, non. Issa aimait la vie autant qu'Angel aimait parler de sa mort. En cela, pensant faire un gros majeur à la foi de son père, il ne faisait que l'imiter. Nul n'est plus perdu que celui qui emprunte un cercle à contresens, comme aimait à lui rappeler Zakia une fois l'épisode de turbulences terminé. Angel, refusant d'avoir tort, se justifiait, évoquant ce moment où, demandant que ses paires de requins noires soient toutes entassées sur sa tombe, l'on se recueillerait face à la petite montagne de ses modestes pas sur terre. L'idée que la mort puisse puer des pieds le réjouissait. Zakia lui demandait alors de se taire, trop morbide. S'ensuivait toujours une discussion sur la mort, son aseptisation ; la vie, son acceptation.

Un jour, alors que le calme était en apparence revenu, Angel s'emporta de nouveau, présumant haut et fort que si un contrat résumant les différentes clauses de leur passage sur Terre avait été proposé à chacun d'entre eux avant leur naissance, personne n'aurait signé. Il y eut un temps de silence, Zakia réfléchissant certainement à toutes les agressions qui avaient eu lieu dans la rue et qui la cloîtraient chez elle, qu'Issa coupa net : c'était faux. Issa, treize ans, aurait signé. Issa s'inquiétait de l'avenir qui aurait attendu ses parents et son grand-père s'il n'avait pas vécu. Issa brandissait les arguments de la tendresse d'un père, de l'estime d'une mère, de la joie fugace, du travail hasardeux vers le bonheur et des meilleurs épisodes de *Dragon Ball*. Oui, tout cela lui aurait cruellement manqué, si Issa n'avait pas été. Angel resta scotché. Son silence invita Issa à reprendre la lecture de son manga.

Le jour où Zakia avait quitté son appartement, Issa était aussi attristé qu'heureux pour elle. Disney, c'est quelque chose, il lui avait dit, avant d'ajouter : Ça fait combien de siècles qu'il gagne, le capitalisme ? C'est comme l'amour : si tu ne peux pas l'éteindre, autant en profiter. Zakia avait souri, profitant d'une seconde de plus d'étonnement passée en sa compagnie, et lui avait promis qu'elle lui trouverait des places gratuites, pour qu'ils en profitent ensemble. Aussi, qu'il ne s'inquiète pas, elle reviendrait en cas d'urgence, il pouvait l'appeler à tout moment, elle serait là, juste le temps d'un voyage en RER, pour lui et sa famille. Durant les premiers mois, Angel espéra qu'une urgence se présente, quelque chose de suffisamment sérieux pour la ramener et la retenir longtemps. Puis il chassait le sordide de son esprit, honteux. Comment pensent les autres ? Comment ça se passe, dans leur crâne ? Comment se deale leur solitude ? Comment sonne leur voix intérieure ? Est-elle unique, tel un simple rebond, ou bien en canon, avec des décalages d'un centième de seconde ? A-t-elle la même tonalité que leur voix parlée ? Ou alors quelques degrés de différence, comme lorsqu'on s'entend dans une vidéo ? La sienne sonnait davantage comme un chœur. Des sopranos coloratures aux basses profondes, chacune et chacun cherchait son moment de gloire. Angel n'était que très rarement le chef de pupitre, le plus souvent relégué au rang d'auditeur privilégié, sur le banc. Un jour, peut-être, il rendrait son rapport, et toutes les voix dans son crâne feraient moins les malignes : on fermerait le conservatoire.

D'ici là, sans Zakia, il avait appris à en fermer la porte et à en isoler les cloisons. Pour cela, le travail à l'atelier et le retour à son propre appartement le cadraient. Peut-être que la violence aurait été une solution plus directe, plus rapide. Mais Zakia aurait à jamais refusé de le revoir. Souvenir du visage d'un type allant du magenta au rose pâle, comme un ballon de baudruche que l'on presse, les deux paumes d'Angel sur son cou, le battement de son pouls, ses jambes s'agitant dans le vide, pulsations, ses doigts serrant les rebords du balcon, râle rauque, ses pupilles tournant dans leurs orbites, rythme fou, narine sang, bulle pourpre, éclate, paumes qui lâchent. Angel s'était alors senti serein, entièrement dans le présent. Oui, ça venait précisément de là, le surnom PLS. Pour que l'histoire s'arrête sur six jours d'hôpital, S-Kro s'était arrangé pour que le type ne porte pas plainte. Et encore, ce n'était que l'histoire la plus héroïque. À l'adolescence, s'il avait vite validé la violence physique comme interrupteur parfait pour éteindre les moqueries, il avait compris par la suite qu'elle pouvait aussi rallumer les humiliations. Dans cet art, pendant un temps, il était passé maître. Depuis Zakia, Angel préférait ne plus y penser. Mais, à trop être forcées au silence, les voix avaient repris leur chorale amateur. Laissées sans entraînement, elles résonnaient pire. Tout en les ignorant, il les sentait gronder. Pourquoi la violence ne cesse-t-elle jamais, une fois contractée ? Où se tapit-elle quand on la tait ? Pourquoi cette férocité qui l'avait si fidèlement servi par le passé s'était-elle sournoisement retournée contre lui-même et la personne aimée ? Pourquoi Zakia avait-elle accepté de le revoir tant de fois malgré ses crises ? Pourquoi, un jour, avait-elle arrêté ? Quelle était cette crise de trop ? Pourquoi l'avait-elle laissé corrompre leur parenthèse au monde ? De quel amour s'agissait-il ? Ou plutôt, de quel conditionnement à l'amour ? Elle qui était si forte. Elle qui savait si bien ce qu'elle désirait et ne désirait pas. *Les hommes violents ne s'attaquent qu'aux femmes fortes, les autres ne les intéressent pas, ils cherchent juste un roc où se briser.* Angel se souvient parfaitement de ces mots. Zakia est si puissante, les crises d'Angel ressemblaient en tout point à des attaques. Il est donc logiquement un homme violent.

Là-dessus, Angel cesse sa spirale. Pression des deux pouces sur ses paupières. La grande nuit dans les yeux et les néons qui se transforment en étoiles, des phares sur le périphérique. Comme le soir de l'accident avec son père. L'enfer qu'il a fait vivre à ses parents. Pauvre mère, vie en pointillé, de CDD en CDD, d'appels du collège en convocations au commissariat. Combien de fois s'est-elle sentie couler ? Triste père, du terrible carambolage à la vie de son fils qui déraille. Pas étonnant qu'il se soit barré. Presser plus fort sur les paupières. Pour oublier. Le goutte-à-goutte d'un tuyau dans le mur. Ses chaussettes froides. Angel n'a pas encore balancé S-Kro. Il ne le balancera pas. Le môme dans la cellule d'à côté ânonne, catatonique. Cette voix, dans la cellule d'à côté, elle lui dit quelque chose, elle ressemble à quelqu'un. Cette voix, dans un coin de son crâne, il croit la connaître. S-Kro, est-ce que c'est toi ?

Je suis devant la grille. Mes jambes se bloquent. Ce sont les rotules. Elles coincent. La sueur. Chutes du Niagara de ma nuque à mes fesses. Une cuvette à l'endroit du sac. Fonce. Fonce. Fonce. Vas-y, fonce. C'est le moment ou jamais. Ils vont voir. Une nouvelle ère. Ezekiel999 m'a prévenu. Il m'a parlé de la peur d'avant. La dernière chaîne. Le dernier maillon de la laisse à croquer. Le grand impact. La libération. Que dit-il ? Tu es un brave parmi les braves. En toi coule le sang des braves. Quelque chose comme ça. Quand je parle à Ezekiel999, quand je lis les messages qu'il m'envoie ou que je suis ses croisades sur le forum, je ne sais pas toujours quoi en penser, mais il me rassure. Grâce à lui, je fais des pompes chaque matin pour ne pas qu'on me féminise. Il me donne la force nécessaire. Comme à nos débuts, lorsque je lui confiais mes flips et qu'il me parlait du chat de Schrödinger, des multivers ou des trous noirs. Dans la boîte qui nous enferme tous, peut-être qu'on vit, peut-être qu'on meurt. Nous ne sommes qu'une projection en trois dimensions d'une surface en deux dimensions au fond d'un trou noir. Ce que nous croyons être le réel n'est qu'une illusion. Au mieux, c'est une supposition. Au pire, une manipulation.

L'époque n'est plus aux compromis. Il existe une forte probabilité pour que cet univers ne soit qu'une goutte dans l'océan. Des multivers. Il existe des milliards de milliards d'autres gouttes. Des gouttes dans lesquelles je suis puissant. Des gouttes dans lesquelles je contrôle. Des gouttes dans lesquelles je ne suis pas déguisé en goutte d'eau, mon chapeau en pointe tombant sur mon menton, ma nuque lourde, chacune de mes mains dans la paume d'un autre enfant, eux tous rigolards, joyeux, moqueurs. Est-ce que je peux rejoindre ces autres gouttes pour apprendre des autres moi ? Peut-être. À quel prix ? Une heure passée dans un trou noir équivaut à plusieurs dizaines d'années sur cette terre. Le temps d'un aller-retour, et je reviens dans un autre millénaire. Mon père, ma mère et mes sœurs ne pourraient pas admirer mon évolution. Mes bourreaux ne seraient plus là pour subir mon châtiment. Et quand bien même, est-ce que mon corps supporterait un tel voyage ? Inutile. L'esprit humain ne tolère pas l'infini et le néant. On ne sait que délimiter, compartimenter, enfermer. Des parois à l'infini. Une frontière nette entre le plein et le vide. Une fois en mer, on cherche la côte. On s'agrippe au bastingage. Suis-je vraiment prêt pour le grand saut ? M'accepter moi comme être entier ? Autonome ? Autosuffisant ? Autopuissant ? C'est ici que ça se passe. C'est maintenant que je fusionne mes autres moi. Dans cette goutte d'eau-là. Je m'affranchis de leurs limites. Je me libère de leurs pressions. Je fais entendre mon vrai moi. Je me révèle à moi-même. Devenir la meilleure version de soi, l'identité pour étendard. Et tant mieux s'il est taché de sang. Ezekiel999 me l'a dit. Je m'épanouis d'être quelqu'un. Je rejoins les braves parmi les braves, au Valhalla du Valhalla, là-bas, dans les Alpes, pour la grande traque et la défense de nos terres gauloises. Ne me reste plus qu'à couper la dernière amarre, la plus difficile. La liberté est difficile. La puissance est une responsabilité. La justice est un travail. Le courage est un sacrifice. Devenir un Alpha est la récompense. J'ai publié la vidéo, j'irai jusqu'au bout. Une nouvelle ère. J'ai le poids dans mon sac. Le poids de la liberté. Mes rotules qui s'actionnent. Ma nuque vers l'avant. La chaîne qui craque. J'avance jusqu'à la grille. Le sourire du surveillant. Il me demande mon carnet. Je m'arrête. Penche ma tête. Fais pivoter lentement mon sac sur mon ventre. Le zip de la fermeture.

Un calibre n'est pas phallique. Pas intrinsèquement. Pas plus que la tour Eiffel, les pyramides d'Égypte ou l'État de droit. Un calibre n'est qu'un outil. L'outil est défini par son utilisation. L'outil est le trait d'union entre un désir, un objectif et un résultat. Cause-détente-conséquence. L'outil nommé calibre est composé d'une multitude de ressorts. C'est la pression. Les balles sont disposées les unes sur les autres dans le chargeur. C'est la rue. Une fois le cran de sûreté repoussé, la culasse est tirée vers l'arrière et le chien s'enclenche. C'est la police. Discrètement, par ce geste, la balle a été menée dans la chambre. C'est l'enfermement. Une simple pression de la détente, et le chien s'abaisse, frappe le percuteur qui, par combustion, propulse la balle dans le canon. C'est la violence. Les rayures internes au canon, en vrille, garantiront la stabilisation gyroscopique du projectile. C'est la justice. La balle sortira par la bouche du calibre à une vitesse de propulsion telle que, selon sa trajectoire, elle pourra engendrer la mort. C'est la libération avec récidive. Dire ça dans le plus grand des calmes, ça claque. Les mômes paraissent impressionnés. Pour que ça marche à tous les coups, commencer toujours par un râle quasiment chuchoté, puis monter en puissance jusqu'à atteindre une voix claire, parfaitement timbrée. L'entrée en scène est décisive. Le crescendo passant du volume minimum à la voix parlée donne l'impression de cris en fin de course, sans qu'aucune force n'ait été déployée. Là est l'exacte différence entre puissance et violence. La puissance est maîtrisée, ciblée, visée. C'est ce qui lui donne son entière légitimité. La violence, elle, n'est que maladresse. La police, si elle fait preuve de violence, est remise en question, sans que jamais ne soit interrogée la nécessité de sa puissance. Sa puissance nous ravit. Pourtant, la police exerce une violence proportionnée, légitime. C'est écrit, avec puissance, dans la loi. Faire attention aussi aux silences, bien les placer entre chaque phrase, les façonner de longueurs différentes pour faire sentir à l'auditoire que la pensée se construit en même temps qu'elle est dite. Ils achètent plus facilement un meuble qu'ils ont vu façonner sous leurs yeux. Le meuble n'est pas encore terminé qu'il est déjà leur. Son petit défaut de fabrication est une perle qu'ils ont vue éclore. Prendre garde à enchaîner les mots dans une même phrase. Ne pas s'interrompre au milieu. Signifier que la bouche est sur des rails, que la pensée est en place. Un coiffeur qui hésite après chaque coup de ciseaux effraie, tandis que celui qui y va franchement, puis réfléchit un temps, impose le respect. Les mômes attendent la suite. Yeux hagards. D'abord les écouter, comprendre la hiérarchie en place, les intentions, les espoirs et les points de non-retour du groupe.

Avoir dormi un temps incertain dans la cellule. Se réveiller la bouche pâteuse, la barre aux tempes, l'odeur rance. Garder les yeux clos. Ne pas se souvenir de l'interpellation, seulement de la route qui tanguait dans le fourgon et des excuses formulées dès l'entrée en cellule. Ces mômes sont des enragés, ça paraît évident. Et comme tous les enragés, ils vivent mieux en cage. Pour être précis : ils y vivent davantage. Là où tendresse et confiance se font rares, la rage s'installe. C'est une béquille, un mastic qui bouche les surfaces trop poreuses. Ils apprennent ensuite à se construire dans cette rage, jusqu'à se persuader que, sans elle, ils tomberaient. Ils se mettent alors à la rechercher partout, toujours plus de rage pour mieux tenir, et, pourquoi pas, grandir. Donner à l'autre ce qu'il désire le plus, tout en s'assurant de maintenir le robinet en goutte à goutte. Tant qu'ils restent là à téter, pouvoir tout demander, pouvoir tout obtenir. Parfait exemple : les immigrés. Il y a tellement de couleurs de peau et d'accents de français que les appeler *ses* immigrés est plus aisé. Pas de racisme là-dedans, devoir le préciser à chaque réunion, juste de l'efficacité, du gain de temps. Décider donc de manger sur le chantier une fois par semaine avec ses immigrés. À chacun de ces repas, concentrer l'attention sur l'un d'entre eux. Tout passer en revue : femme, enfants, parents, santé, projets, peurs. Mais ne pas trop s'attarder. Le valoriser un temps, le moquer un peu, et puis le couper. Que son immigré n'ait pas la sensation d'avoir vidé l'intégralité de son sac en fin de repas, d'avoir réellement fait connaissance, d'être grisé de ce petit moment de gloire, d'avoir eu le temps de justifier ses écueils et craintes personnels. Il restera donc en place jusqu'à son prochain coup de projecteur, le mois suivant, dans l'espoir d'être enfin connu, reconnu, compris, apprécié.

Faire durer pour que ça tienne, comme avec une femme. C'est ce que disent les patrons au restaurant. Les patrons ne sont pas vraiment des patrons. Presque des amis. Et même s'ils continuent à boire et à manger quand le chemin du travail doit être repris, ils sont comme des frères. Ils font parfois des plaisanteries dans le dos, à peine la porte passée, mais ils ne manquent jamais de les répéter en face, au repas suivant. C'est de la franche camaraderie, de l'entente membrée, il faut comprendre ça. C'est ainsi que les hommes collaborent. Leur parler de ses immigrés – ou plutôt de *leurs* immigrés –, tandis qu'ils parlent des objectifs – qui sont, aussi et surtout, *leurs* objectifs. Et puis viennent les petites discussions de routine : la compagne, le premier enfant, les suivants, les parents, la santé, les projets et parfois même les peurs. Pas le temps de tout dire. Ils rient beaucoup. Rire aussi. Au début, il a fallu se forcer. Deux années de classe prépa maths suivies de cinq années d'études en grande école d'ingénieur, avoir besoin d'un temps d'adaptation à leur humour est chose normale. L'alcool aide. Il y a beaucoup de points communs avec les soirées d'intégration d'école. Comme si l'une de ces soirées se poursuivait chaque jour, le canon à mousse et les sous-vêtements sexy bonbons en moins. Il faut savoir boire dans ces branches, même côté cadres. Être naturellement apte à encaisser. Et si la nature ne suit pas, provoquer Darwin. Se muscler les organes. S'assouplir le foie comme une lanière de cuir. En une heure trente, devenir capable de boire un apéritif, un litre de vin rouge et un digestif avec le client, tout en négociant le contrat ou les délais. Retourner ensuite sur le chantier et donner les directives à ses immigrés. Nécessaire, donc, de ne pas avoir l'alcool mauvais ou, au contraire, de l'avoir très mauvais. Être prêt à hurler sur la main-d'œuvre de manière injustifiée sans jamais s'excuser, même lorsque les vapeurs redescendent. Ces aptitudes obtenues par le travail aident ensuite dans la vie de tous les jours, jusque dans cette cellule de commissariat.

Les mômes attendent la prochaine réplique culte, tel le prochain Tarantino. Extrême gauche ou extrême droite ? C'est pareil. Ça se rejoint. Les uns haïssent leur père, les autres l'admirent trop. Dans les deux camps, il est la source de leurs problèmes. Partant de ce constat, leur servir un discours sur l'État paraît le plus adapté. Ça marche toujours. Mais attention à ne pas se positionner en patriarche. Surtout pas. Flic, prof, éduc, mono, boss ; tout substitut du géniteur prendra dans la gueule à sa place. Du berceau au linceul, il n'y a que des matons. Ne pas faire l'erreur de se présenter comme l'un des rares qu'ils pourront détester ouvertement. Le mieux, c'est de se placer en grand frère. Oui, c'est ça. Le grand frère a l'autorité tout en partageant la condition d'opprimé. Le nombre de gamines qui se font avoir quand on joue la carte du grand frère. Hier, encore. Pour les gamines, il faut d'abord appeler la compagne. Il serait regrettable que celle-là attende pour le dîner. Prétexter un rendez-vous avec l'architecte qui s'éternise, par exemple. Il faut paraître embarrassé, faire trembloter la voix juste assez, sans jamais être désolé. L'homme qui va tromper sa femme – ne voulant plus baiser depuis la naissance du petit, avec épisiotomie supplément point du mari – paraît désolé. Pas celui qui a rendez-vous avec l'architecte. Racler certaines voyelles sur le fond du palais pour faire entendre la colère, tout en claquant les consonnes sur les dents pour montrer l'urgence, la nécessité, l'impossibilité d'y échapper. Tout est une question de justesse, d'équilibre, d'harmonie. Prendre ensuite la Nissan quatre portes, celle prêtée par les patrons honteux de la Twingo, et se diriger vers Paris. En route, se rappeler que c'est bien elle qui a voulu que la relation s'officialise. En un sens, elle a refusé d'entendre raison. Voir quelqu'un d'autre, c'est écouter les pulsions, c'est la nature, c'est la raison. Être en phase avec soi-même. Naître seul, mourir seul et, entre les deux, la solitude partagée. Un esprit sain dans un corps sain. Respecter les deux. C'est toujours une question d'équilibre, de justesse, d'harmonie. Échafauder des théories empêche le sentiment de culpabilité. C'est une parfaite écluse à sensations et sentiments. Important, d'écluser les sentiments. Pour cela, puiser dans l'héritage masculin peut s'avérer nécessaire. Le cinéma, la musique et la littérature constituent des siècles d'archives. Là-dedans, au moins, ne pas être seul.

Une fois arrivé à Paris, appeler les femmes de son répertoire en fonction des quartiers traversés. À la première qui décroche, trouver une place de parking. C'est le plus difficile. Ensuite : la bouche, le lobe, le cou, la baise. Garder quelques minutes de côté pour la discussion. Qu'elle n'ait pas la sensation d'être laissée au bout du lit comme pelure d'orange en bord de benne. Le mieux reste de lui balancer des vérités sur elle. De grandes révélations sur sa personne. Quelque chose qui la chamboule, la déconstruise, la révolutionne. Pour cela, suffit de déceler un paradoxe. Rien d'extraordinaire, ça constitue tout le monde. Comme la proportion d'eau dans un corps, les paradoxes composent la personne sans qu'elle sache elle-même les ressentir. Soulever une petite contradiction entre ce qu'elle vient de dire et ce qu'il y a à constater dans l'espace reste le plus aisé. Par exemple, elle prétend y voir plus clair dans sa vie ces derniers jours, mais son appartement est plus en bazar que jamais. Ou : sur toutes ces photos aux murs, elle est entourée de monde, pourtant son regard trahit qu'elle se sent seule, non ? Poser des questions. Faire en sorte que les affirmations ressemblent à des questions. Écouter les balbutiements de réponses. Insister sur le fait qu'elle est écoutée, entendue, comprise, et revenir sur les mêmes questions, avec un léger changement de formulation. Thèse-antithèse-conclusion, c'est appris dès le lycée. Dire tout et son contraire pour enfin se placer en juge. Ne jamais faire de compliments. Ou, si des compliments sont faits, y glisser une écharde. Quelque chose de mince, de ténu, comme un ressort tordu sous un épais matelas. Elle est tellement belle, rien à voir avec la dernière fois ! C'est mieux quand elle sourit, ses dents sont étranges, c'est ce qu'il y a dc plus beau chez elle ! Lorsqu'elle est rassurée, toujours glisser un soupçon d'insécurité. C'est ce qui la poussera à vouloir être de nouveau rassurée. Pour fidéliser la clientèle, s'inspirer des grandes marques et des bons psys qui vendent des produits périssables impossibles à entretenir et à réparer soi-même, renouvelant systématiquement la gamme, changeant les connectiques, poussant au rachat et à la mise à jour. Une fois les quelques phrases intimement révolutionnaires lâchées à sa réflexion et les deux compliments tranchants déposés sur son chevet, vite partir pour reprendre la Nissan. Démarrer.

Se saisir des lingettes de Javel ou du gel hydroalcoolique, se nettoyer les mains sans oublier le pommeau de vitesse et le volant à un feu rouge, puis ranger le gel dans la boîte à gants ou jeter la lingette par la vitre. La prochaine fois, avec un peu de chance et de talent, elle aura chamboulé un pan de sa vie en fonction des impressions données, elle espérera des compliments, aura besoin d'être rassurée. Il faudra être de nouveau là pour elle, tout en modelant encore ses doutes.

Une fois rentré à la maison, après un rapide bisou à la compagne dans l'entrée, prétexter une journée passée sur le terrain pour prendre une longue douche. Si quelques tensions subsistent, se remémorer des images de la collection et se décharger sous le jet. Se sécher, enfiler le jogging et rejoindre la table et le bon repas qui y attend, tout juste sorti du micro-ondes. Pendant la discussion, ne pas penser aux images. Compartimenter. Si les murs deviennent trop poreux, se souvenir que c'est mieux pour elle. Se rappeler que, grâce à ce sacrifice, si comme d'habitude elle ne veut pas le faire, elle n'aura pas à subir les assauts dans la nuit. Son désir sera respecté, elle sera maîtresse de son corps. S'adapter à l'époque. Un équilibre, une justesse, une harmonie, toujours. Avant de se coucher, embrasser le front de l'enfant. Il est la chair de la chair. Il est le tout de ce monde. Il est le sang, et ce dès le premier regard, à la maternité. Ce regard. Quelle immensité dans ce regard ! Le seul et unique, le vrai coup de foudre, celui sans paratonnerre. Comme un organe de plus. Comme une faiblesse en moins. Une merveille en soi. S'il était né fille, on ne choisit pas, il aurait fallu la préparer à ne pas être une de ces sales proies. Puisqu'il est né garçon, et c'est mieux comme ça, il faudra lui transmettre son héritage d'erreurs, qu'il ne les reproduise pas, et se hisse aussitôt au-dessus des rois. Le fils, c'est le ciel. Une extension de soi. L'embrasser dans son sommeil, qu'il sente cette force qui l'entoure, le protège et le soulève. Seulement ensuite, se glisser dans les draps.

Si dans la nuit s'animent des images en des rêves à qualifier de cauchemars, ouvrir les yeux, se retourner vers la compagne, et, sans forcément la réveiller, la pénétrer. Annexer l'autre rend souverain. Si au réveil elle en parle, lui rappeler que dans l'amour, même l'inconscience du sommeil est un désir. Ou quelque chose comme ça. Romantique, réflexif, fleur bleue, là aussi, le cinéma, la musique ou la littérature peuvent aider. Prendre une douche, s'y décharger encore s'il le faut, embrasser la compagne lorsqu'elle tend le café et puis reprendre la Nissan. Sur la route du travail, ne pas penser à une ex. Ne pas se remémorer l'amour, la passion, l'intense foudre qui reliait, les confidences ensuite, la mise à nu et la sensation d'être enfin soi dès que s'orageaient les ébats. Chasser cette horrible impression que l'amour éprouvé pour une femme rend déloyal celui à la mère. Ne pas ressentir tout court. Rester cérébral, puis oublier. Si la pensée se présente et persiste, la rediriger plutôt vers cette histoire officialisée en un appartement et des présentations à la famille, sensation d'être enfin un homme, les regards envieux de la mère, la reconnaissance entière du père, l'entrée dans le club de ceux qui comptent, qui fondent et subviennent aux besoins d'autres bouches. Ainsi, ne plus être concurrents, mais semblables et associés.

Rassurant pour tout le monde. Mettre la nourriture sur la table, telle est la devise.

Si, après le repas avec les patrons ou les immigrés, l'ex reste en tête, l'appeler. Ne pas ressentir, mais écouter les pulsions. Ignorer son répondeur. Rappeler autant de fois que nécessaire dans l'après-midi. Lorsqu'elle décroche enfin et repousse, l'insulter. Lui montrer par des mots haineux qu'un feu subsiste encore, qu'elle n'a qu'à le suivre tel un phare dans la nuit pour enfin se rejoindre. Raccrocher. Pouvoir toutes les avoir, alors pourquoi pas celle-là ? Illogique. Surtout quand c'est impossible, devoir réussir. Rappeler. Laisser une adresse de bar sur le répondeur et appeler la compagne pour lui annoncer qu'une fois de plus, retard. Changer de motif. Mettre la faute sur le dos des immigrés. S'ils ont suffisamment été dévalorisés en amont, avec pragmatisme, un peu plus chaque soir en rentrant, elle comprendra. Quitter le chantier plus tôt que prévu, prétexter un rendez-vous avec les patrons, menacer de l'ombre d'un renvoi, contacter un certain S., le petit dealer italien, le regarder arriver en scooter et queue de cheval, fumer un joint entre hommes, fraterniser avec lui. Le jeune de cité est une valeur sûre. Tout comme le gladiateur du péplum, le cow-boy du western ou le gangster d'Hollywood ; il est aujourd'hui ce qu'il y a de plus dangereux à l'écran, donc de plus viril aux yeux du monde. Avoir son aval est une garantie. Regarder son entrejambe avec soupçon. Une fois le joint terminé, mettre le pochon dans le caleçon et quitter le dealer, tout gonflé de bravoure. Plan A : s'asseoir dans le bar, commander une bière et attendre. Différencier un répondeur qui sonne dans le vide d'un numéro qui a été bloqué, là est la réelle difficulté. Plan B : appeler les femmes de l'entourage proche qui ont assez mariné dans le doute, et se rendre chez la première qui répond. Plan C : repérer de nouvelles proies tout en enchaînant les bières. C'est la fameuse technique des représailles en cas de repli stratégique, avec exécution des otages si le butin et l'hélicoptère ne sont pas livrés dans l'heure.

Les soirs de week-end, l'affaire est plus aisée. Il suffit de sortir avec une bande d'amis, le mieux étant d'avoir un couple dans le lot pour rassurer les cibles, et suffisamment de MDMA en poche. Proposer préalablement, devant public et sur le ton de l'humour, à l'ami en couple de bien vouloir prêter sa compagne. Ceci assure l'ascendant sur l'un en même temps que la peur de l'autre, tout en calmant le reste. À défaut d'être l'acheteur de la substance, en être au moins le porteur. En proposer à l'un d'entre eux, d'une voix assez forte pour couvrir la musique, tout en s'assurant que l'inconnue à proximité entendra. Surprendre son regard, paraître étonné puis poliment lui en proposer. La convaincre d'aller aux toilettes pour être à l'abri des regards, y prendre chacun sa dose, la plus chargée pour elle, gros parachute dans le ventre. Ne surtout pas la toucher, ni même l'effleurer. Sortir des toilettes, la laisser regagner la foule. La cible qui n'a pas été shootée à bout portant se replacera sans crainte dans le viseur. La recroiser quelques heures plus tard, les pupilles en roue libre, mains moites, pores alertes, cœur chamade, et faire son affaire.

En semaine, c'est plus compliqué. Ce n'est pas une raison pour aller chez une professionnelle. Ne pas payer le silence d'un viol, comme ne pas payer ce qui peut être obtenu gratuitement, telle est la devise. Aussi bancal que cela puisse paraître, offrir des shoots à une femme seule dans un bar reste la meilleure tactique. À condition de le faire avec tact, bien sûr. L'art et la manière. Ne pas insister si elle refuse. Se montrer courtois, distant, désintéressé. La surveiller de loin, comme distrait. Évaluer sa consommation et pronostiquer sa résistance. Rester à l'affût lorsqu'elle prend son manteau sur sa chaise et se lève, sans jamais confondre ce mouvement avec une simple pause cigarette. Il existe une différence, ténue mais significative. La suivre dans la rue, à bonne distance, puis la dépasser, pour enfin ralentir. Lorsqu'elle revient à hauteur d'épaule, engager une discussion, lui demander du feu ou lui signifier la drôle de coïncidence, par exemple. Pourquoi pas jouer la carte de la bêtise innocente. Les résultats du "T'as une tache – pistache" en surprendraient plus d'un. Prendre prise sur le corps de l'autre sous couvert de relent d'enfance est une merveilleuse invention. L'homme-enfant rassure. Après avoir engagé la discussion sur tout et n'importe quoi, en s'assurant de la stabilité du ton tout en exagérant le déséquilibre de la démarche, lui dire au revoir. Il faut le dire en premier, en évoquant brièvement l'espoir de la recroiser. Ne surtout pas lui demander son numéro. La ligne rouge serait alors franchie, l'alarme s'enclencherait dans sa tête et ce serait une soirée de foutue. Si la pulsion n'est pas au maximum, en rester là et lui signifier la possibilité d'une deuxième rencontre le lendemain dans le même bar. Si la femme revient, c'est le début d'un oui. Seulement le O. En règle générale, il faudra attendre deux autres rendez-vous pour le voir se concrétiser en ce que les juges appellent “consentement”. Mais si la pulsion est au maximum, tenter le tout pour le tout. Le consentement, oui, au forceps. Lui tendre la joue pour dire au revoir et l’embrasser. Dans le mouvement, si la rue est bondée, on peut se laisser aller à la folie du corps. Il y a peu de risques qu’elle se débatte en public, encore moins si elle est totalement ivre. Avoir glissé quelque chose dans son verre lors d’une pause cigarette, ou mieux au bar dès la commande, peut s’avérer un réel atout. Pour ça, apprendre en amont le truc de la main tendue et des deux doigts. C’est la même technique que pour un soutif. Constatant ses pupilles rondes, en pleine sidération, tel un lapin dans les phares d’une voiture, proposer de la ramener chez elle, avec le silence complice et professionnel d’un chauffeur de VTC, pour enfin clore l’affaire. Si elle se débat pendant l’acte, arguer de l’ivresse commune, de la sienne inquiétante, et se répandre en excuses.

Ce soir-là, au milieu du bar à demi désert, la cible s’était particulièrement débattue, il faut le reconnaître. La libération des femmes était vraisemblablement passée par là et les chaînes de celle ci cognaient à tout va sur le *dance floor* improvisé, produisant un bruit monstre. La première dose de MDMA lui avait été offerte, puis la deuxième, puis la troisième. Rester à l’alcool, feignant d’être déjà trop chargé, peut se révéler astucieux. Il faut néanmoins l’accompagner systématiquement pour ses doses. Ne jamais se séparer ni de la substance, ni de la proie. Comme les allers-retours aux toilettes affolent les barmans, devoir se justifier en dansant sur des basses entraînantes et des claps saturés, les courbes régulières de son crop-top devenant de fines cisailles grâce aux hachures des stroboscopes, le DJ appelant de sa voix de commissaire-priseur en matériel agricole à plus d'énergie, toujours plus d'énergie, encore plus d'énergie, la fête qui demande son sacrifice d'énergie, le DJ parisien, du cynisme plein la voix, voulant visiblement rejouer ses fantasmes provinciaux en ce début d'*afterwork*, se sentir chaud, les conseils d'un coach pour marquer le but, on lâche rien, rire gras, vieux briscards pour fameux rut, c'est le mental, ne pas se jeter tout de suite sur la cible, lui prouver qu'y en a dans le fute, la gnaque pour faire la différence, allez, allez, allez, le mental, les crocs, vous êtes fatigués, nous ne sommes pas fatigués, est-ce qu'il y a des garçons ce soir dans la salle ? Faites Ohohoh. Des gueules en vrac sur des mâchoires qui s'affaissent. OHOHOH ! Est-ce qu'il y a des filles ce soir dans la salle ? Faites Eheheh. Elle peinait déjà à articuler son Eheheh. Les bras battant l'air en une chute de dix étages, les facettes de la boule disco scintillant tels les buldings de la Défense en plein cœur d'été, faites Ohohohoh, les cols défaits, braguettes ouvertes d'où dégueulaient des cravates, OHOHOHOH, les doigts qui croyaient jeter des lasers, écume et paillettes aux murs, s'agitant comme des vagues, faites Ehehehe, les membres désarticulés se faisant autonomes, cinq points cardinaux en totale déroute, EHEHEHEH, les regards bas de plafond plongeant par-dessus les fines rambardes de tissus, faites Oh, les centimètres de chair apparente à mater, OH, chaque centimètre tend mieux le jean, faites Eh, se sentir bien vivants en un corps palpitant, EH, la mener en dansant sur le chemin des toilettes, Oh-Oh ? ignorer l'inertie qui l'attirait vers le son, OH-OH, un Rodin immobile dans un coin,

Eh-Eh-Eh ? il vomit dans ses mains, EH-EH-EH, le menton cherche support dans un cou, Oh-Oh-Oh ? le loquet trouve encoche à son goût, OH-OH-OH, la porte de tout son poids maintenue fermée, Oh-Oh-Eh-Eh ? les inscriptions aux murs qui tournent, OH-OH-EH-EH, une dose sur sa carte d'identité, oh-oooooh-eh-eeeeeeeh, une langue sur un lobe, OH-OOOOOH-EEEEEEEH, les phalanges sous sa ceinture, OOOOOH-EEEEEEEH, la main qu'elle repousse, OOOOOH-EEEEEEEH, ne surtout pas insister, Chikalikalak !, ne pas se retrouver propulsé dehors contre une benne à ordures, CHIKALIKA-LAK ! Ensuite, ne pas insulter les passants qui regardent la scène éhontée, et ne surtout pas se mettre à arracher les panneaux de signalisation un à un.

Avec le recul, c'était une erreur. Avoir fait une erreur et devoir l'accepter. L'erreur est humaine. Tout est dans la justesse, l'équilibre, l'harmonie, mais aucune de ces qualités n'est humaine. Là est le problème. S'en prendre publiquement aux hommes environnants pour faire peur à la cible sur le trottoir, expulsée elle aussi, bien entendu, rapport à son état, et prouver sa force à la foule. Continuer un temps quand les forces de l'ordre arrivent. Se répandre en excuses une fois à l'abri des regards, dans le fourgon et lors de la mise en cellule. Pouvoir ainsi plaider l'ébriété. Pour la compagne au téléphone, lors de l'appel autorisé, trouver une explication rationnelle. Teinter la confidence d'une sensibilité extrême ou d'un goût retrouvé pour la liberté. Ne pas culpabiliser. Ne pas oublier que c'est elle qui a voulu l'enfant. Ne pas oublier qu'au commencement du premier jour, chacun a tété de jeunes seins. Logique, donc, de vouloir toujours de jeunes seins. Téter son dû. Et puis enfin, s'endormir. En se réveillant, garder les yeux clos.

Le truc sur le calibre pas phallique reste nécessaire pour s'imposer aux mômes. Apparaître ferme, sans se comporter en homme de Cro-Magnon assis sur ses principes, ce genre de subtilité les impressionne. Il suffit d'un petit endroit poreux, d'une légère contradiction, d'un élément de sensible, pour qu'ils acceptent le monolithe. Les prédécesseurs en ont trop fait pour paraître montagne. Il aura suffi d'un gravillon pour déclencher toute l'avalanche. Aujourd'hui, il faut s'adapter, choisir habilement ses failles à exhiber. Remplacer James Dean par Ryan Gosling, Superman par Iron Man, Céline par Houellebecq. Tout est dans l'équilibre, dans la nuance. Ils veulent des hommes, des influents, mais des losers ou des brisés. De ceux qui se plaignent en limousine d'avoir trop souvent loupé le train. De ceux qui pleurent de ne plus trouver leur place. Le blues d'un Blanc, aujourd'hui, c'est ça le charme. Dans le fond, qu'importe ce qui est dit, tant qu'ils valident. Être validé, c'est la prospérité assurée. Les policiers dans le couloir parlent d'un flingue. De deux coups de feu dans une cité. Ils demandent : et lui ? en passant devant chaque cellule. Un flingue, c'est un bon sujet de discussion pour les mômes. Ils rêvent tous de ça. À l'heure où tout se fait à distance, où tout se dématérialise, où l'on peut tuer quelqu'un *via* un drone ou par des commentaires en ligne, un flingue paraît d'autant plus concret, palpable, réel.

Ils sont trois jeunes Blancs et un vieil immigré. Lui demander immédiatement s'il a déjà travaillé dans le BTP et s'il sait se servir de ses mains. L'immigré répond que non, et même qu'il doute que ce soit un travail respectueux de la planète. Facile. Mettre en avant toute la recherche écoresponsable de l'entreprise. Être au top à ce niveau-là, c'est un atout. S'en présenter comme le garant. Lui proposer ensuite de lui donner une carte professionnelle, dès la sortie, pour qu'il appelle et soit formé, promis. Les mômes sont d'autant plus impressionnés. Les gauchistes, puisqu'il s'agit bien de gauchistes à bien écouter leurs chants, sont toujours impressionnés par les gentils patrons, les profs engagés et les bons flics. Dans le fond, ils ne veulent pas tuer le père, juste le remplacer. D'où le mentor. Il faut assurer l'ascendant. Les mômes doivent avoir à peine six ou sept ans de moins, mais après avoir dirigé des hommes de deux fois son âge, ça ne présente aucune difficulté. Pour ça, le duffle-coat, le polo, les chaussures Tommy Hilfiger en cuir tachées de terre et le jean bien taillé aideront toujours. La calvitie naissante aussi. Face aux femmes, suffit de la dissimuler d'un geste. Face aux hommes, de la mettre en évidence d'un autre. Inversement proportionnel. Pour emballer le tout, exhiber la weed achetée au jeune S., encore dissimulée dans le caleçon suite à une fouille approximative. Les yeux des mômes s'écarquillent. La beauté de l'illégal. Leur affirmer vouloir se la fumer ici, demandant haut et fort s'ils ont des feuilles et un briquet. La réponse est négative, l'admiration positive. Déclarer vouloir la fumer avec eux dès la sortie, en récompense, en appartenance, en connivence.

Une fois le groupe ainsi soudé et la hiérarchie forgée dans le dur, règne animal, prendre en compte l'environnement. Une large pièce bordée de bancs en ciment, située non loin de la porte d'entrée du sous-sol ; il doit donc s'agir de la cellule de dégrisement. Si elle est autant remplie de personnes sobres, c'est que toutes les autres cellules sont pleines. *Idem* pour les autres commissariats du secteur, très certainement, sinon il y aurait eu transfert. Bien connaître le topo. Une voix répète sans cesse les mêmes mots à travers la porte au bout du couloir. Un policier doit regarder une vidéo en boucle. Grand bien lui fasse. Les mômes insistent pour que l'immigré n'ait rien à déclarer. C'est bon à prendre, mais les plates excuses et l'air dépité de celui que la vie n'a jamais épargné suffiront amplement, comme d'habitude. Quelque part dans le couloir, un enfant ânonne, une jeune femme appelle. Elle dit avoir mal au ventre et des chutes de tension. *J'aime trop l'amour pour beaucoup aimer les femmes*, Brel, il faut citer. Toujours avoir Brel avec soi, ça impressionne tout le monde. Les jeunes, parce que ça date. Les vieux, pour le souvenir. Les gens de gauche, parce qu'ils sont persuadés que toute forme de culture est à gauche. Les gens de droite, pour *Ces gens-là*. Les Français, parce qu'ils se sont persuadés que Brel était français. Les immigrés, parce que Brel a réussi à naturaliser leur spleen. Les femmes, parce que *Quand on n'a que l'amour*. Les hommes, parce qu'il pisse comme il pleure sur les femmes infidèles. C'est du sans-faute, ça marche à tous les coups. Les mômes n'y coupent pas, ils en restent béats. Note pour plus tard : apprendre Brel à son fils. Ça lui servira. Celui qui murmure en boucle depuis des heures dans l'autre cellule doit avoir besoin d'une épaule pour le soutenir. Se faire de la place sur ses épaules pour un môme de plus, c'est toujours possible. Et peut-être, la prochaine fois, découvrir le plaisir de partager sa cellule avec une femme, comme celle qui se plaint. Ne l'avoir jamais fait dans un commissariat. Il faudra alors soutenir sa cause tout en lui rappelant ses torts. Comme toujours : justesse, équilibre, harmonie. Maîtres mots. D'ici là : dormir, s'excuser, sortir. Et ciao.

Chantonne. Un bras se glisse sous une fesse tandis qu'une main englobe le crâne. Embrasse le front, le long de la joue, à l'endroit exact où l'on sculptera le sourire. Apaise. Berce. Angoisse. Au moindre mouvement, se casse. Un corps tout dans un autre, premier face-à-face, regard vitreux, respiration pénible, se sont rencontrés dans la blancheur des néons, cœur de l'hiver, début de galère. Les doigts ont d'abord évité la fontanelle, fosse du pire, retour rapide, pour ensuite parcourir le visage en s'attardant sur le nez. Un à un, compter les doigts. Mains et pieds. Dans le couloir, on annonce déjà la couleur, rapport binaire, le sexe est là. Mais pour le moment, il ne s'agit que d'un corps devenu deux, d'une paire d'yeux dans une paire d'yeux, d'une respiration en canon qui se synchronise. Le cordon a été clampé puis coupé, paire de ciseaux pour marque à vie, en creux l'empreinte d'une morsure. D'autres canines ne manqueront pas d'intervenir, empêchant la tendresse, reproduisant le schéma. Plus tard. Pour le moment, ce n'est qu'un corps qui tient un corps et se persuade de sa merveille, sa toute-puissance, son droit à tout. Inconditionnel amour. Dans le sein tout contre lui, il y a la survie et il y a le plaisir, là où il y aura un dôme qui sera à prendre, à acquérir, à bousiller, à dominer, à reconquérir. Dans ce plein, il y aura l'ennemie. C'est ainsi que l'on se ment. Ainsi qu'on transmet le mensonge. C'est un garçon. Et c'est ainsi qu'on se finit. Mais pour le moment, ce n'est qu'un corps tout dans un autre, qui grésille et crachouille, qui palpite et déjà rouille, corps qui fait monde infini, monde qu'on frôle, corps bienheureux, indéfini.

“Salut les gens ! Si vous voyez ça, c’est que vous avez cliqué. Merci. Pour une fois, vous me regardez. C’est rare. Ça me va droit au cœur. Mais dites, entre nous, ça ne serait pas plutôt pour vous foutre de ma gueule ? Une fois de plus ? Vous êtes sérieux ? Dès le matin, comme ça, au réveil ? Ou alors, vous faites une insomnie. Vous avez quelque chose à vous reprocher ? C’est dommage, ça, les remords. Ou peut-être, tout simplement, vous avez vu ma tête, et vous vous êtes dit : tiens, si on allait regarder le Chelou ? Ça fera passer le temps et ça nous détendra ! Très bien. Si vous aimez la détente, vous allez être servis. De toute façon, si vous voyez ça, c’est qu’il est déjà trop tard. Je serai bref, donc. Mes quatorze longues années d’existence sur cette terre auront été rythmées par la solitude, le mépris et l’humiliation. Merci qui ? Merci vous. Vous. Vous, qui vous pavanez chaque jour dans la cour de récréation, dans la rue, sur les réseaux, à vos soirées d’anniversaire. Vous, qui vous sentez si puissants, entourés de votre bande de gros bras, avec vos blagues débiles et vos défis minables. Vous, qui vous sentez si belles, du haut de vos petits talons, avec vos petites bouches en cœur bien rehaussées de rouge et vos petites messes basses quand je passe. C'est bien. Je vous félicite. Vous avez gagné. Vous êtes les meilleurs. Vous êtes tout en haut. Au top. Vous êtes le top. Alors, puisque vous êtes en haut de l'échelle, vous crachez sur celui qui est en dessous ? Je comprends. C'est normal. Ça doit être marrant. Vous êtes les plus forts. Et puis, ce n'est pas si grave, ce n'est que le Chelou, après tout, et il a l'habitude : il est fait pour ça. Pour vous souder, il en fallait un à écraser, et c'est tombé sur moi. Pas de chance. Vous êtes-vous seulement demandé ce que ça faisait de se lever chaque matin avec la boule au ventre ? Ce que ça faisait de se demander quelle insulte, quel coup, quelle moquerie vous alliez prendre une fois dehors ? Ne plus réussir à dormir la nuit de peur que vienne le jour ? Écouter craquer les murs de sa chambre ? Être rabaissé par des minables superficiels qui refusent même de vous adresser un regard ? Être victimisé par des idiots sans talent qui se servent de votre corps et de vos peurs pour se sentir exister ? Non. Bien sûr que non. Au mieux, je suis invisible. Au pire, je suis votre chien. Mais vous croyez quoi ? Que vous êtes nécessaires grâce à vos petites bandes ? Que vous êtes importants, parce que vous êtes invités aux soirées ? Que vous méritez de respirer, en grossissant vos pecs sur des selfies ? Que vous avez tout compris, tout ça parce que vous avez des likes ? Que vous avez une vie, parce que vous échangez des snaps ? Et surtout, dans le fond, que votre vie n'est pas vaine parce que vous m'avez, moi, votre souffre-douleur, votre faire-valoir ? Bande de sous-êtres. Vous êtes manipulés. Vous êtes lobotomisés. Trépanés. Finis à la pisse. Honte à votre race. Il y a des choses, des choses que vous ne soupçonnez même pas, des réalités qui échappent à vos cerveaux de singes. Il y a des urgences qui vous ignorent. Vous êtes endormis. Mais vous savez quoi ? Je n'ai pas le temps de vous réveiller. Ni même l'envie. Non. Vous m'avez rejeté, vidé, invisibilisé, insulté, menacé, enfermé, frappé, filmé, transformé en gif, rendu viral et coquille creuse. Vous vous êtes acharnés sur moi. Seuls ou en groupe, vous m'avez fait me sentir une merde, impropre à vivre, illégitime au respect. Vous m'avez fait traverser des années de peur, de souffrance et de haine. Alors je vous le dis une dernière fois : votre ignorance aura été ma torture autant que vos humiliations seront mon sacrement. Vous voyez ça ? Oh le petit bijou. Oh le beau bébé. C'est le bébé à son papa, ça. Il est beau, hein ? On voulait se détendre ? On fait moins les malins, d'un coup ? On m'écoute ? On arrête de se foutre de ma gueule ? On me supplie ? S'il te plaît, s'il te plaît, s'il te plaît. Pfiou-pfiou-pfiouuuuu ! – trop tard. Demain, dès l'aube, à l'heure où blanchit la campagne, vous entendrez mon pouvoir, et puis vous le verrez, mais ce sera trop tard. Demain matin, je mettrai un terme à cette vie de souffrance, en même temps que je mettrai un point final à votre connerie. Ne me remerciez pas, non, non, c'est moi. Tout le plaisir est pour moi. C'est moi qui vous remercie : vous m'avez révélé à moi-même. Alors, dans quelques heures, je me révélerai à vous. Ça sera un grand moment. La fin d'une ère ! Le début d'un règne ! La fête de l'année ! À ne surtout pas manquer ! Ne vous inquiétez pas, je ne suis pas comme vous, pour une fois, nous serons toutes et tous sur la liste des invités. Il est 5 heures du matin, c'est pas le tout mais j'ai une vie, moi ! Je vous laisse, profitez bien, et soyez à l'heure. Comme à la cantine : premier arrivé, premier servi ! D'ici là, n'hésitez pas à mettre des pouces bleus, commentez, partagez. Bisous, les gens. À très vite. Faites de beaux rêves."

De toute évidence, la vidéo a été recommencée à plusieurs reprises. Pas nécessaire d'être de la maison pour s'en apercevoir. Tu replaces le curseur à la première seconde. Tu cliques. Lorsque la voix achoppe en certains endroits du discours, les pupilles forcent les orbites et le mot franchit d'un coup la bouche, tel un canasson récalcitrant face à l'obstacle. Des passages entiers ont certainement été écrits sur une feuille placée dans le hors-champ, quelque part sur le bureau. Peut-être même y a-t-il des ratures, des flèches ou des annotations. Ça te semble brouillon dans sa tête, même quand les mots s'enchaînent. Tu appuies sur la barre d'espace. Imaginer l'enfant dans cette chambre, en pleine nuit, en train de faire, refaire et rerefaire la même annonce face à sa webcam, énonçant le pire, prédisant l'irréparable, se forçant à autant de détermination, puis se plantant sur une voyelle pour ensuite éteindre l'enregistrement et recommencer. Encore et encore. Sûrement qu'il a envisagé de faire un montage des meilleures prises. Mais a-t-il seulement pensé à tout arrêter ? À retourner se coucher ?

Tu relances la vidéo. À l'arrière-plan, tu aperçois des posters de *Dragon Ball Z*, des figurines impeccablement alignées sur une étagère, un flacon de parfum Scorpio, des trophées de ping-pong, petits bonshommes argentés brandissant fièrement leur raquette, des haltères placés en évidence au centre de la pièce, et là, tout en bas d'un placard, une caisse remplie à ras bord de Playmobil. Un môme. Rien qu'un môme. Et puis d'un coup, au premier plan, le voilà qui se lève, son bassin obstruant brièvement l'écran, son boxer Athéna mité dépassant de son pantalon de pyjama en polaire jaune, et le long objet métallique qu'il en extrait. Tu appuies de nouveau sur la barre d'espace. Un pistolet automatique. Beretta 92, 9 mm. Sacré engin dans sa petite paume. Qu'est-ce qui a bien pu lui passer par la tête ? Comment on en arrive là ? Ce n'est pas un client, et même pour un touriste, c'est inhabituel. Dans ce métier, tu en apprends tous les jours. À chaque intervention, à chaque garde à vue, c'est un peu plus de la nature humaine que tu déterres, ses sentiments les plus forts, ses émotions les plus enfouies. Pour les mineurs de fond de l'humanité, à chaque jour son coup de grisou. Tu te demandes où s'arrêtera le forage. La noirceur est une palette infinie de teintes, ébène, jais, corbeau, carbone, encre, ardoise, charbon et d'autres couleurs même pas encore répertoriées. Rien de trop spectaculaire, rien de très grandiose. Salement humain.

Un soir, c'est un type qui a battu sa femme à mort devant son fils de douze ans, tu l'as interpellé en peignoir, du sang incrusté sur ses mains. Il t'a expliqué calmement que ça faisait trop longtemps qu'il n'en pouvait plus d'elle, parce que, tu cites, la salope le poussait à bout. À la question *pourquoi n'êtes-vous pas parti ?* il t'a répondu qu'il n'y avait pas pensé.

Pour seule excuse, il t'a répété en boucle qu'il n'y avait même pas pris de plaisir. Tout contre toi, tu as serré leur enfant, une bombe à retardement se rechargeant dans le silence. Un matin, c'était une intervention dans un squat de *cracked* avec un nourrisson retrouvé mort momifié dans sa couche pleine d'excréments séchés. Les parents étaient uniquement obsédés par l'attirail à ta ceinture, se demandant certainement combien ça valait à la revente. L'odeur du gosse est restée marouflée sur les parois de tes narines, jusque dans la gorge. Une après-midi, c'est un père de famille disparu que l'on a retrouvé. Il a invoqué son droit à l'oubli, tu ne pouvais prévenir ni femme ni enfants, eux qu'il disait pourtant aimer et qui avaient certainement arrêté de vivre depuis douze ans. Une nuit, c'est un autre enfant que tu as pris dans tes bras et sa mère qui s'est jetée du balcon devant toi. Tu n'as pas eu le temps de mettre ta main sur les yeux du gosse, chute de quinze mètres avec tous les voisins aux fenêtres. Le bruit des os te revient aux oreilles chaque fois que tombe une tasse. Une autre fois, c'est un adolescent qui a refroidi sa grand-mère à grands coups de marteau, rapport à un cambriolage qui avait mal tourné. Il a déshabillé et scarifié la dépouille, pour faire croire au viol d'un rodeur. L'ADN de son baiser d'adieu l'a finalement coincé. Le plus souvent, c'est la haine pure dans les yeux d'un gamin de douze ans avec 5 000 euros en petites coupures dans son slip Batman, la recette d'une journée d'un point de deal. Le policier, c'est un fonctionnaire, c'est fait pour fonctionner. Mais comment fonctionner dans le sombre ? Tout pareil que dans une mine : se plier en deux, ne pas trop réfléchir et oublier la machine à broyer les corps. Et surtout, travailler son humour. L'humour, ça rend presque nyctalope. Le plus dingue dans tout ça, c'est lorsqu'il y a de la tendresse. T'es pas préparé. Une mère fondant en larmes lorsqu'elle retrouve son enfant de six ans dans le commissariat, ses caresses, leur étreinte ; aucun humour ne pourrait faire parade. Alors tu pleures ou tu te planques, au choix, ou les deux, et puis tu passes à autre chose.

Sur l'écran de surveillance à travers la vitre derrière toi, tu peux voir le couloir et les différentes cellules. Drôle de promotion, ce soir. Des coups retentissent. L'interphone est HS, tu te diriges vers la porte d'entrée. Derrière la vitre, tu aperçois une femme en pleurs. Tu lui demandes à travers le plexiglas ce que tu peux faire pour elle. Elle vient de se faire agresser, vol, viol, tu n'entends pas vraiment la différence avec la vitre renforcée. Plan Vigipirate. Tu lui conseilles de revenir le lendemain matin, il est trop tard, vous êtes tous débordés, il n'y a personne d'habilité et de disponible pour recevoir sa plainte. De toute façon, s'il n'y a pas de preuves, ce sera une main courante. Encore une cassos, dirait le collègue. Moi qui pensais que les règles de ma femme la rendaient dingue, répondrait un autre pouvant se permettre la blague car pas encore divorcé. Pour ne pas devenir fou, ils ont placé le curseur de la violence au cran massacre à bout portant et sang partout. En deçà, c'est de l'angle mort. La femme est en nage, cheveux en bataille, pupilles de foudre. Tu comprends sa détresse. Si c'est urgent, qu'elle se connecte sur le portail internet, eux pourront l'aider. Tu fais le signe @ avec l'index pour qu'elle comprenne. Bonne soirée.

Tu retournes à ton guichet. Au loin, tu entends le goutte-à-goutte. Dix ans qu'il existe, ce commissariat, et déjà des fuites. Ça, plus les voitures avec tableau de bord tenu par du gros scotch, quand elles ne sont pas totalement en panne, et les ordinateurs réparés dans deux mois : cette société part en vrille. À quand remonte la dernière belle intervention ? Dans la maison, on a coutume de dire qu'une belle inter', c'est un beau flag', de beaux méchants et aucun blessé. Trouver le flingue, ça serait une belle inter'. Sur ça, tout le monde est d'accord. Ils y ont d'ailleurs mis toute leur attention. Ce soir, tu as beau zoomer sur l'écran de contrôle, tu n'aperçois aucun beau méchant. Seulement une bande de gamins en manque d'autorité, un vieux paumé qui a vu de la lumière, un poivrot dans les vapes, une dépressive en perdition et Angel au beau sourire. Et puis ce môme, là, qui ânonne dans son coin, tout replié sur lui-même, qui répète des phrases incompréhensibles et se refait le film par va-et-vient, mouvements catatoniques, chute libre. Plus que quelques heures pour eux au frigo, c'est comme ça que les collègues appellent la gardav', et encore quelques mois pour toi. Ton affectation à la Bapsa ne tardera pas. Même si tu seras moins payé, enfin, tu feras le travail, le vrai, le cœur de métier : le travail social. Là-dessus, rares sont ceux d'accord avec toi. Arpenter les tunnels des périphériques, entrer dans une sortie d'urgence, rencontrer celles et ceux qui survivent là, leur apporter réconfort, soutien et secours. Même si tu seras moins payé, enfin, tu te sentiras utile. Comme Tonton en Afrique, les distributions de vivres, il t'a raconté.

D'ici là, tenir le coup et assurer les permanences de nuit au guichet. Nuiteux, on dit. Ça tombe bien, personne n'en veut. Toi, ça te va. Tu préfères être là plutôt que sur le terrain, à faire de l'alimentaire.

L'alimentaire, c'est les chiffres. Les chiffres, c'est de l'humain digéré en équation. Rien de plus. Problème mathématique niveau sixième. Considérons qu'une bonne affaire soit égale à une interpellation additionnée à une résolution. Soit dix adolescents dans la rue. Chaque adolescent a une barrette de cinq grammes de shit dans sa poche. À combien de bonnes affaires mènerait l'interpellation de ces dix adolescents ? La réponse est : dix. Maintenant, soit un grossiste avec plusieurs kilos de shit dans un entrepôt. À combien de bonnes affaires mènerait son interpellation ? La réponse est : une seule. Soustrayez le coût d'une perquisition, celui des fouilles, de la prise ADN, de la mise sur écoute et autres recherches. CQFD. Ils disent que la politique du chiffre, c'est du passé, alors que c'est toute une société qui ne pense qu'à ça. Ils ne veulent pas de sens. Ils veulent un bilan. Alors si les objectifs ne sont pas atteints, c'est le ministre qui ne peut pas montrer ses gros bras dans un beau discours de guerre, c'est les patrons qui ne grimpent pas les échelons de la hiérarchie, c'est le chef qui se fait taper sur les doigts, c'est les unités qui s'en prennent plein la gueule et c'est les primes qui ne tombent pas. Ce qu'on serait prêt à faire pour un galon, une affectation, une retraite ou 200 euros de plus en fin de mois. Aussi simple que ça. Alors viennent la fatigue, l'aigreur, le manque de reconnaissance, la sensation de n'être plus qu'un matricule, la lassitude, la paperasse qui pèse, les petites combines pour ne pas enregistrer les plaintes, l'urgence à limiter la casse pour quand arrive enfin le soir, en rentrant chez soi. Tu les comprends. Partir ? Pour quoi faire ? La plupart ici ont un brevet, un bac ou une licence. Tu fais quoi, aujourd'hui, avec une licence ? Vigile ? Videur ? Gagner le Smic après des années d'horreur, manquerait plus que ça. La nuit, au moins, la hiérarchie dort. Au guichet, tu n'as pas de chiffres. C'est un peu comme ton job de jeunesse, standardiste d'hôtel, les braquages en moins et le salaire en plus.

Longtemps que tu n'as pas été sur le terrain. Tellement longtemps qu'on ne te suit plus quand tu marches dans la rue à côté de ton vélo, une fois le service terminé. Plus de menaces, et même plus de surnoms. Peut-être même qu'on ne crache plus entre l'œuf et le bacon de ton McMorning, qui sait ? Tu essayes de te remémorer la dernière fois que tu as été en tenue, dehors, sur le bitume. Après ta dépression, appelons un chat un chat, tu as été voir Jessica et Caroline. Au niveau national, y avait Maguy, porte-parole des collègues en galère, avant qu'elle ne se suicide. Mais toi, tu as préféré te tourner vers du local, donc Jessica et Caroline. Pour tout le monde, ici, c'est comme des mamans. Aux collègues hommes, impossible de parler fêlure. Ça pourrait les briser. Il y a la peur que les idées noires soient contagieuses. Et puis dans la maison, on est comme ça. Un type qui perd pied, c'est une balance qui s'apprête à flancher. Aux amis dans le civil, avec leurs discours angéliques, leurs réponses toutes faites de ceux qui se croient encore dans le monde de Disneyland, parler est juste impensable. On n'ouvre pas les yeux à un canasson qui tient à ses œillères. Toi, tu as tes mors, et tu les serres. Des couches de limon qui s'accumulent, des strates qui se solidifient, des fossiles au fond de toi. Par expérience et lucidité, tu as acquis une certitude : L'Humain est mauvais. Maman ressasse toujours que d'enfant rigolard et heureux, tu es passé à adulte en peine et soucieux. À chaque coup de téléphone, elle te répète que tu as un trop grand cœur pour ce métier, qu'il fait de toi un réceptacle à la misère, que la violence prise à main nue te pétera forcément à la gueule comme une grenade, que tu ne tiendras pas. Merci, Maman. Maman a toujours raison. Maman n'aide pas. C'est Jessica et Caroline qui ont contacté les syndicats, pour qu'ils jouent en ta faveur. Heureusement qu'elles ont été là. Sinon, même avec ton calibre greffé dans ta bouche, les gradés t'auraient renvoyé *illico presto* en première ligne. Chair à canon. Le devoir de réserve, c'est trois règles : on ne part pas, on ne parle pas et on ne t'aide pas.

Voilà, c'est ça, tu te souviens : la manifestation. C'était ça, ta dernière inter'. Il y a eu un appel à renfort des CRS, alors on t'a harnaché, la tenue complète aux épaules, des pieds à la tête, les semelles pesant trois tonnes, la gazière, le tonfa, les grenades à la ceinture, et vas-y admirer le 14 juillet en plein septembre. Y a plus de saison, a dit un collègue. Ici, le jeu de mots est un sport olympique. Ils se sont marrés, à quinze dans le fourgon, et puis il a fallu remonter la rue bordée de centaines de cars pour prendre position. Quand ça s'annonce trop calme, certains collègues se disent déçus. Faut que ça bouge ! Lancer une grenade de dispersion en pleine émeute, tirer ses cartouches de LBD, ça leur est agréable, ça les galvanise. Ils ramassent ensuite la goupille au sol pour la garder précieusement, comme un trophée. Toi, tu le prends moins à cœur : une mission, tu obtempères. Chaîne de commandement : ministre – corps préfectoral – DSP. Fallait les imaginer bien au chaud dans leur salle opérationnelle, ceux-là, en train de regarder les chaînes d'info en continu, à picorer tes moindres faits et gestes comme on mangerait du popcorn, à foutre la pression aux chefs sur le terrain pour que tu agisses avec totale fermeté et force extrême, le tout dans le respect de l'absolue proportionnalité et de la suprême nécessité de violence, bien entendu. Le flou des ordres, les écarts d'interprétation, et ce serait le dérapage. Ils en appelleraient alors à ta responsabilité individuelle. Entonnoir classique des culpabilités. Pendant près de trente minutes, un gosse t'a insulté, yeux en rage, droit dans ta visière. De tous les noms. A été repris en chœur par ses collègues le fameux : UN FLIC, UNE BALLE, UN FLIC, UNE BALLE, UN FLIC, UNE BALLE. Métaphorique. Nettement plus subtil que le SUICIDEZ-VOUS et tout autant efficace, surtout quand ça fait trois mois que tu te poses sincèrement la question. Et l'ordre de ne pas bouger, et les insultes qui continuent, et cette réflexion qui te revient, vieille comme ton premier jour dans la maison : pourquoi moi ? On arrive, on se dit qu'on est quelqu'un de bien, qu'il n'y a pas de raison, qu'on a conscience du caractère social de l'affaire, qu'on est justement là pour ça, qu'en face ils comprendront, et c'est le premier contrôle, la première douche froide. Insultes, crachats, violences. Tu te convaincs alors que ça ne vient pas de toi, que ce n'est pas de ta faute, que c'est toute une histoire, toute une culture, cinquante années d'incompréhension, de quiproquos, de malentendus, d'écarts de traduction, tout un poids que tu trimballes malgré toi dès que tu enfiles l'uniforme. Mais ça ne change rien à la souffrance qui se répand en dessous, pire qu'un hématome visible : une hémorragie silencieuse. Et ce môme qui continuait de t'insulter, de te hurler dessus, il connaissait quoi, lui, de ta vie, de tes intentions, de tes combats, de ta passion ? Rien. Tu aurais été ravi de lui mettre sa raclée, celle-là même qu'on avait certainement oublié de lui donner plus jeune. Lui apprendre le respect des aînés.

Ce n'est qu'une fois rentré chez toi, après avoir appelé les syndicats et la médecine du travail pour un énième arrêt, que tu t'en es souvenu. Le môme ne t'insultait pas. Il ne te voyait probablement même pas. À ta place, comme un filtre, c'était l'uniforme, c'était l'État, c'était le mépris, et peut-être aussi, en filigrane, l'autorité, et puis son propre père. Ces réflexions sont peut-être à côté de la plaque, mais ça te donne à réfléchir. Ça te met à distance. Ça ne te panse pas, mais ça amortit les chocs. Les réflexions réconfortantes pour genouillère, coquille, plastron, personne ne te les a offertes, même à l'issue de ta formation. Six mois à Sens. Moins de temps qu'un embryon.

Quand tu viens d'un petit bled du Sud-Ouest, Sens c'est déjà une ville, même s'il n'y a pas grand-chose à y faire. Des cours théoriques, des exercices pratiques, de la marche militaire, de la boxe, des formateurs qui te disent que c'est l'école de la guerre, qui te conseillent d'imaginer un manifestant ou un Arabe pour frapper plus fort, ne rien lâcher, aller au bout de soi, se dépasser, des murs à escalader avec le chronomètre qui tourne, et beaucoup de temps passé en salle de musculation. Une bonne ambiance, la formation. Le bel uniforme au bout de deux semaines, tes muscles bien galbés dedans, les formateurs qui jouent les méchants, la solidarité entre collègues, les blagues à la cantine, les hommes qui s'entraînent sur d'autres hommes à palper dans les dortoirs et le chahut dans les douches : tu sentais que tu faisais déjà partie de la maison. Et puis est venue l'heure de l'affectation. Pour toi, c'était le 93. Quand tu viens d'un petit bled du Sud-Ouest, rien que le chiffre, c'est quelque chose. Pas besoin d'avoir fait Sciences-Po pour comprendre ce qui t'attendait là-bas. Suffisait d'allumer ta télé, d'écouter les anciens et de souscrire à une bonne assurance vie. Toi, à l'époque, tu voulais de l'action, ça tombait bien.

En 2015, tu as vu les images aux infos. Tables retournées, bris de verre, tessons de bouteilles, douilles au sol, rouge à flot, panique folle, saigne drapeau. C'étaient tes valeurs qui coulaient là, en boucle, sur BFM et dans le caniveau. Tu as appelé ta cousine qui faisait ses études à Paris. Elle n'a pas répondu. Tu l'as appelée toute la soirée. La tonalité du répondeur comme cardioscope en hachuré. Tu as frappé les murs, tu as explosé ton clavier, tu as hurlé à la mort. Maman t'a réconforté. Tata au bout du fil toutes les cinq minutes, mais seulement quelques secondes, pour si jamais ça appelle. Tu étais à des centaines de kilomètres, tu ne pouvais rien faire, l'impuissance de ta gueule glabre face à la rhétorique sans appel des barbus. Sales barbus. Tonton aurait su quoi faire. Tonton l'aurait protégée. Tonton vous aurait tous protégés. Le lendemain, lorsqu'un numéro inconnu s'est affiché sur ton écran de téléphone, tu as hésité. Index tremblant, onde sismique se propageant par le bras jusqu'au sol, fil électrique dénudé prêt à tomber dans les larmes, tu as décroché. C'était elle, ta cousine. Hurlement de joie. Elle avait perdu son téléphone dans la détresse d'une soirée en boîte, soupir soulagement, elle était en sécurité, en vie. Un ami d'amie d'amis d'amie à elle aurait dû être au Bataclan. Sous le choc. En raccrochant au bout d'une heure, tu as changé ta photo de profil Facebook, passant du *Je suis Charlie* à un drapeau français. Face aux nuées tricolores qui affluaient sur ton écran, tu as écrit un texte pour témoigner de ta rage, rage d'un cousin d'une amie d'ami d'amie d'amis d'amie qui aurait pu voir son amour de la liberté et de la musique fauché à l'aube de sa jeunesse par les kalachnikovs en furie d'une religion moyenâgeuse ! On avait un ennemi commun. On était tous ensemble. Tu as aimé ce sentiment. Des dizaines de commentaires sous chacune de tes publications. Des poings en l'air, des visages dégueulant, des larmes crues, des Marseillaises, des sangs impurs, et tous ces appels au rassemblement.

Depuis Tonton, Maman t'avait interdit l'armée. Tonton lui-même te l'avait plusieurs fois déconseillée. Faire pleurer sa femme à chaque départ et voir ses enfants grandir en pointillé, c'est pas une vie. Tu avais aimé qu'il dise *ses* enfants. Cette fois-ci, c'en était trop. Sans hésiter, tu as tapé "formation police" sur YouTube. Une vidéo sur les différentes étapes, la dureté du métier, bien sûr, mais aussi sa beauté. Arrivé à la pub – quelque chose sur le fait d'être poli, galant, courtois, de demander systématiquement avant de devenir tactile mais jamais elles ne te rappellent ? Une méthode existe, c'est la méthode Alpha, et elle est pour toi. Clique sur le lien juste là –, tu as pris ta décision. En quelques mouvements de souris, tu t'inscrivais au concours d'entrée. Défendre ta famille, honorer Tonton, te proclamer français. Cette sensation dans le buste, comme une voile qui gonfle. Tu savais que ça serait dur autant que tu sentais comme c'était juste. Souvenir d'après-midi pluvieuses à regarder Maigret, sa pipe qu'il casse au début d'un épisode quand un badaud le bouscule et l'horreur dans les yeux de Maman. La voix grave de cet homme et son regard vitreux quand un suspect refusait les aveux. Souvenir de soirées sans sommeil devant *New York, unité spéciale*, les bâches sur le bitume et les macchabées dedans, les rouleaux jaune vif pour seuls rubans, macabres cadeaux pour Amanda Rollins. Tu savais bien que ça ne serait pas du cinéma. Tu n'imaginais pas le fossé.

Tu jettes un coup d'œil sur tes écrans. Le brigadier Lardy a fini son manège. À peine tu l'as vu s'approcher d'Angel avec la brigadière-cheffe que tu as détourné le regard. Les caméras n'enregistrent pas. Ici, il n'y a besoin d'aucun procès-verbal, puisque l'individu est déjà interpellé. Que du off. Et comme disent les collègues, si tu veux être droit dans tes bottes, suffit de mettre l'altercation dans un PV, t'assumes, on réfléchira ensuite à la meilleure explication. Bienvenue dans la boîte noire, d'où ne sortent que les ombres. Rare que ça remonte jusqu'au commissaire, et même alors, pas de vagues. Il y a bien ce type à lunettes qui s'est infiltré dans la maison, pour en déballer le linge sale. Que les journalopes commencent par dénoncer les violences dans leurs rédactions, et tout le monde se portera mieux. Tu veux quoi ? Te retrouver entre deux feux ? Coincé entre la sauvagerie du dehors et la violence du dedans ? Alors tu baisses les yeux. Ne pas voir, c'est ne pas se souvenir. Ça fera ça de moins à ressasser. Le brigadier Lardy est parti. Angel se tient le menton. Aucune trace visible, donc rien à taire. Te voilà rassuré.

Le brigadier Lardy a la vie dure, surtout depuis sa femme. C'est un vrai, il n'a jamais essayé d'en finir, même si certains diraient qu'avec l'alcool c'est tout comme. Comme tout le monde, il tient comme il peut, et quelque part, tu le comprends. Toi aussi, t'as déjà pensé à leur coudre à coups de poing sur la gueule un mur de silence. Toi aussi, tu as déjà ri à quelques blagues racistes sur les bords. Tu partages ses opinions à propos de la hiérarchie de la maison et du monde de la finance qui possède tout le reste. Comme toi, le brigadier Lardy aime la littérature. Maupassant, Saint-Exupéry, Mallarmé, Hugo. Même, une fois, il t'a défendu. C'était quelque chose. Tu te rappelles.

Sur les écrans, tout le monde dort ou se fait sage. L'isolement contient la rage. Les gauchistes ronflent leurs chants, la dépressive ronge ses mors, le vieux sénile savoure son banc, le petit Angel se presse les yeux, l'ivrogne cuve son vin et le môme ânonne encore. Jusqu'ici tout va bien. Tu retournes à ton poème.

VARIATION NOCTURNE #11

On nomme ce bruit : coup de feu.
C'est exact. Le chien percute, la balle prend feu.
Mais comment nomme-t-on le silence qui s'ensuit ?
Libération, soulagement, malédiction ou sacrement ?
Tout à la fois, sûrement.

Le coup de feu solde un problème
en même temps qu'il en crée d'autres.
Rien ne se perd, rien ne se crée,
tout se transforme.

Cacher le corps,
ou bien se rendre ?
Avouer ou mentir ?
Culpabiliser ou jouir ?
S'arrêter ou poursuivre ?

On tire en l'air pour annoncer, pour aboyer, de peur saine ou folle joie.
On met en joue par nécessité, en dernier recours, désespoir ou grand émoi.
On ne sait ni la vivre ni la clore, on sait à peine la gagner, encore moins la réussir,
mais on respecte
la vie. Paradoxe.

On lui reconnaît une valeur,
juste assez pour
la prendre,
À l'instant même où l'on comprend que la mort,
elle,
ne vaut rien.
Donc on la donne.
Du reste, on doute.

L'arme est un lien direct avec le monde.
Seulement quelques centimètres d'acier.

Impact. La porte d'entrée. Tu lèves les yeux de ton téléphone et aperçois un visage familier. Tu te redresses, fais quelques pas, appuies sur le bouton. L'avocate entre, tu la salues. Son odeur. Dior. Elle râle un temps sur l'heure tardive mais tu ne l'écoutes déjà plus. Tu saisis le combiné, presses deux touches, préviens qui de droit. C'est pour le môme. On a suffisamment enquêté, il a suffisamment mariné. Comme on dit dans la maison, il est mûr. Un collègue se pointe dans le hall. Le bruit des talons de l'avocate sur le carrelage brunâtre. Gingembre, iris et tubéreuse, note très appuyée d'œillet ou parfum amer d'ylang-ylang, tu crispes tes narines et retournes à ton poème.

Rien à déclarer. Rien à déclarer. Rien à déclarer. Vos petits sourires, vos longs silences, miroir sans tain, je vous vois venir. Rien à déclarer. On va y passer la nuit. Je suis coriace, j'aurai prévenu, faudra pas se plaindre. Tout mon temps. Comme une carpe. Comme une tombe. Comme un mort. Comme une ombre. Vous notez, là ? La classe, j'ai ma propre secrétaire. C'est la dictée ! Et si je dis Crakochkling, vous le notez, Crakochkling ? Et Cochinchine ? Et Cumulonimbus ? Et Nimbus 2000 ? Et Callipyge ? Est-ce que vous savez au moins l'écrire, Callipyge ? Et Coléoptère ? Et Calé aux shtars ? Et Cul de raptor ? Escarre de rotule ? Est-ce que tu rentres seule ? Continuez sans moi, je vous donne carte blanche, c'est du Rubik's Cube. Allez-y, moi j'en ai marre. Faites venir un collègue. Relayez-vous. Échangez les rôles. Bousculez-moi. Arrachez vos cheveux. Caressez-moi. Tapez du poing. Éblouissez-moi. Éclaboussez-moi. Rien à foutre. Rien à perdre. Non, rien de rien, je ne regrette rien… À déclarer ! Je serais vous, je noterais ça. Fissa fissa. Alors je signe, ou peut-être non, je ne signe même pas, tiens, et on passe à autre chose. Ma vie, ta vie, *ciao* ! Rien à déclarer. Il vous faut quoi ? Une explication de texte ? Une récitation ? Un manifeste ? Le voilà : RIEN-À-DÉ-CLA-RER. Je peux vous aider pour l'orthographe, si vous voulez. Déclarer : vendre, pas vendu. Prendre, pas pendu. Ou pendu, même, si vous voulez, j'assume, moi. Pendez-moi ! Oh le monstre, oh le monstre, l'horrible monstre ! J'irai jusqu'au bout. Jusqu'au bout de la perpétuité, même, c'est-à-dire l'infini et tous ses trous noirs, mais avant, entre nous, parce que ça pèse gros sur mon cœur, les remords, il faut que je me décharge, j'en peux plus, c'est insupportable, il faut que je vous fasse un aveu : je n'ai rien à déclarer. On fait moins les malins, là ? On a vu sa petite promotion défiler devant ses petits yeux, hein ? On arrête l'intimidation, d'un coup ? Parce qu'on t'attrape, on te fouille, on te palpe, et tout ça pour quoi ? Pour trouver ton identité ? Elle est dans les poches, l'identité ? Merci du conseil, ça fait longtemps que je la cherche. C'est comme pour les clefs dans le frigo, j'avais pas essayé. En fait, vous êtes bons qu'à ça : palper, palper et encore palper. Obsédés. À croire que c'est votre raison de vivre. C'est ça, vous palpez les autres juste pour vous sentir vous-mêmes. En nous touchant, vous cherchez la limite à vos propres corps. Sentir le monde, en devenir monomaniaque, avoir tout touché, toutes les matières du monde, toutes les surfaces possibles, tous les corps croisés, pour savoir où et comment vous vous terminez. Je suis sûr que le soir, dans vos lits, quand vous rejoignez vos meufs, des 6/10 je parie, vous vous palpez aussi, et toujours sans rien trouver. Ah, la gueule ! Y a que la vérité qui blesse ! Alors, mon identité, vous l'avez trouvée ? Non ? Parce que j'en ai pas ! Rien à déclarer. Je me tais. Je ne réponds plus. Je ne suis plus là. Je n'ai jamais été là. Vous parlez à un mur. Je n'entends rien. Je chante. Je chante dans mes oreilles. Désolé. Vous êtes bien sur le répondeur de biiiiip, merci de bien vouloir laisser un message après le bip, je vous rappellerais dès que possible. Biiiiiiip. Ah, ça, je vous avais dit que ça serait long. Rien de dangereux, de coupant, d'illicite ? Le type, votre collègue, il m'a demandé ça, avec mon truc dans sa main. Il voulait quoi de plus ? Et après vient le pire : on te vide du peu que t'es, et puis on t'enferme avec toi-même. C'est déjà pas suffisant comme ça, de laisser quelqu'un avec lui-même ? C'est pas déjà la mort ? Je suis prêt à parier que vous n'êtes pas moi. C'est déjà ça de pris, vous me direz. Une personne de moins à palper pour trouver mon identité. Si vous voulez, on échange. Vous tiendrez même pas une heure dans mes pompes. Et puis comme ça c'est moi qu'aurai le fauteuil, et vous la chaise. Moi les questions, vous les réponses. Et vous verrez, vous direz : rien à déclarer. Moi je ne réponds pas à vos questions. Parce que tout ce que je dis, ça sera retenu contre moi. Comme dans les films, le verre de scotch en moins. Si seulement c'était pareil dans la vraie vie. Pouvoir retenir tout ce que l'on dit contre soi. Pouvoir serrer ses mots, avec tendresse ou avec rage, comme un oreiller le soir dans sa chambre. Ça ferait déjà quelque chose à soi, de vraiment à soi, pas vrai ? Mais moi, mes mots, on me les a toujours renvoyés à la gueule. C'est bien simple : je n'ai rien pu retenir contre moi. Voilà. J'en ai trop dit. Rien à déclarer. Je ne répondrai plus à vos questions. Vous pouvez l'écrire noir sur blanc, en gros caractères, avec majuscules et italique même : *RIEN À DÉCLARER*. On le souligne, et on arrête ? *RIEN*

À DÉCLARER. Non ? Vous avez tout votre temps ? Ça tombe bien, moi aussi. On tourne en boucle. On radote. Personne ne m'attend à la maison. Cherchez pas, vous donnez pas cette peine, non, je ne dirai pas où j'habite. Je ne dirai pas qui m'élève. Je ne dirai pas qui me rabaisse. Je ne dirai rien. Ça veut me coincer, ça veut me pousser dans un renfoncement de mur, ça veut me prendre par le col et me soulever du sol jusqu'à ce que l'air me manque et m'agonise, c'est tout ce que vous me souhaitez, que je crache morceau après morceau ? Vous fatiguez pas, j'ai l'habitude. Déjà petit, je m'exerçais. Les spasmes du sanglot, vous connaissez ? Ça vous dit quelque chose ? Les yeux qui se révulsent, la mâchoire qui se tord, la glotte qui palpite et la bouche comme un vase. On aurait pu y mettre tout l'air de la pièce que je ne l'aurais pas bu. Jusqu'à en devenir violet. Vous avez des enfants ? Vous verrez, ça vous marque. Non, je ne vous donnerai pas ma date de naissance. Je parle de ce que je veux, ou je garde. C'est à vous de choisir. Moi le silence, ça me va. Ça tient les murs, le silence. Ça soude une famille. Ils vécurent heureux et eurent beaucoup d'enfants, mais est-ce qu'ils eurent des trucs à se dire à table ? Non. Le silence. Ou alors, on parle pour ne rien dire. Comme dans les cafés, comme à la télé. On peut parler du temps qu'il fait, vu qu'ici on voit le ciel. Veinards. Pourquoi il n'y a pas de fenêtres dans nos cellules ? Pourquoi on ne peut pas voir la vie, comme elle continue toute normale sans nous ? Ou peut-être : pourquoi la vie ne peut pas nous voir, nous, comme on survit parfaitement sans elle ? C'est parce que vous avez honte ? Vous avez honte de nous ? Ou bien parce que vous avez honte qu'on n'en ait rien à foutre ? En tout cas, vous avez honte. Sinon, on serait pas cachés. Avouez, vous avez honte de moi. Y a pas de souci. Vous seriez ni le premier, ni le dernier, je vous rassure. Mon père, il dit toujours qu'on a les enfants qu'on mérite. Il dit ça pour ceux des autres, bien sûr. Ceux qui cassent des tables au collège, ceux qui insultent les profs, ceux qui redoublent, ceux en conseil de discipline, ceux qu'on exclut. Il va dire quoi, mon père, là ? Il a le fils qu'il mérite ? Est-ce qu'on va lui retirer sa médaille ? Est-ce qu'il en a reçu une, même, pour sa petite méritocratie de merde qui est si chère à son cœur ? Si c'est le cas, on m'a pas invité à la cérémonie. On me l'a même pas dit. Jamais. Et vous ? Chez moi, on a du mal à dire je t'aime. C'est de la pudeur. C'est de la dignité. C'est de la droiture. Il parle presque jamais, mon père. Aux autres, il parle de moi, mais à moi, jamais de rien. Du coup, impossible de savoir quel enfant il mérite, mon père. Vous, vous savez ? Quel enfant il mérite, votre père ? Un enfant flic ? Vous voyez, vous aussi : vous avez rien à déclarer ! Mais vous prenez pas la tête, ça avancera à rien. Ce que j'ai fait, je l'ai fait, et j'en suis fier. Dans la cellule j'ai eu le temps d'y repenser. C'est fait pour ça, pas vrai ? Et au final, après mûre réflexion, je me dis que c'était inespéré. Parce que dès le début, pour moi, j'avoue, c'était pas gagné. Pour tout vous dire, cette après-midi, quand j'ai dormi sur vos banquettes moisies, j'ai fait des rêves. Des rêves de crash. C'était l'autoroute, il y avait du sang et de la ferraille tout emmêlée, ça s'entassait, ça se percutait, ça s'engloutissait. C'était pas beau à voir, ça non. Alors je me suis rappelé un truc. Un souvenir. De la poudre d'enfance. C'est inflammable, la poudre d'enfance, vous croyez ? Ne répondez pas, faites comme moi, ça vaudra mieux : rien à déclarer. Je me suis donc souvenu d'un truc, un épisode, quelque chose de banal qui m'a marqué mais je ne sais pas pourquoi. Vous ne seriez pas un peu psy par hasard ? Si, si, pensez-y, en cas de reconversion, ça pourrait le faire. Un réveil, donc, sur l'autoroute, les yeux qui s'ouvrent à cause d'un ralentissement et des nuées de gyrophares, des voix dans la voiture, mes parents, mes sœurs, et par la vitre : une bagnole défoncée. Trace noire. Dérapages. Carcasse éparse. Charogne béante. Sa gueule totalement écrabouillée dans la glissière de sécurité. Le tableau de bord large comme un caniveau d'où le sang coulerait par flots réguliers. C'est comme si on avait ouvert une bouche d'incendie pour nettoyer la route, en se trompant de couleur. Écarlate, le truc. Alors des collègues à vous et des camions de pompiers se sont affairés tout autour, que ça ne fasse pas trop désordre, que ça salisse pas tout. Et mon père qui nous disait de pas regarder tout en ralentissant au maximum. Il est comme ça, mon père. L'une de mes sœurs a sorti son téléphone pour faire une story, alors ma mère l'a engueulée, sans pour autant détourner le regard. Et moi, j'avais une seule pensée en tête : ces gens-là avaient fini dans un crash. Vitesse. Vacarme. Vraoum. Fracas. Ils devaient être au moins à 150 kilomètres heure, a dit mon père. Qu'est-ce qu'ils avaient vu ? Qu'est-ce qu'ils avaient entendu ? 150 kilomètres heure en chute libre horizontale, vous imaginez ? Être projeté à une telle vitesse que la carlingue s'encastre dans la chair. 150 kilomètres heure, c'est pas rien. À cette vitesse-là, toute la famille dans l'habitacle ne faisait plus qu'un.

C'était l'époque où, sur l'autoroute des vacances vers la Lozère, lorsqu'il pleuvait, je m'amusais à parier sur une goutte. Laquelle arriverait en bas de la vitre la première. Il y avait celles qui se la jouaient humble et puis accéléraient d'un coup en attrapant une autre. Et il y en avait d'autres qui fonçaient front baissé pour se manger un coup de vent. Dans ma tête, je les encourageais. Et lorsqu'il faisait beau, que le soleil découvrait le paysage, je m'inventais un pouvoir. Le pouvoir de passer d'une voiture à l'autre, par exemple, rentrer dans les autres habitacles, être tour à tour cet enfant-là qui mange une glace, celui-ci qui dort derrière, ou ce parent qui hurle sur ses gosses. Si j'étais assis du côté droit, j'avais le temps de voir venir, de m'imprégner, de vivre à fond la Peugeot, la BMW ou la Citroën, loin de la Kangoo de mes parents. C'était encore mieux dans les bouchons. Mais si j'étais assis du côté gauche, derrière mon père, il fallait faire vite. Les voitures défilaient en sens inverse et je devais sauter d'un cockpit à l'autre, ne saisissant qu'une couleur, qu'un geste bref ou un regard. Ça faisait passer le temps. C'était quelque chose. En vrai, j'aurais dû rester dans l'un de ces habitacles. C'est comme ça que tout a commencé, d'ailleurs. J'insiste, parce que c'est important. De toute façon, je dis ce que je veux et vous allez m'écouter, sinon je me tais. Spasme du sanglot, vous vous souvenez ? L'habitacle, c'est comme ça que j'ai commencé. Une couveuse, on l'appelle. Né par césarienne. Rien à voir avec César, je vous le garantis. Entrapercevoir le monde derrière une vitre de plexiglas. Des électrodes sur le corps, et puis deux mains qui vous attrapent. Les deux mains ont deux trous pour entrer dans l'habitacle. Le monde a deux trous pour entrer dans votre espace. C'est une bulle. Une carapace. Une armure. Ou une cellule, si vous préférez. J'ai aucun souvenir de cette époque, juste des sensations. Le reste, on me l'a raconté. Peut-être même que je me suis créé les sensations à partir de ce qu'on m'a raconté, je sais pas. Les souvenirs, les sensations, c'est rien que des mots. Des mots qui marquent. Césarienne, ça, c'est pas un mot qu'on veut retenir tout contre soi, alors je vous le donne. C'est gratos. Je sais, c'est pas la mort, bien au contraire, il y a pire. Y en a des qui naissent sans parents, y en a des qui ont les parents qui meurent, y en a des que c'était à cause d'eux, leur mère ou leur jumeau, y en a des drogués, y en a des battus, y en a des abandonnés. Y a de tout. Et surtout, y a de pire. Mon père m'a jamais maltraité. Je sais même pas s'il m'a même traité, mais faut relativiser, pas vrai ? C'est Ezekiel999 qui me l'a dit. C'est lui qui m'a parlé le premier de notre planète comme d'une poussière d'étoiles. Rien qu'une poussière d'étoiles. Un pas grand-chose, en fait. Juste un détail dans l'univers. Ça relativise. Pour être précis, c'est même pas un univers. Pour être exact : nous vivons en multivers. Et même, il y a des chances pour que ce que l'on vit, vous et moi, ce que l'on voit, c'est-à-dire votre bureau, votre beau fauteuil, vos plaques de signalisation aux murs, vos plots de sécurité dans les coins, la collection de soutiens-gorge étendue sur le fil à linge, le poster de *Pulp Fiction*, les petits dictons sur le tableau, les blagues avec les W pour faire les R écrits au marqueur, et même votre diplôme dans le cadre, tout ça, ce n'est qu'une projection depuis le fond d'un gros trou noir. Pas plus, pas moins. Ça fout le vertige, hein ? La 3D n'est qu'une impression. Un hologramme. Rien n'est réel. Au sens où vous l'entendez, du moins. Si vous ne comprenez pas, c'est normal, c'est quantique. Ezekiel999 vous expliquerait ça mieux que moi de toute façon. Il a tout un tas de vidéos sur le sujet. Ce qui est important à retenir, c'est que lui, il a gobé la pilule rouge, alors que vous, vous vous délectez de la pilule bleue. Non, rien à voir avec votre uniforme. Mon père aussi a gobé la pilule bleue, et il a pas d'uniforme. Enfin, qui sait ? Disons qu'il a refusé d'ouvrir les yeux pour voir l'évidence : la matrice. Il existe des lobbys, ça, tout le monde le sait. Suffit de regarder à votre ceinture : tonfa, matraque télescopique, taser, pistolet semi-automatique, gaz poivre, grenade de désencerclement. Une entreprise a forcément fait pression sur des dirigeants pour décrocher le contrat. Ça en fait, du fric à se faire. Et cette même entreprise a tout intérêt à cultiver la violence pour vous vendre de nouvelles armes, toujours plus efficaces contre une menace toujours plus présente. C'est le capitalisme. La loi du profit. À qui profitent les crimes ? Pas besoin d'avoir fait Saint-Cyr. Mais rares sont ceux qui acceptent de voir jusqu'où sont prêts à aller les lobbys, et surtout à quel point ils sont tous de mèche pour l'avènement d'un Nouvel Ordre Mondial. Arrêtez de me regarder comme ça. Bien sûr que je vous vois venir, bien sûr que je lis clairement dans votre jeu. J'ai l'âge que j'ai. À vos yeux, je suis jeune. Je suis pas débile. À voir le ciel, on est la nuit. Depuis ce matin, vous avez certainement eu le temps d'entendre les témoignages de mes professeurs, de mon voisinage et même, peut-être, de mes camarades de classe, c'est ça ? Ils vous ont tous dit pour mon surnom. Pas besoin de le prononcer ici. Alors vous me voyez utiliser des mots de plus de trois syllabes et vous vous dites : complotiste. La belle blague. Ça ne veut rien dire. Déjà, vous seriez surpris de ce qu'on apprend sur internet. Moi, de la culture, j'en ai. Vous ne me verrez jamais la bouche en cul-de-poule sur les réseaux, vous ne lirez jamais un de mes messages écrit en langage SMS. Je me respecte. Je respecte la France. Vous verrez dans mon historique comme j'en sais, des choses. Des tas de choses. Des tas de choses qu'on nous tait. Petite leçon de sémantique : l'intégriste, il respecte à la lettre sa religion, le bouliste joue aux boules et le pianiste joue du piano. Le complotiste, c'est donc celui qui respecte le complot, qui y participe activement. Moi, les complots, je les dénonce. S'il y a bien un complotiste dans tout ça, c'est l'État. Flash info : vous en êtes le serviteur. C'est donc vous, le complotiste. BAM ! BIM ! ZBLA ! On fait moins les malins, là ? Ezekiel999, il m'a fait comprendre certaines choses. Ezekiel999 aura été ma pilule rouge. Déjà parce que, lui, il m'a écouté. J'ai pu lui parler de certaines choses. Des choses que personne ne voulait entendre. Ezekiel999, lui, il avait la solution. Prenez mes tocs, par exemple. Vous connaissez les tocs ? Ça bute une vie. Ezekiel999, il m'a expliqué que toutes ces poignées de porte, tous ces interrupteurs de lampe, tous ces boutons de gaz, si je les vérifiais, c'était uniquement par sentiment d'insécurité. C'était par peur d'être responsable, coupable, impur, bourreau. Il m'a dit que, moi aussi, j'étais victime. La couveuse, mon père, le collège ; j'étais victime. Et ils ont beau nous répéter à longueur de journée qu'il y a pire ailleurs, que des migrants meurent en mer et que des gamins de quartier ne partent pas en vacances, ce que je vis est tout autant réel. J'avais perdu confiance en moi. Ou plutôt : on me l'avait jamais donnée. Ça, c'était avant Ezekiel999. Il m'a montré des trucs, avec images à l'appui. Des vidéos volées à la Nasa. Des comptes-rendus de loges franc-maçonniques. Des discussions en off de ministres. Des trucs qui m'ont rappelé qu'avant cet eugénisme global, ce sédentarisme mondial, j'étais un fier Caucasien. Certainement un descendant de Viking même. De cette chute, j'étais la victime. Les Colin et les Maxence sont des fils de bobos. Les bobos sont à la solde du lobby LGBTQIA+. Leur but ? La pédérastisation de notre société. Pour ça, ils sont financés par l'Islam. Faut réfléchir, faut utiliser son cerveau, faut être malin. Suffit d'allumer sa télé pour voir que l'Islam est partout, mais faut creuser un peu plus pour trouver le sens de leurs manœuvres et puis les guerres qu'on nous cache. Tenez-vous bien : une fois que la France sera en majorité sodomite, on assistera à la féminisation des mœurs. Donc, à une légitimation de la compassion, de la sensibilité, de la "tolérance", donc, *a fortiori*, ce sera la porte ouverte à l'immigration. Donc à l'islamisation. Tout est lié. Faire payer les Colin et les Maxence, c'est faire payer leurs parents, et donc couper l'herbe sous le pied d'Al-Qaïda. Faire payer les Sixtine et les Ophélie, c'est faire payer les futures Vanessa parisiennes 10/10, et venger tous les types comme nous, les 4/10, qu'elles auraient forcément émasculés et forcés à l'abstinence niveau Mage noir, avec leurs indécisions, leurs revendications et leur haine des hommes et donc, par prolongement, de la valeur famille. Elles feraient quoi, les Vanessa 10/10, si tous les mecs blancs comme moi se mettaient à baiser des mecs blancs comme moi ? Elles les feraient comment, leurs mômes ? Elles la perpétueraient comment, l'espèce ? D'après vous ? C'est scientifique, anatomique, naturel, logique. Il faut penser grand ! C'est pas donné à tout le monde de saisir l'étendue du tableau, de voir les dégâts causés par la Seconde Guerre mondiale et la Grande Juiverie Organisée qui en a fatalement découlé. Y en a marre de s'excuser ! Moi, par exemple, je dois m'excuser de douter. Mes tics. Mes tocs. Ezekiel999, qui est plus fort, il doit s'excuser d'être un homme, d'être de confession chrétienne de race divine, de vivre chez lui dans son pays de sang, de ne pas être homosexuel, d'avoir ses propres valeurs et de respecter les règles de la galanterie. On a tous une ennemie commune ! Des hommes qui embrassent des hommes ? Des femmes qui disent comment doit se comporter un homme ? Comment on s'y retrouve, nous, là-dedans ? Vous imaginez le manque de repères ? La crise d'identité ? Comment savoir quel chemin suivre ? Comment être ? Quel sens donner ? À quelles poignées s'agripper dans cette putain de vie ? Ouvrez les yeux, tout le monde en parle ! Mon père est incapable de bricoler, incapable de planter un clou. Il ne m'a jamais appris à couper du bois, construire un meuble, allumer un feu. Il n'a jamais essayé de me comprendre pour adoucir mes tocs, ou même de me frapper pour endurcir mon mental. Il ne m'a jamais montré comment faire quelque chose de mes deux mains ou bien comment ressentir profond mon corps. Ce qu'il m'a appris ? La tolérance. La tolérance de l'autre, le respect absolu de mes sœurs, l'esprit critique vis-à-vis de toute doctrine. C'est un bon gros *cuck* gauchiste ! Un *cuck* ? Je vous remercie de demander. Un *cuck*, c'est un soumis. Pour être plus précis, un soumis à cette société gynocentrée. Il en est arrivé à un point de non-retour tel qu'il est persuadé de porter sur les épaules toutes les tares du monde. Alors il doit se repentir, et scander haut et fort son féminisme. Comme ça, on ne le soupçonne pas, malin, il peut baiser ma mère tout en ayant du plaisir à se flageller. Ce sont les pires. Si mon père n'avait pas été un *cuck*, s'il avait été fier de ce qu'il est, s'il n'avait pas piqué des crises à devoir se terrer chacun dans nos chambres en attendant que ma mère le calme, s'il m'avait parlé, s'il m'avait transmis certaines valeurs propres à sa nature, son héritage génétique et culturel, on n'en serait pas là ! Oui, je suis blanc. Oui, je suis homme. Oui, je suis sédentaire. Oui, j'aime les femmes. Non, je ne m'habille pas comme une tafiolle. Et oui, je n'ai pas honte de le dire ! Non, je ne suis pas raciste. Ni homophobe. Notez ça : Ezekiel999 n'est ni raciste, ni homophobe. On a le droit d'être intelligent. Il faut analyser. Réfléchir. Connaître l'Histoire. Apprendre de l'Histoire, c'est de la survie. Lui, il connaît Jeanne d'Arc, il connaît Clovis, il connaît Sardou, il connaît Cabrel, il connaît les divinités nordiques, il a lu *Mein Kampf*, *L'Art de la Guerre* et la saga du *Disque-Monde*. C'est un vrai Gaulois. C'est un pur Caucasien, né en terre historiquement chrétienne. Que chaque pays accepte son héritage ! Les musulmans seraient bien mieux en terre musulmane. Voilà. Ils pourraient y vivre selon leurs lois, leurs fatwas, et personne n'aurait rien à y redire. Parce qu'Ezekiel999, il est pour la liberté des peuples à disposer d'eux-mêmes. Principe fondamental de la République. Aucune immigration et aucune ingérence. Zéro mélange = zéro ingérence. Même si les Africains sont bien contents avec toutes nos routes et nos écoles, on leur laisse, on oublie. Et la dette, on oublie. Grands princes. Que chacun fasse selon sa culture. Ils veulent la charia ? Ils font la charia. On veut la démocratie ? On fait la démocratie, mais sans devoir satisfaire les goûts et les couleurs de tout le monde. C'est pas plus compliqué que ça. À la base, c'est nous les gentils, on a vu ça en classe dès la primaire, alors autant rester entre nous. Et là, c'est la merde, chez nous. Jérôme Bosch c'est Walt Disney, à côté de ça. Y a qu'à ouvrir un journal. Vous avez ouvert un journal ? Tous les migrants viennent parce qu'on leur met du rêve plein les yeux. Et quand ils arrivent pour trouver la merde, ils mentent à leurs familles en leur envoyant de l'argent au lieu de manger, en dormant dans des taudis tout en racontant au téléphone prépayé qu'ils sont dans une villa. C'est naturel. À leur place, on ferait pareil. C'est la dignité. Et si on arrêtait de leur mentir ? Si on leur montrait que nos Blancs, nos Blancs à nous, ils manquent de travail ? Que nos bancs sont déjà trop remplis de nos pauvres ? Que nos maisons et nos églises tombent totalement en ruine ? Que notre économie s'effondre ? Et si on leur payait à tous un billet retour, direct ? Alors on pourrait se concentrer sur nous-mêmes. Balaye devant ta porte. Aide-toi et le ciel t'aidera. C'est comme ça. Au lieu de ça, on pousse les murs pour les accueillir, on accueille toute la misère du monde, c'est-à-dire les musulmans, et ils convertissent nos femmes. Ça, c'est parce que les femmes sont soumises à leurs règles. C'est Ezekiel999 qui me l'a dit. C'est comme ça, c'est la nature, c'est la lune, on n'y peut rien, faut l'accepter. Les femmes ne sont pas fiables, pareil que pour les Elfes de sang, et les nazis l'avaient bien compris. C'est anatomique. C'est pas de leur faute, elles sont modelables, influençables, convertissables. Alors, une fois nos femmes converties à l'Islam, on essaye de les récupérer. Logique, c'est le besoin primaire de se reproduire, c'est dans notre ADN. Surtout qu'ils sont malins, les musulmans, ils choisissent toujours les meilleures, des 7/10 jusqu'au 10/10. Et pourquoi ils se gêneraient ? Buffet à volonté ! C'est quoi ? C'est simple : c'est des notes. Moi je suis un 4/10. Vous, vous êtes peut-être un 5/10. Ça permet d'évaluer l'extérieur de l'autre. Ça nous indique la qualité de son ADN. On avait ça dans le sang, avant la grande hypocrisie généralisée. D'après vous, comment ils se sélectionnaient entre eux les *Homo sapiens* ? Réfléchissez ! C'est crucial, ça, pour la survie. Surtout en cas de guerre raciale, par exemple. Pour les hommes, ce n'est pas le plus important. Encore moins dans cette société gynocentrée et eugéniste où les femmes tiennent le pouvoir. Il faut se rendre à l'évidence : elles ne s'intéressent pas à toi en dessous de 8/10, surtout si tu gagnes au ras du Smic. Pour nous autres, reste la prostitution ou le Mage noir. C'est quoi ? Faut tout vous expliquer, vous, les pilules bleues ! Un Mage noir, c'est un puceau de plus de trente ans. Passé trente ans, t'en as plus envie. Tu te respectes trop pour te mettre sur le marché du cul, et ainsi, plus aucune pression gynomagique n'a d'influence sur toi. Tu es libre. C'est le must. Mais quand on n'a pas réussi à atteindre ce grade, ni à se rendre à l'évidence de sa propre notation, on se met alors à courir en vain après les 9/10, bien souvent converties à l'Islam. Guerre des civilisations. Logique. Du coup, on fait des compromis, du coup on leur donne la parole, du coup on leur donne le droit de vote, du coup on les écoute, du coup on se féminise, du coup il y a de plus en plus d'homosexualité, du coup on devient trop sensibles, trop compatissants, trop manipulables, alors on accepte de plus en plus de migrants musulmans. CQFD. Boucle satanique. Jusqu'à ce qu'on passe de minorité à exception, et puis le néant. C'est ce qu'on appelle le cercle vicieux du Grand Remplacement. Nous sommes en guerre ! C'est comme ça. C'est Ezekiel999 qui me l'a expliqué. Pareil pour les trous noirs, le Nouvel Ordre Mondial, l'eugénisme, le chat de Schrödinger, Glozel, la Zone 51, la Terre creuse, la Communauté organisée et la véritable vérité sur la bataille de Waterloo. Vous savez quoi ? Ezekiel999, il est comme moi. Quand je lui parlais, sur le forum, j'étais persuadé qu'il était grand, costaud, avec des tatouages ou quelque chose de vécu, tellement il savait des trucs sur le monde. Mais non, il est comme moi. Quand on s'est rencontrés dans le parc pour qu'il me donne le flingue, parce que oui, c'est lui qui m'a donné le flingue, notez ça si vous voulez, je m'en fous : le flingue, c'est le sien. Il s'en sert par sécurité, pendant les IRL, parce qu'il a trop de *haters*. IRL, j'imagine que vous connaissez pas ? Ça veut dire *In Real Life*. C'est quand on se rencontre dans la vraie vie, entre gars du forum. Vous devriez voir ça, c'est de sacrées soirées. Si c'est dans un bar, on est complètement bourrés. Si c'est chez quelqu'un, on joue toute la nuit. Moi, je peux pas encore, ma mère veut pas, mais ça viendra. *Haters*, c'est ceux qui nous détestent. Ezekiel999 en a beaucoup. Autant qu'il a d'idées. Être trop lucide n'est pas compatible avec cette société, il dit. Alors Ezekiel999, quand il m'a donné le flingue dans le parc, au début, je l'ai pas reconnu, alors qu'il portait les mêmes vêtements que dans sa description. Pour moi, il avait pas le gabarit du mec qui me poussait à faire des pompes. Ça m'a troublé. Et puis j'ai compris : Ezekiel999, c'est au-dedans qu'il est un homme. Parce qu'il est en guérilla. Parce qu'il se camoufle. Je l'ai ressenti dès qu'il a ouvert la bouche. Sa puissance. Son assurance. Sa manière d'aller d'un point A vers un point B en une seule phrase. Direct. Évident. Logique. Mes tocs, c'est pas ma faute. Mon surnom, c'est pas ma faute. Mon père, pas ma faute. Les filles, pas ma faute. Cette société m'a coupé les couilles et déraciné de mes valeurs en faisant de mon identité une insulte. Mais pointer du doigt la société, c'est lâche, c'est agir comme une féminazie. C'était à moi de prendre mon destin en main. À moi de remonter la pente. *Winner takes it all.* William Wallace. Donald Trump. C'est ça, être un homme. À moi de remettre la balle au centre. Il fallait me reviriliser. Le flingue, c'était pour ça. Oui, j'ai entendu les deux coups de feu, le soir de ma vidéo. Non, ce n'était pas moi. Peut-être que c'était Ezekiel999 avec un autre flingue. Ou peut-être d'autres frères. Nous sommes légion. Moi, j'aurais fait un beau carnage. J'avais assez de balles pour faire taire toutes ces filles, sans concession, de 0 à 10/10, et tous ces garçons pourtant blancs qui ont perdu leur véritable identité à trop me harceler, tous ces profs islamogauchistes qui nous pervertissent de leurs idées, et juste assez de temps pour m'en sortir. Ezekiel999 m'attendait dans le parc, on serait partis en cavale, il m'aurait hébergé chez des frères Alpha, ils m'auraient trouvé une nouvelle identité, une belle, avec un nom bien de chez nous, pas comme celui de ma famille, et dès cet été, dans les Alpes, j'aurais participé au stage avec entraînement sportif, marches, feux de joie, chansons, catéchisme, formation légale, formation létale, yoga, méthode Alpha, déplacements tactiques, rugby, taekwondo, endurcissements à l'eau bouillante, renforcement par l'eau glacée, méditation, déportation de migrants et résistance à la torture. J'aurais fait partie de la Grande Mission. Il m'avait promis. Il fallait juste que je lui prouve. Il fallait juste que je fasse ça. La vidéo était parfaite. J'avais plus qu'à me libérer. J'y étais presque. À un doigt. À un doigt de leur révéler ma vraie nature, à un doigt de me révéler à moi-même, à un doigt de clore les humiliations, à un doigt de faire résonner nos opinions pour qu'enfin revive la vraie France. J'étais à un doigt. Un doigt sur la détente. Vous avez foutu ma vie en l'air. Chiens de la matrice. Bâtards de pilules bleues. À un doigt. Alors maintenant, je vous le tends, ce doigt, vous le voyez, ce doigt ? Et je le place là, en évidence, sur ma bouche. Rien à déclarer.

Sifflote. Une main s'approche d'une joue tandis que l'autre maintient le buste. Caresse le menton, le long de la mâchoire, à l'endroit exact où s'affaissent les années. Accroche. Sectionne. Embrase. Au moindre mouvement, arrache. Un corps derrière un autre, odeur d'alcool, relents citron, s'est caché dans l'embrasure d'une porte, peau à merci, fin de soirée. La paume a d'abord embrassé l'objet, acier trempé, métal brillant, pour ensuite le prendre en étau en le levant face au miroir. La mousse rend au visage sa nébulosité première, deux yeux dans la glace comme des phares dans le ciel. Atterrissage contrôlé de la lame sur la peau, et le geste se fait chasse-neige. Ouverture de coude, pliure du bras, tapotements sur le lavabo. La virilité en pointillé qui parsème l'ivoire. Plus bas, une serviette lentement qui s'affranchit de son nœud. Vrille. Ouvre. Glisse. Tombe. Le long des cuisses, choit. Le drapé d'une chute aux chevilles s'éteint. Et ce membre fascinant qui n'a rien de gracieux, et ces sphères plombantes qui appellent l'inertie, et ce truc effrayant bien plus gros que le sien. Dans l'embrasure, un jeune corps. Face au père, son émoi qu'il retient. Ravale cri. Cervicales pivotent. Faux mouvement. Lame dans pli. Saigne litote. Creuse dénis. Vrai adoubement. Rouge griotte. Un corps qui s'enfuit et l'autre qui se tait.

Le môme est passé à table. Sur les bons conseils de son avocate, dans le bureau aux murs recouverts de blagues sur l'accent d'un collègue martiniquais, avec la collection de soutiens-gorge pour bizuter les nouvelles collègues, il a tout donné, sans broncher. Même pas eu besoin de le chahuter. Son identité, celui de son petit camarade, les lieux, les faits. Beaucoup de pleurs, pas mal de morve, le plus difficile aura été de comprendre quelque chose à sa déposition, entre deux claquements de mâchoire. Oisillon effrayé. Très poli et respectable. Oui, monsieur. Bien, monsieur. Pardon, monsieur. S'il vous plaît, monsieur. Je vous en prie, monsieur. Il avait surtout peur qu'on dise tout à ses parents, à commencer par son harcèlement. Vu sa situation scolaire, sociale, familiale, et son absence d'antécédents, de toute façon, il ne risque rien. On le gardera encore un peu, histoire qu'il imprime bien la leçon. Pour la belle inter', on repassera.

Ta première inter', tu t'en souviendras toujours. Tu venais d'arriver dans le hall du commissariat, celui-là même que tu hantes encore. Rapide tour du propriétaire et, très vite, un besoin de renfort. Tu t'es équipé dans le vestiaire, t'assurant que tes serflex étaient à disposition, ton matricule bien visible, la boule au ventre, mais aussi la fierté de l'uniforme. Tu y étais, bien dans le vrai, début de stage, prêt pour être juste. En franchissant la porte du hall, un collègue t'a explosé de rire à la gueule. Tu vas où comme ça ? À la cueillette aux champignons ? On va à Quatre Chemins, petit. Pas à Quatre Fromages ! L'humour, toujours. Tu n'as pas eu besoin d'explications. Si ça porte un nom champêtre, une référence à la faune ou à la flore, c'est une cité. Une cité du 93, donc un quartier de reconquête républicaine. La boule au ventre s'est faite pétanque. Carreau, la fierté. On t'a tendu un casque, un flingue de service, un taser et ton gilet pare-balles. Dans le fourgon, ils t'ont raconté un à un leurs anecdotes favorites. Machine à laver du haut d'un toit, tournante dans les caves, brebis dans la baignoire, femme égorgée, point de deal avec fusil d'assaut. Là, ce n'était qu'une agression pour vol de vélo, mais on n'était jamais trop prudent. Pour un arbitrage de badminton, ici, ça pouvait partir en vrille. En arrivant dans la zone, tu as pu apercevoir par les vitres teintées les hautes tours, de leurs pieds à leurs ventres. Immense monstre à mille yeux. On t'a conseillé de retirer ton matricule, rapport aux téléphones et caméras. Tant que ce sera pas formellement interdit, tant que ça ne sera pas toi qui réaliseras le film, autant couper les séquences. Tu t'es exécuté. Scratch de l'insigne. Quand le moteur s'est éteint et que la porte latérale a coulissé sur ses rails, le soleil t'a aveuglé. Rangée de points noirs sur ta rétine. Est-ce que le matériel était trop lourd ou bien tes jambes te trahissaient déjà ? Tu n'as pas eu le temps de trancher, fonçant tant bien que mal à la suite de tes collègues. Vous avanciez en rang serré, balayage visuel à 360°, longeant les murs, une main sur l'épaule du collègue de devant, l'autre posée sur le flingue, le holster déjà déboutonné.

Quand tu es arrivé sur le lieu de l'agression, aucune machine à laver n'a dévalé le ciel. Les deux collègues en première ligne se sont jetés sur l'agresseur dont le complice avait déjà pris la fuite, très vite coincé dans un recoin de bâtiment. Clef de bras, front-sol, genoux-nuque. De part et d'autre de la dalle, les forcenés ont éclaté en sanglots. Entre deux râles ravalés, des coulées de morve et des cris de peur, ils ont appelé leurs mères. L'un avait six ans, l'autre huit. Deux petits garçons. Deux frères. Des *atchoums*, comme on dit dans la maison. C'est toujours mieux que des *bâtards*. À quelques mètres, une femme blanche tenait une enfant métisse par le bras. La petite se cramponnait à un petit vélo rouge. La femme affirmait que c'étaient bien eux, les voleurs, les deux enfants noirs, et qu'ils avaient même poussé sa fille pour lui prendre son vélo, elle en était sûre, c'étaient eux, malgré leurs suppliques, il ne fallait surtout pas les laisser partir. On a relevé les deux suspects. Le plus jeune était pris de hoquets, il ne pouvait plus respirer, encore moins s'expliquer. On l'a calmé, l'assurant que s'il n'avait rien fait, il n'avait rien à se reprocher, il n'avait donc pas à pleurer. Reprends-toi, mon petit gars. Il devait maintenant sécher ses larmes et montrer qu'il était un grand, un fort. On allait l'emmener au commissariat pour en discuter calmement, entre hommes. Son grand frère, davantage habitué à l'exercice, déclarait qu'ils n'avaient rien à voir là-dedans. Avec ses cris, ses bras tendus et ses mains accusatrices, la scène avait déjà rassemblé une vingtaine de personnes sur la dalle, et deux fois plus aux fenêtres. Un collègue a fait le signe. Il fallait se dépêcher, embarquer les garçons avant que ça ne dégénère. On a mis dans ta main gantée la petite paume du minot, t'enjoignant de quitter la zone d'intervention pour rejoindre le fourgon. Derrière toi, les cris de la foule, de plus en plus nourris. Le môme tremblait au bout de ton bras. À certains pas, ses baskets Spiderman touchaient à peine le sol. Tu rentrais la nuque sous ton casque, de peur d'une pluie de gravats. Des fenêtres ne venaient que des cris. Les toits, eux, restaient sans voix. L'enfant refusait d'entrer dans le véhicule, ses parents lui ayant interdit de monter avec des inconnus. Sans réfléchir, tu l'as poussé dedans. Coulissement du rail. Fracas de portière.

Une fois dans le fourgon, tu as tenté de le rassurer par les mots. Ne te venaient que des phrases d'adultes, des pensées à voix haute comme autant de tiges en métal pour contraindre le corps : sois un homme, fais pas le bébé, calme-toi, petit gars. T'as que six ans ? T'es grand pour six ans. Si t'as rien fait, tu ne pleures pas. Mets tes bras le long du corps, sèche tes larmes, ça ne va pas à un grand garçon comme toi de pleurer, t'es costaud, il ne faut surtout pas que tu craques, reste vertical, à tout prix vertical. À écouter ta propre voix résonner dans ton casque et dans le fourgon, il t'est apparu clairement que c'était à toi-même que tu parlais. Il y avait les cris dehors et tu as cru entendre un impact de quelque chose quelque part. En attendant la suite, tu as été pris de panique. C'est alors que tu as ouvert tes bras et pris l'enfant. L'enfant dedans. Doucement, délicatement, tendrement, tout contre ton gilet pare-balles. Blottis l'un contre l'autre, vos respirations se répondaient, lente synchronisation, et puis enfin, l'apaisement.

Bilan de l'opération : deux enfants interrogés, un homme placé en garde à vue pour outrage et rébellion, et un sermon de tes supérieurs pour proximité avec personne interpellée. Tu as compris alors que "proximité" était un gros mot. On est censé être maître de son interpellation. La personne en face donne le ton, on évalue, et on prend l'ascendant jusqu'au dernier mot. Si le tutoiement est officiellement interdit par la hiérarchie, il est conseillé par les anciens pour rendre le contrôle moins lourd. La tendresse, elle, est hors cadre. Tes collègues d'intervention t'ont expliqué que c'était exactement comme les fauves : on a envie de les adopter quand ils sont petits mais, avec le temps, ils grandissent, et leurs crocs avec. Combien de personnes ont jeté des crocodiles adultes dans les chiottes, rien que l'année dernière ? En un sens, ils avaient raison : c'est vrai qu'on les voit grandir. Au fil des mois, tu en as côtoyé certains davantage que ta propre cousine.

Angel, par exemple, que tu peux observer sur l'écran, tu l'as vu passer de jeune homme bagarreur à jeune adulte responsable. Et encore, tu n'as que quatre années de boutique. Le brigadier Thierry, lui, en a onze. Il connaît bien Angel, et surtout son père. C'était un bon client. Un client spécial. C'est Bernard, un ancien collègue, qui les avait mis en contact.

Ton regard se pose sur la petite photo accrochée à côté des écrans de surveillance, à l'abri des regards. Une vingtaine d'hommes et quelques femmes se tiennent en ligne bien droits, tous collés les uns aux autres, s'assurant d'être de profil pour rentrer dans le cadre, tout en s'agrippant les parties intimes par peur des remarques. Bernard est debout au centre, tout sourire. C'est son dernier jour avant la retraite.

Il a préalablement été séquestré dans une cellule, menotté à une chaise puis rasé de près à la tondeuse. Cadeau d'adieu. Sur la photo-souvenir, son crâne et ses poignets en témoignent. Bernard, lui, connaissait Angel avant même sa naissance. Il a vu le bébé faire ses premiers pas sur la dalle, il a entendu ses premiers mots, reçu ses premières insultes, séparé ses premières bagarres, secouru ses premières victimes, l'a contrôlé devant ses premiers amours et a même palpé son premier salaire. Dit comme ça, ça peut paraître grossier, mais tout au fond, il y a de la considération, et peut-être même, qui sait, de la tendresse.

À gauche de Bernard se tient une collègue partie depuis. Elle sourit, elle aussi. Tu ne te souviens pas de son nom, mais c'est elle qui t'a confié un jour prendre son arme de service dans son sac à dos, entre la bouteille de coca et les bonbons, pour accompagner sa fille en sortie scolaire. C'est comme ça, comme dormir avec son calibre sur la table de chevet ou ne pas dire son métier au premier rencard, ça fait partie des réalités du terrain.

Tout à gauche, quasiment en bordure de cadre, se tient Thierry. Ses cernes immenses, ses grands bras, son teint blême et sa coupe défraîchie t'attendrissent presque. Dans la rue, depuis quelque temps, le brigadier Thierry est surnommé le Zombie. Comme bien souvent, les gamins ont vu juste. C'est que Thierry a bien changé. Sur la photo, parmi les collègues, ça te saute aux yeux. Il ressemblerait presque à un membre d'une autre espèce, bien qu'entouré de tous ses frères de la BAC.

Les baqueux sont normalement recrutés pour leur goût du risque, leurs capacités sportives et leur appétit du flag. Des casse-cous, des têtes brûlées, des shootés à l'adrénaline, ils ont été formés à chasser le bandit et à l'attraper, à faire preuve d'initiative et à s'autoriser quelques entorses au règlement. Comme on dit : mieux vaut être boucher que veau. Ce sont eux qui sont vraiment capables d'aller d'un point A à un point B en un minimum de temps et avec une force de frappe maximum. Après l'inertie de trois heures de ronde au calme plat, ça les galvanise, ils aiment ça. À la suite d'une interpellation, tu les as souvent vus se reraconter le film, comme des enfants sortant d'un manège ou d'une avant-première de *Star Wars*. Eux, au moins, ils ont le respect. À chaque minute sur le terrain, ils envoient un signal. La peur est forcément d'un côté ou de l'autre. Autant qu'elle soit de l'autre et ce, dès l'enfance. Faire peur, c'est déjà faire quelque chose. Les baqueux ont leur humour, leurs codes, leurs comptes WhatsApp, leurs références. Ils n'ont pas de routine. Ce n'est pas un métier qu'ils font, mais un métier qu'ils vivent. On dit heureux celui qui vit de sa passion. Les baqueux, eux, se passionnent de vivre. L'adrénaline rend accro aux battements de cœur. Et malgré leurs moqueries qu'ils font toujours à ton endroit, quelque part, tu les admires. Les femmes des baqueux vivent dans la peur que des collègues les appellent pour annoncer leur mort. Comme Tata. Levés à 3 heures du matin, arrivés à 5 heures au commissariat, ils n'auront laissé sur la table de la cuisine qu'un dernier mot à propos des devoirs des gosses. Ce sont eux les vrais héros. Eux, qui remettent chaque jour leur respect en jeu, leur virilité en action, leur puissance en ressenti. C'est eux qui connaissent toutes les marques et modèles de voiture pour mener à bien une filature. C'est eux qui collectionnent les numéros de victimes d'agression lorsqu'ils les trouvent à leur goût pour les rappeler le soir. C'est eux qui regagnent du territoire sur les zones de non-droit. Le conducteur couvre l'avant du véhicule *via* le pare-brise, et puis l'arrière dans le rétro. Le chef de bord, sur le siège passager, couvre tout le côté droit. Le troisième, à l'arrière, surveille le côté gauche. La ville à 360. Souverains de la jungle, des suspects à chaque coin de rue. Rien ne leur échappe. Un vol-arrach', une effrac', une transac', une gueule louche et ils claquent les portières, déboulent sur l'individu, plaquage ventral, jointures qui craquent, immobilisation, petite claque, sans jamais rien perdre de leur sang-froid. Et lorsqu'ils le perdent, c'est simplement par effet éponge, tu le sais bien. La société parfois dégorge de tous les pores. Alors ils déboîtent un bras ou explosent un plancher orbital, et les voilà partis pour une heure de travail éditorial, à trois autour d'un PVI, pour accorder leurs versions et envoyer le blessé face au juge.

L'humiliation est leur art, l'humour leur dialectique, la violence leur doctorat. Se faire insulter, c'est la porte ouverte à toutes les fenêtres, comme ils ont coutume de dire. Alors ils prennent les devants. Vous êtes qui ? Vous faites quoi ? Vous êtes au courant de quoi ? Vous voulez faire quoi ? T'es connu des services ? Tu veux qu'on appelle un magistrat ? Outrage, incitation à l'émeute, rébellion, ça te dit quelque chose ? Ils hurlent ça à toute vitesse en embarquant le type. Un peu comme du théâtre, dès l'ouverture de rideau, ils campent bien leur rôle. Une insulte et ils sautent à la gorge. Un regard et ils cocardent un œil. Les crachats, ils en font des shampoings. C'est le respect, c'est l'autorité, c'est quelque chose.

Avant, le brigadier Thierry, dit le Zombie, ne faisait pas exception à la règle. Il est ceinture noire de karaté. Récemment converti au Krav maga, il s'intéresse de près aux vidéos de MMA, et c'est d'ailleurs comme ça que tu l'as rencontré : il t'a montré des images, un soir. L'adrénaline et la sueur, c'était son truc, comme les autres. Par le passé, sur la dalle, il en a ceinturé des corps. Étranglement, blocage au sol, menottage, maîtrise et palpation faisaient alors partie de ses aptitudes et plaisirs – dans le respect des gestes techniques professionnels d'intervention, bien entendu. Ces gestes que tu as toi-même dû mémoriser en formation, répéter et répéter jusqu'à ce qu'ils deviennent réflexes. C'est ainsi que tu t'es rendu compte d'une chose : les gestes ne font pas qu'habiter le corps. Ils le constituent. Le façonnent. Et si, au prochain scandale, on t'interdisait l'un de ces gestes, il ne quitterait pas ton corps. Ce n'est pas un locataire que l'on met à la porte au bout de trois mois de loyer impayé. Allez dire à un ouvrier qui travaille depuis vingt ans au même poste de changer sa manière de tenir son outil. Tant que la machine n'explose pas, il continuera. Et les chefs de l'ouvrier, s'ils ont été ouvriers eux-mêmes, ils auront aussi intégré ce geste. Et les petits jeunes, les tout nouveaux ouvriers qui ont appris à tenir l'outil autrement, ils voudront essayer les gestes, juste pour voir. C'est comme ça, partout pareil : pour lui faire plaisir, le petit garçon apprend par mimétisme de son papa. Et s'il se rend compte que le geste marche plutôt bien, et même qu'il augmente le rendement au point qu'il s'en retrouve félicité, alors il adoptera le geste et sera à son tour façonné par le geste. C'est une posture. C'est une ambiance. Pareil dans la maison. Bien sûr, pour l'exemple, on sanctionnerait le premier à se faire filmer avec ce geste au bout des doigts. Ainsi, les médias se calmeraient et la hiérarchie resterait en place. Mais le geste perdurerait. Contraindre un corps à ne devenir plus qu'une bouche, trouver l'angle pour la faire taire, lui couper le souffle ; c'est tout un art. L'agressivité d'un ton, la tension qui monte jusqu'à l'outrage, et le climax qu'on étouffe d'une bascule de poids, d'une clef de bras, d'un genou sur un cou, c'est tout un savoir-vivre.

Le brigadier Thierry sait ça, et même mieux que toi. Pourtant, voilà près d'un an qu'il se tient de plus en plus en retrait des interpellations. Ses collègues s'en plaignent souvent dans la salle de repos. Un fossé s'est creusé entre leurs corps. D'abord de quelques centimètres, le serflex toujours à portée de main, et puis de quelques mètres, la main sur le holster fermé, pour enfin en arriver à sa position actuelle, en mirador, les bras ballants. Il n'y peut rien. Il aura suffi d'un simple échantillon de salive envoyé aux Pays-Bas pour que ses étranglements deviennent étreintes. Lorsqu'on n'a hérité de sa mère adoptive que des silences, on est prêt à cracher dans le bocal, il t'a dit ça, un soir. Le test ADN avait parlé : 90 % espagnol. En cherchant ici et là dans des archives, il en est arrivé à la conclusion que ses grands-parents génétiques avaient certainement dû fréquenter les fameux bidonvilles bordant le Paris d'antan, là où avaient été déployés les premiers agents de la BAC 93 balbutiante. À travers elle avaient été importées les techniques expérimentées par l'armée française dans les caves les plus sombres d'Algérie. Il porte donc aujourd'hui l'uniforme et les réflexes de ceux qui ont peut-être incendié, tabassé, menacé, mis à sac ses propres ancêtres. Ça pose question. Ça interroge. À la quête personnelle succède la mise en doute globale. Tous ces gestes et postures qu'il a parfaitement mémorisés, ces réflexes automatiques, ces gestes qui aujourd'hui le constituent, sont-ils vraiment faits pour *protéger et servir* ? Ne trouvant pas ses réponses, le brigadier Thierry s'était muré dans le silence.

Jusqu'à cette fameuse fête d'anniversaire d'un collègue de la BAC, à l'époque où tu étais encore invité. Les frères et sœurs d'armes, entourés de leurs compagnes et compagnons, étaient restés à l'intérieur du petit pavillon pour danser à s'en détacher le corps sur le dernier tube d'Aya Nakamura. Le brigadier Thierry et toi étiez restés seuls dehors, à fumer chacun une clope contre le mur de crépi, les tours au loin et les bâtiments d'entrepôts qui segmentaient le ciel. Comme beaucoup d'entre vous, le roi de la fête avait emménagé à distance respectable de son lieu de travail, afin d'épargner à sa famille toutes représailles. Il y avait eu le quart d'heure américain, pendant lequel Thierry t'avait encore parlé à demi mot de ce foutu test ADN, puis est arrivé le moment du gâteau. Un fraisier, nappage chantilly, cœur crème anglaise. Et c'est là que, les chemises hawaïennes déboutonnées pour respecter le thème, les verres de sangria déliant les langues, les *Achik* recouvrant ses mots, le brigadier Thierry d'ordinaire si taiseux – *Aïe* – t'a confié qu'il portait un autre fardeau – *Achik* –, fardeau qui lui avait été confié par Bernard, son aîné parti à la retraite – *Aïe* –, faisant de toi le prochain maillon de la chaîne s'il te le confiait – *Achik et chik et chik* –, en dix ans de maison, comme dans tous les métiers, on en a forcément sur la conscience, ça ne peut pas être si grave, tu l'as rassuré – *Aïe Aïe Aïe !* Alors il t'a confié le secret. Sale secret. Thierry a tiré une dernière latte sur sa clope, propulsé le mégot d'une pichenette près de la balançoire, a entrouvert la baie vitrée et s'est glissé parmi les cris de joie, brisant un court instant la chenille de corps pour rejoindre son silence. Cette nuit-là, tu apprenais le Madison. Le lendemain, le secret commençait déjà à te ronger. Ce n'était pourtant pas un drame d'état. Aucun enfant caché ne sortirait d'un placard, aucun trésor détourné ne jaillirait des égouts, aucun réseau pédocriminel ne ferait la une des journaux, aucun flic véreux ne serait embarqué *manu militari*, pinces aux poignets, non, c'était un banal secret comme ceux des familles. Une confidence minable faite de non-dits qui grattent la chair. L'une de ces nombreuses omissions qui forent des boulevards et des tunnels à travers les générations. L'un de ces mensonges pour lesquels on implore l'oubli sur un divan à 90 euros la séance. Rien de dramatique, donc.

Tu détournes ton regard de la photo de groupe, en faisant bien attention à ne pas croiser la silhouette d'Angel sur les écrans. Pour passer à autre chose, tu consultes quelques fichiers. Le premier à avoir été interpellé, c'est le môme, dès 8 heures ce matin. On lui a fait le relevé d'empreintes, le relevé de taille, de poids, les pouces dans l'encre et puis les doigts, suivi des photos de face et de profil. Ensuite on l'a laissé macérer dans sa peur, et à l'instant, il a eu son audition. Par SMS, sans bouger de son bureau, le collègue t'a tout raconté en direct live. Le môme assure avoir entendu les deux coups de feu successifs sans savoir d'où ils venaient. Son coup à lui ne partira jamais.

On a tout de même décidé de le garder pour la nuit, certainement histoire qu'on ait le temps de trouver le type qui lui a fourni l'arme. Un bel objet, avec le bon poids et les bonnes matières. Même les finitions sont impeccables. Tu peux en juger avec l'œil de l'expert, tu as toi-même passé des heures à en fabriquer.

Ton truc à toi, c'est le moyen âge. Ici, tu n'en as jamais parlé à personne. Te déguiser, porter des armes, te prendre pour un orque et affronter des mages paladins, tes collègues ne comprendraient pas. Tu entends les blagues d'ici. Tu préfères t'éviter ça. Et puis, fréquenter des gens de l'extérieur, ça serait mal vu. La plupart des collègues ne vont même plus à la salle de sport, de peur de se retrouver à suer parmi les bâtards. Ils n'allument plus la télé pour ne pas avoir à entendre les politiques et leurs menteurs de journalopes. Ils ne font plus de sorties culturelles pour pas tomber sur des gauchos. Ils ne vont plus à la fête foraine ou au bar pour ne pas croiser les cassos. Tu manges police, tu bois police, tu dors police, et quand c'est possible, tu baises police. Mais toi, tu as ce sas, ça t'est vital. Peut-être que d'autres en ont un aussi, mais qu'ils le taisent ? C'est bien possible. Ta passion a commencé dès l'adolescence, avec les jeux de plateau, les parties de Donjons et Dragons avec ta cousine et Tonton, des heures entières à te demander comment atteindre la salle des coffres tout en déjouant les hordes et les pièges du maître du jeu. Tonton était un sacré maître du jeu. Et puis en grandissant, après le départ de Tonton, tu as eu l'envie de vivre ça, en vrai. Tu regardes ton fil d'actualité sur ton téléphone. Anthony le Fantassin a bientôt terminé de forger son heaume. C'est du beau boulot. Les rivets dorés apportent décidément beaucoup de cachet à l'affaire, il a eu raison de les changer. Vivement la semaine de GN, cet été, dans les Landes, à construire le village et à entamer le siège de la forteresse ennemie. Des scénaristes de ta guilde ont échafaudé une sacrée histoire, quelque chose avec des dragons et des sphères nécromanciennes, ça promet d'être intense. Tu auras alors terminé ton luth, tu t'y vois déjà, en toge sale, composant des ballades à la gloire des héros qui te payeront allègrement une chopine la chanson. Oui, cette année, tu ne seras ni chevalier ni arbalétrier. Ça te rappelle trop le boulot. Sur le champ de bataille, il t'est déjà arrivé d'étrangler un magicien au corps à corps. Et il y a forcément un promeneur pour demander ce que vous faites en armure, non loin d'une aire de pique-nique. Alors on t'appelle toujours, toi, le policier de service, pour que tu brandisses l'autorisation et expliques ton loisir. Ce dont tu as vraiment besoin, c'est de vacances en retrait, au coin du feu, avec dame Mélisande. C'est elle qui tient chaque année la taverne.

Tu fais glisser ton index sur l'écran. Le profil de la villageoise laisse place à la vidéo du môme. C'est toi qui l'as trouvée, juste après ta permanence d'hier soir. Maintenant que les vrais indics se font rares, rien de mieux que les réseaux. Oui, ce Beretta 92 est une vraie beauté. Sacrée réplique. Mais certainement pas l'auteur des deux coups de feu. Et toujours aucune nouvelle des patrouilles. Les témoignages pris sur le terrain, quand les gens acceptent de parler, sont bien trop flous. Il faut trouver le flingue, le vrai. Ça, ce serait une belle inter'. Aucun flic ne prend l'uniforme pour s'emmerder toute la nuit dans une voiture, palper des gosses, frapper des mères au foyer, se faire insulter ou recevoir des pluies de cailloux, de ça tu restes persuadé. Si Tonton avait été de la maison, c'est pas ce genre d'aventure qu'il t'aurait raconté aux repas de famille. Et ce n'est d'ailleurs pas ça que tu aurais voulu entendre. Un peu de frissons, du bagout, une belle enquête et puis du flair style polar : c'est ça qui fait rêver.

Tu retournes donc à tes fichiers. Il y a d'abord eu, dans la nuit d'hier, à 3 h 17, l'appel d'un homme vivant près du grand cimetière. C'est toi qui as répondu. Le type parlait de grabuge sur le toit de la ZAC, et puis d'une silhouette avec un flingue. Des hallucinés comme ça, tu en entends tous les jours, pas de quoi s'alarmer. Les deux coups de feu n'ont été entendus par une patrouille que trente minutes plus tard, à 3 h 40. Comme il était impossible de localiser le lieu de tir – pour ça il faudra éplucher toutes les caméras de la ville –, à 4 heures les collègues sont allés chez le type de la ZAC, un petit appartement avec, effectivement, une vue imprenable sur les entrepôts. Rien qu'à voir son intérieur, une espèce de taudis rempli de sacs Tati, une serviette Mona Lisa et des cartons pour boucher les fenêtres, le témoignage du type manquait cruellement de fiabilité. Ça, c'est pas écrit dans les rapports, c'est un collègue qui te l'a raconté. En recoupant avec le témoignage du veilleur de nuit de la ZAC, il y a bien eu du grabuge, mais aucune trace de flingue. Le type a donc fantasmé, mais puisqu'on avait rien ça valait le coup de vérifier. À 5 heures, le gosse met sa vidéo en ligne sous le pseudo Pongiste_931. À 7 heures, tu quittes le commissariat. À 7 h 30, juste avant de t'assoupir dans ton canapé, tu visionnes la vidéo, qui a été partagée par un petit de ta guilde sur tes réseaux. Tu appelles immédiatement les collègues. Et puis ce matin, à 7 h 55, le môme est cueilli devant son collège, c'est la mise en cellule et la grande déception en découvrant la réplique. Vers 16 heures, le vieux à la tronche amochée est repéré dans le cortège par des collègues en civil. Les CRS le laissent sortir de la nasse sans encombre, ils l'interpellent quelques minutes plus tard dans une rue parallèle, puis l'embarquent. Ensuite, c'est le gros coup de filet de la manifestation et la répartition des prises en six commissariats. C'est là que tu as hérité des trois gamins gueulards, à 17 h 10. À 17 h 40, notification de G. A. V. pour la dépressive, puis, à 18 heures, celle d'Angel. Tu ne peux t'empêcher un balayage de l'écran. À 19 heures, tu es arrivé, et enfin, à 23 heures, le poivrot arracheur de poteaux. *Via* les caméras, tu constates l'agitation de la femme. À grands coups de poing contre la vitre, elle appelle au secours, vacarme bientôt nourri par les revendications d'un des mômes rebelles. Dès qu'une équipe rentrera au commissariat, tu iras voir là-dedans. Dehors, quelque part, un flingue alourdit encore une paume. Tu baisses le volume du chauffage à tes pieds, chaleur d'enfer, et reprends ton poème.

VARIATION NOCTURNE #11

On nomme ce bruit : coup de feu.
C'est exact. Le chien percute, la balle prend feu.
Mais comment nomme-t-on
le silence qui s'ensuit ?
Libération, soulagement, malédiction
ou sacrement ?
Tout à la fois, sûrement.

Le coup de feu solde un problème
en même temps qu'il en crée d'autres.
Rien ne se perd, rien ne se crée,
tout se transforme.

Cacher le corps
ou bien se rendre ?
Avouer ou mentir ?
Culpabiliser ou jouir ?
S'arrêter ou poursuivre ?

On tire en l'air pour annoncer,
aboyer – de peur ou de joie.
On met en joue par nécessité,
en dernier recours – désespoir ou grand émoi.
On ne sait ni la vivre, ni la clore,
on sait à peine la gagner,
encore moins la réussir,
mais on respecte la vie.
Paradoxe.

On lui reconnaît une valeur,
juste assez pour la prendre,
À l'instant même où on la donne,
l'on comprend que la mort,
elle,
ne vaut rien.
Du reste, on doute.

L'arme est un lien direct avec le monde.
Seulement quelques centimètres d'acier.

Un geste simple, une légère pression :
on est vivant et l'autre mort.

La gâchette est une prise de contact avec le réel.
Impératif présent.
C'est repousser les murs de toutes ses forces.
C'est brancher une lampe pour vérifier le courant.
C'est déclencher un conflit pour s'assurer de l'amour.
C'est jeter une pierre pour mesurer la hauteur.
C'est toucher le fond pour refaire surface.
C'est déchirer la nuit pour lui rendre ses ténèbres.

Quelque part, en contrebas des nuages, une femme s'épuise dans un cimetière, un enfant fantasme la vengeance, son cœur qui bat, un homme regarde sa cicatrice, un autre façonne son coutelas, un isolé attend le cortège, un homme viole le sommeil, des doutes creusent un matelas, le regard fixe de Mona Lisa, un ange se gave de calmants, des voix se taisent dans une tête, une âme s'enfonce dans les bois, des jeunes dorment sur leurs principes, un SMS ne viendra pas, Issa rêve à son avenir, la brigade tourne contre l'ennui, deux corps se battent pour une chanson, ça sent le sang, ça rêve de cendres, pas moins que ça.

Hurlement du Beretta.
Deuxième détonation.
Il a visé. On se tait.

Et puis,
jusqu'à son dernier souffle,
la nuit
reprend
ses
droits.

Maintenant qu'ils nous ont dépossédés des mots ; ne reste plus que le silence des flingues. Il faut trente-cinq années de travail acharné pour changer de classe sociale. Trente-cinq années sans chômage. Le dahu. Autant acheter le plus de tickets à gratter possible ; en ne comptant que sur ses ongles. La famille de Brian avait stagné trop longtemps dans la classe moyenne ; entre peur de la misère et dégoût de l'argent. Seule sa grand-mère avait fait le choix de brûler sa vie par les deux bouts ; décidant de ne rien devoir à personne ; avant de se faire emporter par le cancer. Pour tout le monde ; elle montrait l'exemple à ne pas suivre. Pour Brian ; elle avait ouvert la voie. Il devait gagner beaucoup d'argent ; il le devait à lui-même. Mais tant qu'à décrocher le jackpot ; autant que ce soit par un geste politique ; comme pour en être pardonné ; il devait ça aux siens. Il en était là de ses convictions quand Christian ; son référent à la boîte d'intérim ; lui proposa de passer une journée au siège ; pour la mise en place d'une application. C'est alors que Brian eut son idée ; son plan ; son dépôt de bilan ; son parachute doré.

Toujours pas de SMS.

Elle repoussa son ordinateur. Pour une première page, ça sonnait bien. C'était fluide, précis, sans trop de répétitions. Mais quelque chose manquait. Phrase choc, hargne sale, manchette foie – quelque chose comme ça ? Pas nécessairement. Elle était capable de mieux et de surtout moins facile. Ses points-virgules restaient encore hasardeux, mais ils la ravissaient pleinement. Pour trouver quelque chose, il faut nécessairement le chercher, et K-Vembre cherchait totalement. Elle était persuadée qu'avec des séries à la demande de si grande qualité, la littérature ne pouvait plus se contenter d'histoires. Il lui fallait revenir à son essence : les mots, la phrase, le rythme, les ponctuations. Un point-virgule est une fin autant qu'un rebond. Un dernier assaut. Le souffle d'un condamné. La respiration d'une bête traquée. Le point-virgule lui appartenait. Il parlait comme elle. Il avait son rythme. Elle allait passer au manifeste de Brian quand elle aperçut par sa fenêtre un homme pissant contre le mur d'en face. Elle l'insulta. Copieusement. Ombre qui s'agite, danse des pieds, gigue russe, gouttes qui perlent, zip braguette et aboiement de roquet. Elle le fixa un temps, lui proposant soit de monter, soit qu'elle descende ; selon sa préférence. Les aboiements se turent. Elle referma la fenêtre.

Une fois de plus, il était minuit passé et elle n'avait toujours pas reçu le SMS d'embauche.

En quittant l'entrepôt ce soir-là, elle s'était encore mise à douter de la chiennerie de son patron. L'avait-elle surinterprétée ? Chacun des employés avait passé la dernière heure seul à son poste. Le grognement des machines et le hennissement des moteurs pour seule compagnie. K-Vembre avait bandé ses muscles, arqué son dos, étiré chaque tendon de son corps comme un lance-pierre avant la charge, expectant une réflexion, un mouvement, un regard, quelque chose qui ferait signal ; qu'il essaye, elle avait une réponse toute faite qui l'attendait, juste au-dessus, son enfant de métal sur le toit du monde. Le patron n'était pas sorti de son bureau. Où étaient passées ses sales allusions ? Le poisseux de ses mots ? La moiteur de son haleine ? Contredisant ses craintes, il n'avait fait aucune mention de sa sordide invitation à dîner au moment de la fouille. Il ne l'avait d'ailleurs pas regardée, la saluant distraitement comme s'il ne la reconnaissait même pas. Elle avait hésité un temps à monter les marches pour débouler sur le toit et traverser la nef jusqu'à la cafétéria, son faux plafond, le Beretta, puis elle s'était ravisée. Pourquoi moisir au trou pour un cabot de son espèce ? Une fois rentrée chez elle, surplombant de sa chaise les vallées de bordel, elle s'était mise à écrire. Le chemin serait long jusqu'à la prise d'otages de Brian, le huis clos, le long discours, les mots qu'on remet à leur place dans les bouches, le canon du flingue pour haut-parleur ; mais elle le sentait bien. Si ça tournait mal pour lui, écrirait-elle sa G. A. V. ? Cette probabilité l'inquiéta. Elle n'avait jamais mis les pieds dans une cellule de commissariat. Elle se surprit à espérer que pareille situation se présente à elle. Elle chassa immédiatement l'idée, refusant de devenir une de ces charognes attendant de la vie qu'elle nourrisse leurs romans. Et d'ailleurs, est-ce que ça faisait assez "roman" ? Elle ne voulait pas faire plus, de ça elle était certaine. Cette fois-ci serait la bonne. L'éditrice serait aux anges. Elle se remémora la voix profonde et rocailleuse au téléphone qui l'avait appelée à une pause, cette voix comme un écho de caverne, le sauvetage inespéré d'une équipe de spéléologues et Platon qui balance sa corde. K-Vembre avait hâte de découvrir les ondulations de cette voix en extase de plaisir. Est-ce qu'elle lui imposerait un titre ? UN JOUR SANS LENDEMAIN – MÉRITER – LES OUVRIERS EN INTÉRIM SONT ÉNERVÉS LE MERCREDI – LE SIÈGE – LA MACHINE À CAFÉ – L'ATTENTAT – PAS MANGER – UN HOMME TOMBANT – REQUIEM POUR CLASSE MOYENNE – UNE HISTOIRE FRANÇAISE – CRIS DE GUERRE – LA VIE PAR INTÉRIM – TOUS LES HOMMES NE VIVENT PAS L'ENTREPÔT DE LA MÊME FAÇON – L'HONNEUR ET LE TRAVAIL – LES FINS DE MOIS DIFFICILES – LE SMS. Est-ce qu'elle serait prête à accepter ça ? D'ici là, se concentrer sur le texte.

K-Vembre écrasa sa cigarette dans le verre doseur plein. Il lui fallait mettre de la tendresse dans son personnage. Qu'on s'attache davantage à son vécu, ses fractures, ses factures, ses espoirs, ses intimes paradoxes, jusqu'à être amené à comprendre entièrement sa rage, sans compromis, et ce même lorsqu'elle dépasserait les limites de l'acceptable. Elle prévoyait une scène de violence sexuelle que Brian commettrait sur une cadre lors de la prise d'otages. Quelque chose qui ferait le lien entre virilité et marché de l'emploi. Le viol comme arme de guerre. Oui, c'était ça : il lui fallait ajouter un soupçon de ce que l'on nomme par complaisance *humanité*, et qu'elle savait pertinemment n'être que le sordide mélange entre domination, horreur et privilèges. Excusez Brian. Excusez-le. Trouvez-lui des circonstances atténuantes. Ça ne devrait pas être compliqué, des femmes arrivent à en trouver toute leur vie pour leur geôlier. Elle regarda son téléphone.

Toujours pas de SMS.

Elle renonça une fois de plus à tout réécrire en changeant le sexe de son héros. Si Brian était une femme, elle réussirait peut-être à se plonger en elle plus profondément. Le lien avec sa grand-mère, surtout. Elle prévoyait un chapitre entier sur la grand-mère de Brian, figure solaire éclipsée trop tôt. Elle y ferait mention de ses combats, de sa droiture et de son franc-parler, de sa force en héritage pour seule issue possible à la violence. Oui, la grand-mère de Brian serait un phare encore vif malgré la brume de sa classe, défiant de front, sans concession, le silence de la mère et les ombres portées du père.

En passant son pouce sur les symboles + et – du médaillon à son cou, K-Vembre repensa à sa propre grand-mère. Elle ne l'avait jamais connue, mais la comparaison entre cette femme et elle avait été suffisamment formulée pour que la greffe opère, qu'elle la fasse sienne, une artère supplémentaire, une gisante dans le cœur. La vieille femme avait coupé les ponts juste avant ou juste après la naissance de K-Vembre, les dates restaient floues, on ne parlait pas des détails. Tu finiras comme l'Autre Folle, disait son père lorsqu'il la surprenait à franchir un interdit. Ensuite, il faisait toujours mention de la prétendue maladie de son aïeule. Tantôt hystérie, tantôt bipolarité ou aliénation pure, le diagnostic qu'il assénait depuis le fond du canapé But familial variait selon la gravité de l'infraction commise par K-Vembre. Elle baissait alors la nuque et serrait ses petits poings, attendant l'officielle rengaine sur ce salaud de grand-père qui, par-dessus le marché, avait abandonné sa mère. Le sermon se terminait toujours par la mort de l'Autre Folle, rattrapée par ses vices et le cancer. Pas un pour rattraper l'autre. Le Salaud et l'Autre Folle faisaient malheureusement partie intégrante de l'arbre généalogique, du côté de la mère, sa mauvaise branche donc. Alors, en père aimant, il s'acharnait à la scier pour limiter la gangrène. Il lui racontait qu'heureusement pour tout le monde, il avait lui-même repêché la pauvre mère, épousant cette femme sans repères. Grâce à cette forme d'adoption qu'est le mariage, il l'avait empêchée de devenir une pochtronne, une débauchée, et même pire, un pur croisement entre le Salaud et l'Autre Folle. Sans cet acte dévoué, jamais, elle, sa fille chérie, ne serait née. Mais au vu de son insolence et de son acharnement à la bêtise, c'était peut-être dans les gènes, ça avait certainement sauté une génération. Alors les coups pleuvaient. Par les coups, il conjurait l'hérédité. Carte en creux, crêtes et voirie sur son corps, relevé topographique de la violence paternelle.

Enfant, K-Vembre avait d'abord cru au juste prix à payer : il y avait certainement en elle une lamelle d'ADN à redresser. Elle avait constaté chez les autres pères d'autres types et degrés de violence, mais elle s'accrochait à l'idée que c'était sa manière à lui de l'aimer, de la maintenir sur le droit chemin, de la faire devenir femme. Les résultats obtenus chez sa mère, malgré son accablant matrimoine, parlaient pour lui. Sa mère était discrète, serviable, arrangeante : c'était un beau bilan de fin de mandat. Et puis, en grandissant, pliant sa silhouette en différents points pour se placer hors de portée des coups, K-Vembre avait fini par se demander si la rage dans les yeux paternels lui était vraiment destinée. Il en revenait toujours à l'Autre Folle. Comme si celle-là, par le passé, lui avait tenu tête. Or, personne sur terre ne devait lui tenir tête. C'était une évidence. C'était anatomique. La frustration lui étant insupportable, il ne voyait pas l'intérêt de la vivre. Des premiers coups encaissés jusqu'au départ de sa fille du domicile familial, la mère, quant à elle, avait toujours gardé le silence. *Pour ne pas en rajouter*, disait-elle à K-Vembre. Pour ne pas être de nouveau abandonnée, supposait plutôt K-Vembre. Bien sûr, discrètement, la mère arrondissait les angles. Elle atténuait par des caresses la hargne de l'un et par de la glace les hématomes de l'autre. Plus tard, elle regarderait avec passivité sa fille quitter le domicile familial. Elle l'appellerait à plusieurs reprises en cachette, tout en implorant son mari de l'excuser, sans jamais oublier de se lamenter sur ses propres gènes. La chèvre et le chou.

Toujours pas de SMS.

K-Vembre relâcha la pression du pouce et de l'index sur son médaillon. Le sang qui revient au cœur. Le + et le – en empreintes papillaires, imprimés dans la pulpe des doigts. Oui, si Brian était une femme, K-Vembre serait plus légitime, comme l'avait si bien dit l'éditeur paternaliste dans son courrier à propos de son précédent texte. Elle prit un temps. Qu'ils aillent tous se faire foutre. Il lui fallait un homme, c'était marketing. Les lectrices sont habituées depuis leur plus jeune âge à s'identifier aux personnages masculins. Dans les livres pour enfants et pour ados, dans ceux que l'on doit lire à l'école, la majorité des héros sont des hommes. Les lectrices ont ainsi été forcées à développer cette faculté caméléon, ce pouvoir de transpirer par d'autres pores que les leurs, et ce depuis l'enfance. Les lecteurs, eux, en sont tout bonnement incapables. Dès qu'il y a une héroïne, ils se placent à distance. Souvenir de son cousin soulevant une à une les pages des BD pour voir sous les jupes des héroïnes. Non, il fallait que Brian soit un homme. Il fallait que ça banque, et vite. Sortir de l'entrepôt. Quitter les néons. Insulter son patron en interview. Et si son personnage était un homme, on ne lui servirait certainement pas l'éternelle question autobiographique, on ne fouinerait pas dans son pathos, on ne l'enfermerait pas dans le journal intime, on ne la cantonnerait pas à la petite cuisine des émotions, et surtout : on ne toucherait pas à sa grand-mère et à son médaillon.

Pas de SMS.

Et si la femme à la voix rauque refusait son histoire de Brian ? Elle rappela la deuxième éditrice, pour tomber une énième fois sur son répondeur.

Toujours pas de SMS.

Elle avait pensé, un temps, tenter une formation pour devenir grutière. Ça sonnait plutôt pas mal comme nom de job. Il y a le G et il y a le R. L'air de rien, posséder tout. C'était bien payé, et on en avait toujours besoin. Une fois là-haut, dans le ciel, elle n'aurait plus qu'un talkie-walkie, une radio et les nuages. Les factures seraient payées, les huissiers rentreraient chez eux se caresser sur leurs catalogues Conforama, et peut-être même aurait-elle le temps d'écrire son roman, assise aux commandes, à l'oral, sur son téléphone. Christian de l'agence d'intérim lui avait dit qu'il se renseignerait. Elle n'avait jamais eu de ses nouvelles.

Pas de SMS.

Elle essaya de joindre Samantha. Sur répondeur, elle aussi. Elle devait être quelque part dans les bois, son Maserin Myrmillo dans la paume. Elle avait réussi.

Tant mieux pour elle. K-Vembre raccrocha, aussi heureuse pour son amie qu'envahie par le manque, et fixa l'écran de son téléphone. 1 heure du matin.

Pas de SMS.

Sur son ordinateur, deux orangs-outangs s'entrelaçaient les bras en une vrille exponentielle, allongés tête-bêche dans des feuilles. Sourires béats, jeux de langues, ils se grattaient respectivement les aisselles puis se caressaient les biceps jusqu'à s'effleurer les poignets. L'un se redressa sur ses pattes arrière en une roulade et alla délicatement poser son front contre celui de l'autre. Leurs regards complices, tendres, le clignement des yeux comme pour enregistrer l'image pour plus tard, puis le retour au présent, en contact direct et connexion si forte que l'un d'entre eux ne put se contenir, engouffrant son visage dans le creux du cou de son amie encore allongée sur le tapis de verdure. Son souffle pour chatouille, elle lui attrapa le crâne et le serra fort tout contre sa poitrine. Il s'affala alors, se laissant aller au relâchement de chacun de ses membres, les deux corps formant un immense T au sol, têtes tournées vers le ciel, appréciant chaque respiration devenue commune, admirant les nuages. Samantha lui manquait. La tristesse est l'une des autoroutes possibles à la rage. À quel moment on craque ? Quel est l'instant exact où l'on décroche du sensé ? Est-ce qu'un ressort cède uniquement lorsqu'il se brise ou bien dès sa première mise sous pression ? La rage est-elle un événement ou un processus ? Où commence l'usure ? Quand reconnaît-on enfin ses projets de réussite, de gloire ou de vacances comme de simples palliatifs à la violence subie, de vulgaires soupapes pour tenir ? K-Vembre se mit à tourner en rond dans son treize mètres carrés.

Toujours pas de SMS.

Avaient-ils oublié l'envoi journalier ? L'enverraient-ils plus tardivement que la veille ? Jouaient-ils avec ses nerfs ? Le capharnaüm se déplaçait par vagues. S'agissait-il d'une erreur informatique ? Elle s'enfonçait dans ses décombres. Y avait-il une panne générale ? Au-dehors, les lampadaires continuaient leurs grésillements alternatifs. Ce fils de chien l'avait donc black-listée ? Elle s'arrêta face à l'évidence. Un sentier circulaire avait été tracé dans la pièce, repoussant le bordel en un épais talus. Elle s'affala dessus. Il lui fallait être sûre, en avoir la preuve. Elle saisit son ordinateur et se connecta sur Facebook. Après plusieurs tentatives, elle retrouva son mot de passe et put constater les centaines de notifications. Pas tant que ça, d'ailleurs, en considérant son année d'absence. Faire la morte sans personne à sa recherche, c'est faire un pas de plus vers la fosse. Ou peut-être la liberté, c'est selon. Dans la barre de recherche, elle inscrivit le nom de l'entreprise. Quelqu'un l'avait forcément mis dans sa description, l'avait inscrit à son CV, quelqu'un de précautionneux, quelqu'un de naïf, quelqu'un qui lancerait des bouteilles à la mer, quelqu'un de suffisamment désespéré pour penser que ça puisse être un atout pour son futur, quelqu'un de… Quelqu'un avec une frange. Elle était là, tout sourire sur l'écran, se tenant fièrement sur le fond gris d'une patinoire, sa jambe gauche légèrement relevée, ses doigts de la main droite formant le V de la victoire. Un immense bras la contraignait par la taille. C'était le bras d'un homme à la mine dure, visage carré. Faisant défiler les images du profil, K-Vembre put identifier ce même visage masculin aux traits de tombe arborant un étrange sourire, ciseaux à la main, cheveux dans l'autre, à l'instant exact où il allait tracer la frange.

"Salut, désolée de te déranger si tard, est-ce que tu as reçu le SMS pour demain ?"

"T qui ?"

"Je travaille à l'entrepôt, je mange chaque midi juste à côté de toi."

"T un mec ou une meuf ?"

"Je suis une femme…"

"OK. Elle dor la. Elle travail demain. C moi qui a son compte. Lui écrit plus stp."

Fils de chien.

Elle sortit en claquant la porte de son treize mètres carrés. Dedans, l'éboulement. Dehors, la nuit. Le long des trottoirs, les lampadaires en rangées de dents saillantes, des ruelles et des impasses qui dégorgent la lumière, des fenêtres qui se ferment, des huis clos qui se taisent, des bécanes au loin, roue arrière, phares au ciel, un terrain vague qui tremble, une voie ferrée qu'elle longe, son grincement de marchandises, un homme ivre tenant un mur, il le quitte, tangue, titube, s'écroule, des gravats lui sortent de la bouche par sacs entiers, les échos de son éboulis intérieur roulant derrière elle, tunnel, le fracas des camions, syncope, débouler à la lune, flash, des ordres hurlés, éclairs, le flamboyant des gilets, les ténèbres sous les casques, le rougeoiement des clopes sur les rails, une ombre derrière la rattrape, c'est la sienne, un chat passe en traînant sa queue, c'est un rat, une femme lui rappelle qu'elle n'est pas seule, c'est une pub, des traits rythment l'horizon, c'est une grille.

Sans même y penser, K-Vembre arriva devant la ZAC. Ses jambes ne connaissaient donc que ce chemin ? De l'autre côté de la barrière, c'était le défilé des géants de fer qui commençait, et sur leur cime, quelque part dans l'obscurité, sous les nuages, la cafétéria. Dans un lit, un fils de chien dormait d'un œil, l'autre scrupuleusement fixé sur sa compagne à frange. Dans un autre lit, un fils de chien ronflait paisible, tous ses fantasmes en revue, le nom de K-Vembre black-listé. Et dans tous les autres lits, des fils de chien aussi. Passer les vingt-cinq prochaines années à l'ombre pour leurs gueules ? Un deuxième rat passa, un suffisamment gros pour satisfaire Fabien. Elle n'aurait pas assez d'un chargeur pour libérer ce monde. C'était ridicule. Est-ce qu'une peine en années allait effacer ses dettes en euros et cicatrices accumulées ?

Elle monta sur un remblai, glissa son corps entre un buisson et le grillage, rejoignant le sentier qui marquait la frontière entre la ZAC et les rails. D'une certaine manière, être black-listée la rendait libre. Ne plus tourner dans sa tête, ne plus répéter le même geste, ne plus panser l'autre en silence, ne plus encaisser les remarques : elle aurait dû s'en contenter. D'ailleurs, la dignité, c'est quoi ? Sûrement pas 1 200 euros par mois. Mais une liberté donnée, c'est quoi ? C'est un tatouage de forçat. Devant elle, entre les rails et le grillage, elle aperçut un petit parking de carcasses. Certainement attirée par son calme apparent, K-Vembre s'en approcha. Éclairées par un unique réverbère, des fourgonnettes aux auvents déchiquetés dormaient là en compagnie de voitures sans capot et de camions sans habitacle. En slalomant entre les châssis rouillés, cachée parmi les ruines sur roues, K-Vembre la reconnut tout de suite. Autocollant Bébé à Bord et Maure corse : la R5 de Marie-Christine. En s'avançant de quelques pas, elle put même distinguer à travers les vitres des sacs impeccablement rangés sur la plage arrière, et, en contre-plongée, une masse de cheveux dépassant d'un duvet. K-Vembre brusquement recula. Goût amer. Plutôt qu'une issue de secours dans un tunnel, un échangeur de périph, une baraque aux fenêtres murées, Marie-Christine avait préféré sa voiture. À cinquante-quatre ans, elle devait se laver dans des douches de station-service, compter les pièces pour l'essence, envoyer le reste au bébé de l'autocollant qui ne devait plus être à bord depuis longtemps, sans que personne ne le sache. Fils de chien. Une femme qui a bossé toute sa vie et qui a enduré chaque violence de sa classe et de son genre ne gagne même pas sa fameuse chambre à soi ? Ils ont pipé les dés. Ils ont truqué les cartes. Trop de générations de cartes trafiquées. On ne peut plus rien y faire. Rien y faire ?

C'est alors que K-Vembre mit le mot. D'abord dans sa tête, puis sur ses lèvres. Harcèlement. Ce dont Marie-Christine héritait, au fond de son duvet dans sa bagnole, c'était du harcèlement. Ce dont elle-même était victime, c'était du harcèlement. Bien entendu, K-Vembre en avait conscience depuis longtemps. Elle avait lu assez d'articles et de témoignages, avait suffisamment d'heures de réflexion à son actif pour saisir chez les autres le caractère systémique des rapports de domination. À vrai dire, elle aurait pu être maîtresse de conférence sur la question. Mais l'accepter chez soi, dans une situation aussi triviale que la sienne… Ce n'était pas un abus d'autorité. Ce n'était pas le lot commun. Ce n'était pas le marché de l'emploi. Ce n'était pas la conjoncture actuelle. Ce n'était pas une violence de plus. Il n'y a pas de violence de plus. Il n'y a pas de jauge à respecter, de zone tampon à tolérer. La violence est toujours de trop. Dès le premier geste, dès le premier mot, dès le premier regard : elle déborde. K-Vembre subissait du harcèlement. Puisqu'il était lié à son genre et se déployait par des allusions sur son corps, il s'agissait de harcèlement à caractère sexuel. Le terme était lâché. S'ils font tout pour refuser les mots, les déguiser, les intervertir, s'ils font tout pour les discuter en hémicycles, plateaux télé, cérémonie des César et tribunaux, c'est parce qu'ils en ont peur. À chaque mot sa conséquence. Une fois certains posés, il n'y a plus de retour en arrière possible : il faut prendre l'arme. Brille synapse. Brise soupape. Rage réflexe.

K-Vembre escalada le grillage, griffes dans chaque losange, se hissant sur ses jambes une à une et, d'une propulsion, atterrit sur la ZAC de bitume. Vite, l'escalier de service. Une à une, les marches de fer et leur écho, Mozart, la Marche Turque ; un à un, les étages et leur silence, allant direct jusqu'aux toits. À l'horizon, la ville, ses quelques taches isolées de noir, du pointillisme dans le désespoir, le clignotement rouge d'une grue à l'arrêt et le Sacré-Cœur au loin qui prenait la pose. Hypocrite. Franchissant chaque ligne blanche d'un pas décidé, elle saccada le parking en marche vendetta. Devant elle, la cafétéria et son faux plafond. La liberté par à-coups de choix. Derrière elle, une ombre. À la lâcheté de ses contours, elle sut que ce n'était pas la sienne. Elle se retourna. Un homme tout en noir et chaussures militaires. Veilleur de nuit. Maglite. La sidération, une mesure d'hésitation, de la salive qu'on ravale, un balbutiement d'excuses qui se meurt dans la glotte. Et puis Fuck ! Course-poursuite. Souffle court. Haut-le-cœur. Goût du sang. Ligne blanche. Stroboscope. Ville lumière. Bateau ivre. Paume sur rampe. Marche à marche. Mozart Remix. Marche Turque. Kick à kick. Râle rauque. Hardtek. Étages foudre. Palpite max. Coronaire. Hurlement. Chute au sol. Tord cheville. Dos qui rape. Nuage mer. Le grillage. Impossible. Marie-Christ. Géants d'fer. Tout qui tourne. Se relève. K-Vembre court. Elle tombe. Gratte le sol. Ongle bitume. Redresse voûte. La barrière. Roule. Mona Lisa. Genoux arrache. Sprint. Pompes funèbres. Trace. Une ruelle. Fonce. Une faille. Rentre. Le cimetière.

K-Vembre tenta de reprendre son souffle à l'abri d'une tombe. Les minutes s'écoulèrent sur plusieurs éternités. Une ombre passa en trombe dans l'allée principale, une queue de cheval se balançant derrière. Ça ne pouvait pas être le veilleur de nuit, ceux-là s'arrêtent toujours aux limites de leur niche. Mais alors qui ? Se sentant à nouveau proie, K-Vembre se blottit contre la tombe. Peur que l'ombre ne revienne. Le froid de la pierre. Ses épaules, son dos, ses paumes et ses genoux, vague de douleur après vague de douleur, tout son corps se fit incandescence. Sa rage, elle, était toujours bien là, en sémaphore. Les paupières closes, elle écouta la nécropole. Ville horizontale. Calme plat. Il faisait froid, début de l'hiver, elle devait rentrer : on ne rage pas face au froid. Mais, craignant que de retour chez elle son capharnaüm ne la recouvre et ne l'avale, K-Vembre prit une décision. Sa décision. Poussant la porte du caveau le plus proche puis la refermant derrière elle, son manteau la recouvrant jusqu'aux chevilles, elle replia ses cuisses contre son torse en un paquet de chaleur. Il y aurait une discussion, des explications et des excuses. Surtout des excuses. Elle avait cessé de plier la nuque depuis le canapé But familial, elle avait tordu le cou à plus hargneux que lui, il ne s'en sortirait pas comme ça. Derrière la porte du caveau, les ombres des couronnes pivotèrent sur elles-mêmes en réponse à la lune, À NOTRE BIEN-AIMÉE MÈRE – REPOSE EN PAIX, MON FRÈRE – À TOI QUI NOUS AS TOUT DONNÉ – LE CLUB DES BOULISTES DE BOBIGNY À SON CHER PRÉSIDENT, MORT SOUS LES COUPS DE LA BARBARIE NAZIE – LA PATRIE PLEURE SON ENFANT – TU AS ÉTÉ LE SOLEIL DE MA VIE. Lorsqu'elle ouvrit les yeux, elle ressentit une douleur à chaque extrémité telles des morsures de pitbull. Lumière douce et colorée d'un soleil d'hiver au travers des vitraux. K-Vembre glissa tant bien que mal sa main dans sa poche de jogging et saisit son téléphone. 14 heures. Elle n'avait pas aussi bien dormi depuis des mois. On dort fort parmi les tombes.

Pas de SMS.

Elle se sentait sereine sous les hématomes. Dépliant sa jambe gauche, elle poussa la porte du caveau, grognement et coups de langue du soleil. Le cimetière se présenta à elle dans une clarté flamboyante. Elle aurait ses excuses. Elle irait jusqu'au bout, à l'endroit exact où la chiennerie s'arrête. Parcourant le cimetière de part en part, elle déboula enfin sur la départementale. Lentement, jambes en feu, tête haute, large thorax, elle arpenta la route, se laissant frôler par les voitures jusqu'au petit passage entre le PMU vide et le Café de l'Espoir aux vitres poussiéreuses. Elle monta les marches de pierre, franchit la petite grille, les effluves du kebab lui rehaussant le cœur de quelques centimètres. Elle avait oublié son manteau dans la tombe. Tant pis. Une discussion à bâtons rompus, une menace de plainte, de plates excuses, alors seulement elle rentrerait chez elle pour manger et, pourquoi pas, faire du rangement. Elle avait encore ce petit héritage laissé par sa grand-mère à son nom. K-Vembre avait toujours refusé de le dépenser, le réservant pour un acte héroïque digne de l'Autre Folle. Survivre lui paraissait aujourd'hui suffisamment héroïque, il était temps pour elle de clore ce chapitre, d'aller de l'avant, de rembourser ses dettes, d'éloigner les huissiers et d'écrire son roman. Elle n'irait pas en prison pour ce chien, ça n'en valait pas la peine, ça ne résoudrait rien. Elle relancerait Christian dès le lendemain et deviendrait grutière. Là, tout en haut de sa tour rouge et blanc, elle écrirait son roman à voix haute, par notes vocales, et, grâce à l'éditrice au ton rauque, traverserait les nuages. Mais d'ici là, des excuses. C'était si peu, des excuses. Et l'autorisation de création d'un syndicat. Plus aucune femme à l'avenir ne serait une proie, Marie-Christine aurait des droits, en échange de quoi, K-Vembre ne porterait pas plainte. Plan solide pour braquage facile. C'était une question de principe, donc de survie.

Elle traversa la ZAC, géants de fer pour citadelle assiégée. Après plusieurs sonneries à l'interphone en bas de l'entrepôt, les bras croisés face caméra, le centre de gravité bien en place, le corps bien ancré dans le bitume, elle entendit une cheffe enfin lui répondre. Le patron était en réunion, il ne pouvait malheureusement pas la recevoir. Qu'elle réessaye dans une heure. Entendu. La vengeance a tout son temps, c'est même la seule justice sans prescription. Les camions qu'on décharge, les bips des élévateurs, des cigarettes qu'on allume, des chaussures de sécurité qui claquent le sol, le poids du travail qui maintient vertical, des hommes qui se hèlent, des cigarettes qui se consument, des presses qui écrasent les cartons en cadence, le soleil effleurant les rétroviseurs, du reggae dans l'habitacle, un homme en cravate qui écrit sur son bloc-notes, les autres qui murmurent, des cigarettes qu'on écrase, un rond-point qui se fait le plus petit possible, se demandant encore ce qu'il fait ici, contrairement à K-Vembre ce jour-là. Des camions vides quittent la ZAC, des camions pleins à leur poursuite. Elle re-sonna. Le patron n'était pas disponible, qu'elle réessaye à la pause, dans trente minutes. Ce fils de chien jouait la montre ? Il ne jouerait pas longtemps. K-Vembre crama une clope en trois bouffées, comme on ponce certaines histoires en une nuit. Sa semelle l'écrasa. Elle tapa sur son paquet pour reprendre son souffle. Vide. Un type en pantalon de travail, bandes réfléchissantes et gilet fluo, fumait au loin. Elle le héla. Ses chaussures lourdes qui raclent le sol et son bassin qui ondule et chaloupe à mesure qu'il s'approche, aperçoit son visage, déploie ses épaules, rentre son ventre et gonfle son poitrail. Elle lui taxa une cigarette puis le renvoya d'un geste de la main à la case décor. Pas un mot, pas une insulte, pas une remarque. Venu paon, il était reparti chiot. K-Vembre sourit. L'impression d'être enfin de retour après un long voyage. Rien n'a changé à part soi, alors plus rien n'est pareil.

À l'heure de la pause, K-Vembre profita du passage de l'un des ouvriers pour se glisser dans le hall, montant les escaliers en trombe et, sur la même lancée, elle appuya sur l'interphone de la salle de repos. Une cheffe ouvrit la porte de seulement quelques degrés, maintenant fermement la position par sa pointe de pied et son corps en appui. Ce n'était malheureusement pas le bon moment, il vaudrait mieux qu'elle rentre chez elle, pas faire de cinéma, on était au travail ici, c'était la pause, qu'elle les laisse en profiter. Le ton monta d'un cran. Plus que quelques centimètres avant la crue. Par l'embrasure de la porte, des empilements de têtes, oreilles sur oreilles, mentons sur crânes, quelques visages simplement curieux, d'autres friands du spectacle, et çà et là, des mâchoires qui se crispent sur leurs mors. Cynthia, Marie-Christine et Anne-Marie. Elle crut même apercevoir des sourcils se froncer sous une frange. Et tout en haut du tas, derrière la masse agglutinée, son front en mirador, Zireg. Il se mit à s'agiter de plus en plus, buste cherchant la faille pour creuser la foule, ouvrit la bouche en un *Laissez-la…* Il ne put continuer sa phrase. Impensable que d'autres payent pour elle. Pas de place pour les martyrs dans la galère, ce serait du luxe. Si ça pouvait profiter aux autres, tant mieux, mais elle allait gagner le respect seule, grimper seule, arriver au sommet seule, exploser au monde seule, sans devoir rien à personne. Son buste totalement rejeté en arrière, sa colonne et sa nuque formant une ligne quasi parallèle au sol, le pied gauche bien ancré dans le béton de la cage d'escalier, K-Vembre bascula d'un coup son thorax vers l'avant, bassin poulie, engrenage, gros chassé, élan de corps, poids de rage pour puissance cuisse. Le battant s'ouvrit d'un coup. Projection de masse. Nuée de corps au ralenti comme dans *Matrix* ou un tableau de la Renaissance, les anges chassés du paradis, et la porte fut immédiatement repoussée par la cheffe, bientôt rejointe par les plus zélés des employés, des spectres de CDI tournoyant au-dessus de la mêlée. Zireg, Marie-Christine, Cynthia, Anne-Marie, et même la Frange, semblaient désemparés. K-Vembre eut tout juste le temps de leur sourire. Mille mains sur la poignée, autant de bras et de sacs de chair accrochés derrière pour lester, la porte se referma d'un coup. Sec. Lourd. Échos cage d'escalier.

Après une série de direct-crochet-direct-direct dans la porte, d'abord furie puis sereine comme on travaille ses gammes, K-Vembre grimpa lentement les marches la séparant du toit, la *Marche turque* en downtempo, un kick profond sur chaque temps, déflagration de basses comme des buildings qui implosent. Quand elle arriva sur le parking aérien, le temps et la musique dans sa tête reprirent leur battement naturel. Une mélodie de Rachmaninov saturée, distordue, enrichie de larsens et de riffs de guitare pesants comme les briques rouges de Manchester, lui battait maintenant aux tempes. Au loin, par l'habitacle d'un camion, de la pop italienne à fond, le conducteur étant certainement revenu de sa routine transalpine. Piano punk mêlé à ces synthétiseurs sucrés pour un vacarme hautement jouissif, plus la cafétéria grossissait dans son viseur, et plus K-Vembre sentait ses mains se resserrer sur la crosse froide, le contact du métal, la rigidité du pouvoir, le poids de la liberté. Fente immense sur son visage, d'une oreille à l'autre, rangée de crocs comme des immeubles en pleine émeute, elle traversa la vitre par la brèche pour pénétrer dans la pièce aux mille décombres. Debout au centre, le visage vers le faux plafond, le bras qu'elle tendit, la main qui s'ouvrit, la paume offerte à la foudre, la clef de sortie. Aucun raclement. Aucune masse. Aucun éclat. Rien ne vint. Pas de foudre. La pop italienne est une musique triste qui se ment à elle-même. Les paumes suppliantes, les mains vides, les bras ballants, K-Vembre se tint là un moment, sa lézarde de bouche ouverte en un cri, à court de souffle. *Torneranno gli angeli / Tra i lenzuoli tiepidi / Mi amerai / Come fosse un'avventura…*

Une dizaine de minutes plus tard, K-Vembre descendait les marches une à une dans le silence des bataclans. Il lui fallait réfléchir. D'abord, se calmer. Ne pas agir dans la colère ou la précipitation. Reprendre ses esprits. Poser les bons mots. Le veilleur avait-il trouvé l'arme après son expédition de nuit ? Impossible de le lui demander, impensable de se démasquer. Elle devait agir, trouver une autre voie pour se faire entendre. K-Vembre se dit qu'en tuant son bourreau de mari, Jacqueline Sauvage en avait fait davantage que toutes les femmes politiques réunies. Pour que la violence subie soit reconnue, pour que la légitime défense soit retenue, pour que Sauvage soit innocentée, il avait d'abord été inévitable qu'elle soit inculpée, il fallait donc qu'elle le bute. Et si elle n'avait pas été innocentée, elle aurait au moins fait passer un message : nous sommes armées et nous n'avons plus peur. À son tour d'en faire passer un. Que la peur change de camp. Au procès, elle leur servirait un sacré discours. Le roman, se faire publier, l'ego, ça n'avait plus de sens. À quoi bon occuper sa vie quand on peut en libérer d'autres ? Et même, le destin de Brian, ce serait son testament. Voilà. Et pourquoi pas ? Arrivée en bas des marches, elle aperçut le type sur sa bouche d'incendie. C'était lui qui lui avait indiqué la cafétéria, soi-disant pour son calme et sa vue. Est-ce que c'était le sien ? Son flingue ? Est-ce qu'il le lui avait repris de la bouche ? Impossible. On ne se balade pas avec une lame de dix centimètres en permanence sur soi si l'on peut avoir un calibre. Quand on est dans la merde, profond comme l'illicite, autant s'y plonger jusqu'au cou ; elle ne l'avait jamais mieux compris que maintenant. Elle s'approcha de lui. Il devait prendre sa pause avant son deuxième job. Sous ses yeux, comme généreusement creusées à la cuillère, des cernes. Son joint aux lèvres, une Red Bull posée contre la bouche d'incendie et un quatre-quarts sur les genoux ; le goûter restait sacré, même durant le régime, il le lui avait suffisamment répété. Quand elle arriva à sa hauteur, il lui coupa une part de gâteau. K-Vembre mangea en silence son premier repas de la journée, assise sur le banc en face de lui. Les traits tirés, le corps aux formes gracieuses qui s'affaissaient en d'imprévisibles plis, il la regarda calmement, sans jugement, ses pupilles dans le brouillard. C'est là qu'elle prit sa décision. Elle demanda si elle pouvait le lui emprunter. Autant qu'elle voudrait, un goûter, ça se partage. Non, pas ça : ça. Avec plaisir, je finis à 22 heures, vous me le rendrez ce soir ? Elle ne pouvait pas le lui promettre, il le comprit sans qu'elle ait à le dire. Vous avez de la monnaie ? Grâce à Samantha, K-Vembre connaissait la coutume : pour que le symbole de pouvoir soit transmis sans qu'aucun lien ne soit tranché, l'objet devait être échangé contre une pièce. Elle fouilla dans les poches de son jogging, non, elle n'en avait pas. Désolée, mais ce genre d'objet ne se donne pas. Il se leva, rassembla ses affaires et s'éloigna vers son entrepôt. Avant d'être arrivé trop loin, il s'arrêta un temps. J'imagine que je ne suis plus un sac de viande, maintenant. Puis il reprit son chemin.

Elle ne l'avait jamais vu en mouvement. Elle l'avait toujours rejoint et quitté. Jamais observé sa démarche. Ses chaussures de sécurité semblaient tasser le sol tandis que ses épaules tanguaient allègrement dans les airs. Une algue aux racines profondes. Les bras le long du corps, les genoux s'ouvrant à peine, il se déplaçait avec le minimum d'effort possible et si une pente venait à se présenter, il lui faudrait s'affoler de son propre poids, le dos en forme de relief alpin, piste rouge nervurant la colonne vertébrale, pas de vacances cet été, pas de vacances cet hiver, pâtes au sel le soir. En face les tours et le ciel bleu, un avion passa, des troupeaux de moutons s'accrochant les uns aux autres par le pelage. Une pointe d'acier s'illumina sur la bouche d'incendie. K-Vembre sourit. Elle en ferait bon usage.

Elle se leva à son tour et s'assit sur la tache rouge, face à son entrepôt à elle, les vitres de la salle de repos laissées vides. Sans prêter attention à la lame, qu'elle découvrait et recouvrait sans cesse d'un geste vif, elle prit le temps de considérer la situation. Ne rien laisser au hasard. On se demanderait forcément d'où elle tenait l'objet. Son ami bossait à l'autre bout de la ZAC ; dingue comme elle avait pensé *ami* ; ça en faisait des employés à contrôler avant de lui mettre la main dessus. Il ne la dénoncerait pas. On voudrait certainement penser à sa place. La rendre irrécupérable. Ils chercheraient de l'islam là-dedans. Dans ce pays, au moindre coup de folie ou de lucidité extrême, on cherche l'islam. Avec leurs clichés, ils tomberaient sur Zireg. Ce doux dingue clamerait à qui voudrait bien l'entendre la justice d'un tel acte, aussi fort qu'il revendiquerait de son athéisme, la devise kabyle *Plutôt rompre que plier* en étendard. Aucune de ses collègues ne défendrait ses idées, la plupart ne votant plus depuis longtemps, s'étant comprises hors sujet. Marie-Christine, honteuse de sa situation, fuirait les caméras. Cynthia, de peur de perdre son peu d'identité acquise par le travail, ferait profil bas. La Frange – elle se rendit compte qu'elle lui avait trouvé un surnom presque affectueux – n'apparaîtrait nulle part sans l'autorisation signée de son amour de geôlier. Ne restait plus qu'Anne-Marie. Anne-Marie pourrait s'étonner elle-même en sortant la cavalerie lourde. Andrea Dworkin, Angela Davis et Louise Michel direct en franche-tireuse. Et pourquoi pas ? Elle pouvait être sûre qu'il n'y aurait pas d'Élisabeth Badinter, de Millet, de Deneuve et toutes ces mercenaires du patriarcat dans ses rangs. Ça lui allait. On fouillerait sûrement dans le passé de K-Vembre. Sa mère, son père, ça, elle n'y pourrait rien. Elle eut une dernière pensée pour l'Autre Folle. Quelque chose lui disait qu'elle serait fière d'elle, quel que soit l'endroit où elle reposait. Son père se ferait un plaisir de témoigner pour se dédouaner face caméra. On accablerait publiquement K-Vembre de son hérédité. Il serait ravi. Tant mieux. Il était temps pour elle de revendiquer son matrimoine. Le passé joue toujours contre nous, restait à espérer que son présent sectionne suffisamment profond la courbe du temps, prenant la vie par ses tendons d'Achille, et que cette société s'effondre d'un coup, vers l'avant. K-Vembre était calme. En pleine possession de ses esprits. Déterminée. La peur avait changé de camps.

Elle jeta un œil à son téléphone. Pas de SMS.

Dommage pour lui. Il aurait dû lui envoyer le SMS. Il était 17 h 35. Un appel en absence. Sur le répondeur, Christian semblait en panique. Mais qu'est-ce qu'elle était en train de foutre ? Le client l'avait appelé. Elle se prenait pour qui ? Elle comptait faire quoi ? Elle représentait l'agence, elle abîmait la confiance mutuelle, il ne pouvait plus rien pour elle, spécialement avec ce comportement. Dans la conjoncture actuelle, et vu ses agissements, ça n'arrangerait rien à son cas, la formation de grutière qu'elle espérait tant s'éloignait à mesure qu'elle harcelait le client, ça se méritait, une telle formation, par le sérieux et l'ancienneté, elle ne pouvait se prévaloir d'aucun des deux, il préférait la prévenir, il fallait tout de suite qu'elle rentre chez elle, il lui laissait une dernière chance, dès le lendemain, trois heures en tant qu'hôtesse sur une péniche, un repas d'entreprise, ça ou rien, qu'elle le rappelle immédiatement.

K-Vembre enfonça son téléphone dans son jogging. Quand le patriarcat est au bord de la piscine, préalablement lesté de pierres, on ne peut plus faire marche arrière : suffit de pousser. Elle fit le tour de la ZAC, se présentant devant les quais de chargement, contournant un camion, la grimace de Fabien, ou bien était-ce un sourire ? Elle le salua d'une main, s'appuya sur la seconde pour enjamber la marche, se redressa sur ses pieds, bien droite, l'album *Hysteron-Proteron* de Nostromo dans les petites enceintes, elle marcha dans les allées, les successions de rayonnages, comme une bagnole traversant une forêt artificielle par la départementale, il lui sembla même que Fabien avait monté le volume, les accords de guitare, bientôt poursuivis par des cris, au loin, les petites talonnettes en vue, la chemise aux deux boutons ouverts, la petite coupe en brosse, elle accéléra le pas, sans courir, la petite mine satisfaite qui l'aperçoit au loin, la petite mine satisfaite qui devient grimace, la lame qu'elle exhibe d'un pouce, son éclat sous néons, les talonnettes qui claquent, le rugissement du métal, les rangées de cintres, le bruissement du plastique, le brillant du couteau, le corps qu'elle rattrape, le corps qui trébuche, la supplique dans le regard, son bras qu'elle lève, la lame qui jubile, un corps qui se débat, des rangées de parkas et de fourrures qui s'écroulent, les bras devant sa coupe en brosse, son sourire à elle, merveille du pouce opposable, le couteau qu'elle abat, des mains qui l'empoignent, son corps qu'on projette, qu'on ceinture, qu'on écrase, qu'on retient, qu'on affaisse, qu'on entrave. Au milieu des champs de plastique, parmi les cadavres à 2 000 euros, des silhouettes camisolent une rage. Allongée sur des housses de protection et des années de silence, une rage est recouverte par des ombres. Une rage juste, une rage noble, une rage digne. En quelques secondes, le patron qu'on relève, intact, sa chemise qu'il époussette, d'un revers, les téléphones qu'on empoigne, d'un geste, les employés qu'il félicite, d'une tape, la police qu'on appelle, silence. Au milieu des silhouettes vides, cintres en crocs de boucher, une rage qu'on étouffe et des CDI qu'on espère.

K-Vembre se redresse dans sa cellule. Nerfs au ventre. Elle frappe. Fracas du plexiglas.

DEBOUT ! LES DAMNÉS DE LA TERRE ! DEBOUT ! LES FORÇATS DE LA FAIM ! LA RAISON TONNE EN SON CRATÈRE, C'EST L'ÉRUPTION DE LA FIN ! Les derniers échos de pas comme les ondes d'un bateau solitaire coupant son moteur sur un lac en pleine nuit, et à peine le silence débarqué qu'on s'en veut déjà d'avoir chanté ça. *L'Internationale*, chant de communistes. On s'était pourtant interdit de remettre ça dans nos bouches. Surtout depuis que le père ex-maoïste de notre Épicier nous a expliqué que, de tout temps, ils avaient balancé des anarchistes à la police, les communistes. Faut être cohérent dans notre lutte. Sinon, ça prendra l'eau. Et on aura beau écoper de toutes nos forces, le Capital revendra l'épave.

En tout cas, l'un d'entre nous est parti, escorté de deux agents de l'ordre et d'une jeune femme, direction les urgences. Ça faisait un bon bout de temps qu'elle était en train d'appeler dans sa cellule, la femme. Ça cognait fort. Jolie créature, a babillé le type bourré en la voyant passer. L'un d'entre nous a surenchéri, entre deux phrases d'*Internationale*. On s'est tous attardés sur les centimètres de chair apparente, érigeant nos corps spongieux tout en proportion, comme tout mâle normalement constitué lorsqu'il se retrouve enfermé. Quand t'es cerné de barreaux, réduit à l'impuissance, faut bien donner le change. Rivaliser de robustesse. S'il y a quelque chose qu'on a appris de *Prison Break* et du cinéma, c'est bien ça. Le vieux Maghrébin nous a fait une réflexion, sur le machisme ou un truc comme ça, alors on l'a tout de suite rassuré, pas de ça chez nous, c'était de l'esprit, du cynisme, de l'autodérision. Dénoncer par l'humour. Faire la nique aux fachos. Liberté d'expression. Le vieux Maghrébin s'est tu. Le mec bourré a surenchéri. Il est sympa, lui. Au moins, il a des trucs à raconter, et pas que des histoires de guenon enfermée au zoo. Le vieux n'arrête pas de parler de sa fameuse Nénette, une orang-outang ou un babouin, ou quelque chose dans le genre. Et il a réussi à garder un bout de shit, le bourré ! On lui conseille vivement de n'avoir rien à déclarer, et on en profite pour faire passer le mot à toutes les cellules voisines, comme on l'a fait au gamin avant qu'il ne passe à la casserole. Rien à déclarer, minot ! Les murs étouffent les voyelles, les échos amplifient les consonnes, ce n'est pas évident à articuler. Impossible de savoir si on a été reçus 5/5. Et puis, de nouveau, le silence.

Ce n'est qu'à son retour que le camarade a pu nous raconter son aventure. À force de gestes, d'intervalles soupesés et de généreuses descriptions, c'est toute la cellule qu'il a transportée avec lui, la faisant devenir tour à tour voiture de police, cellule d'attente aux urgences, salle de consultation, et de nouveau voiture. Heureux qui comme Mesrine a fait un long voyage, et sans passer par porte de Clignancourt. Un à un, en bons argonautes, nous nous levâmes de nos couches sommaires. Tels des chômeurs en fin de droit, sortant d'un sommeil aussi bien mérité qu'âpre à gagner, nous nous assîmes, jambes ballantes, dos au mur, chacun sa paroi, notre camarade au centre. C'est qu'il a vu l'heure, dans la voiture : 5 heures à l'aller ; 5 h 40 au retour. Lorsque l'on entre en guérilla, l'heure est une donnée essentielle, on l'a lu dans un manuel écrit par un Sud-Américain. Il faut maîtriser le temps et l'espace de l'adversaire. C'est d'ailleurs pour ça que tous les torturés du monde sont privés de montre. C'est bien connu. L'oppresseur fait alors avancer ou reculer l'aiguille à sa guise. Et si l'oppressé tente de se caler sur son horloge interne, il le plonge dans le noir ou lui met plein phare des lumières, sans oublier le black metal à fond dans les enceintes. Dans notre cellule, rien de tout ça. Seulement les néons du couloir éclairant nos regards et les échos de nos cœurs épris de retrouvailles. Ça fera l'affaire. Après avoir décrit les différents lieux de son exode, notre camarade entreprend le déroulé des faits.

Dès son arrivée dans la voiture, les flics lui posèrent des questions. Il se tenait là, sur la banquette arrière, les mains menottées dans le dos, le mordant du fer lui rongeant les os. À ses côtés, la jeune femme. Si elle était mortifiée, rien ne transparut sur son visage. Non sans faire preuve de leur humour caractéristique, les flics lui demandèrent le pourquoi du comment de notre lutte. Face à son silence pour réponse, ils insistèrent, l'un en se tournant vers lui, l'autre le fixant de ses yeux perçants à travers le rétroviseur. C'est alors que notre camarade entonna le fameux *MORT AUX VACHES, MORT AUX CONDÉS, VIVE LES ENFANTS DE CAYENNE, À BAS CEUX DE LA SÛRETÉ.* Les flics en restèrent cois, subjugués d'autant de bravoure. Ne sachant comment réagir, ils lui intimèrent de se taire. Dans les yeux de la femme, l'admiration perlait les cils. Le gyrophare éclairait les immeubles de son halo tricolore tandis que son vacarme vidait les rues. Tels l'ennemi public numéro un et sa complice sexy avant l'ultime interrogatoire, nos deux comparses échangèrent un long regard. Arrivés devant l'entrée des urgences de l'hôpital, ils furent conduits chacun tête en avant, menottes dans le dos, son flic à soi pour escorte, et leurs sales mains de bleusaille en serres supplémentaires sur les bras. On ne camisole jamais vraiment le libre penseur. Une fois à l'intérieur, ils furent séparés. Elle, assise et menottée dans l'immense salle d'attente principale ; lui, dans une salle étroite et longue bordée de sièges en fer, avec, tout au fond, un guichet grillagé et un infirmier derrière. Accrochés au banc se tenaient deux hommes. Je te pisse dessus pour te dominer, hurlait l'un à l'autre, les yeux exorbités, tout en ajoutant : regarde, regarde bien, il suffit que messieurs les agents me laissent passer mes mains comme ça, sous mes fesses, devant mes jambes, et menottes ou pas, j'te pisse dessus pour te dominer. Hein, le Paki ? Hein, messieurs les agents ? Là, je vous vouvoie, messieurs les agents, je vous respecte, là, hein ? Eh, bah, vous le mettez dans ma cellule, lui, messieurs les agents, et avec tout le respect que je vous dois, lui-là, le Paki, j'vais le draaaaaa draaaaa, comme l'autre, la dernière fois, vous vous souvenez ? Et je vais lui pisser dessus pour le dominer. L'homme surnommé le Paki gardait le silence et les yeux fixés au sol. S'il ne semblait pas comprendre le français, l'hostilité de son interlocuteur se passait de traduction. Ses intentions devinrent d'autant plus évidentes lorsque ce dernier ponctua son discours d'un gros molard en sa direction, s'aidant de la bascule de son buste pour en améliorer la trajectoire. Une infirmière dans le hall fit entendre son diagnostic : le monsieur devait être sacrément complexé par quelque chose pour s'agiter de la sorte. Messieurs les agents sourirent et demandèrent s'il n'était pas un peu PD sur les bords, celui-là. Le concerné, alarmé que l'on doute ainsi de ses aptitudes, répondit qu'il faisait ça très bien avec les femmes, qu'il avait une copine, même, mais lui, le Paki, il lui pissait dessus pour le dominer, à Bondy, à Drancy, où il le désirait, dès qu'il le recroiserait dehors, dans la rue, il lui pisserait dessus pour le dominer. Ignorant ostensiblement sa plaidoirie en faveur de sa virilité revendiquée, les agents de l'ordre lui signalèrent que le racolage était puni par la loi. L'un d'entre eux s'approcha de lui pour s'asseoir à ses côtés, téléphone en main. Dedans, une vidéo du site de porno amateur Jacquie et Michel. Histoire de voir si ça pouvait le calmer. Ses collègues rirent de bon cœur.

À l'évocation de leur humour grivois, tous les gars de la cellule s'offusquent, l'homme ivre aussi. Le vieux Maghrébin roule sur lui-même, face contre paroi, feignant de chercher le sommeil. Notre Ulysse continue son récit du flic rangeant son portable après constat de l'agitation redoublée de l'individu, et ce malgré la vidéo.

Pourquoi tant de haine dans un monde de brutes, commenta l'un d'entre eux en direction de notre frère. La question étant rhétorique, celui-ci ne prit pas la peine de relever. Une fois appelé par le médecin, il se retrouva dans une petite salle entourée d'instruments et machines. Il signala son mal de ventre, on lui demanda s'il avait été à la selle, il répondit que non, se trouvant dans l'incapacité de le faire comme nous autres, la porte ouverte, un flic pour rancard. Le médecin lui confia être non habilité pour juger de ses conditions de détention et lui conseilla donc de profiter prestement de l'intimité des toilettes de l'hôpital, au bout du couloir, à gauche. Avant cela, il prit sa température, examina rapidement son corps à la recherche de lésions, s'inquiéta de sa consommation de substances, mesura sa tension, et lui offrit un verre d'eau sucrée. C'est tout ce qu'il pouvait pour lui. Merci, au revoir. Après avoir fait ses affaires au bout du couloir, notre camarade attendit sous bonne escorte le retour de la femme, partie entre-temps en consultation. Une fois celle-ci revenue, les agents de l'ordre saluèrent leurs collègues, pompiers, infirmières et brancardiers, et poussèrent énergiquement leurs prises vers l'avant. En passant les portes automatiques des urgences, on pouvait encore entendre l'homme et ses promesses d'urine. Dans la voiture au retour, les flics ne firent nulle mention de l'incident. Ils ne semblaient même pas se souvenir de leur présence à eux sur la plage arrière. Ils discutaient encore de flingues, d'un pistolet de détresse et d'un possible Beretta, d'images sur des caméras de surveillance, d'une perquise au petit matin, et de souvenirs d'une époque révolue où braquage et héroïsme rythmaient leur vie de jeunes appelés, le tout saupoudré de sexe avec de belles victimes. Les gyrophares tournoyaient dans les airs, les immeubles défilaient, le visage de la femme aux côtés de notre frère s'éclairait par saccades, se colorant de rouge et de bleu comme autant de philtres d'amour. Elle était belle dans l'urgence. Ils étaient menottés. Elle partageait avec lui cette bravade à la vie, ce coup d'État de l'espoir, ce doigt d'honneur à l'ordre établi. Ignorant la douleur, il approcha sa main encerclée de fer. Leurs doigts se frôlèrent. Un instant. Rien qu'un instant. Mais, dans cet éphémère contact, c'est l'humanité tout entière qui s'était ressoudée. La connexion de deux corps qui brisaient les barreaux. Deux êtres liés par le tribut de l'amour. Adam et Ève style punks à chien au milieu du parking d'Auchan se dressant contre le Père créateur tout-puissant. Par fierté probablement, elle n'en laissa rien paraître lorsqu'ils passèrent devant le flic derrière le comptoir du hall avec sa gueule de victime. C'est alors qu'il nous rejoignit et raconta tout.

Silence. L'un d'entre nous, peu à l'aise avec les sentiments, fait une réflexion à propos du flic à l'entrée. Marre de se faire contrôler par des types avec des tronches de dispensé de sport, IAM, il cite. Il enchaîne sur le policier à considérer comme un prolétaire du fonctionnariat, des prolétaires tapant sur d'autres prolétaires, des prolétaires en permanente G. A. V., les locaux vétustes, les salaires minables, le statut ingrat. Comment fait l'État pour les tenir en muselière ? Par les principes ? Certainement pas. Par la haine de l'autre ? La police n'est qu'un outil du pouvoir, le racisme et le sexisme pour têtes de marteau. Et pourquoi pas un monde sans police ? L'homme bourré l'ignore et applaudit notre camarade revenu du front. Le bruit sec de peau qui se répercute dans l'espace, les murs pour résonance et le couloir pour mégaphone. Son odeur rance dans l'appel d'air de ses bras. C'est beau, l'amour, ajoute-t-il entre deux impacts de paumes. On en profite pour saisir nos joues entre l'index et le pouce, l'homme bourré se joignant à nous, petit va-et-vient, bruits de succion, subtile évocation, et puis on chante. *LE GARS ÉTAIT UN TÂCHERON N'AYANT QUE SES BRAS POUR FORTUNE ; LA FILLE : CELLE DU PATRON, UN GROS FERMIER DE LA COMMUNE ; ÉCOUTEZ ÇA, ILS S'AIMAIENT TANT ET PLUS, L'AMOUR, ÇA SE FOUT DES ÉCUS.* La femme nous gueule de la fermer. On se tait. Les bruissements d'une couverture de survie. Son écho, un remous de mer. Elle est pas aimable, ta copine, dit l'homme. Elle a son caractère, répond le camarade.

Comment peut-on s'obstiner à vouloir paraître fort lorsqu'on est contraint d'enfiler ses chaussures sans lacets, les mains dans le dos, la nuque lourde, avec une allure de volaille ? Certainement de la même manière que les galériens grattent l'espoir au PMU tout en roulant des épaules pour demander un 07. Certainement avec les mêmes intentions que le trader qui, tranquillement, s'endort en omettant les tas de corps sous son matelas. Minable. Décidément, les femmes se voilent la face par instinct de survie. Le dernier rempart avant le saut, on appelle ça la dignité. Les hommes n'ont pas fondamentalement peur du gouffre, puisque leurs pairs l'ont creusé. Non, ils ont peur qu'on les y pousse. Alors ils s'assurent de leur place, ils payent leur dû, ils servent la cause, s'inventant des armures en papier mâché. Les hommes se mentent à eux-mêmes, au service de l'ordre établi. On appelle ça virilité. Rien d'intrinsèque, de naturel, d'irrévocable. Une simple conséquence. À chaque cause sa conséquence.

K-Vembre est prise d'une vague de mépris en voyant le jeune homme enfiler ainsi ses chaussures face à son boys club. À les regarder suant dans leurs cellules, ils lui font penser à ces lardons qui cuisent entre eux, baignés de leur propre graisse à peine glissés dans la poêle. Dedans, elle peut distinguer deux jeunes Blancs à la peau lisse, un monsieur Tout-le-monde puant de crasseux complexes, et un vieil homme à l'air absent. Et puis celui debout, l'air indolent, sa suffisance, ce petit sourire de dominant. Tu domines quoi, quand on te souhaite des chaussures à scratch ? Tu domines quoi, quand on t'aide à les enfiler ? Une fois le long couloir quitté, loin du regard de ses frères, ses épaules ploient et le petit garçon reprend vite ses droits. Il semble minuscule dans un corps trop grand. Dans la voiture, il a comme un regain de fierté. Sûrement les gyrophares, c'est bien connu, les petits garçons raffolent des sirènes, encore plus lorsqu'il s'agit de celles de la police et du camion des pompiers. K-Vembre le voit redresser le menton, bomber le poitrail, oubliant certainement qu'il est assis à l'arrière d'une Citroën Berlingo. Ça ne dure pas. Les flics à l'avant lui demandent de bien vouloir leur exposer sa cause, argumenter le pourquoi du comment de sa manifestation, se lancer dans un plaidoyer. Il bégaye difficilement un *rien à déclarer*, puis se mure dans le silence. Elle doit rejeter le sentiment de pitié qui l'envahit, implanté dès la naissance pour excuser automatiquement l'impuissance des hommes et ignorer leurs impostures, afin de se concentrer sur sa propre lutte. Elle, elle aura quelque chose à déclarer. Quand l'OPJ la recevra demain matin, dans quelques heures, elle racontera tout. Qu'ils la balancent à la case dépôt si ça leur chante, elle s'y rendra la tête haute. Qu'on aille jusqu'au procès. Aux assises, même. Mais d'abord, il lui faut une attestation de médecin.

Arrivés aux urgences, on la place dans la salle d'attente principale. Autour d'elle, des cocards sur des visages de femmes, des enfants recroquevillés sur eux-mêmes se tenant le ventre, des vieillards somnolant, une gouttelette au nez. La Cour des Miracles la fixe longuement, ou plutôt fixe la chaîne à son poignet. L'humiliation. En fond sonore, les hurlements clairs d'un type, et puis les gémissements saturés d'une femme dans un téléphone, prise de soubresauts. Une docteure appelle son nom, elle se lève. La porte se referme. Non, elle n'a pas mal au ventre, ce n'est qu'un prétexte, désolée. Ce mal-là, c'est le dernier à lui appartenir. Bien que les hommes en viennent aussi, ils n'y connaissent toujours rien, ils le respectent encore un peu, le ventre. Non, elle n'a pas ses règles. Encore heureux. Elle a lu un témoignage : une femme en G. A. V., la serviette remplacée au bout de dix-sept heures, celle qu'on lui a maladroitement tendue qui tombe au sol dans la pisse, la policière qui dit c'est ça ou rien. Non, rien de tout ça. Il faut que la médecin l'ausculte. Qu'elle écrive un papier, quelque chose, une attestation, une preuve de son état psychique. Écoutez, attendez, s'il vous plaît : ils veulent la faire passer pour dépressive. Elle les a entendus quand ils marchaient devant sa cellule. Ils parlent de burn out. Elle comprend que toute cette mascarade – les flics, la cellule, l'interrogatoire, la justice, l'enfermement – ne sert qu'à donner des grades aux parias. Un délinquant est un parasite. Un criminel est un danger. Un forcené est une anomalie. Un terroriste est un ennemi. Pour faire vite, elle a attaqué son patron, c'était prémédité, assumé, revendiqué. Elle plaidera la légitime défense, ils prouveront l'égarement. Elle veut la prison, ils visent l'HP. Elle s'assume terroriste, ils la feront passer pour folle. Burn out, c'est même pas forcené. Burn out, c'est quasi ménagé : rien qu'un fusible qui saute. On le jette puis on le remplace, le système reste épargné. C'est ça : ils veulent vider son acte de sens comme ils le font avec les mots, la rendre inoffensive, la contraindre au silence alors qu'elle brigue le plus haut diplôme de paria. Elle veut faire date. Faire histoire. Avoir au moins fait ça pour quelque chose. La docteure s'assied sur le petit tabouret molletonné en face du lit. Calmez-vous, calmez-vous. Les mains se posant sur ses genoux, K-Vembre ressent d'abord de la gêne au crissement de la housse en plastique de protection sous ses cuisses, et puis son front chute, tentant d'embrasser le thorax. Inspirez, expirez. Profondément. Écoutez, madame, je ne suis pas habilitée à vous éclairer sur la procédure qui vous attend. Pour être honnête, même si vous m'expliquiez le pourquoi du comment, je ne pourrais rien y faire, je n'y connais rien au droit, je ne suis que médecin. Vous avez demandé un avocat ? K-Vembre y a réfléchi. Elle en a eu le temps. Elle ne leur fait pas confiance, ils lui diront de plaider le burn out. Eux aussi servent l'ordre établi, la morale bourgeoise, qu'on ne s'y trompe pas. Quoi qu'il arrive, enchaîne la médecin, si la peine encourue est l'HP, ça ne signifiera en aucun cas qu'elle est folle. Ne commencez pas avec votre discours ! Fou, pas fou, ça ne veut rien dire ! Il n'y a que des séquestrés à huis clos et des enfermés à ciel ouvert. Tout ce que veut K-Vembre, c'est que son acte ne soit pas oublié. Elle veut faire jurisprudence. Elle veut que ces fils de chien payent, ou au moins, qu'ils les craignent. Inverser la peur, vous comprenez ? Vous n'avez pas un responsable de service qui vous fait la misère ? Personne pour vous rappeler chaque jour que vous êtes avant tout une femme ? Que votre place, sous-payée et doublement saignée à force d'années d'études, de sueur, de résignation et de silence, n'est en réalité qu'un strapontin ? Qu'on ne vous garde que pour le quota, votre physique ou on ne sait trop quoi ? La docteure baisse les yeux, semblant subitement analyser ses Crocs blancs. Tout ce qu'elle demande, c'est un papier. Quelque chose attestant de la pleine possession de ses moyens. La médecin ne peut pas, et quand bien même, ça ne vaudrait rien. On est aux urgences, elle n'est pas psy, il est absent. Bruissement du plastique d'une cuisse qui se tend, d'une hanche qui s'élève. Attendez. Tout ce qu'elle peut faire, c'est un papier pour les marques sur son corps, attestant qu'il ne s'agit pas d'automutilation. Ça vaudra ce que ça vaudra. Elle est désolée. K-Vembre la remercie, pas tant pour le papier que pour la sororité. De ce côté-ci, la devise française fonctionne encore. Elle est rassurée. Elles se souhaitent mutuellement bon courage, et K-Vembre rejoint le hall tandis qu'un homme en blanc hèle la docteure.

Sur le chemin du retour, les deux agents à l'avant parlent d'un pistolet factice et d'un autre bien réel dans la nature. Il est question d'un enfant sur les caméras de surveillance d'une cité, de portes à enfoncer pour connaître la vérité. K-Vembre tend l'oreille. Est-ce qu'elle se serait fait voler sa vengeance par un môme ? Grand bien lui fasse, d'avoir ouvert les yeux si tôt. Le jeune homme à ses côtés lui caresse la main, léger entrechoc des menottes. Coup de shoot. Écrase tibia. Plonge corps. Les deux flics se retournent d'un coup, l'un dégainant son arme, l'autre appuyant sur le frein. Le jeune homme leur assure que ce n'est rien, un simple cahot de la route, il est désolé. Son visage contre le froid de la vitre, K-Vembre regarde passer les immeubles dans leur défilé couleur république. À l'avant, elle entend la bouillie qui s'échappe des bouches. Odeur rance. Une histoire de taille et de trous, tels deux adolescents jouant dans leurs slips à chat viril. La violence dans les mots trahit la pensée. Les mots sont des phalanges posées sur une cuisse. Une fois les mots acceptés, ils refusent le droit de revenir en arrière. Si la bavure existe, c'est uniquement parce que tous les échelons précédents ont été tolérés. La bavure est une éjaculation de virilité à la face d'une société. L'État adoube des hommes et des femmes pour qu'ils soient ses fils, assermentés à la violence. K-Vembre est meurtrie de trop bien comprendre. On a toutes et tous une raison de se faire tabasser, outrage et rébellion. On a toutes et tous une raison de détester la police. K-Vembre la ressent là, à l'endroit habituel de son médaillon, à feu de gorge. La haine du flic. Aussi palpable que symbolique. Autant sereine qu'acharnée. Bien plus sirène qu'enchaînée.

La voiture qui s'arrête, le moteur qui se coupe, la gueule sans âge du type à l'accueil, son masque de tristesse comme celui des camés, les échos du couloir, le roulement d'épaules du jeune homme à la Cantona dès l'approche de sa cellule, le claudiquement en plus, et de nouveau sa cellule à elle. L'odeur de pisse, les traces de sang en forme de poings sur les murs, les inscriptions grattées dans le plafond au-dessus du lit, les boules de cheveux comme en suspens et la certitude que demain, chez l'OPJ, elle ne lâchera rien. Elle hurle aux virilistes de fermer leur gueule. Ils se taisent. À la niche. Comme un orage de canicule, la terreur se révèle juste lorsqu'elle devient besoin. Toutes les femmes sont survivantes. Les survivantes héritent toutes d'une Autre Folle. Avant la fin, séparera-t-on la femme de la terroriste ? Qu'importe. Le vieux monde tombe. + *QU'HIER – QUE DEMAIN.*

Bonnie and Clyde sur les écrans. Chacun sa cellule. Heureusement qu'elle est là, elle régule le bruit, tu n'as pas à te déplacer. Bientôt, ce sera la fin de ta nuit. Tu partageras un café et quelques croissants avec les premiers arrivés. L'un d'entre eux parlera de sa fatigue, à peine le hall traversé. Il embrayera sur une théorie que seules permettent les brumes matinales, quelque chose comme *si les politiques sont les parents, on est des éducs spés : c'est nous qu'on se prend tout dans la gueule*. Il rentrera ensuite dans les détails du grand effondrement économique à venir et de la guerre raciale salvatrice qu'ils sont nombreux ici à attendre. Des tabous sont tombés. Il n'y a même plus besoin d'être délinquant pour tabasser du flic. Ce monde doit vraiment être euthanasié. En regardant la liste des noms en cellule, il ajoutera certainement un trait d'esprit sur la nécessité de manger des popcorns et d'aiguiser ses armes pendant que leurs saloperies de luttes intersectionnelles s'entretueront entre elles. Ça fera le tri chez les bâtards. En caressant son arme de service, il conclura par le fameux : *Pour vivre heureux, vivons karcher*. Humour, toujours, dès les premières heures. Même si certains mots ne sont plus prononcés en ta présence, car tu es jugé trop fragile, tu riras de concert. Bosser de nuit, c'est quitter le jour. Se couper d'eux, c'est perdre tout.

Tu te dirigeras ensuite vers les vestiaires pour retirer ton uniforme, laisseras le tout dans ton casier avec ton arme de service déchargée. Tu ne la rapportes plus chez toi. Tu en as fait la demande. Depuis ton geste maladroit, on t'y a autorisé. C'est plus raisonnable. Porter une arme, c'est avoir en permanence un billet d'avion en première classe pour l'autre monde. C'est une option qui rend caduques toutes les autres. Tu ne préfères pas. Ensuite, tu retourneras dans le hall en tenue civile, salueras les collègues sur ton chemin et franchiras les portes. Tu te saisiras de ton vélo pour le pousser devant toi, d'abord à vitesse soutenue, en semi-course, puis, ayant dépassé la dizaine de pâtés de maisons réglementaire, une fois cette sale histoire, le commissariat, les soucis et les possibles représailles largement derrière toi, tu ralentiras jusqu'à peut-être t'arrêter. Tu t'efforceras de ne pas trop réfléchir à chacun des destins croisés ce soir-là. Tu y penseras forcément. Chacun d'entre eux représente un parcours, des choix, souvent des culs-de-sac répétés et répétés et répétés et répétés et répétés jusqu'à devenir des espoirs brisés, parfois de simples détours sans paysage, rarement des douches froides qui raniment. Tu as cessé de te raconter leurs chemins en boucle. Ça t'empêchait de dormir et tu connaissais déjà la fin.

Face aux petites cases de ton écran de surveillance, comme le découpage d'une téléréalité, tu peux déjà te raconter l'histoire. À leur réveil, les trois guérilléros se plaindront du petit-déjeuner. Comme les deux palets bretons sous plastique seront trop secs, ils les feront glisser dans leurs gosiers avec la briquette de jus d'orange. Ensuite, ils se raconteront leurs faits d'armes jusqu'à de nouveau en venir aux chants. La jeune femme les engueulera. Le type bourré se réveillera. La bouche pâteuse et les remords, aucun jus d'orange ne pourra aider à faire passer ça. Le vieux fera mine de rester endormi, jouant la montre. Ils lui auront suffisamment fait comprendre sa différence. L'OPJ commencera certainement par lui. On n'a rien sur cette petite bande, rien de concret, rien de palpable. Quelques images filmées par des collègues en civil depuis le trottoir de la manifestation, des hommes en noir qui caillassent, impossible de reconnaître un visage, ça ne suffira jamais devant un magistrat. Si le bordel dans les différents commissariats se régule, si des avocats pointent le bout de leur nez malgré le nombre hallucinant d'interpellés, ils leur conseilleront certainement de ne rien dire. Ceux-là rappliquent toujours avec leurs grands principes, leurs vices de procédure sortis de la manche, avant de retourner à leur petit cabinet bien lustré ou à leur maison de campagne à rénover. La merde, ils n'y mettent les mains qu'une fois bien gantés, le buste protégé de leurs robes, pour aller se les laver au plus vite dans leur précieux Code pénal, à peine la déposition terminée. Visiblement, le vieux ne fait pas partie du bloc d'enragés. Peut-être qu'en le secouant suffisamment, il donnera les autres. Si oui, on confrontera les dépositions. Sinon, ce sera le cul-de-sac assuré. Rien à déclarer. Ils se sont fait passer le mot toute la nuit. Alors on fera mariner les autres. Que ça dure. Qu'ils stressent. On les fera passer un à un devant l'appareil photo. Face, gauche, droite. Pour le souvenir, ils seront ravis. Bien en confiance, on passera à la prise d'empreintes papillaires. Le pouce, chaque doigt et la paume. Dans la foulée, une prise d'ADN. Le vieux s'y pliera, sans plainte, qu'on en finisse. Les trois autres refuseront en bloc. C'est leur code source, leur liberté intime, les principes à papa. Il suffira donc de passer plusieurs fois devant leur cellule, de discuter entre collègues à distance d'écho, d'évoquer les 15 000 euros d'amende et la peine d'enfermement, et puis de varier les prix, de monter les enchères, de faire défiler les années, de brouiller l'esprit. Dans la maison, on excelle à ce petit théâtre. Un à un, la queue entre les jambes, ils craqueront. Déjà ça de pris pour le fichier national, l'OPJ sera content. Quelques jours plus tard, si aucun vice de procédure n'a été constaté par les baveux, ils trouveront dans leurs petites boîtes aux lettres un rappel à la loi. L'homme en lendemain de cuite, quant à lui, se répandra en excuses dans le bureau. On écoutera d'un air sévère, quelques silences, énumération des peines encourues, encore des excuses, une poignée de main et bonne journée. On a tous été un jour comme lui, dans ce sale état, faut pas se mentir. Envoyer un type perdu au dépôt parce qu'il a désencastré un panneau mal fixé, alors qu'un flingue court toujours, soyons honnêtes, ça ne serait pas sérieux. Celui-là remerciera longuement les collègues. Dans la rue il les saluera, et peut-être même qu'un jour ils recevront de sa part une boîte de chocolats. C'est déjà arrivé. On n'est pas des bêtes. Le môme, lui, s'il s'endort enfin, se réveillera. Ça lui fera tout drôle de ne pas sentir ses draps Batman, mais du béton tout autour de lui. Certainement qu'il reprendra sa plaidoirie pour lui-même, les lèvres mi-closes, histoire de s'accrocher à quelque chose. On lui expliquera pour le faux flingue, on lui dira que sur les caméras du parc, aucun Ezekiel999 ne l'attendait. On recevra son père et on les rassurera. Il n'y aura pas de procès parce que beaucoup trop de paperasse en vue pour un simple port de jouet, aussi bien manufacturé soit-il. Et puis on leur souhaitera bon courage, bonne thérapie, en croisant les doigts pour qu'aucun gosse de son collège ne l'apprenne. Pour la dignité du désespéré, il n'y a rien de pire qu'un faux carnage. À bien y regarder, ce môme devrait faire quelque chose de sa haine. S'il vient à la garder pour lui, tu lui donnes quelques années pour devenir un triste, comme le mec ivre. S'il la retourne contre la société, on le repêchera parmi les enragés, comme tous ces jeunes qui portent du cuir pour carrer leurs épaules.

Concernant la jeune femme, une fois que le patron aura déposé la plainte, ça ira vite. Il a demandé à pouvoir passer à sa pause du midi, pour pas freiner la productivité. On a bien sûr accepté. Sur place, lors de l'inter', il a déjà donné les premières dépositions. Elle est étrange depuis plusieurs jours, il est en mesure de fournir les témoignages de ses collègues. Chacun d'entre eux l'attestera : une dépression, un surmenage, les nerfs à vif, nature instable, pétage de câble. Le classique burn out. Suffira très certainement d'une perquisition chez elle pour constater ça en un clin d'œil. Des ordonnances de psy ? Une boîte de médicaments ? Un texte déprimant ? Des psychotropes ? Un foutoir dingue ? Des fenêtres brisées ? La crasse aux murs ? Un seul de ces éléments et c'est bon, on sera fixé. Ça ira vite.

Reste Angel. Pour lui, tu es bien content de lever le camp. Ça ne sera pas beau à voir. On l'interrogera encore à de multiples reprises et, son manque de traitement aidant, il craquera. Bien sûr que tout le monde sait, pour ses calmants. Comme un petit village, cette ville. Le commissariat, c'est le bistrot du coin. Et bien sûr que ce n'est pas lui, l'histoire du flingue. Angel est rangé des voitures, il a trouvé un taf, une stabilité, quelque chose à garder, c'est de notoriété publique. Et c'est justement pour ça qu'il donnera quelques infos. C'est plus facile quand ils ont quelque chose à perdre. Une petite information sur S-Kro, par exemple, ce serait pas mal. Celui-là y est forcément pour quelque chose, et c'est d'ailleurs pour ça qu'il est introuvable, tu es prêt à le parier. D'abord d'instinct, et puis de preuves. Juste avant les coups de feu, sa petite queue de cheval sur la caméra de l'entrée principale du cimetière. Personne n'est dupe. On a récupéré les bandes d'enregistrement il y a quelques heures, ainsi que celles de la dalle. C'est entre les tours que ça s'est passé, on en est sûr maintenant, d'immenses éclairs dans un angle mort. Sur les images, on peut aussi deviner la silhouette d'un môme, tout longiligne, quelques secondes avant les tirs. Celui-là a forcément vu quelque chose. Un collègue a reconnu un certain Issa. On vient de partir chez lui, pour le cueillir. Et si on ne le trouve pas, on mettra à l'aise Angel dès les premières heures du jour, puis on durcira le ton. On lui parlera encore de sa mère, de son père, et avec un peu d'acharnement et d'habileté, on pourra même lui faire dire que le flingue est le sien. Une fois l'aveu noté dans une déposition, ça deviendra alors nettement plus évident pour lui de nous aider à localiser S-Kro. Et si rien de tout ça ne marche, on se surpassera de prouesses dans les blagues sur son sourire. Avec ça, Angel peut réagir au quart de tour. C'est justement pour ça que tu préfères ne pas en être. La vérité se trouve toujours en embuscade derrière les dents, prête à sortir. Le brigadier Thierry a beau t'avoir répété que la psychologie, c'est comme une bonne enquête – il n'y a pas une raison, une unique cause, mais un faisceau de preuves –, les troubles du gamin te dérangent. Au plus profond. Contrairement à son père, il faudra certainement le chahuter. Son père faisait partie de l'ancienne école, celle des vrais gangsters et des vraies balances. Aujourd'hui, ils donnent leurs potes qu'une fois le museau léchant le mur. Et encore, ils donnent un bout, une miette, juste de quoi reprendre leur souffle. Ensuite : le grand silence.

Le père d'Angel, Dédé, avant de rencontrer Jésus, lui, c'était un indic. Un vrai. Des comme ça, on n'en fait plus, t'avait dit le brigadier Thierry. Il avait ça dans le sang, c'était sa nature, son fonctionnement moral, sa part à lui du contrat social. Juste le temps de s'envoyer un déca et il te balançait la ville entière. Les gitans qui dépouillaient la casse, c'était lui. Les premiers vols à l'arraché en scooter à la gare, c'était lui. Le point de deal des tours de la grande époque, lui aussi. Et surtout : les braqueurs de la place des Vosges ? Dédé, bien sûr. Il a suffi de mettre quelques enquêtes sur sa tronche, des perquisitions musclées au petit matin, un bélier couleur bleu-blanc-rouge qui défonce sa porte, et personne ne l'a jamais soupçonné. En échange, il a pu continuer son trafic de cigarettes, de fausses montres et autres babioles. Aussi, le soir du fameux accident de voiture, les résultats des prélèvements salivaires et sanguins de Dédé ont tous été perdus. *Idem* pour les deux déclarations de témoins insistant formellement sur l'absence d'un deuxième véhicule. Sur le papier, Dédé, en bon père, raccompagnait consciencieusement à la maison son fils de sept ans, Angel, endormi sur la banquette arrière, quand ils ont été percutés par un salaud sous amphètes. D'ailleurs, comme tout bon salaud, celui-là a disparu de la circulation. Volatilisé. Fin de l'histoire. Affaire classée. Dédé n'a pas perdu son permis, son assurance a remboursé et il a pu continuer à balancer. Aussi, la procédure de divorce avec demande de garde exclusive de la mère n'a pas été accélérée, et peut-être même, avec un peu de chance et de compassion, qu'elle a été retardée, voire annulée. Le brigadier Thierry t'a tout expliqué, le soir d'anniversaire, Achikéchikéchik- AïAïAïe. C'est vrai, ça ne sera pas beau à voir dans le bureau, tout à l'heure. Angel donnera difficilement des infos sur S-Kro. Il n'est pas comme son père. À vrai dire, Dédé ne lui a rien légué, mis à part son sourire.

Tu détournes ton regard du poste de contrôle. Bientôt, tu seras dans la rue, bientôt, tu rentreras chez toi. Une petite sieste, et puis retour à l'atelier, ta harpe de barde à peaufiner. Elle sonne bien. Ne reste plus qu'à y graver de belles rosaces, des cathédrales, une Notre-Dame peut-être, et quelques flammes, en espérant que le son n'en sera pas trop dénaturé. Tu auras belle allure au coin du feu. Peut-être te remarquera-t-elle enfin. Peut-être partagerez-vous une couche. Peut-être qu'elle sera admirative de ton métier. Peut-être commencerez-vous l'écriture d'une histoire commune, avec enluminures et parchemin. Dame Mélisande et sieur Toi s'ennoieront aux bois, le bonheur pour fief. Un œil sur l'heure, l'autre sur ton fil d'actualité, tu joues la montre. Et puis vient le moment de quitter le guichet. Le café, le croissant, les blagues, les vestiaires, les accolades et puis la rue. Il fait beau. Froid sec. Soleil franc. Ton préféré. Tu regardes les corps qui avancent dans leur routine autour de toi. Même en civil, certains te reconnaissent. Ce n'est pas un métier que l'on fait, c'est un métier que l'on vit. Ceux qui te reconnaissent ne sont pas tout blancs. C'est qu'ils ont déjà eu affaire à toi, ils sont donc suspects. Tu ne fais pas partie du problème. Le monde est violent, alors pourquoi pas toi ? *Toi qui entres ici, abandonne tout espoir*. Dante. C'est inscrit noir sur blanc à l'entrée des cellules, dans les caves du commissariat de Marseille, l'Évêché. On te l'a raconté, ça t'a donné envie de lire le bonhomme. Note pour demain : tu n'oublieras pas le bouquin. Note pour toujours : tu n'es pas le problème. Au pire la résultante. Au mieux, la solution. Un peuple a la police qu'il mérite. Ce sont nos yeux qui assombrissent le ciel nocturne. Nos yeux dénigrent la nuit. Tu as lu ça aussi quelque part. Aujourd'hui, tu prendras le temps d'un bon sommeil, et peut-être même d'une séance de yoga. Tu peindras avec toute la minutie du monde tes figurines et finiras ton instrument. Tu as hâte de l'accorder.

Comme chaque matin, tu te rappelles qu'il y a les collègues, qu'il y a la camaraderie, qu'il y a les valeurs, qu'il y a l'adrénaline, qu'il n'y a pas de routine. Dans le fond, les remords du brigadier Thierry ne te regardent pas. Autant que tes petits coups de blues passagers te sont propres. Une lettre d'excuse à la lettre d'adieu et le flingue devient vulgaire presse-papier. Tu penses aux collègues qui ont réussi l'année dernière. Réussi à pas se louper. Réussi à s'anesthésier de cette violence à jamais. Heureusement que ça ne compte pas, dans les tués par la police. Balle contre son camp. Explosion du score. Tu remets à plus tard ton projet de vidéo explicative à ta tentative de suicide. Ça ne plairait pas au commissaire. Son plan de carrière. Tu repenses à tes poèmes. Celui que tu as commencé sonne pas mal. Qu'en dirait Dante ?

Ce soir, on te montrera la photo de groupe, tout sourire, en lignes, genoux à terre, le flingue au centre, la grosse prise, la belle inter'. L'OPJ et le commissaire seront fiers. Oui, dans le fond, c'est un beau métier. Tu tiendras.

LACETS

Tu m'as conduit d'esclavage en liberté
par tous les moyens, par toutes les voies
dont tu avais pour ce faire autorité.

DANTE ALIGHIERI,
La Divine Comédie, *Paradis*, Chant XXXI

Une tête heurte la paroi. Sale bâtard d'Arabe. Est-ce que, ça aussi, il vient de l'imaginer ? Il fait pression de la pulpe de son pouce sur ses paupières. Dans le noir, nuée de papillons et poussières. Inspire. Expire. Tu n'es pas dans le réel, lui disait Zakia. Mais où alors ? Où, le rebord ? Où, la falaise ? Où, le tremplin ? Où, les sillons ? Angel se lève, l'humide aux chaussettes, pour se rapprocher du mur. Paumes contre béton. Coudes vers l'extérieur. Bras verrouillés. Bassin bloqué. Jambe en appui. Voûte maximum. De toutes ses forces, repousser le mur. Comme dans tout crash, il ne s'agit pas de faire céder le barrage, mais juste d'éprouver son corps. Le sentir qui palpite et s'épuise. Si l'on s'épuise, on est vivant. Tant qu'on agonise, on n'est pas mort. Contre l'angoisse, il y a le souffle. Et surtout : étreindre le palpable, s'ancrer dans le réel. Ses bras tremblent, les chaussettes glissent petit à petit sur le sol froid. Ne rien lâcher. Ne rien lâcher du réel. Pousser fort contre le mur pour retourner à la vaste plaine où rien ne galope.

Là dans sa cellule, le sternum en cage, Angel tente de retrouver le vide. Zakia saurait. Zakia aurait les mots. Zakia, s'il suffisait de prononcer ce mot. La dernière fois qu'il l'a eue au téléphone, il lui a dit son bonheur de l'entendre si à l'aise, loin de son appartement, de son havre, de leur parenthèse. Il lui a raconté sa dernière après-midi passée avec Issa et tous les autres, la moto qu'il lui avait appris à cabrer, traction de bras, grand coup de hanche, vapeur d'essence, cadre qui bascule, glorieux Y, la roue voilée qui s'envole et le grand sourire du gamin sous la visière, la sensation de défier la mort, bien vertical, la peur qui s'affranchit de toute apesanteur, avant de partir en soleil. Soleil partout, terreur nulle part. Quand les flics, alertés par des voisins, avaient débarqué, coupant court au rodéo, Issa avait détalé à toute vitesse. Chez lui, c'est devenu un réflexe. Il a développé cette peur panique des flics, nécessaire pour s'en sortir. C'est certainement ce qui le sauvera. Il ne veut décidément pas finir comme les grands de la cité. L'idée de simplement survivre grâce à une dignité toute locale ne lui suffit pas. Issa veut vivre la grande vie, comme une moto avec des ailes. Issa lui a dit que Zakia revenait souvent pour le voir, lui et sa famille. Après un court silence et avant qu'Angel n'enchaîne sur des reproches, Zakia lui a dit, sans aucune trace d'amertume, ce qu'elle avait compris de leur relation : le plus grand danger ne venait pas du monde extérieur, bien que peuplé de chiens. Le plus grand danger venait de ce qu'Angel ramenait, chaque soir. Cette eau stagnante dans son crâne. Il y a davantage de réel à Disneyland que dans ta tête, Angel. Elle lui a ensuite raconté des bribes de son travail, quelques banalités sur une série et puis a raccroché. Le sincère dans les silences.

Propulsion mur. Dos contre banc. Cortex renverse. Au loin, dans le couloir à échos, des cris et des insultes. Un des types de la cellule de dégrisement a certainement fini sa déposition. Les autres doivent se sentir pousser des ailes, la violence des flics pour médaille. Angel s'étonne de ne pas les avoir vus essayer de dresser des cafards ou de lancer leurs couvertures comme des yoyos entre les cellules. Vingt-quatre heures, pour eux, ça doit être le parc d'attractions. Ça sera bientôt son tour. Angel ne balancera rien, ni personne. Ni à cette déposition, ni aux suivantes. Comme d'habitude, ils lui poseront les mêmes questions, jusqu'à ce qu'il s'emmêle et qu'une faille se forme. Un peu comme le Dr Ben Naïssa lui faisant répéter ses rêves. Être dépressif, ça ne veut rien dire. C'est pour les autres qu'il faut un nom. Pour être vraiment précis, il faudrait se présenter par son médicament. Bonjour : Angel, paroxétine, mon propre juge, mon juste bourreau, pourriez-vous m'indiquer le réel ? Angel ne balancera personne. Un dépressif qui ne défend pas les autres, c'est un assassin sans cœur, un terroriste sans idées, un bourreau sans remords. Ça n'a pas de sens. Ça ne devrait pas exister. D'ailleurs, à cette heure, il n'est plus sûr de rien. Manque de traitement ou placebo ? Rien n'est réel. Cette sensation étrange, comme ouvrir un frigo et entendre le moteur d'un moto-cross qui démarre pile au même moment, et s'étonner franchement que la moto ne se coupe pas lorsqu'on referme la porte. Rien n'est réel. Surtout pas S-Kro. Surtout pas le balancer. La peur. S-Kro serait capable d'amocher quelqu'un ou, plus probable, de se blesser lui-même. Scène finale de *Scarface*, Tony Montana embrassant les balles. Angel touche machinalement ses pieds avec ses mains. S'assurer du début et de la fin. Verrouiller le cercle. Contrôler le tout. Est-ce que ses chaussettes sont humides, ou bien ses paumes transpirent ? Inspire. Expire. Prendre le temps. Le mensonge prend l'ascenseur, la vérité prend l'escalier, lui répétait toujours son père. Mais *quid* de l'escalator ?

Angel se dit qu'il aurait bien besoin de ses dictons, de sa présence, aussi, comme souvent dans sa vie. Son père n'a pas été parfait, mais qui l'est ? En grandissant, Angel a compris son sentiment de culpabilité et son calvaire de repentir, depuis l'accident. Sacré Dédé. Il se croyait responsable de tout, même d'un chauffard dans la nuit. Le poids d'être père. La cicatrice sur le sourire de l'un a lentement coupé les liens de parenté à l'autre. Est-ce que c'était trop douloureux pour son père de voir chaque jour son sourire ? Si c'était le cas, Angel comprendrait. Lui-même a eu besoin de temps et du regard de Zakia avant de réussir à se voir dans une glace. Angel ne lui en veut pas, il ne lui en a jamais voulu, ce n'est pas sa faute si des paumés irresponsables se défoncent le crâne au volant. Bien sûr, adolescent, il aurait aimé que son père soit là, pour pouvoir l'injurier. L'injurier de son silence. Mais, comme avec les flics, même dans l'insulte, on ne se comprend pas. Avec le temps, Angel aurait juste aimé qu'ils en parlent un jour, juste un jour, de vive voix. Mettre des mots, avoir une discussion, partager des sensations, taire enfin le non-dit, puisqu'il s'affichait *ad vitam æternam* sur sa propre gueule.

Bruit de la porte qu'on ouvre au fond du couloir. Froissement de matières. Masse qu'on traîne. Relents de sueur. Porte qui s'ouvre. Poids qui s'écrase. Masse qui se débat. Spasmes béton. Impacts chair. Claque le sol. Voix qui s'étouffe. Peine s'articule. Et ces trois mots, comme arrachés : *peux-plus-respirer.*

Angel reconnaît cette voix. Malgré le râle et la distance, il en reconnaît la tessiture et ce quelque chose de solaire. Issa ? Issa, est-ce que c'est toi ? Angel appelle, lutte contre l'écho, agrippe une pierre dans le courant. Pour toute réponse, des chuchots par marées, le bruissement de tissus et puis le claquement des bottes. Crissement de gonds. Retour silence. Sous les paupières d'Angel : flash syncope, éclats de verre sur autoroute, feux de brouillard.

Caresse. Une belle main nue se pose sur son épaule gauche tandis qu'une autre effleure son poignet droit. Remonte le bras, le long des muscles, à l'endroit exact ou les poils se hérissent. Glisse. Frôle. Enlace. Au moindre mouvement, embrasse. Un corps derrière un autre, regards intenses et rictus aux lèvres ont déboulé de nulle part, cœur de nuit, fond des draps. Les jambes se sont d'abord rapprochées les unes des autres, lentement, les pieds se touchant à peine, pour ensuite s'emmêler tendrement en un nœud de capucin. Si les cœurs palpitent en d'autres latitudes, c'est bien là, en bord de lit, que s'alimentent les turbines. À chacune des torsions d'un pied autour d'une jambe, c'est un genou qui remonte une cuisse, c'est deux bassins qui s'écument par vagues, c'est deux bustes qui se rencontrent, c'est quatre bras qui frôlent les colonnes, c'est vingt doigts qui se posent délicatement sur les omoplates, disques osseux comme des plateformes où se rejoindraient les pores en des tunnels. Connexion forte. Les fronts s'enfoncent alors dans le creux des cous, clavicules pour hamacs, berceaux, couffins, confins et galaxie, là où la nuit s'apaise. Un souffle, une respiration, métronome qui s'accorde, berceuse interne bien en place, et ce sont deux corps qui s'écoutent. S'il est impossible et vain d'entièrement se comprendre, il est palpable et même naturel de s'entendre. Une inspiration, et c'est toutes les odeurs de la peau, du bitume frais et humide, de la terre grasse gorgée d'eau, des fumigènes et de la poudre d'artifice explosée en plein vol qui se mettent à tournoyer dans la pièce. Une expiration, et c'est les tensions de la rue, les insultes à la chair, les brûlures indiennes aux intégrités, qui sont expulsées. Choyer le corps de l'autre. Le choyer pour ce qu'il est : une mer de capteurs, une cartographie des douleurs, des creux, des plis, des poils, une zone poreuse faisant le lien entre intérieur et extérieur, brouillant les pistes, refusant la limite, la rendant continuum et transmission. Si seulement il n'y avait rien à panser. Qui a pu y voir une conquête ? Ne serait-ce qu'une ombre. De la traque, de la prise, de la tension, de l'enfermement ou tout autre ascendant, rien n'en a la forme. Rien n'y laisse la place. Si les deux corps avaient seulement pensé à cet instant, même s'ils s'étaient mis à se mentir à eux-mêmes, se revendiquant autrement que comme deux corps, rien de tout ça n'aurait pu effleurer leurs esprits. Ils sont à tellement d'univers de ça. Ils sont dans la peau, ils sont dans la matière, ils sont dans le thorax, ils sont dans l'espace, ils sont dans les trous noirs, ils sont dans la poussière qui survole et plane dans un rayon de lumière. Ils se cajolent.

Les hortensias mauves et encre qui se croisent, qui se mêlent et s'étreignent sur la toile cirée. Les pieds de la table dévoilant des roulettes à dorure. Le papier peint ocre et or au motif régulier de roues de paon. Comme une foule d'éventails verticaux. Accroché sur le mur de gauche, le flamant rose en néon et la petite desserte en formica dessous. Un vase de cristal, des fleurs regrettant leurs fanures, et le trente-trois tours creusant inlassablement son sillon. Suspendus à la fenêtre, des rideaux de dentelle jouant aux ombres avec l'aube. Trônant au fond de la pièce, l'immense miroir et ses ornements floraux, son coin inférieur droit brisé. Elle aimait s'y regarder avant de sortir. Dans le reflet, la petite cuisine ouverte, ses rangées de placards en bois avec moulures géométriques, le carrelage allant du marron au miel et le robinet caramel. La première année, le ballon d'eau avait des fuites. Elle s'était tenue hilare, bien droite, tendant le parapluie au-dessus de sa tête pendant qu'il faisait la vaisselle. Lorsqu'il râlait trop à son goût, elle le découvrait d'un simple geste. L'innocence feinte à son visage et la panique qui le prenait d'un coup, son Pento à peine sec. Leurs rires. Au fond de la cuisine, la petite porte. Quand il est rentré, il ne l'a pas ouverte. Pendant près d'une année, la porte est restée close et la chambre avec. Il dormait sur le canapé aux rayures orange, recouvert d'un plaid ou d'un drap blanc. C'est comme si elle y était encore, enfermée à double tour dans la chambre, à lui faire la tête, pour un mot de travers ou une partie de cartes. Elle n'avait jamais aimé perdre. Elle n'avait jamais aimé avoir tort. Certainement parce qu'elle n'avait jamais eu à s'y habituer.

Ils s'étaient rencontrés aux Tuileries, pendant l'une de leurs pauses. C'était l'été. Il était standardiste, elle était petite main. Chez Chanel. Elle s'était donné de grands airs, il avait pris la pose, tiré une bouffée sur son clope et rendu son Zippo. Une femme qui fume, pour l'époque, c'était quelque chose. Pour elle, ce n'était rien. Une fois la bande de copains rejointe, plus un regard. Elle reprit sa discussion entre copines. À chaque pause, la même rengaine. Ils traversaient chacun les Tuileries jusqu'au point de rendez-vous, à peu près au centre des jardins. Il cassait la croûte avec les copains, chahutait dans l'herbe, montait le ton, gonflait le torse, puis il se levait, époussetait son beau costume et venait lui demander du feu. Toutes ses copines gloussaient. Elle, pas un regard. Jusqu'au jour où, sans même s'interrompre dans sa phrase en cours, elle fouilla distraitement dans son sac à main de cuir et lui tendit un billet de 100 francs. Il resta là, son clope en bouche, les mains ballantes. Comme toutes les paires d'yeux des copines faisaient des va-et-vient entre le billet et le jeune homme et qu'aucune de leurs bouches ne répondait à sa demande en suspens, elle se tourna vers lui, le regard franc, les lèvres en courbe. C'était pour qu'il achète son propre briquet, et son repos à elle, par la même occasion. Sous les regards scandalisés de toutes ces femmes, il retourna s'asseoir parmi sa petite bande, sortit une boîte d'allumettes de sa poche et fuma sa Gitane. Il la recroisa un soir, par hasard, elle lui demanda une allumette, ils rirent. Ils ne se quittèrent plus jamais, jusqu'à la taule.

Une cellule, c'est pas grand-chose. C'est que trois points de suspension au milieu d'une phrase. C'est pas joli, ça sert à rien, on t'y met parce qu'on ne sait pas faire autrement, l'aveu de faiblesse d'une société. Faut juste attendre. Le seul problème, c'est quand la phrase poursuit sans toi jusqu'à enquiller les chapitres. L'enfermement, ce n'est pas le souci. Le monde dehors qui continue, oui. Paule accoucha seule de leur fille. Les années passèrent des deux côtés des murs. Et puis il y eut ce dernier silence au parloir, paume contre paume, hormis la vitre, et le combiné qu'elle reposa. C'est comme ça l'amour. Ça commence par un briquet tendu, ça finit par un combiné qu'on raccroche. Entre les deux, des variations. Cancer, c'est l'injustice. S'il tint toutes ces années de plus au trou, rapport à ses évasions ratées et à son comportement, ce fut uniquement pour retrouver la raclure qui les avait tous donnés. L'enfoiré qui lui avait volé sa vie. Ce qu'il en ferait, une fois sa main sur le col ? Du supplice à la torture, il hésitait. Peut-être qu'il le séquestrerait pendant des lustres, lui soufflant des cigarettes sur le museau jusqu'au cancer. Ce serait symbolique. Ce serait déjà ça. Quand on perd tout, c'est important, le symbolique. Ça coûte rien. Ou peut-être qu'il le planterait, tout simplement.

Dès son premier bas enfilé sur la tête, il savait ce qu'il risquait. On jouait gros pour gagner gros ou perdre gros. Se faire voler des années, d'accord. Pas Paule. Pas son amour. Ça ne faisait pas partie du contrat. Cancer. Comme une insulte à sa vie. Elle qui s'était tant appliquée à tout choisir, elle qui avait souffert de ses décisions jusqu'à perdre leur propre fille, on lui imposait cette mort de seconde zone ? Elle avait toujours dit vouloir mourir d'une balle dans le crâne. Elle y mettait un point d'honneur. Mais les gars de l'équipe avaient systématiquement refusé qu'elle monte au braco. Alors elle restait à la planque pour la tambouille. Ça la rendait folle. À chacun de leurs retours, elle répétait et répétait que si un jour elle devait partir, c'était décidé d'avance : la balle dans le crâne. Les copains riaient et, pour être honnête, lui-même la soupçonnait d'être bravache. Mais, une après-midi qu'il se réveillait d'une de ses siestes dans la planque, il l'avait aperçue par l'embrasure de la cuisine, son dos, le bras ferme, le canon appuyé sur sa tempe. Clic. En face d'elle, la grimace d'un copain, un autre calibre dans sa main tremblante, ses lèvres froissées comme une feuille et le cri de papier bulle quand vient le clic. Clic. Son tour à elle, le bras solide, la nuque droite, la main paisible. Clic. Alors le front du gars et toutes ses rides à marée haute, sa petite cervelle qui compte les balles, le doigt posé sur la détente comme sur les boyaux d'un rat mort, paupières crispées à imploser. Clic. Ensuite ses oreilles à elle se levant d'un sourire. Clic. Le type avait lâché le flingue d'un coup, quitté la table, le cœur en fuite. Paule. Paule. Terrible Paule. Il l'avait rejointe dans la cuisine de la planque, sans dire un mot, et ils avaient regardé un match de foot à la télé. Elle était capable de tout, pour tuer le temps. Paule avait mis au point un jeu, dès l'achat de leur première télé, quand il s'était mis à faire des casses. Elle attribuait à chaque joueur un mot ou un bout de phrase. À chacune des passes sur le terrain, c'était un bout de texte qui s'écrivait. Il aurait suffi de faire breveter l'idée et de peindre les mots dans le dos des footballeurs à la place de leurs noms, et on aurait même pu décerner un prix à l'équipe qui aurait composé le plus beau texte. Si elle avait eu la thune et si l'époque avait été moins crasse avec les femmes, Paule aurait aimé faire des études. Du côté des mots. Ou quelque chose comme ça. Devenir avocate ou écrivaine. Un truc dans le genre. Quelque chose qui rende justice, ou du moins l'espère. Cette après-midi-là, juste après la roulette russe, le texte du match avait été hilarant, il s'en souvenait encore. Un mois plus tard, alors qu'ils avaient enfin pris la décision de l'emmener sur le prochain gros travail, ils avaient été donnés par une balance, donc coffrés, place des Vosges. Les yeux plus gros que le ventre. Et puis enceinte. Et puis parloirs. Et puis cancer. La vie a un humour de notaire. Elle n'avait pas voulu qu'il la voie dans cet état, qu'il en garde le souvenir. Ne lui restait plus qu'à accepter et à trouver le salaud. Il tint le coup, retint ses larmes tant bien que mal, puis sortit. Fin de peine, début d'une autre.

C'est là qu'il retourna dans l'appartement, sans jamais ouvrir la porte de la chambre. Pendant toutes ces années, il chercha dans toutes les bouches de la cité l'identité de la balance. À la sortie, trop de monde, trop de bruit, d'informations à encaisser et à retenir. Il en était presque à regretter le boucan des clefs, à attendre toujours qu'on lui ouvre les portes. Au début, il se dépêchait de retourner à l'intérieur. Vertige. Rester dans le salon, dans cette pièce, le rassurait.

Sur la dalle, pour ses recherches, ça tournait comme une cathédrale. Ici, y a que les montagnes qui ne se croisent pas, disait son vieux copain Dédé. Celui-là l'aida comme un damné dans ses recherches, avec acharnement, sans que jamais n'éclate la vérité. Et puis Dédé partit refaire sa vie avec Dieu, le laissant seul, comme tant d'autres avant lui. Parfois, quand ses amygdales baignaient dans le kirsch, il lui arrivait de le retrouver, au bar, dans les yeux de son môme. La même sensibilité, la même fêlure qu'on ne comblera jamais. Ça lui faisait mal comme ça le rassurait. Angel et lui, ils étaient membres de la même espèce, il le sentait.

Et puis un jour, il entendit une pub à la radio pour un antimite révolutionnaire. Comme par flashs, chacune des robes dans l'armoire défila sous ses paupières. Il se leva du canapé tout en fureur, la porte qu'il ouvrit, les tremblements de son chambranle, la chambre qu'il traversa, le grincement de la penderie, et puis l'odeur de lavande fanée. Les robes étaient intactes. Elle les aimait tant. Si elles avaient été abîmées par le temps, il n'aurait jamais pu se le pardonner. Surtout la bleue, avec les liserés nuit. Il détacha ses doigts du tissu, reculant d'un pas, puis ferma les yeux. Partout autour : son odeur. Paupières pied-de-biche. Épaules marteaux. Côtes burins. Les deux genoux enfoncés dans la moquette, son front contre le sol, il pleura de tout son corps. Cœur fracturé, pince-monseigneur. C'est ce jour-là qu'il comprit : personne ne refranchirait la porte, même une fois la balance butée. Il cessa alors toutes recherches. S'il continua de dormir sur le canapé, il prit soin de nettoyer la chambre chaque semaine. Il ne retrouva jamais le petit médaillon, celui qu'elle aimait tant.

Il le lui avait offert après son premier braquage. La *médaille d'amour* de chez Augis, c'était à la mode, de la belle joncaille. Peut-être qu'elle avait été enterrée avec, peut-être que leur fille l'avait emportée, il ne le saurait jamais. Qu'importe, il avait pris les devants, se le faisant tatouer dans le dos par un voisin de cellule, un vrai artiste. Ainsi, il la portait toujours, dans les plis et les croûtes de ses épaules. Ça aurait fait sourire Paule. Elle avait tout laissé en état quand il était parti au trou, pour leurs futures retrouvailles, certainement. Il comptait faire de même.

Et c'est ce qu'il a fait, quelques heures auparavant, tôt ce matin, éveillé comme d'habitude à l'heure des perquisitions, son petit ménage, juste avant de s'asseoir sur la chaise face au miroir. Sans fermer les boutons de derrière, son ventre et son torse moulés en de généreuses formes, son immense tatouage entre les omoplates ondulant en de profondes vagues, la robe bleue aux liserés nuit lui allait bien. Elle aurait aimé. Sûr qu'elle en aurait ri. Dans le trente-trois tours, *Comme ils disent*, Aznavour. Le morceau préféré de Paule. Il lui semblait l'avoir écouté en boucle, toute la journée de la veille. Aux premières notes de violoncelle de la chanson, il croisa les bras, se saisissant les épaules et fermant les yeux. *J'habite seul avec maman, dans un très vieil appartement, rue Sarasate*. Les bretelles de la robe, trop courtes, glissèrent lentement sur ses biceps. Il augmenta la pression de ses doigts. Si tous les copains encore vivants avaient joué cartes sur table, assumant qu'ils n'étaient plus dans le coup, il n'aurait pas espéré autant de temps, il aurait peut-être changé d'idée. Il se leva face au miroir. *J'ai pour me tenir compagnie, une tortue, deux canaris, et une chatte*. Il se mit à balancer son bassin de droite à gauche, d'un mouvement régulier. S'il avait changé d'idée, ou au moins s'il l'avait reconsidérée calmement, avec du recul, il n'aurait jamais demandé un tel service au môme. *Pour laisser maman reposer, très souvent je fais le marché, et la cuisine.* Il pressa encore plus fort son buste, parfaite étreinte, descendant langoureusement ses mains au niveau de sa taille. Et si le môme n'avait pas fait le malin, à dire qu'avec internet et les Balkans le monde n'était qu'un grand magasin, il se serait jamais accroché à pareille idée. *Je range, je lave, j'essuie, à l'occasion je pique aussi, à la machine.* Les deux paumes délicatement posées sur son bassin, il se mit à tourner légèrement sur lui-même. Et si le môme le lui avait donné, ce foutu remède, comme convenu, comme prévu, il n'y aurait pas eu tant de bordel. *Le travail ne me fait pas peur, je suis un peu décorateur, un peu styliste.* Les liserés bleus de la robe virevoltaient dans la pièce, formant des vagues régulières qu'il regardait, ébahi. Au lieu de ça, le môme s'y était attaché, l'avait fait sien, l'avait caché, comme un trésor. *Mais mon vrai métier, c'est la nuit, où je l'exerce travesti, je suis artiste.* Paule aimait tellement danser, encore plus dans cette robe, il comprenait maintenant pourquoi. Ça tournait bien. Il aurait dû s'en douter, bien sûr que le môme en avait trouvé un, de toute façon, il parlait trop pour tenir parole. *J'ai un numéro très spécial, qui finit en nu intégral, après strip-tease.* Mais surtout si le môme avait bien fermé sa gueule, avant-hier soir, accoudé au comptoir du café aux rideaux tirés, cette même chanson à la radio, si seulement il avait gardé pour lui ses réflexions. *Et dans la salle je vois que, les mâles n'en croient pas leurs yeux*. Musique de merde, chanson pour faibles, contre nature. *Je suis un homme, oh ! Comme ils disent*. L'An-ienss avait craqué. Pas cette chanson. Pas celle de Paule. Comme un trente-huit tonnes qui déraperait dans le bas-côté, il avait jeté son corps sur celui du gamin, son verre valdinguant sur le comptoir. Les deux paumes sur les joues du gosse, la queue de cheval s'était effondrée direct. Il l'avait alors soulevé du sol par les tifs, le kirsch tombant au goutte à goutte. Les gueules dans l'assistance étaient passées de la sidération à l'hilarité, et puis il l'avait relâché, le jeune corps heurtant les tabourets. Le môme avait certainement voulu sauver la face, prouver quelque chose à lui-même et aux autres, c'était de son âge, alors il l'avait menacé, alors l'An-ienss l'avait encouragé, alors le môme avait disparu, alors on l'avait vu rôder vers le cimetière. L'An-ienss avait enchaîné quelques kirschs, d'abord pour rattraper celui gâché au sol, et puis trois autres pour Aznavour et un dernier pour Paule, avant de prendre le chemin de son appartement. C'est en bas de sa tour, sur la dalle, qu'il avait vu s'approcher la silhouette à queue de cheval. Au loin, le petit Issa venait de passer, l'An-ienss lui avait soufflé de se tirer, les emmerdes à son âge ne font que commencer. Brave gosse, Issa avait obtempéré. Ensuite, s'assurant de l'angle mort d'une caméra, le flingue, et S-Kro qui tremble, l'An-ienss qui avance, et S-Kro menace, l'An-ienss qui avance, et S-Kro insulte, torse de l'An-ienss contre canon de l'arme, et S-Kro qui tremble. Comme on fait son lit, on se couche. Comme on sort sa pétoire, on dézingue. Trop tard. L'An-ienss avait saisi la paume du jeune homme, levé le canon vers le ciel, appuyé son pouce sur l'index, pressé la détente. Première détonation. S-Kro qu'a peur, S-Kro qui lâche. L'An-ienss avait serré l'arme dans sa pogne et, gonflé d'ivresse, avait poussé un grognement de bête. S-Kro qui fait trois pas en arrière, S-Kro terrifié. L'An-ienss avait eu des paroles idiotes et des insultes, des mots que Paule n'aurait pas cautionnés. S-Kro qui se reprend, S-Kro qui le menace. Puis l'An-ienss qui vise, l'An-ienss qui tire. Deuxième détonation. À ras d'oreille. S-Kro qui fuit. C'est ce qu'on appelle *tenir en respect*. Puisqu'il n'était question que de ça, l'An-ienss se l'était offert, une dernière fois, au moins. Et maintenant il est là, debout devant sa chaise, vêtu de la belle robe, bien droit face au miroir, canon sur la tempe gauche. *Nul n'a le droit en vérité, de me blâmer, de me juger*, il n'a rédigé aucun mot, aucune lettre. Sa fille n'a jamais répondu aux siennes en prison. Aux dernières nouvelles, ça fait un bail, elle était enceinte. Paule s'était engueulée avec le gendre, *l'Autre Folle*, ce salaud l'appelait. Les ponts avaient été coupés. Par respect pour Paule, il n'a jamais renoué le lien. En espérant que la petite ait un quelque chose de sa grand-mère. *Et je précise, que c'est bien la nature qui*, il a préalablement recouvert le mur de droite d'une bâche, Paule n'aurait pas laissé du sale boulot à quelqu'un d'autre. *Est seule responsable si, je suis un homme, oh !* / Clic. / *comme ils di-i-sent*. Nouvelle détonation. Son corps qui bascule, reste un temps sur une jambe, s'effondre. L'immense tatouage dans son dos qui s'élève et puis s'abaisse, une dernière fois.

+ QU'HIER – QUE DEMAIN.

Sur le papier peint du mur, la foule se planque derrière ses éventails, leur bruissement, le néon du flamant rose qui clignote, grésille et puis s'éteint.

VARIATION NOCTURNE #12

Cérémonie de l'aube : pour seul discours,
un bélier sur une porte
la lumière rentre,
investiture,
battement de paupières, et voilà le jour qui célèbre sa victoire. Promettant la lune et blâmant ses éclats, il accusera son héritage. Nouveau gouvernement, nouvel empire, nouvelles lois. Pendant des heures, il pointera une à une les failles laissées par la despote, pour mieux s'y glisser plus tard. Encore creuser le gouffre. L'aube. Le jour reprend les pleins pouvoirs. Alors, comme en lendemain d'élections, certains se jaugent, d'autres se toisent. Regards étranges, sourires bizarres. Certaines se lèvent, d'autres se couchent. On baisse la nuque, relève les manches ou tire volets, abaisse persiennes. Si seulement on ne lui avait rien acheté. Si seulement on avait profité de son obscurité. Avec la nuit, au moins, nos ombres étaient égales. Si seulement on avait appris à la vivre, la nuit, sans la tromper par le langage. Se taire. Écouter. Attendre. Face à soi

dans le miroir comme un canon mate le regard. Scruter son reflet, en accepter les contours. Assumer ses lavis, rechercher ses pleins phares. Refuser que demain soit pareil, ignorer le soleil, ses injonctions, ses coups de boutoir.
On comprend si peu l'autre.
N'existe que la haine de soi.
La nuit le sait.
Si seulement.
Peut-être la prochaine fois.

D'ici là, quelque part, en contrebas des nuages, les voitures noires quittent des villes, les chairs ivres retrouvent confort, une juste rage est bâillonnée, un burn out corrobore, un désespoir est constaté, une vengeance a perdu le Nord, une vieille carne est tabassée, des hématomes la colorent, des mômes bandent l'autorité, en garde à vue comme au drugstore, un homme en bleu rentre épuisé, et ses mensonges dans le Vercors, un violeur gagne l'impunité, fraternité meilleure sponsor, un ange craint la vérité, implose, se perd, supplie, et même implore, en rugissant la liberté, à gorge close espère temps mort. Et le retour de l'être aimé.

Une cellule, dans le fond, ce n'est qu'une île
dont les parois retiennent l'aurore.
Chaque trou de serrure a son regard,
manque de lumière empêche d'éclore.
Le jeune Issa est arrêté,
sur son thorax pèsent
trois corps.

Porte s'ouvre. Injonctions. Choc sourd. Rafale sol. Un agent de l'ordre jette les chaussures au centre de la cellule. Chacun d'entre vous se précipite sur le petit tas ainsi formé, des désœuvrés cherchant espoir et réconfort parmi les gravats. Trouver la vôtre, et puis sa jumelle. Une fois vos passeports pour la liberté aux pieds, on vous appelle un à un. Franchir la porte. Au fond du couloir, juste à côté de la porte, une rangée opaque d'uniformes masque un renfoncement. Celui-là même d'où sont venus les souffles courts et les crissements de semelles, quelques minutes plus tôt. Ils parlent à voix basse. Arrivé à leur hauteur, vous ralentissez, vite dissuadé par le fonctionnaire dans votre dos et le peloton de regards en latéral. Cous qui se dévissent. Rotation panique. Vous accélérez le pas, autant que vos muscles engourdis vous le permettent. Vous n'avez pas suffisamment bougé ces dernières heures, seulement les mains, un peu les bras, c'est mauvais pour la circulation, votre médecin, c'est sûr, il râlera.

Une fois dans le hall, on vous tend un sac-poubelle avec votre nom dessus. Votre portefeuille, votre portable, vos écouteurs et vos lacets sont dedans. Vous vous penchez vers l'avant, craquement de voûte, et commencez à glisser vos lacets dans chacun des œillets. Fracas sec dans un tube d'acier, c'est un coup de feu à l'extérieur qui arrête votre geste. Le dos rond, mémoire du pire, vous attendez. De l'agitation à l'intérieur. Qu'ils se pressent, on n'a pas toute la journée, ils sont libres, pour celles et ceux qui n'ont pas encore fait de déposition, on les convoquera ultérieurement, pour les autres, vous aurez des nouvelles du juge, surveillez vos boîtes aux lettres, bonne journée, décampez, fissa fissa, avant que nous changions d'avis. Ne pas vous le dire deux fois.

Sur l'esplanade, la lumière. Iris feu. Grille orbites. Vous plissez les paupières. Au bout du parvis, une grille. Une bande de jeunes à l'affût face aux barreaux, et un adulte les bras croisés se tenant derrière. À quelques pas de vous, un muret. Vous vous y asseyez, lentement, respectant la rouille de vos jointures. Tout en terminant de nouer vos lacets, vous passez en revue chacun de vos membres. Marbrure des rides et hématomes. Impacts du monde, cisailles du temps se mêlant sur votre corps en une carte des douleurs. Avec l'âge, vous avez appris que les types comme vous, dans un pays comme ça, sont toujours assignés aux escaliers de service, les plus étroits. Fin de mois, espace public, contrôles d'identité, retraites ; pour vous tout ne passe qu'en frottant les parois. Jusqu'à combien de générations on est issu de l'immigration ? À voir vos neveux et nièces se faire contrôler trois fois par jour, les échéances s'étaleraient davantage sous forme de dettes que d'héritage. Dans ce pays, des générations entières de colonisés de l'intérieur ont le dos brisé à force de courbures. Vous n'avez jamais eu d'enfant à vous. L'occasion ne s'est jamais vraiment présentée. Peut-être qu'une petite personne aurait été votre raison d'être. Vous ne vous seriez alors pas perdu dans tous ces combats.

Enfoncé dans vos pensées, confus de soleil et grisé de froid, vous voyez sortir une ribambelle de vieilles gueules disposées à la hâte sur de jeunes corps. D'abord, l'homme bien habillé avec qui vous avez partagé la cellule, celui qui vous a promis une carte dont vous ne vouliez pas. Son odeur rance n'a rien à voir avec l'alcool dont il était imbibé, vous le savez. Ce sont juste les effluves d'un être pourri de l'intérieur. En dehors de l'humanité, il en existe des comme ça. Il remet ses cheveux en place en se regardant dans l'écran de son téléphone, consulte quelques messages et prend le chemin de la rue, le menton haut, le chaloupé fier, comme si chacun de ses pas était un drapeau de plus planté dans la terre. Il est vite rejoint par les trois jeunes loups, chaussures béantes exhibées à leurs pieds comme de précieux diplômes. Ils ont partagé des heures avec vous, pour au final rien, même pas un regard d'adieu. Tant mieux. Dès les premières minutes en cellule, vous les aviez reconnus. Ce sont eux qui vous ont frappé à la manifestation. La mémoire des rotules, ça ne trompe pas. Vous avez préféré ne pas perdre d'énergie en une énième confrontation. Plus l'âge pour les jeux de dupes. Presque arrivé à la grille, l'un d'entre eux se retourne et court vers une jeune femme à peine déboulée dans la lumière. Ils échangent deux mots, le jeune sort son téléphone, elle fait demi-tour, il attrape son poignet et elle le lui retourne. Manchette au foie. Le type se tient un temps genoux en terre, recroquevillé sur le parvis, avant que l'homme rance le rejoigne en renfort. La femme lui lance un regard, juste un regard, et ils retournent ensemble à la meute, le ventre creusé, la queue en berne. Des insultes fusent, un poing est brandi, suivis de tapes dans le dos et de rires gras. Ceux-là sont comme leurs pères, vous les connaissez bien, à vous dire qui vous êtes sans jamais prendre la peine d'écouter, à délimiter ce qui vous définit, votre classe plutôt que votre religion, vos origines plutôt que votre souffrance. L'homme bien habillé en tête, ils s'éloignent d'un seul pas. Un enfant qui se perd dans un magasin n'a rien de mieux à faire que de rester là où il est, en attendant qu'un être cher le retrouve. Pourtant, nombreux sont ceux qui choisissent d'écouter l'invitation sordide du monsieur se donnant des allures de roc, ou bien se résignent à suivre l'employé en uniforme. Vous le savez, et c'est comme ça. Leurs chants se perdent au coin de la rue dans le vacarme des voitures.

De la porte d'entrée sort ensuite un jeune homme hagard. Il ne dévisse sa main droite en visière qu'à la vue d'une femme déboulant en sueur dans la cour, son épaisse chevelure ocre en bataille. Alors il se précipite vers elle et la serre fort tout contre lui dans la parenthèse de ses bras, s'assurant de sa solidité, pris de panique, comme craignant qu'elle ne s'évapore. Des murmures dans la nuque. Le prénom Issa y est répété comme un refrain.

C'est à ce moment-là que sort le gamin, celui que vous avez entendu toute la nuit sans jamais le voir. Le frêle de sa silhouette n'a que son ombre pour rivale. L'homme aux bras croisés qui l'attendait tout impassible à la grille s'approche de lui. Sans prononcer un seul mot, il l'entraîne dans un demi-tour vers la porte du hall. Sur le seuil, il y a des mots échangés avec un policier, celui-là même qui vous a fracassé une heure plus tôt. Leurs mots sont très vite étouffés par le tumulte des ceintures pleines et des bottes lourdes d'un escadron. Des ordres fusent, moteurs qu'on allume, crissements de pneus, fourgons au loin. La porte du hall se referme, laissant l'homme et le môme en face à face avec leurs propres reflets. Aucun geste de soutien, aucune question de santé, aucun reproche. Rien. Juste un grand corps marchant devant et un petit traînant derrière. Ce genre d'adulte qui cesse la tendresse une fois passé l'âge de raison. La maltraitance est aussi dans le tumulte du silence.

Lorsque vous quittez à votre tour le parvis, le jeune hagard et la femme à chevelure s'acharnent encore à coups de griffe contre les vitres du commissariat. Vous avez pris suffisamment de coups dans vos combats. Quel que soit le leur, vous leur souhaitez intérieurement bonne chance et les quittez. Drôle de fin en queue de poisson. Tout ça pour ça ? Aucun ami de la manifestation ne vous attend dans la rue. Personne de l'association pour vous demander comment ça va. Est-ce que c'est quelque chose de normal, ces vingt-quatre heures en quarantaine ? L'isolement, pas besoin de cellule, vous connaissez ça. Vous y retournez de suite, dans votre pièce, ce onze mètres carrés pas plus grand qu'un crâne où est censée tenir toute votre histoire. Alors pourquoi cette sensation de plaie béante au fond du corps ? La perte des sens, l'oubli du temps ? Des problèmes comme ça, vous en mangez chaque matin au petit-déjeuner, par bols de solitude. L'humiliation ? Sûrement. Qu'elle soit armée en uniforme ou silencieuse par voix d'État, elle amoche. Mais ça aussi, l'humiliation, fils de harki, vous connaissez. Regarder son histoire en face ou humilier l'autre, ils ont choisi. Alors quoi ? Peut-être que la violence, tout simplement, on ne s'y fait pas. Jamais. Soit on l'ingère, soit on la repousse. Soit on la régurgite, soit on en crève. Quoi qu'il arrive, on hérite seulement de la peur.

Vous en êtes là de vos réflexions quand vous apercevez à quelques pas de vous, sur le trottoir, la jeune femme. Celle qui a mis au jeune loup une magnifique manchette et fusillé l'autre du regard. Elle est au téléphone, la voix rapide en funambule comme lorsqu'on parle dans le vide des répondeurs. Parmi le brouhaha de la circulation, vous ne percevez qu'une dernière phrase : elle part rejoindre son amie dans la forêt. Lorsqu'elle raccroche, vous avez envie de vous joindre à elles. La forêt, ça fait longtemps. Après une solitude partagée, après les échos du pire, le silence des arbres, ça serait humain, ça ferait du bien. Et pourquoi pas ? Vous ouvrez la bouche, en espérant qu'elle accepte. C'est à ce moment précis qu'une sirène de pompier retentit, flèche rouge, vive allure, direction le commissariat. Vous regardez le camion passer, voulant faire une réflexion, quelque chose pour amorcer la rencontre, mais la jeune femme n'est déjà plus là. Ses épaules au loin fendant la foule.

Vous regardez votre téléphone. Vous irez à la ménagerie, à cette heure-ci ce sera calme. La vieille Nénette pour compagnie, femelle orang-outang et bonne amie, cinquante années de captivité, vous pourrez parler ensemble humanité et puis retour à Nanterre, onze mètres carrés, porte qu'on referme, clef qu'on oublie. Dans ce pays, on va d'un enfermement à un autre, vous le savez. Et puis parfois, sans prévenir, il y a un court moment de liberté, comme danser sur la plage sur des musiques de l'époque avec vos neveux et nièces en vacances, toutes et tous enfants terribles, et même vous, face au soleil refusant de se coucher. Ce soir, à Nanterre, vous attendrez la nuit. Vous avez depuis quelque temps des réflexions sur celle-ci. À votre âge, ça occupe largement toute une soirée. La nuit, comme on s'en sert, comme on la craint. La nuit, c'est politique. L'état d'urgence, c'est le crépuscule. Un État qui tue à petit feu ses enfants, c'est l'éclipse solaire. Vous vous inquiétez des suites de cette nuit-ci. Quoi recevoir de cette justice ? Manifestation illégale ? Refus d'obtempérer ? Rébellion ? Outrage ? Le simple outrage, c'est la couleur de peau, c'est d'où l'on vient, c'est la dégaine et c'est l'allure, c'est le parler ou c'est la gueule. Le pire outrage, c'est refuser de mourir. Au loin, la puissante démarche de la femme fait décoller son buste à chaque pas. Vous sortez vos écouteurs pour reprendre la musique à l'endroit où vous l'aviez laissée, juste avant la manifestation. Vous appuyez sur lecture. *Il y a du soleil sur la France / Et le reste n'a pas d'importance / Il y a du soleil sur la France / Allons viens vite, qu'on profite / De la vie.* Stone et Charden. Vous aviez quinze ans quand c'est sorti, l'âge des promesses.

Plus tard, dans la presse, vous apprendrez le pourquoi du comment de la panique soudaine dans le commissariat, et donc de votre liberté précipitée : la fuite du gosse à l'arrivée des policiers, son interpellation entre des tours, son angoisse dans le fourgon, sa peur dans le hall, sa frayeur face aux cellules, les trois corps sur le sien et le coude sur sa nuque pour le calmer à tout jamais. Ici, l'État est un père semant terreur en bout de table. En frères et sœurs, se souder dans le deuil. Retourner la table. Buter Caligula.

Dans les écouteurs, *J't'ai tout donné* prend la relève. Une dernière certitude vous revient, comme un refrain de berceuse : nous sommes une écrasante majorité. S'il suffisait, avec tendresse, enfin, ensemble, de se reconnaître, toutes et tous, parias. Ça suffirait. D'ici la prise de conscience générale, vous serez donc là, aux côtés de la famille du jeune Issa, lorsque la justice fouillera son passé à la recherche d'un détail accablant. Quand on cherche, on trouve. Ou on invente, à loisir. La reconstitution du meurtre sera refusée. Issa sera criminalisé. Son aptitude à vivre en société, dénigrée. Sa santé, sa capacité à vivre tout court, remises en question. Sa famille, humiliée. S'il a des frères ou des sœurs, enfermés. Il y aura des rassemblements. La police par voix de média parlera de phénomènes urbains. La famille et les proches, par voix de Zakia, évoqueront une juste rage. Vous, par voix intérieure, opterez pour les feux d'artifice dans la nuit. Bombe. Chandelle. Zébrure. Étoile. Émeute au cœur. Après les couloirs à échos viennent les marches silencieuses. Après les marches silencieuses s'annoncent les acquittements. Dernière détonation, celle de la sonnette électrique de l'audience. Légitime défense. Les cœurs qui saignent. La juge qui signe. Non-lieu. Rien n'a eu lieu. Vous reviennent en boucle les trois mots, vos tout derniers : rien à déclarer, rien à déclarer ; rien à déclarer.

Si c'était mon dernier coup de gueule,
j'accuserais la France
Celle qui payera sa répression, quand
elle perdra ses enfants.

DIAM'S,
Si c'était le dernier (*SOS*, 2009)

Si c'était mon dernier…

Si c'était mon dernier silence, je le pétrirais de respect
Pour toutes les personnes luttant contre ce vieux monde qui cloisonne.
Grâce à cet acharnement, les violences systémiques cesseront, c'est sûr, à jamais.

Si c'était ma dernière rage, je la lèguerais afin qu'elle résonne
Avec celles des êtres subissant chaque jour les sévices de nos gardiens de la paix. Dans notre société, jouir de ses droits ne devrait être un risque pour personne.

Si c'était ma dernière révérence, je la tirerais avec tendresse
Pour les personnes en bleu ayant commis l'irréparable, car sans issue sous leurs pare-balles. Cette démission face à l'institution policière est tout sauf une faiblesse.

Si c'était mon dernier hommage, il ne tiendrait pas en un râle
Aux 747 citoyen. ne. s abattu.e.s froidement par la police française de 1977 à ce jour. À leurs amours, familles, proches – et à leur force pour tenir face à l'obscène brutal.

Si c'était mon dernier espoir, ce serait qu'on se réveille.

Si c'était mon dernier regard, je l'adresserais à l'artiste Safia Bahmed-Schwartz. Ta pratique est pour beaucoup d'autres un phare, pour moi c'est une merveille. Je suis honoré que la couverture de G. A. V. soit l'une de tes œuvres.

Si c'étaient mes derniers remerciements, je les formulerais pour les travaux dantesques

De Marie Desmeures, mon éditrice, et de Cécile Mariani, mon attachée de presse.

Votre audace m'impressionne.

Si c'était mon dernier sourire, je l'esquisserais avec joie et souplesse

Pour mes ami.e.s Bertille Henry, Camille Poulie et Thomas Morvan.

Vous m'avez éclairé de vos retours quand ce roman n'était rien, ou presque.

Si c'était mon dernier mouvement, je bougerais la tête sur l'album *SOS*. Diam's, vos magnifiques textes m'ont porté en boucle, merci, mille fois. Comme celui que je reprends, humblement, ici, avec émoi.

Si c'était mon ultime soupir, je l'offrirais à la plus formidable des personnes. Safia Bahmed-Schwartz, je ne te remercierai jamais assez d'être qui tu es.

Notre relation m'est si précieuse, elle rayonne. Que l'amour, encore ; toujours.

Marin Fouqué, le 01.06.21 dans le 93.

CRÉDITS

p. 9 & : *Si c'était le dernier*, paroles de Diam's, © Kobalt Music Publishing Ltd.

p. 38 : *Vréalité*, paroles de Kekra, © Because Music.

p. 39 : *A7*, paroles de Julien Schwarzer, © Def Jam Recordings France / Braabus Music.

p. 47-48 : *Hier encore*, paroles et musique de Charles Aznavour, © Éditions Musicales Djanik.

p. 186 : *Chanter pour ceux qui sont loin de chez eux*, paroles de Michel Berger, © Universal Music Publishing Group.

p. 208 : *Makhnovtchina*, paroles d'Étienne Roda-Gil, © EPM Musique.

p. 212 : *Salut à toi*, paroles de François Guillemot, © Bérurier Noir.

p. 216 : *Le Triomphe de l'anarchie*, paroles de Charles d'Avray.

p. 217 : *Paris mai*, paroles de Claude Nougaro, © Les Éditions Du Chiffre Neuf, Sony/ATV Music Publishing LLC.

p. 219 : *Libérée, délivrée*, paroles de Kristen Anderson-Lopez, © Wonderland Music Co. Inc., Wonderland Music Company Inc.

p. 220 : *Où c'est qu'j'ai mis mon flingue*, paroles de Renaud, © Mino Music.

p. 251 : *Felicità*, paroles de Gino De Stefani, Dario Farina et Cristiano Minellono, © Universal Music Publishing Group.

p. 252 : *I Maschi*, paroles de Gianna Nannini et Fabio Pianigiani, © Warner Chappell Music, Inc.

p. 268 : *Ne me quitte pas*, paroles de Jacques Brel, © Barclay, un Label Universal Music France.

p. 273 : *The Prophet's Song*, paroles de Brian May. © EMI.

p. 381 : *Torneranno gli angeli*, paroles d'Oscar Avogadro et Bruno Mario Lavezzi, © Sugarmusic S.p.a.

p. 387 : *L'Internationale*, paroles d'Eugène Pottier.

p. 389 : *Mort aux vaches*, paroles d'Aristide Bruant.

p. 394 : *L'Amour anarchiste*, paroles de Gaston Couté.

p. 428-431 : *Comme ils disent*, paroles et musique de Charles Aznavour, © Éditions Musicales Djanik.

p. 440 : *Il y a du soleil sur la France*, paroles de Jean-Michel Rivat et Frank Thomas, © Masq Édition.

TABLE

OUVRAGE RÉALISÉ
PAR NORD COMPO
ET ACHEVÉ D'IMPRIMER
SUR ROTO-PAGE
EN JUIN 2021
PAR L'IMPRIMERIE FLOCH
À MAYENNE
POUR LE COMPTE DES ÉDITIONS
ACTES SUD
LE MÉJAN
PLACE NINA-BERBEROVA
13200 ARLES

DÉPÔT LÉGAL
1re ÉDITION : AOÛT 2021
N° impr. : 98613
(Imprimé en France)